I0817780

ÉTOILE DU NORD

TRILOGIE AMARANTE TOME 2

DAVID M. SNOW

LES ÉDITIONS FLAME ARROW

Étoile du Nord (Trilogie Amarante #2)

Design de la couverture par Damonza

Imprimé au Canada

Première impression : 2022

Dépôt légal : 2022

Publié par Les éditions Flame Arrow (Flame Arrow Publishing)

ISBN 978-1-777239-74-9

www.davidmsnow.com

www.flamearrowpublishing.com

À ma meilleure amie Kim Archambault,
L'étoile qui me guide dans mes projets d'écriture
Aussi fous et démesurés qu'ils puissent paraître.

1

SKYLER

L'eau pulse comme les battements d'un cœur mécanique plongé dans un profond sommeil. Les faisceaux bleutés transpercent la mousse qui se crée à chaque pulsation et diffuse une lumière vaporeuse et chatoyante sur la silhouette de Tessa qui avance discrètement, pistolet en main.

Depuis la mort du commandant, les choses ont changé.

Les mensonges nourris dans les dernières décennies se sont écroulés, pour laisser brûler le parfum d'une victoire amère. Le nouveau contrôle de l'Arche, durement acquis par Neal pour atteindre la Terre promise, ne suffit pas pour occulter la terrible désolation qui règne toujours dans le Grand Océan, cent quinze ans après le Déluge.

Le vaisseau abandonné dans lequel Skyler et Tessa se trouvent en ce moment s'ajoute aux occasions ratées de trouver le salut.

Skyler resserre sa poigne sur son pistolet, par précaution. Il ne s'attendait pas à tomber sur une carcasse vétuste, véritable vestige d'une époque révolue. Mais si quelque chose ou *quelqu'un* a résisté à l'épreuve du temps, ils doivent se tenir prêts.

Les parois métalliques gargouillent au rythme des bulles qui se répandent dans le réseau de tubes en verre. Presque hypnotisé par le chuintement du caoutchouc de leurs bottes, Skyler se retrouve quasiment le nez dans les tresses sucrées de Tessa qui s'est immobilisée brusquement.

— Tu as trouvé quelque chose ?

Skyler se rend compte qu'il a murmuré, de crainte qu'on les entende.

— Pas la Terre promise, en tout cas, répond Tessa d'une voix nonchalante.

— C'est une perte de temps.

— Garder le contrôle de l'Arche n'est pas une mince affaire. Avec la méfiance des Archéens, Neal doit faire ses preuves.

Elle a évité son regard jusqu'ici, puis elle se résigne enfin à se tourner vers lui :

— Ton frère nous fait confiance.

Le jeu de lumière est peut-être trompeur, mais une étrange lueur brille dans ses yeux. Après avoir faussement emprunté le nom des Farrell et caché son appartenance à la Confrérie pour se rapprocher de lui, Skyler ne sait plus s'il doit la croire.

— On trouve la source du signal pour en avoir le cœur net, et on fiche le camp d'ici, dit Tessa qui brise le contact visuel pour se remettre en marche.

Skyler ne la suit pas tout de suite. Leur première escapade à l'extérieur de l'Arche, le seul endroit qu'il a jamais connu, ne fait que mettre en lumière le gouffre qui s'est creusé entre eux. Et pourtant, elle a l'audace de lui parler de confiance. Il se doutait bien que c'était une mauvaise idée d'aller en mission avec elle.

Quand elle disparaît de son champ de vision, il se décide enfin à la rejoindre, puisque, même s'il déteste l'admettre, il est vulnérable sans sa protection.

— Si ça se trouve, ceux qui vivaient ici sont morts depuis longtemps, s'exalte Skyler dont la voix se perd en écho dans le vaste plafond du grand hall, semblable au puits de lumière du réfectoire de l'Arche.

Des plats au contenu putréfié sont éparpillés sur les tables parfaitement alignées, la décomposition ayant réclamé son dû. Mais ce qui pique la curiosité de Skyler, c'est le gigantesque tube en plein centre, dans lequel des poissons multicolores tourbillonnent, là où cascade une lumière diffuse. À part cela, la ressemblance est frappante : une véritable réplique de l'Arche.

Or, l'Arche d'Amarante est unique : elle est la seule à avoir bravé le Déluge et à abriter les derniers survivants de la race humaine. Cet endroit n'est sans doute qu'une épave, un vestige du siècle passé.

— Si au moins on savait depuis combien de temps le signal intercepté par Neal joue en boucle, songe Tessa à voix haute en parcourant les allées.

Skyler, quant à lui, se rapproche du centre pour mieux observer l'étrange aquarium faiblement illuminé de l'intérieur. Un amas de corail rosé se dresse, au plus grand plaisir des poissons qui nagent à travers des algues aux filaments verdâtres frétillants sous les jets d'eau, à la manière des arbres du parc de l'Humanité lors des tremblements de mer.

Skyler se mord la joue en comprenant à quel point Amarante pourrait connaître le sort de ce vaisseau sombre et abandonné. Un rappel brutal que le Feu Sacré a rendu l'âme et qu'ils sont voués à être consumés par l'océan qui les a vus naître.

Tessa a un soupir tendu et marmonne :

— Pourquoi n'a-t-on pas encore croisé de cadavres ?

Les poissons nagent, inconscients de ce qui se passe à l'extérieur de leur aquarium : un monde aquatique isolé du reste de la réalité. Si seulement ils savaient qu'il y a un océan au-delà de ce vaisseau. Est-ce que cela changerait leur destinée ou raviverait plutôt leur désarroi de savoir qu'ils sont coincés dans une cellule au sein d'une prison encore plus immense ?

— Et s'ils s'étaient échappés ? propose Skyler en posant sa main contre le verre étonnamment chaud.

— Pour aller où ?

La lueur bleutée qui émane du tube accentue l'expression butée de Tessa. Elle est absorbée par le mouvement ascendant d'un poisson à l'éclat jaune vif et aux nageoires sombres. Il est plus énergique que les autres et n'a pas du tout l'air à sa place parmi ses congénères léthargiques.

Si cette épave date d'avant le Déluge, ses occupants auraient pu rejoindre la ville la plus proche. Seul un bris mécanique irréparable les aurait poussés à abandonner leur vaisseau. Et pourtant, l'air y est encore respirable et ces poissons semblent bien se porter. Les canalisations d'eau rencontrées dès l'entrée du vaisseau sont plus nombreuses dans le hall, avec de multiples embranchements.

Skyler ne peut s'empêcher de ruminer : que ce serait-il produit si le Commandant d'Amarante n'était pas mort? Si son propre frère n'avait jamais disparu et que leur mère n'avait jamais souffert de dépression? Dylan vivrait encore, et Émily ne serait jamais allée au Feu Sacré avec Milo.

— Ça ne sert à rien de rester ici, lâche Skyler en s'éloignant de l'aquarium, submergé par une bouffée de chaleur.

— Attends. J'aimerais t'expliquer…

Les yeux de Tessa valsent d'un côté et de l'autre, comme si chaque fois qu'elle essayait de saisir un mot, il s'enfuyait.

— Je ne crois pas que ce soit ni le moment ni l'endroit, rétorque Skyler.

— Ce ne sera jamais le bon moment, j'en sais quelque chose.

Les visages sont trop vifs dans l'esprit de Skyler. Ils le regardent tous d'un air accusateur.

— Je n'aurais pas dû te cacher ma véritable identité pendant tout ce temps, mais j'avais mes raisons, poursuit-elle en pinçant les lèvres.

— Quelles raisons peuvent être suffisantes pour trahir ma confiance?

Elle tressaille, puis baisse le regard :

— Ce n'est pas aussi simple.

— Tu évites de répondre. Encore.

Les pulsations du vaisseau ralentissent, comme si le système avait fini par flancher, mais un jet plus puissant que les autres emplit l'aquarium momentanément d'un nuage de bulles, faisant frémir les poissons qui, d'un bon coup de nageoires, fusent vers le haut.

— J'ai fait ce qu'il fallait pour le bien de tous, dit Tessa d'une voix qui s'apparente à un murmure après le hoquet soudain du vaisseau.

— Tu savais que mon frère était encore en vie, mais dès le début, tu as préféré me manipuler.

— Je ne pouvais pas mettre en péril le plan de la Confrérie. Ce n'était pas ma décision.

— On a toujours le choix, Tessa.

Le commandant Hawk et Yasmina ne seraient pas morts si Skyler n'avait pas plié sous les menaces de Laurène à l'infirmerie. S'il avait persuadé le commandant de coopérer, l'Arche ne se mourrait pas en ce moment. Même s'il n'avait pas réussi à le convaincre, il aurait pu faire entendre raison à son frère pour que Hawk reste à son poste sous la supervision de la Confrérie. Neal avait voulu préserver la vie de Hawk, après tout.

Skyler se sent embourbé dans une spirale infernale, tout ça à cause de sa propre couardise.

— J'ai fait ce que je croyais être bon, et je pense encore avoir bien fait, couine Tessa, le regard brillant.

— Maintenant c'est ta décision, de m'avoir menti, et pas celle de mon frère ?

Des pas furtifs dans le corridor derrière Skyler l'arrêtent net. Tessa et lui échangent un regard interrogateur, puis s'engagent dans le couloir qui se divise en deux, pistolet brandi. Il n'y a personne.

— Je vais voir de ce côté, lâche Skyler sans attendre de réponse.

Cette fois, elle ne le retient pas. L'air est plus frais de ce côté-ci. Skyler soupire d'agacement. Pourquoi Tessa doit-elle rendre les choses plus compliquées qu'elles ne le sont déjà ? Il a toujours été franc avec elle. Pourquoi ne peut-elle pas en faire autant ?

Le grincement métallique familier de l'épave bercée par les courants marins se mélange aux pulsations lentes et tressautantes. C'est le signe d'une tempête qui fait rage à la surface, du mariage entre le ciel et l'océan qui se répercute jusque dans l'abysse. Ou est-ce autre chose ? Ou *quelqu'un.*

Pourquoi a-t-il insisté pour accompagner Tessa dans cette mission de reconnaissance? Il devrait s'occuper des patients de l'Arche, au lieu de fouiller une épave avec une rebelle malhonnête du Parangon. Quand a-t-il changé autant?

L'éclairage papillote au rythme des vibrations du tremblement de mer en cours, si bien que Skyler doit allumer la lampe-torche de son pistolet pour se guider, tout en s'appuyant contre le mur quand les secousses deviennent trop fortes. La lumière blanchâtre se réfracte contre l'eau qui suinte à plusieurs endroits et, avec le roulis, des gouttelettes s'écrasent sur son visage.

Skyler est pris d'une toux cacophonique, sa gorge asséchée par les relents qui émanent de la mousse verdâtre recouvrant les failles entre les plaques métalliques et par l'odeur salée de putréfaction caractéristique des fonds marins. C'est encore pire que l'odeur du poisson qu'ils cuisinent sur l'Arche et qui subsiste pendant des jours.

Arrivé à une intersection, il tourne d'instinct à gauche. Le faisceau lumineux de son pistolet définit les contours anguleux de deux ascenseurs dont les indicateurs sont en panne. Skyler emprunte donc les escaliers adjacents, et monte. Toujours aucun signe de vie, outre le bruit de ses pas qui produisent un son granuleux contre le métal.

Depuis combien de temps cet endroit est-il abandonné ? En supposant qu'il s'agit d'un ancien vaisseau militaire et qu'ils ont tous réussi à s'enfuir, pourquoi le signal continue-t-il à jouer en boucle ? Mais surtout, qu'est-ce qui les a poussés à partir aussi vite ?

Skyler tousse encore et se résout à porter le masque qu'il a amené. Le caoutchouc épouse son nez et sa bouche d'une succion désagréable, et il inspire profondément pour calmer sa toux. Skyler fronce les sourcils quand il vérifie la composition de l'air via son bracelet. Le taux d'oxygène est à peine plus bas que la normale. Le système de filtration d'air ne peut pas avoir fonctionné pendant plus d'un siècle sans personne pour l'entretenir. Si leur système s'apparente au Feu Sacré, cela ne peut pas faire plus qu'un mois.

Skyler fait courir ses doigts le long du mur : la texture familière ravive des souvenirs prégnants, surtout ceux passés avec son frère, quand ils étaient adolescents et qu'ils exploraient les recoins les plus reculés de l'Arche. Ce genre d'excursion, il aurait aimé le faire avec cette version de son frère, Allen. Pas Neal. Bien qu'ils soient une seule et même personne, Skyler se surprend parfois à vouloir revoir Allen tel qu'il s'en souvient. Le Neal du présent est accablé par la mission inconcevable qu'il s'est lui-même imposée : des idéaux auxquels il aurait dû renoncer depuis longtemps.

La noirceur et le manque criant de vie de ce vaisseau sont alarmants. Les occupants ne peuvent tout simplement pas avoir disparu. En cas d'urgence, ils se terreraient nécessairement dans le Refuge ou, du moins, dans son équivalent.

Mais oui !

Skyler fait demi-tour pour redescendre à toute allure. Une intuition. À chaque tournant, l'impression de déjà vu s'accentue. Qui sont-ils? Que leur est-il arrivé?

Et si c'était une Arche comme Amarante ? Le Refuge devrait se situer sous l'atrium.

Son cœur s'emballe. Ils ne seraient pas seuls ?

Skyler se rembrunit en croisant un couloir qui ne devrait pas s'y trouver. Il n'aurait pas dû se réjouir trop vite. A-t-il pris un mauvais tournant? Il revient sur ses pas et constate son erreur : un embranchement que sa lampe n'avait pas éclairé. L'exaltation lui chatouille le ventre. Il presse le pas dans les ténèbres qui aspirent la lumière vacillante à cause des ballottements du vaisseau.

Skyler se fige, le corps parcouru d'un étrange frémissement. Il se retourne. Rien.

La crosse glisse dans sa main moite dont la paume est parcourue d'un fourmillement quasi électrique. Il ne veut pas avoir à s'en servir. Il est loin d'avoir l'entraînement de Tessa, et son frère n'a pas pris la peine de le former correctement avant de l'envoyer en mission.

Un point rouge qui ressemble à un œil se fixe sur lui. Immobile.

Il clignote.

Merde.

La lueur rouge est située en haut, à moins d'un mètre du plafond : une série de petits points bleus s'allume de chaque côté. Skyler brandit son pistolet dont le faisceau lumineux se réverbère contre une pièce métallique articulée. Il recule prudemment à reculons vers sa destination. Un éclat violet l'éblouit soudain.

Il se couvre les yeux par réflexe et tire à l'aveuglette. Les balles ricochent contre les murs. Pourquoi les simulations ne l'ont-elles jamais entraîné à se défendre?

Il devrait être médecin! Pas chasseur ou agent secret du Parangon! Et encore moins membre de la Confrérie. Préparer un soluté, administrer des antibiotiques par intraveineuse, et pour les patients qui le souhaitent, cristalliser leurs souvenirs dans les sphères de mémoire qu'il a conçues. Ça, il connaît.

Un bruit électronique le ramène à la réalité; la seule chance qu'il avait d'abattre sa cible s'est évaporée. Skyler fait ce qu'il fait de mieux : il court. Suivi par un bourdonnement insistant. Un drone, c'est un drone ! Des projectiles se logent dans les parois métalliques des murs derrière lui, il redouble d'ardeur.

Sa respiration étant superficielle, il ôte son masque. L'air souillé lui irrite la gorge, mais il accélère. Il tourne subitement dans l'embranchement de gauche sous le tonnerre des balles qui gronde autour de lui. Un grand portail orné de symboles dorés incompréhensibles se dresse devant lui : il pianote avec exaspération sur la console qui refuse de s'ouvrir.

Le drone en furie se rapproche. Skyler se propulse au sol au moment où une pluie de projectiles crible la porte. Les yeux fermés, il se met à tirer, de rage ou de désespoir, il ne sait pas. Le vaisseau tangue et il ignore s'il a atteint sa cible ou non.

Quand il s'aperçoit qu'il n'a plus de balles, il laisse tomber son arme à terre, les doigts douloureux, avec la désagréable impression d'avoir été momentanément possédé et attend, impuissant.

Le coup fatal ne venant pas, il ouvre les yeux et se relève prudemment.

Son pistolet jeté au sol éclaire la chose qui a failli le tuer et qui crépite à quelques mètres seulement : ses lumières clignotent et finissent par s'éteindre dans une volute de fumée. Skyler récupère son arme et s'accroupit pour mieux voir les détails du drone.

Les hélices sont immobiles et probablement la source du bourdonnement étrange. Avant le Déluge, les autorités se servaient de ce genre de drones comme système de surveillance, mais, pour une raison qu'il ignore, cette technologie est peu utilisée sur l'Arche. Tessa le saurait.

Il abandonne le tas de ferraille derrière lui pour retourner au corridor principal. S'il doit affronter d'autres drones, il aura besoin de nouvelles munitions. Le Refuge est son unique chance.

La porte avec les symboles dorés s'est mystérieusement ouverte. Il pénètre d'un pas hésitant et se rattrape de justesse au cadre. Les secousses sont de plus en plus violentes. Si cette tempête se poursuit, le retour à Amarante sera difficile au milieu de toute cette turbulence. Une voix électronique le fait sursauter :

Bienvenue à l'auditorium. Aucune représentation n'est au programme ce soir. Sedna travaille continuellement pour rendre le passage vers le Nouveau Monde plus agréable.

L'auditorium ? Ce ne peut être que l'atrium. Et Sedna ? Un mystère de plus.

Un air frais s'en échappe, comme le froid qui s'immisce dans un Strahl lors d'une sortie dans les fonds marins. L'odeur de pourriture est plus forte ici, mais Skyler ne prend pas la peine de remettre son masque. Il longe les rangées de sièges qui se succèdent de chaque côté. Une bonne centaine de marches plus bas, la plateforme que Skyler s'attendait à y trouver est inexistante. Il balaie les ténèbres avec le faisceau lumineux dans lequel flottent des particules de poussière blanche.

Des coups de feu éclatent dans un écho assourdissant. Un autre drone ? Non, plutôt un pistolet. Tessa ? Doit-il rebrousser chemin pour aller la rejoindre ?

Le jet de lumière pointé vers le sol se perd dans une cavité à une dizaine de pas. Des escaliers s'y enfoncent. Skyler descend.

Au fond, une trappe qui devrait certainement être scellée est ouverte. L'odeur rance devient si forte que les yeux de Skyler se remplissent de larmes. Un détecteur de mouvement s'active alors qu'il pénètre dans une pièce aussi grande que l'auditorium de l'Arche. Les lumières augmentent graduellement en intensité et… Skyler est tétanisé devant la vision d'horreur.

Des montagnes de corps. Empilées. Des centaines. Des milliers.

Des cadavres. Partout.

Un violent haut-le-cœur le prend de court, il vomit contre le mur. Il se remémore le conseil du Dr Nazar lorsqu'il a constaté son premier décès. Déconnecter. À l'époque, quand il croyait que son frère était mort, il avait paniqué, mais aujourd'hui, c'est différent. Il peut le faire.

Il jette un coup d'œil, encore accablé par son moment de faiblesse. Il retient son souffle de crainte que le malaise revienne. Ces corps pourraient être ceux des habitants de l'Arche s'il ne fait pas son travail comme il faut. C'est pour cette raison qu'il est ici, que son frère lui fait confiance.

Une fois la vague de nausée passée, Skyler essuie sa bouche avec la manche de son uniforme et enfile son masque. Il doit vérifier la cause de leur mort. Trouver un indice qui les informerait de leur identité.

Leurs uniformes sont différents de ce qu'il connaît : ils sont moulants et ressemblent à ce que portent les chasseurs de reliques. Certains ont des nageoires de tissu cousues sur les coudes et dans le dos. On dirait presque qu'ils sont équipés pour plonger. Skyler n'a pas besoin de beaucoup de temps pour se rendre compte que les cadavres à portée de sa vue présentent des perforations à plus d'endroits qu'il ne peut en compter. Même les murs de l'antichambre sont criblés de trous.

— Regarde qui j'ai trouvé.

Tessa tient une fille en joue en haut des escaliers. Les cheveux de l'inconnue sont noirs comme la nuit, noués en deux tresses avec des cordelettes orangées qui s'entremêlent dans les mèches. Et ses yeux sont immenses, ses paupières presque invisibles. Ses vêtements ne ressemblent en rien à ce que Skyler connaît. Ce n'est pas un uniforme : elle porte un haut lui aussi orangé, qui semble confectionné à la main, bien ouvert au niveau du cou, et avec des manches courtes et bouffantes. De multiples colliers aux formes étranges — des sortes de pierres d'un blanc nacré comme des dents de poissons — s'imbriquent les uns par-dessus les autres. Deux anneaux pendent à ses oreilles en se balancent furieusement.

Ce n'est peut-être pas la Terre promise tant espérée, mais…

Qui sont tous ces gens? Qu'est-ce qui leur est arrivé? Quel est ce monde dans lequel ils vivent?

— Qui es-tu ? lui demande Skyler en se rapprochant.

Puis, prenant conscience qu'il porte son masque, il l'ôte.

La fille les dévisage d'un air ahuri avant de répondre d'une voix tremblante :

— Je ne sais pas.

2

NEAL

NEAL PRESSE LE PAS, NE SACHANT QUE FAIRE DE CE QUE DAN LUI A rapporté. Comme s'il avait besoin de ça. Ne devraient-ils pas se réjouir de la fin d'un règne de mensonges ? N'est-ce pas ce qu'ils voulaient tous, le pouvoir de choisir eux-mêmes ?

Les portes du poste de commandement glissent à son approche, Dan sur ses talons. Les deux gardes le saluent avec le sourire, et Neal leur renvoie machinalement une marque d'affection : deux doigts sur le front.

Il y a trois mois à peine, Nora et Derek ont perdu leur frère cadet lors d'un raid pour s'approprier de la nourriture dans le secteur Delta. S'étant juré de le protéger de leur vie, ils étaient anéantis. Tout naturellement, Neal leur a offert de se joindre à la cause de la Confrérie, et ils ont canalisé leur chagrin pour s'entraîner durement jusqu'à renaître de leurs cendres. Maintenant, ce sont des alliés de confiance dont Neal a cruellement besoin.

Il leur fait signe de le suivre et d'autres viennent les remplacer aussitôt à leur poste.

— Le réfectoire, leur indique Neal, d'une voix se voulant amicale.

— Je peux m'en occuper, grogne Dan qui ramène la bandoulière de son pistolet de gros calibre devant pour mieux l'empoigner.

— Je sais.

L'esprit de Neal reprend sa course effrénée aussitôt qu'ils atteignent le corridor central et que la foule électrisée se resserre autour d'eux. Pendant ce temps, sa garde personnelle repousse les mal avisés de leur chemin. Neal pourrait le faire lui-même, mais de quoi aurait-il l'air ? Tout ce qui pourrait mener la Confrérie à sa perte le torture. Les relents d'une victoire éphémère.

La mission salvatrice qu'ils ont juré de remplir pourrait se réduire à un rêve brisé. Trop peu trop tard. Si seulement il avait pu agir plus rapidement. Cinq ans ont été nécessaires pour redonner à la Confrérie la flamme qui l'animait après la perte de l'une de leurs coopératrices, Tyna Bates. Bien qu'elle n'ait jamais prêté allégeance, elle était un pilier dans le regain de leurs activités depuis la séparation de l'ancienne Confrérie. Au fil des générations, le besoin de s'organiser s'est toujours fait sentir. La condamnation injuste de Tyna Bates pour trahison a attisé l'indignation et, du même coup, alimenté les rumeurs selon lesquelles c'était un avertissement à leur encontre. La communauté de Dissidents a toutefois décidé de ne pas plier.

Dissidents. Quel nom bidon ! Il n'y a pas plus uni que leur communauté, bien plus que ces familles qui ne jurent que par leur réputation et à qui on attribue une cabine d'un mètre carré plus grand, un meilleur déjeuner ou une visite d'une heure dans le simulateur. Comme si cela importait vraiment ! La mort connaît déjà le nom de tous dès leur premier souffle.

Alors que l'humanité fait face à son plus grand défi depuis le Déluge, le Commandement n'a réussi qu'à les diviser en exacerbant les différences. La fondatrice de la Confrérie affirmait que c'était pour garder une laisse à leur cou et ainsi mieux les contrôler. Or, cette tactique n'a jamais fonctionné sur les Dissidents qui ont résisté de tout leur saoul, même si cela les condamnait à une vie de misère. Dommage qu'elle n'ait pas vécu assez longtemps pour être témoin de leur triomphe.

Tyna Bates aussi souhaitait que les choses changent sur l'Arche. L'équipage prenait des décisions sans consulter le reste des Archéens et marginalisait les Dissidents qui ne voulaient pas avoir de compte à rendre au Commandement, reconnu pour être assujetti aux caprices du Parangon — un autre problème ! Des générations de marginaux confinés dans les fonds marins ne peuvent que souffrir dans leur solitude où leur existence même est un sacrilège. Cette femme a redonné un souffle aux Dissidents réduits au silence. Maintenant, le défi est tout autre et Neal sait que son manque de discernement pourrait leur être fatal.

Ils tournent brusquement dans le corridor et, déjà, des cris de protestation en provenance du réfectoire fusent. L'afflux de curieux donne du fil à retordre à Dan qui tente de garder son sang-froid. Heureusement, Nora et Derek les accompagnent. L'humidité dans l'air est pénible et Neal souhaiterait pouvoir ôter son uniforme doublé pour une fois, mais ce serait de la pure folie. Sans cette protection, il serait une cible bien trop facile. Il suffit d'un moment d'inattention et d'une balle mal placée.

Les agents du Parangon font vibrer leurs bâtons électriques à travers la foule. Neal serre instinctivement la crosse de son pistolet. Des Dissidents, des Archéens et le Parangon s'affrontent en deux groupes mixtes.

— Imagine ce que ce sera dans le Refuge, commente Nora en poussant un gémissement.

— Le Parangon est divisé, maintenant que leur leader Duke et son fils Chris sont sous les barreaux, explique Dan qui se gratte distraitement la barbe. Personne n'a dit qu'un changement de commandement serait facile.

— Ils n'apprendront donc jamais ? se plaint Neal en serrant le poing.

— La plupart ne pensent même pas aux conséquences. Comment feront-ils pour se tolérer pendant un mois ? renchérit Nora. De vrais enfants ceux-là.

— Eux aussi ont leur propre bataille à mener, dit Derek d'une voix basse.

— Pas le meilleur moment pour ça, commente Neal en tendant le cou pour mieux voir ce qui se passe.

Autoriser l'accès à la capsule à ceux dont la loyauté envers la Confrérie n'est pas garantie serait de la folie. Ce qui joue en leur faveur pour le moment, ce sont les dissensions dans les rangs du Parangon. Ce problème devra cependant être réglé avant de migrer dans le Refuge. L'esprit de l'humain a tendance à se transformer dans des endroits confinés, comme si l'instinct animal reprenait ses droits. Les Dissidents ont composé avec cette réalité toute leur vie et ils ont appris à vivre dans de pareilles conditions. Survivre au jour le jour. Alors que les Archéens privilégiés en sont bien loin, avec leur cantine service tout inclus.

Dan pose une main sur l'épaule de Neal et se poste devant lui quand un curieux les dévisage :

— Comment veux-tu t'y prendre ? Il nous faut plan.

— C'est si terrible que ça ?

Sa question est stupide, Neal le sait, mais c'est trop à gérer en si peu de temps. Que faudra-t-il aux Archéens pour comprendre que leurs vies sont en jeu ?

D'un geste nerveux, Neal frotte l'un de ses tatouages, se remémorant chaque coup d'aiguille et la sensation de l'encre qui s'infiltre pour mieux fusionner avec sa chair; une douleur moindre pour se rappeler les sacrifices à venir. Le réseau qui a creusé sa peau parmi les sillons de ses cicatrices est un souvenir qu'il n'oubliera jamais, pour toujours marqué dans sa chair. Une constellation de promesses. Une vague pour changer.

Il doit honorer son engagement envers la Confrérie, les Dissidents, mais aussi envers lui-même. La vie dont il a toujours rêvé est si proche qu'il la sent au bout de ses doigts.

— Pas de violence, lâche Neal devant ses compagnons aux aguets. Sinon ce sera la pagaille dans le Refuge. Tant que le Parangon n'est pas de notre côté, on est vulnérables.

Dan ouvre la bouche, comme pour dire quelque chose, mais finit par lâcher un soupir. Neal hausse les sourcils.

— Quoi ?

— Essaie de ne pas te laisser emporter.

Neal renâcle.

— J'ai donc une si mauvaise réputation ?

— J'ai seulement bonne mémoire.

S'il fait allusion à la fois où Valdez a tout fichu en l'air, ça ne compte pas. Il a bousillé sa couverture en se confiant à sa jolie partenaire après avoir trop bu. Walker avait travaillé d'arrache-pied pendant des semaines pour lui permettre d'infiltrer le Parangon. Heureusement que Tessa a su se taire au bon moment et qu'ils ont pu garder un de leurs espions. Elle a fait un bon ménage sur ce coup. Sans elle, le Parangon aurait remonté directement à la Confrérie. La colère de Neal avait été plus que justifiée.

— Je ferai le nécessaire, dit Neal à Dan qui acquiesce. Juste le nécessaire.

— Sois prudent.

D'apparence bourrue, Dan a le cœur tendre. Il a toujours été attentif aux besoins de la Confrérie depuis ses débuts, avant même que Neal décide de la relancer. Mais il a parfois du mal à se mêler de ses affaires. Comme en ce moment.

La lumière tamisée, que Walker a recalibrée, plonge le réfectoire dans une étrange pénombre semblable à celle des étages inférieurs; le puits de lumière est aujourd'hui une fosse bouillonnante, avec tous ces gens qui observent le quasi-champ de bataille, perchés sur les étages supérieurs. Une véritable arène.

Les tables sont renversées et de la nourriture a éclaboussé un peu partout. Quel gâchis ! Combien de Dissidents auraient pu se nourrir ? Sans surprise, Fiona se trouve au beau milieu du grabuge, accompagnée d'un groupe de Dissidents indépendants qui supportent la Confrérie. Quand ils ont su que des Archéens toujours fidèles au commandant Hawk voulaient reprendre le contrôle de l'Arche, ils s'en sont mêlés aussitôt.

Neal expire puissamment, découragé par cette bande de crétins.

— C'est le moment où on a le plus besoin de se serrer les coudes, et c'est comme ça que vous agissez? rugit-il en fusillant Fiona du regard.

Le ton baisse chez les Dissidents, mais la grogne persiste du côté des Archéens. Étonnamment, les agents du Parangon baissent leurs armes et se rapprochent. Certains ont l'air mécontent, mais d'autres regardent Neal avec respect. C'est un début.

— On veut voir le Commandant maintenant! rugit un homme d'âge mûr que Dan garde à distance.

C'est un Archéen vêtu d'une tunique d'un violet mat, aux épaulettes bien droites, enserré d'une obi à la taille : il fait donc partie de la branche spéciale des Sigmas. Peu de gens savent réellement ce qu'ils font pour la Fondation Sigma, mais ils ressemblent en tout point à des maîtres d'arts martiaux. Un complexe de superhéros qui a mal tourné? C'était monnaie courante chez les jeunes Dissidents qui donnaient un peu trop d'importance à leur rôle durant les missions de ravitaillement.

L'homme à la tunique pointe un doigt dans leur direction et vocifère, le menton levé. Là où la paume de sa main devrait être calleuse, la peau est bien dorée sans la moindre imperfection, et ses ongles manucurés brillent malgré la piètre luminosité. Il porte même une bague polie et sertie d'une pierre aigue-marine qui ne peut qu'avoir été récupérée lors d'une chasse aux reliques. Les ressources pour confectionner de tels bijoux ne sont plus accessibles depuis belle lurette.

— Ma famille s'est démenée pendant des années pour se faire respecter, tonne-t-il, alors que la semi-pénombre accentue le creux de ses yeux et lui donne presque l'air d'un mort-vivant.

— Et qu'est-ce que vous avez fait au juste ? le questionne Neal, buté.

Tout le monde retient son souffle, l'air horrifié. L'homme a donc un statut particulier connu de tous : seule une poignée de familles peuvent avoir le privilège dont cet homme jouit. Neal se rapproche de lui avec autant de nonchalance que possible, conscient de tous les regards rivés sur lui. N'était-ce pas ce qu'ils voulaient, un spectacle ?

Heureusement pour lui, Dan se poste entre eux, un bras contre le torse de l'homme qui bout sur place :

— Tu te crois au-dessus des règles ? Tu crois qu'une vermine dans ton genre peut décider de ce que l'on fait sur *notre* vaisseau ? Mais tu n'as *aucune* idée de ce qui est bon pour nous en accord avec le plan.

Le ton acerbe qu'emploie l'homme provoque un sourire narquois chez Neal.

— *Notre* vaisseau comme tu dis est maintenant sous *mon* contrôle.

— Tu t'autoproclames commandant, maintenant ? s'esclaffe le maître ridicule avec un rire grinçant. Et puis quoi encore ? Les règles centenaires qui régissent l'Arche ne peuvent pas tout bonnement être écartées.

— Les règles, c'est moi qui les fais.

— Et pourquoi le Commandant Hawk lui-même ne vient pas nous l'annoncer? La procédure officielle est pourtant claire : il doit y avoir une cérémonie de passation présidée par le Parangon. Rien de tout cela ne s'est produit, à ce que je sache.

— Visiblement, le maintien des procédures t'importe beaucoup. Pour ton information, parce que tu as bien dit d'entrée de jeu que tu parles au nom de ta *famille,* ta contribution n'est pas perdue, qu'il y ait changement de commandant ou non, puisque tout le monde sur ce vaisseau en bénéficie. Je ne vois pas où est le problème.

— Je veux que le Commandant nous le dise lui-même. Il me semble que c'est assez clair. Notre réputation prime sur les autres !

— Il s'agit de la réputation de ta famille, alors ? Sérieusement ?

La consternation ronge la poitrine de Neal, ses narines se dilatent. Le courant électrique qui simule l'impact de la chair sur ses poings durant ses combats virtuels lui manque cruellement. À quand remonte la dernière fois ?

Il inspire profondément et ajoute *parler à Walker* à sa liste de choses à faire.

— Vous ignorez ce que c'est que d'être persécuté et marginalisé toute votre vie.

Toutes ces années parmi les orphelins des étages inférieurs étaient… exécrables. Ils étaient si nombreux. La plupart n'ont aucun souvenir d'avoir eu une famille. Ils ont été abandonnés, laissés pour morts. Plutôt que d'attacher de la valeur à leur réputation, ces satanés Archéens devraient chérir le fait d'avoir une famille unie qui les aime.

— Vous étiez de ceux pour qui tout a toujours été facile, crache Neal dont les joues s'engourdissent. Pas nous. Maintenant, vous allez nous écouter.

Dan fait une tête qui lui confirme qu'il vient de merder. Contrôler ses émotions. Plus facile à dire qu'à faire.

— Ils ont tué le Commandant Hawk, voilà pourquoi ! crie un jeune Archéen, à peine plus jeune que Neal, arborant l'uniforme Oméga du centre de soins. Vous êtes des passagers clandestins ! Vous ne devriez même pas être ici. Les problèmes, c'est vous qui les avez causés en vous appropriant notre Arche. Le Commandant Hawk était le seul qualifié et vous l'avez tué!

Les cris de protestation du côté des partisans de Hawk remplissent le puits de lumière dans un tonnerre discordant. Tandis que ceux qui supportent la Confrérie se réjouissent.

— On a sacrifié nos vies pour rien? exhorte l'homme à la tunique que Dan doit retenir plus fermement. Il n'est pas question que ma famille partage le Refuge avec ces... terroristes!

Ce ne sont que des mots, mais ils transpercent Neal comme l'aiguille de tatouage qui, pendant toutes ces heures, lui faisait croire qu'il ne tiendrait pas une minute de plus. Il s'est endurci depuis. La sensation lui est familière, apprivoisée.

La mort du commandant était un malheureux évènement qu'il aurait dû prévoir. Laurène. Un électron libre qui aurait pu foutre leur plan en l'air comme un feu de poudre. Elle est heureusement hors d'état de nuire, maintenant qu'elle pourrit dans sa cellule. Il s'occupera de son cas plus tard. Si Hawk avait coopéré en leur donnant le code de son plein gré, on aurait évité bien des ennuis, mais le passé ne peut être changé. Neal doit dès maintenant composer avec les dommages collatéraux.

L'homme à la tunique se libère de l'emprise de Dan et se fond dans la foule, furibond.

— C'est quoi ton nom? demande sèchement Neal au jeune Archéen qui a révélé la mort de Hawk.

Neal voulait annoncer la mort du Commandant lui-même, sans provoquer un tollé, une fois la situation stabilisée. Tant pis. Il baisse légèrement la tête, comme chaque fois qu'il est en colère.

— Qu'est-ce que ça peut te faire, de connaître mon nom? le provoque l'Archéen, la lueur orangée des lumières se reflétant sur la peau brillante de son cou.

Neal a l'impression de l'avoir déjà vu, mais ses souvenirs sont confus. Sur une caméra de surveillance peut-être. Avec Skyler?

— Je parle au nom de tous ceux qui, comme moi ici, revendiquent ce qui nous revient de droit, poursuit le jeune Archéen, la bouche entrouverte, comme prêt à mordre. Ces paroles ne te rappellent rien?

Ces mots, il les a récités ces cinq dernières années, rituel quotidien pour se rappeler de ne pas gaspiller cette nouvelle chance de ressusciter la Confrérie. Il ne les connaît que trop bien.

Neal laisse sa colère couler un peu plus dans ses veines pour s'en nourrir. Sa crédibilité dépend de sa réaction. Tout le monde le fixe, et il le sait. Sa scène avec l'homme à la tunique n'était pas sa plus belle réussite.

Il attend.

— J'imagine que c'est toi le leader de cette Confrérie? ajoute le jeune Archéen d'un ton cinglant. Comment on se sent, quand on est un meurtrier?

— Le Commandant est responsable de sa propre mort.

L'Archéen renâcle et lève le ton.

— Ça ne change rien au fait que tu es un meurtrier. Combien de morts a-t-on brûlés aujourd'hui par ta faute? Non seulement la personne qui comptait le plus à mes yeux est morte pendant ton assaut pour prendre le contrôle de l'Arche, mais tu nous as tous condamnés.

Une raison personnelle. Neal note ce détail important et réplique :

— Je ne suis pas responsable de ton malheur. J'ai aussi perdu des êtres chers, mais je n'accuse personne simplement pour alléger ma souffrance. J'ai appris à vivre avec.

Le jeune Archéen se reprend, avec un ton différent :

— J'ai vu des dizaines de patients mourir du Syndrome des Fées. Tu as dû en entendre parler, j'imagine.

Plusieurs Dissidents en ont aussi été atteints, mais Neal croyait que c'était dirigé contre eux. Une mort de l'intérieur difficile à identifier. Le Syndrome a été un catalyseur pour la formation de la Confrérie. Ils avaient cru à une arme pour purger les Dissidents. Cela avait semé la révolte.

Le fait que ce soit généralisé n'est peut-être qu'un mauvais calcul de la part du Commandement. Quand on ouvre la boîte de Pandore, on ne peut garantir qu'elle ne consumera pas son maître. Elle ne connaît aucune pitié. Ami ou ennemi, aucune différence.

N'obtenant pas de réaction de la part de Neal, le jeune Archéen poursuit :

— Je croyais que les Fées étaient le pire mal que ce monde ait créé en leurrant les plus faibles d'entre nous.

Il prend une pause presque théâtrale :

— Je me suis trompé.

Il croise le regard de Neal, de la lassitude dans les yeux :

— Il y a quelque chose de bien pire et de bien réel. Toi et ta bande de criminels.

Neal ravale une réplique acerbe, poings serrés. Le jeune Archéen se retire et bouscule au passage les curieux autour de lui.

Comparer la Confrérie à une maladie… Neal ferme les yeux momentanément pour se calmer… cet homme doit être désespéré. L'étrange impression que Skyler lui parle directement à travers ce jeune Archéen le désarçonne.

Neal se retourne vers Fiona :

— Comment est-ce que la situation en est arrivée à ce point?

— Ils nous bloquaient l'accès au réfectoire, se défend Fiona en rassemblant sa tignasse épaisse en une tresse qu'elle laisse retomber d'un côté. Bordel, on ne se privera pas de manger pour une bande de crétins.

Derek et Nora ont pris l'initiative de disperser la foule avec l'aide de ceux qui semblent être dans leur camp. Neal profite de cette diversion pour prendre Fiona à part :

— Qu'est-ce que tu as fait exactement?

— Je suis entrée de force. Je ne pouvais pas rester les bras croisés.

L'énervement audible dans la voix de Fiona l'exaspère. Elle n'apprendra jamais. Elle aussi devra apprendre à se contrôler.

— La prochaine fois, laisse-moi régler ça à ma façon, pour éviter que ça dégénère.

Elle a un claquement de langue et soupire de mécontentement.

Neal reporte son attention sur la foule de fidèles qui est restée dans le réfectoire et prend la parole :

— Les temps qui se présentent sont durs, mais la liberté a un prix.

Un silence qu'il interprète comme du respect s'installe. Neal poursuit, animé d'une nouvelle énergie :

— Mais ce prix, on peut se le partager, tous ensemble.

Il croise le regard de plusieurs d'entre eux, brillant d'une émotion commune : la peur. Ils tentent de la dissimuler derrière une apparence de confiance, mais elle ne passe pas inaperçue.

Elle peut être destructrice; elle est si puissante qu'elle peut anéantir une civilisation. Neal doit la désamorcer tandis qu'il est encore temps, sinon elle deviendra incontrôlable. Ces gens sont les graines qui rendront possible le changement de commandement.

Il sait ce qu'il doit faire. Ce qu'il doit dire.

— Ce fardeau est trop lourd pour les épaules d'une seule personne. Le Commandant Hawk l'a appris d'une triste manière et il y a perdu la vie. Il a préféré nous garder dans l'ignorance, alors que nous aurions pu trouver une solution tous ensemble.

Neal observe une pause pour laisser ses mots pénétrer les esprits. Ils ont peur, mais au moins ils l'écoutent.

— Soit on meurt dans une ignorance nourrie depuis trop longtemps, en sachant que la Terre promise existe, sans rien faire pour la trouver. Soit on essaie tout ce qui est possible de faire pour la rejoindre. Je choisis sans hésiter la deuxième. Si vous doutez, rappelez-vous les années à rester dans l'ombre du prochain repeuplement. Cette méthode n'a pas fonctionné. La Terre promise, elle, est encore possible.

Il inspire profondément. Le poids de la tâche colossale des prochaines semaines s'installe bien fermement, au point qu'il en a le souffle coupé.

— Le Commandant avait peur de l'inconnu et préférait nous garder prisonniers de l'Arche. Mais maintenant que l'Arche est à nous, nous pouvons décider pour nous-mêmes.

— Et tu crois que tu réussiras là où plus d'un siècle de tentatives a échoué? le nargue une fille. Tu n'es pas le premier à essayer de nous faire rêver. Mon père m'a parlé de l'Embarquement et de la véritable histoire, celle qu'on ne veut pas nous raconter. Celle des Farrell. La vraie version.

La plupart des gens ne savent pas à quoi elle fait référence, mais lui, il sait. En épluchant les Archives, grâce aux intrusions habiles de Walker dans les accès restreints, il a absorbé plus de contenu que n'importe qui vivant sur l'Arche. La vérité, il la connaît et il ne répétera pas les erreurs du passé.

— Je ferai tout ce que je pourrai pendant les trente-trois jours qui restent pour que l'on rejoigne la Terre promise. Et je ne vous ferai pas croire à la rédemption. Ça vous appartient. Mais je ne serai pas seul. Je vais avoir besoin de votre aide.

La fille ne répond rien et finit par hocher la tête. Neal reporte son attention sur tous les autres qui ont encore besoin d'être convaincus, ou du moins, apaisés.

— Cette aide peut commencer maintenant. En vous solidarisant et en recueillant tout ce qui pourrait nous être utile pour le prochain mois que nous devrons passer dans le Refuge.

Les garder occuper. La meilleure façon pour détourner leur attention et préserver un semblant d'ordre. Cela fera l'affaire pour le moment.

On acquiesce autour de lui. Bien. Il donne des instructions à Derek et Nora qui prennent le relais en divisant la foule en différents groupes de recherche pour des ressources précises : nourriture, eau, sacs de couchage et autres.

Dan lui ébouriffe les cheveux avec un sourire et lui lance :

— Pendant un moment, j'ai cru que ça y était, mais...

— C'est bon, ça va. J'ai compris.

Neal le repousse affectueusement et s'en retourne à la capsule, Dan dans son sillon.

Les Dissidents sont sa famille. Ensemble ils se soutiennent. Le même genre de cohésion est nécessaire parmi les habitants de l'Arche pour passer à travers ce qui les attend. Il espère seulement qu'ils le comprendront assez tôt pour s'éviter le pire.

Les Archéens auraient dû se réjouir du changement de gouvernance, de connaître enfin la vérité. Neal avait tout misé sur l'annonce des nouvelles possibilités qui s'offrent aux Archéens, puisqu'ils sont désormais libres. Il pensait les rassurer. Il croyait avoir réussi à leur donner un but, un espoir infaillible.

Il n'a jamais eu aussi tort. Il a mené la Confrérie et ses idéaux en considérant la réalité des Dissidents, mais en omettant celle des Archéens. S'il échoue à réconcilier les deux, il le paiera cher.

— Dan, j'ai besoin que tu t'occupes du Parangon dès demain avec Walker, dit Neal une fois de retour dans la cabine de l'ancien commandant. Modifie leurs bracelets pour qu'on puisse les retracer et les mettre hors d'état de nuire s'ils nous font faux bond. Walker a dit que c'était possible, même pour un aussi grand nombre.

— Ce n'est pas toi qui ne voulais pas user de la force ?

— Ils n'auront qu'à remercier le jeune enfoiré qui vient de s'en mêler.

LA NUIT EST TOMBÉE. Du moins, son équivalent grâce au jeu de lumière habile du vaisseau. Neal s'est réveillé en sursaut au beau milieu d'un cauchemar. Encore un. Incapable de se rendormir, il sort de la capsule. L'Arche est si calme. À peine quelques heures plus tôt, tout lui a éclaté à la figure. Nora l'interpelle et lui fait part de son intention de l'escorter, par précaution.

— Je n'en ai pas pour longtemps, répond-il. Va te reposer.

Elle proteste, mais Neal a finalement raison d'elle.

Sa tête bourdonne de pensées, il se frotte les yeux en marchant. Dans la pénombre bleutée du corridor, quelqu'un lui empoigne solidement le bras et le force à se retourner.

— Léandre, lui dit d'un ton menaçant le jeune Archéen à l'origine de l'altercation dans le réfectoire. C'est mon nom.

Son regard brille d'une animosité palpable. Depuis combien de temps ce Léandre le guettait ? Une embuscade? Un bref coup d'œil lui assure que non. Il est venu seul. Courageux.

— Tu ferais mieux de t'en souvenir, ajoute Léandre.

Neal se déprend d'un mouvement vif en serrant les mâchoires.

— Parce que si tu ne tiens pas ta promesse, continue Léandre, crois-moi quand je te dis que je m'occuperai personnellement de ton cas avant qu'on crève tous par ta faute.

Neal reste figé un long moment après le départ de Léandre.

L'avenir lui fait peur. Sans la Terre promise, ils mourront tous. À petit feu.

3

NEAL

Une chaleur suffocante irradie autour de lui. Il se couvre le visage, aveuglé par les flammes qui sautillent contre les parois immaculées qui noircissent et se gondolent en prenant plaisir à mimer sa douleur. Il recule dans un coin contre le mur, puis se recroqueville alors que le feu affamé fond sur lui, qui tremble de tout son corps. La morsure infernale lui arrache un cri strident.

Neal se réveille en sursaut, haletant. Les draps lui collent à la peau, il éponge son front ruisselant, encore sous le choc. Ses doigts courent instinctivement sur ses tatouages qui semblent avoir repris vie. Il fixe le vide, incapable de bouger. Les images sont si nettes qu'elles en sont douloureuses, comme si on lui arrachait les entrailles.

Il renifle et se lève pour sortir de sa léthargie. Son journal. Vite avant qu'il oublie. Les détails de son cauchemar menacent de retourner dans les limbes alors qu'il s'empare d'un stylo qui traîne sur le bureau et se met à griffonner furieusement.

Les flammes étaient plus chaudes cette fois-ci. Je crois même avoir aperçu des éclats par-delà le feu et une voix, mais rien de distinct. Ou peut-être que si ? De la peur. Une peur sourde et viscérale. Et je criais encore et encore. Y avait-il quelqu'un d'autre ?

Le mouvement saccadé qui danse dans les courbes de chaque lettre est une sensation indescriptible. Puissante, relaxante, linéaire et ordonnée. Son esprit s'occupe, ses muscles se stimulent au rythme de son cœur qui bat plus rapidement, jusqu'à ce que la peur fasse enfin place à une compréhension muette, contemplative. Ses pensées se déversent sur le papier comme un jet de lumière qui perce à travers un brouillard prêt à refermer les fissures de son esprit fiévreux.

C'est toujours ce même cauchemar, mais plus le temps avance et plus il va me rendre fou. C'était si réel. Walker doit sûrement y être pour quelque chose, avec les simulations répétées. Ça m'a bousillé le cerveau à la longue.

La bille de son stylo s'arrête sur le point. Sa mémoire s'embrume, comme cela lui arrive chaque fois qu'il est sur le point de définir les contours de ses rêves. Malgré ses efforts, sa terreur nocturne n'est plus qu'une impression fugace. Il soupire et appuie sa tête contre le mur. Depuis toutes ces années, il ne peut même pas décompresser comme une personne normale.

Il a un rire amer à cette pensée. Est-ce qu'une personne normale pourrait prendre le contrôle de l'Arche avec une bande de Dissidents oubliés et négligés ?

Neal referme son journal dont le cuir travaillé glisse sous ses mains trop moites. Il effleure du bout des doigts les reliefs en forme de vague, comme son tatouage.

La cabine du commandant n'est pas ce qu'il espérait. Sa bonne vieille cabine lui manque cruellement, mais surtout le repère de la Confrérie où leurs rêves les plus fous se sont matérialisés. Ici, ils n'ont pas de souvenirs heureux : que de la colère et de la peur. Il l'a tant convoitée, cette cabine. Alors pourquoi a-t-il envie de s'enfuir chaque fois qu'il se réveille ?

Il essuie sa joue et range son journal dans un petit cabinet qu'il ferme à clé, sous les portraits des anciens commandants qui le dévisagent comme un intrus. À bien y penser, modifier la décoration ne serait pas de trop. Il ôte les tableaux les uns après les autres et, ne sachant où les déposer, les laisse tomber en une pile désordonnée. Il croit même entendre un bruit de déchirure, mais ne s'arrête pas pour autant.

On étouffe ici. Neal ajuste la climatisation à la baisse et se remet au travail. Ses muscles s'échauffent rapidement quand il déplace le sofa. Si Dan le voyait, il se paierait sa tête.

Pour la première fois depuis qu'ils l'ont prise d'assaut, la salle de commandement fourmille d'activité. Une poignée de Dissidents formés par Walker sont postés devant les écrans de contrôle, à essayer de réallouer les demandes en énergie du vaisseau en vue du transfert au Refuge. L'air est tellement gorgé d'humidité qu'ils ont recouvert et scellé les hublots pour éviter au maximum les pertes de chaleur inutiles.

Avec l'aide de Derek et Nora, Walker lie les bracelets des déserteurs du Parangon un à un. Ils sont une vingtaine, c'est plus que ce que Neal escomptait. Même si la menace d'une révolte est encore bien présente, les rangs du nouveau commandement se gonflent. Neal devrait s'en réjouir, mais la tension dans ses muscles persiste.

La manière cérémonieuse dont Walker procède donne l'impression qu'il les invite dans une secte : enregistrement vocal, prise d'empreinte digitale, réinitialisation du bracelet et, pour couronner le tout, l'uniforme officiel des Dissidents avec une touche discrète pour les distinguer. Personne n'a l'air de se soucier des formalités. Soit ils croient réellement en la Confrérie, soit ils ne veulent plus rien avoir rien à faire avec Duke. Après le carnage de l'Atrium sous ses ordres, ce ne serait pas étonnant. Quelle personne sensée voudrait être complice d'une telle folie ?

— Accueillez Maître Neal, votre nouveau commandant, murmure Dan d'un ton faussement sérieux une fois Neal et lui entrés dans le poste de commandement. Tous les secrets du monde vous seront révélés, mais seulement si vous croyez en son pouvoir. Et s'il vous en juge capable, vous aurez une place de choix sur la Terre promise, avec un domaine luxuriant pour vous et vos enfants.

— Fais pas l'idiot, renâcle Neal en lui donnant un coup de coude dans les côtes.

En retour, Dan lui attrape la tête et ébouriffe les cheveux qu'il avait pris la peine de peigner pour une fois, question de faire bonne impression. Des regards amusés se tournent vers eux. Et voilà, maintenant ils croiront que la Confrérie n'est qu'une bande de gamins qui jouent les héros.

— De quoi j'ai l'air devant le Parangon ?

Neal le repousse avec force et Dan bronche à peine. Neal en profite pour replacer ses cheveux d'un geste maladroit. Un attroupement s'est formé autour de nouveaux venus qui jettent des coups d'œil furtif vers les caméras de surveillance. Il va rejoindre le groupe parmi lequel certains échangent avec lui un sourire nerveux.

— Pas le Parangon, mais ses déserteurs, rectifie dans un chuchotement Dan qui s'est placé dos aux autres pour s'assurer qu'on ne lise pas sur ses lèvres. Ce n'est pas avec cet air de chien battu que tu vas t'attirer leurs bonnes grâces.

Neal force un sourire, puis abandonne aussitôt. Il se sent trop stupide.

— À qui le dis-tu? rétorque-t-il. Tout le monde dit que ta barbe te donne l'air de tout sauf sympathique. Ce n'est pas l'amie de Skyler qui te surnommait la grosse brute ?

Neal s'esclaffe devant la mine meurtrière de Dan.

— Quoi ? Si je dois avoir l'air plus enjoué, aussi bien que ça soit naturel.

Dan s'apprête à répliquer, mais Walker vient à la rescousse. Il lui revaudra ça.

— Jusqu'à présent, vingt-deux d'entre eux sont venus, indique Walker en se frottant les yeux.

Derek et Nora prennent le relais pour accueillir les nouveaux venus. Nora a particulièrement l'air à l'aise, car elle n'hésite pas à discuter avec chacun d'entre eux pendant qu'ils attendent leur tour. Derek, quant à lui, a du mal à gérer l'équipement, et Walker retourne lui montrer comment faire à nouveau. À la façon dont Walker secoue la tête, il doit être à court de patience.

— D'autres devraient se joindre une fois qu'ils comprendront ce que la Confrérie veut faire, dit Dan. Donner une chance égale à tous.

— Je me demande bien ce qui a convaincu ceux-là, songe Neal à voix haute en se grattant la nuque.

— Crois-le ou non, il s'agit de ton petit discours d'hier, dit Walker qui revient.

— Tu vois que ce n'est pas ta coiffure qui fera une différence, commente Dan.

Neal lui jette un regard noir.

— Duke Kay va être furieux ? s'enquiert Walker qui croise les bras.

— À mon avis, il n'en a rien à foutre des agents doubles, dit Neal qui se rappelle avec dégoût les enregistrements qu'ils ont trouvés de lui, non seulement pendant le massacre de l'atrium, mais aussi durant les simulations et les entraînements du Parangon. Il préférerait les voir partir ou mourir, plutôt que de le servir.

— C'est une façon de voir les choses, renchérit Walker, plongé dans ses pensées. Qui te dit qu'il ne recherche tout simplement pas un contrôle absolu ? Il est le prétendant au poste de commandant, après tout.

C'est vrai. Il est le successeur légitime, mais ça ne veut pas dire qu'il doit l'être.

— Que peut-il faire sous les barreaux, honnêtement ? dit Neal avec un haussement d'épaules.

— Ses plus fidèles agents vont lui rendre visite à l'occasion, grogne Dan. Ils pourraient coordonner une attaque.

— N'y a-t-il pas quelqu'un pour vérifier les communications ? D'ailleurs, pourquoi les visites sont autorisées ?

— On ne peut pas briser la confiance des Archéens. Ça va de soi.

— Même pour un criminel qui a tué tous ces innocents ?

Sa question reste en suspens quand un déserteur, maintenant vêtu de son nouvel uniforme, les rejoint. Son teint basané et ses cheveux noirs lui rappellent Fiona, et Neal se demande presque s'ils ne sont pas cousins. Il les salue à la manière du Parangon, puis se reprend maladroitement.

— L'agent Miles est le premier du Parangon à s'être plié à nos exigences, dit Walker qui vole à son secours. Sans lui, les autres n'auraient sûrement pas osé faire le premier pas.

— Merci de nous faire confiance, le salue Neal en lui offrant une poignée de main et en lui serrant l'épaule. J'espère que ta famille ne te renie pas en raison de ta décision.

Miles a un petit rire nerveux et lisse son uniforme distraitement.

— Ils n'étaient pas d'accord que je rejoigne le Parangon. Ma famille disait toujours qu'ils ne causaient que des problèmes sur l'Arche au lieu de les régler. Il s'avère qu'ils n'avaient pas tort. Duke les a tués.

— Je suis désolé, s'excuse Neal en refermant le poing, mal à l'aise.

— J'étais le partenaire de Tessa, dit Miles sans sembler se formaliser. Avoir su plus tôt qu'elle faisait partie de la Confrérie, je lui aurais facilité la tâche.

— Je n'ai que de bonnes choses à dire de l'agent Miles.

Cette voix… Tous les sens de Neal deviennent survoltés.

Quand il croise son regard, Tessa lui fait un clin d'œil. Ses tresses sombres ont l'air humides, et sa peau ambrée est un peu rougie, comme si elle sortait d'une douche brûlante. Ses grands yeux lumineux cherchent les siens, comme pour lui dire quelque chose, mais il ne comprend pas, trop distrait par cette sensation douce et chaude qui remue à l'intérieur de lui. Enfin, elle est revenue.

— Contente de voir que tu vas bien, Miles, dit Tessa qui a rejoint leur petit groupe.

Ils échangent une poignée de main compliquée. Leurs paumes entrent d'abord en contact, suivi du revers, de leurs poings qui s'entrechoquent devant, puis vers le haut et le bas. L'instant d'après ils se font dos, enchaînent les mouvements et reviennent de face pour le coup final. Le rire perlé de Tessa clôt le spectacle sous les regards abasourdis de Neal, Dan et Walker.

— J'avais besoin de ça, dit Tessa une fois qu'elle a repris son souffle, le bras sur son ventre.

— Décidément, on va avoir l'air d'une bande de gamins, dit Neal, une main appuyée sur son front, découragé.

— Le Parangon ne fait pas qu'arrêter les criminels, traquer les Dissidents et scanner le bracelet de tous ceux qui ont le malheur de se trouver sur leur chemin, ajoute Miles. En fait, les soirées sont *très* arrosées. Tu te souviens Tessa, la fois où…

Neal déconnecte de leurs histoires abracadabrantes de beuveries légendaires et il en profite pour prendre Walker à part. Se rappeler des moments heureux passés avec Dan et les autres, avant d'aller de l'avant avec leur plan, ravive des émotions interdites.

— Bon travail, souffle Neal. J'aimerais que tu t'occupes d'un autre truc. Les caméras de surveillance.

Walker se frotte à nouveau les yeux avant de répondre, d'un air las :

— Je voulais t'en parler. Elles prennent beaucoup d'énergie dont pourrait se servir pour…

— Inutile de les éteindre. Elles doivent être mieux sécurisées. Si ça se trouve, on nous surveille.

— Oh.

Walker semble émerger de ses pensées et regarde l'un des yeux magiques. Autant ils leur ont permis d'exécuter leur plan, autant ils pourraient mener à leur perte.

— Sois plus subtil, chuchote Neal qui garde son attention sur Walker dont le teint pâle signale que tout devra se terminer rapidement pour ne pas qu'il flanche.

— Désolé. J'aurais dû y penser. Avec tout le système qui plante à cause du Feu Sacré, j'ai…

— C'est bon, tu n'as pas besoin de m'expliquer. J'imagine que le système de surveillance est accessible depuis le QG du Parangon, non ?

— Merde.

Ça sent mauvais. Si des personnes malintentionnées se servent des caméras de surveillance, elles connaissent leurs moindres faits et gestes. Encore pire, si ces visites que Duke reçoit à la prison sont coordonnées avec ses loyaux sujets…

— Le serveur du Parangon est indépendant, gémit Walker qui paraît agité. J'aurais dû y penser avant.

Neal serre des mâchoires et dit :

— Walker. On doit prendre le contrôle de leur QG et désactiver leur accès au système. Demande à Fiona et Milo d'organiser un groupe, idéalement avec l'aide des déserteurs. J'ai autre chose dont je dois m'occuper.

Il lance un regard à Tessa, qui parle toujours avec Dan et ce Miles. Il a la vague impression qu'elle ne l'a pas quitté des yeux malgré tout. Qu'est-ce qu'elle essayait de lui faire comprendre, tout à l'heure ?

— Tu es certain que tu veux mettre Fiona et Milo ensemble ? Ils sont un peu… comment dire. En froid ?

— S'ils ont des choses à régler, qu'ils le fassent tout de suite, s'énerve Neal. On n'a pas de temps à perdre pour des enfantillages.

— Je leur ferai le message.

Neal lui sourit et le remercie avant de se diriger vers sa prochaine tâche. Il se glisse à côté de Tessa, qui capte son signal aussitôt. Bien.

Une fois à l'extérieur de la salle de commandement, une bouffée d'air plus frais aux arômes de légumes qui mijotent les accueille. Le repas du soir doit approcher. Tante Sheyla fait encore des miracles en recréant sa recette de ragoût, même ici. Une occasion spéciale à souligner, maintenant que les déserteurs du Parangon se sont joints. Mais d'abord…

Neal tire Tessa sans cérémonie dans un couloir qui semble vide. Le corps svelte et bien entraîné de Tessa épouse le sien à merveille, au point de le faire frissonner. Il passe ses doigts dans ses tresses et attire sa bouche contre la sienne, envahi par un désir magnétique. Il lui dérobe deux baisers du bout des lèvres avant qu'elle ne se détourne.

Le peu de chaleur entre eux s'évanouit. Neal fait la moue, légèrement irrité.

— Qu'est-ce qu'il y a ?

— Je dois te montrer quelque chose.

Elle a dit ça le dos tourné, comme si elle souhaitait lui cacher ses états d'âme.

— Ça ne peut pas attendre ? On ne s'est pas vus depuis un bail.

Il essaie d'être enjôleur, mais l'insistance de Tessa est sans équivoque.

— Allez, viens.

La proximité de son corps lui manque et Neal n'a d'autre choix que d'obtempérer. Peut-être que, ce soir, ses cauchemars lui laisseront un moment de répit.

La clinique du commandement dispose d'un luxe que Neal n'aurait pas cru possible il y a à peine une semaine. Quand il y avait des blessés parmi les Dissidents, ils devaient improviser. Par chance, Anika leur subtilisait du matériel médical durant ses quarts de travail, sans quoi ils n'auraient même pas eu de quoi désinfecter des coupures. Avoir eu quelqu'un comme Skyler avec eux, cela aurait tout changé et permis aux Dissidents de vivre assez vieux pour voir leurs enfants grandir.

Comme partout ailleurs, les lumières de la clinique sont obscurcies, et le relent tenace de produits chimiques masque la délicieuse odeur de Tessa. Neal a déjà hâte de repartir d'ici. Il a l'horrible impression que quelque chose qui ne devrait pas s'y trouver les guette. Des esprits tourmentés ? Les membres d'équipage sont morts depuis quelques jours déjà, incluant le commandant et sa petite amie. D'ailleurs, n'est-ce pas ici que Laurène l'a liquidée? Et si ça avait un rapport ?

Qu'est-ce qu'il raconte ? C'est ridicule. Ses cauchemars lui ont vraiment bousillé la cervelle.

— Pourquoi tu ne me dis pas tout simplement si vous avez trouvé la Terre promise ?

Tessa a refusé de lui dire quoi que ce soit de tout le trajet. Qu'est-ce qui lui prend de faire la tête, alors qu'ils ne se sont pas vus depuis des jours ?

— Ce signal devait bien mener quelque part, insiste Neal.

— Elle dort, dit Skyler qui leur fait signe de baisser le ton.

Ils ont rejoint un coin reculé de la clinique, plus intime, du moins suffisamment pour empêcher que les autres patients — probablement victimes de l'altercation au réfectoire — y jettent un œil indiscret. Un rideau de tissu a été tiré autour du lit, à côté duquel Skyler est assis et humecte les lèvres terriblement gercées de la fille au teint crayeux qui y est allongée, endormie. Ses colliers de pierres blanchâtres ressemblent aux excentricités que se permettent les Dissidents durant les fêtes libres, occasions de socialiser et de se mélanger aux Archéens qui défient la loi de par leur simple présence. Le seul moment où ils sont tous égaux.

— Déshydratation sévère, explique Skyler qui s'attelle à la tâche de façon méthodique. C'est une chance qu'on l'ait trouvée.

Skyler regarde Tessa furtivement et semble contrarié. Est-ce qu'ils le dérangent ou quoi ?

— C'est plutôt elle qui m'a trouvée, dit Tessa qui se poste au pied du lit, une main appuyée contre le drap tiré.

La sensation surnaturelle est plus forte ici. Neal se frotte le cou, mal à l'aise. Quelque chose ne colle pas avec cette fille. Même sa respiration paraît saccadée.

— Quelque chose que je devrais savoir ? demande Neal, sans cacher son énervement.

— Nous ne sommes pas seuls. Nous ne l'avons jamais été.

Skyler lui lance un regard intense.

— Donc, la Terre promise… ? la presse Neal qui sent son cœur battre de façon irrégulière.

— N'existe pas, complète Skyler entre ses dents. Oublie ça.

Neal ouvre la bouche et la referme, interloqué. Mais qu'est-ce que ça veut dire ?

Skyler se lève pour se débarrasser du morceau de coton mouillé qu'il tenait fermement entre ses doigts. Tessa n'ajoute rien de plus. Neal se tourne vers elle en levant les bras :

— Que s'est-il passé à la fin?

L'étrange fille marmonne dans son sommeil, mais ses paroles sont inintelligibles. Les marques sur sa peau – des tatouages ? – s'animent dans la pénombre, un peu comme des rouages. Neal fronce les sourcils et se rapproche pour mieux voir. Les marques sont colorées d'une espèce de brun qui tire sur le rouge orangé. Presque soulagé, Neal se redresse; les dessins sont des tourbillons et des symboles incompréhensibles qui créent une espèce de mosaïque. Ils ne sont pas vivants. Il n'est pas fou; ce n'était qu'une simple illusion d'optique. Il se touche le front pour vérifier qu'il n'est pas pris d'une maladie mystérieuse. Il n'est pas brûlant.

— Des drones tueurs et un massacre, finit par dire Tessa dans un soupir. Les gens qui vivaient à cet endroit sont tous morts. L'hypothèse, c'est que ces drones en sont responsables, et la seule chose qui soit certaine, c'est que si ce vaisseau était la Terre promise, elle ne l'est plus.

— Impossible.

Neal étouffe un juron.

— Elle est la clé, dit Skyler qui est revenu sans que Neal s'en soit rendu compte.

— Une survivante ?

Skyler acquiesce d'un signe de tête, les morceaux du puzzle se placent un à un dans l'esprit de Neal.

— C'était une Arche, poursuit Skyler d'une voix étrange. Comme la nôtre.

— Bien sûr que c'en était une, confirme Neal qui essaie de se rappeler ses recherches, qui datent à quelques années déjà, au moment où il échafaudait les premiers plans de la Confrérie.

Tessa lui lance un regard intéressé et Skyler le dévisage. Neal prend les devants :

— Ce n'était que des soupçons. Rien de concret.

— Comme la Terre promise, répond Skyler du tac au tac.

— Sky, on n'en sait rien pour l'instant, intervient Tessa.

— Justement.

La fille tressaille au ton que Skyler emprunte. Neal vient pour lui saisir l'épaule, mais il se dérobe brusquement.

— Pourquoi est-ce que tu réagis comme ça ? s'indigne Neal en le regardant ouvrir un tiroir et faire comme s'ils n'existaient pas. Ce n'est pas parce que…

— Elle a besoin de se reposer, tranche Skyler qui fait tinter des flacons en refermant le tiroir. Je vais m'occuper d'elle.

Skyler leur tourne le dos. Tessa fait signe à Neal de la suivre. Malgré ses protestations, elle l'entraîne par la main jusqu'à l'extérieur de la clinique, tandis que les fantômes de son esprit restent derrière à les observer, satisfaits. Sur le pas de la porte, Neal passe près de rebrousser chemin pour raisonner Skyler, mais le regard désapprobateur de Tessa l'incite à s'abstenir. Dan serait fier de lui pour une fois.

Tous deux déambulent en silence dans l'aire de commandement désert, puisque c'est l'heure du repas. Neal aurait bien pris une ou deux portions de ragoût, mais son appétit n'est plus qu'un souvenir qu'il a laissé avec son frère dans la clinique.

Skyler a une drôle d'attitude ces derniers temps. Toujours à fleur de peau et sur la défensive. Ne devrait-il pas se réjouir d'avoir retrouvé son frère ? Skyler devrait le soutenir, pas essayer de compromettre ses plans. Soit le comportement de son frère est anormal, soit ses souvenirs sont traîtres. Dans les deux cas, ils ont un sérieux problème.

— Qu'est-ce qui se passe avec tout le monde, à la fin ? s'exclame Neal une fois qu'ils se sont suffisamment éloignés de la clinique.

Sa voix brise l'espèce de quiétude sacrée qui s'était installée dans le couloir intemporel. Neal sent la pression lui monter à la tête, il a chaud. Bon, son calme aura été de courte durée. Tessa ralentit pour le laisser arriver à sa hauteur avant de répondre :

— Du temps. C'est ce dont les gens ont besoin en ce moment.

Puis elle le plante au milieu du corridor obscur et s'enferme dans sa cabine.

4

SKYLER

L'ARÔME TORRÉFIÉ DU CAFÉ QUI SE GLISSE SUBTILEMENT DANS SES narines le fait grogner. Skyler essaie d'en faire abstraction, mais le couinement des chariots qu'on pousse l'en empêche. Puis les murmures matinaux cognent dans son esprit encore ensommeillé, alors il ouvre les yeux, vaincu. Il frotte son visage encore engourdi en poussant un gémissement. La vision d'horreur se confirme quand il croise son reflet dans le petit miroir accroché sur l'une des armoires au-dessus de l'évier : les plis de sa manche se sont enfoncés dans sa chair qui a l'air d'avoir été meurtrie de façon incongrue. Il se lève, le corps endolori à cause de la position inconfortable dans laquelle il s'est endormi.

Des cachets. Sa tête va exploser.

Il traîne jusqu'au cabinet et gobe deux pilules blanches avec un verre d'eau au goût terreux qu'il remplit une deuxième fois. Sur les chariots, des petits muffins et autres mignardises reposent dans des bols et sont servis aux patients Dissidents qui logent dans la clinique. Leurs visages, illuminés malgré leurs blessures, en disent long sur leur excitation à l'idée de goûter à cette nourriture rarissime dans les étages inférieurs, mais abondante au Commandement.

Skyler termine son deuxième verre d'eau et le dépose sur le comptoir de service. Il s'est écroulé de fatigue après avoir veillé l'étrangère toute la nuit, sans trouver la force de retourner à ses quartiers dans la capsule, car son ancienne cabine est condamnée à la suite des dommages causés par l'explosion.

Ce matin, sa patiente inconnue ne s'est toujours pas réveillée, même si son niveau d'hydratation s'est stabilisé. Peut-être devrait-il songer à lui faire passer d'autres tests bientôt.

On lui offre à manger et il grignote un muffin du bout des lèvres, son estomac encore retourné d'avoir si mal dormi. Mais alors que les petits chariots prennent le chemin de la sortie, il leur fait soudain signe d'attendre. Il s'empare d'un pain au chocolat qu'il fiche dans une serviette de table en tissu pour plus tard.

À l'occasion, sa patiente pousse des couinements dans son sommeil et ses marmonnements ressemblent parfois à des mots mâchouillés. Bien que son état soit stable, il ne peut pas la laisser sans surveillance. Il l'a appris à ses dépens la dernière fois.

Skyler retourne à l'entrée et trouve la personne qu'il cherchait. Après un échange bref et courtois, il convainc un Dissident du nom de Derek de ne pas la quitter des yeux pendant son absence. Derek ne pose aucune question, ce qui fait l'affaire de Skyler. Sa patience connaît ses limites.

Malgré les protestations de son corps et la nausée qui ne le quitte pas, il traverse le couloir central qui mène aux escaliers de service; les ascenseurs ont été coupés pour économiser l'énergie qu'il leur reste. Il pénètre dans la réception déserte de l'unité de soins où il a désormais l'impression d'être un étranger. Quand il a décidé de participer à cette mission insensée, sa vie a été complètement mise sur pause.

Dans le corridor principal, le voile de son mal de tête se lève enfin. Il est en mesure de distinguer les bip-bips intermittent des électrocardiogrammes, un rappel insistant que la vie ne tient qu'à des battements réguliers qui pompent le sang jusqu'au cerveau.

Plusieurs chambres sont déjà vides, ce qui veut dire qu'on a commencé à les transférer au Refuge. Seuls les patients de longue durée restent, car les bouger requiert plus de préparation, et ils doivent être surveillés en permanence. L'équipement médical n'est pas très mobile et, là où ils iront, leurs moyens seront limités à l'essentiel.

Les corridors paraissent vides sans l'habituel bruit des conversations. Les effectifs sont grandement réduits, et avec tout le temps que Skyler a passé à gérer la clinique du Commandement, le Dr Nazar et les autres doivent être débordés. Heureusement qu'avant de partir en mission avec Tessa, Skyler les a aidés à former des Dissidents capables de faciliter la transition des patients au Refuge. Le problème reste que son frère le tient en trop haute estime par rapport à ce qu'il est réellement capable de faire. Neal a bien dû s'en rendre compte quand Yasmina a perdu la vie alors qu'elle était sous sa responsabilité.

Skyler cogne doucement à la porte entrouverte de l'une des chambres, le cœur battant. Le reconnaîtra-t-elle encore cette fois ?

Sa mère mange, assise dans son lit, mais elle n'est pas seule : Dinah Farrell lui tient compagnie. Il décide de les observer en silence dans l'entrebâillement de la porte.

Dinah est vêtue de sa robe de prêtresse aux longues manches pendantes. Elle brandit un encensoir dont la fumée plonge Skyler dans une profonde nostalgie. De la sauge.

Ses yeux piquent, il les frotte machinalement.

— Sous les yeux du Créateur et de nos Anciens, je purifie cette enceinte sacrée. Les énergies néfastes ont assez tourmenté cette âme pure qui demande à être entendue et à recevoir la sagesse.

Dinah fait signe à Murielle d'imiter ses gestes. Elles joignent les mains, face à face, la pointe de leurs doigts appuyée contre le menton, en pleine méditation. Puis, Dinah regarde Murielle comme si elles communiquaient en silence, ses yeux agités de mouvements furtifs.

Murielle sourit en ouvrant les yeux après un moment, puis murmure :

— Tu as un beau style de prière. Cette connexion est encore plus unique que l'était celle de ta grand-mère.

— Merci, c'est très… dit-elle en baissant la tête, émue. Merci beaucoup.

Dinah sourit, le regard brillant. Elle se relève — Skyler a manqué le début — en prenant soin de ramener sa robe d'un beau violet royal : elle se déplie avec grâce, dans un mouvement fluide, presque au ralenti.

— Élaine serait fière de toi, dit Murielle en se levant du lit pour s'incliner devant Dinah avec respect.

Dinah ferme les yeux et trempe son doigt dans un petit contenant métallique fixé à même la ceinture qui sangle son vêtement. Puis, elle trace un signe de croix sur le front de Murielle et ses lèvres remuent sans que Skyler puisse en discerner les mots. Une fois, le rituel terminé, Dinah clame d'une voix fragile et puissante à la fois :

— Que le Créateur vous guide vers votre prochaine destination.

Le regard de Dinah se pose sur Skyler qui profite du moment pour entrer. La surprise de la prêtresse se change rapidement en un sourire bienveillant.

— Skyler.

— Vous vous connaissez ? demande Murielle, l'air étonné.

Puis, un drôle d'éclat passe dans son regard. Elle se dirige vers la salle de bain de service pour cette section de l'unité.

— Je ne serai pas longue, souffle-t-elle. Enfin, pas trop.

L'énergie qui l'anime est surprenante à chaque fois. Depuis le retour de Neal, c'est une nouvelle personne.

— C'était bien, balbutie Skyler, ses joues en feu. Je veux dire la bénédiction. Désolé, je ne voulais pas interrompre.

— Je sais. C'est gentil.

Le regard de Skyler tombe sur un curieux objet accroché au mur au-dessus de la tête de lit. Des perles et des plumes aux couleurs froides ornent l'extrémité de lanières en simili cuir qui pendent mollement. Les cordes blanches au centre du cerceau recouvert du même faux cuir couleur café sont tissées dans une belle toile. Le motif est vaguement familier. Est-ce que Dinah passe ses temps libres à confectionner des reliques de l'ancienne Terre ?

— C'est mon frère Philippe qui m'a aidée à choisir les matériaux, commente Dinah qui a remarqué son intérêt. Son obsession pour la peinture le pousse toujours à chercher de l'inspiration dans des endroits inusités. Je n'ai pas pu résister. Cet attrape-rêve est très puissant, parfait pour ta mère. Enfin, il faut y croire, bien entendu. Mais ceux qui ont la foi connaissent les voies par lesquelles le Créateur nous aide.

Skyler ne sait pas si Murielle lui a dit qu'il a abandonné ses croyances, alors il change de sujet :

— Tu viens fréquemment à l'unité de soins ? Je ne me souviens pas t'y avoir vue aussi souvent.

Ils se sont rencontrés il y a quelques jours à peine et pourtant, ils ne s'étaient jamais croisés avant. Vivre sur la même Arche ne garantit pas les rencontres fortuites, il l'a appris avec les années, suffisamment pour songer à la possible existence du Créateur et de son dessein. Mais avec les récents évènements, certaines choses sont peut-être mieux de demeurer secrètes. La routine et son manque d'action ont leurs avantages.

— Tu devrais lui rendre visite aussi, tu sais.

Dinah semble se rendre compte de ce qu'elle a dit une seconde trop tard et se triture les mains nerveusement. Elle prend soin d'éviter son regard et paraît toute petite dans cette grande robe qui l'avale.

— Est-ce qu'elle... commence Skyler en se grattant la nuque.

Pourquoi fait-il si chaud dans cette chambre ? La ventilation doit vraiment être dans un état exécrable depuis la mort du Feu Sacré.

Les mots s'assèchent dans la bouche de Skyler et son souffle devient superficiel.

— Pas encore, mais ça ne veut pas dire qu'elle ne t'entendra pas, répond Dinah en reprenant de la vigueur. Le Créateur saura...

— Je ne pense pas que ce soit une bonne idée. Pas tout de suite. C'est trop...

Trop tôt ? Trop tard ? Dinah sent son hésitation et se penche pour cueillir son panier en osier posé au sol quand une voix familière résonne :

— Sœurette, tu viens ?

Philippe Farrell est là, plus que jamais échevelé. Ses mains, son visage et même ses vêtements sont parsemés de traces de peinture. Philippe lui adresse un sourire en guise de salutation que Skyler lui renvoie. Il semble mieux se porter que la dernière fois qu'ils se sont vus lorsque leur grand-mère Élaine est subitement passée dans l'autre monde. Au moins, Philippe a eu le réflexe de requérir l'aide de Skyler pour immortaliser les souvenirs d'Élaine dans une sphère de mémoire.

— Il faut que j'y aille, s'excuse Dinah en suspendant son geste – elle allait attraper quelque chose dans son panier. Prends le temps d'y penser.

Elle lui fait une courbette et file aux côtés de son frère dans un bruissement de tissu.

— Merci, lui dit Skyler alors qu'elle est sur le pas de la porte et que Philippe est déjà rendu dans le couloir. Pour ma mère.

— Le Créateur retrouve ses enfants même dans la noirceur.

Sa phrase reste en suspens et prend de l'expansion comme si elle était animée d'une vie propre. Skyler reste figé, à méditer sur son véritable sens, jusqu'à ce que Murielle émerge de la salle de bains et le dévisage d'un air faussement jovial :

— Déjà partie ?

Skyler hoche la tête spontanément et lui offre la serviette un peu humide qui contient le pain au chocolat. Sa mère a repris des couleurs et s'est même coiffée. Ses lèvres luisent d'un rose un peu brillant qui s'apparente à du maquillage.

— J'ai pensé que tu aimerais en avoir, lui dit-il d'une voix timide. Ça fait longtemps que je n'ai pas réussi à mettre la main sur un de ces pains.

Elle s'empare de la serviette qu'il lui tend et la déballe sans cérémonie. Ses mouvements sont encore un peu saccadés, comme si des courants électriques la parcouraient par moment, un effet secondaire possible de sa médication. Elle s'assoit sur le bord de son lit et morcelle le pain avec ses doigts.

— Où est ton frère? demande-t-elle avec maladresse entre deux bouchées qui s'émiettent sur son menton.

Sans qu'il sache pourquoi, elle lui rappelle les fois où elle le grondait pour son manque de politesse à table quand il n'avait que neuf ans. Il avait l'habitude de manger avec ses doigts et cela horripilait sa mère. Il faut croire que les temps changent.

— Il est occupé, répond Skyler, les mains derrière le dos, gêné.

Leurs retrouvailles en famille ont été brèves et embarrassantes. Skyler avait insisté pour qu'ils se réunissent tous les trois, même si son frère arguait que la sécurité de l'Arche avait priorité sur leurs obligations familiales. Peut-être avait-il encore du mal à accepter la mort de leur père pendant la prise de l'Arche de la Confrérie ? C'est difficile à dire. Avec les années, Neal a appris à cacher ses états d'âme, alors que Skyler pouvait jadis les déceler avec aisance.

Depuis que leur mère a revu Neal, son état dépressif s'est grandement amélioré, comme si elle émergeait d'un mauvais rêve interminable. Ils la gardent encore en observation pour vérifier la stabilité de ses taux d'hormones, en particulier sa sérotonine. Skyler a laissé à la Dre Zanya le soin de veiller à la convalescence de sa mère, pour éviter que ses émotions s'en mêlent.

— Quand pourrai-je le revoir? continue-t-elle, l'air consterné. Qu'est-ce qui peut bien le tenir autant occupé pour oublier sa bonne vieille mère?

— Il a de nouvelles responsabilités, maman. Tu sais qu'il s'occupe du transfert au Refuge.

Skyler devrait être heureux, puisque sa mère montre enfin des signes encourageants de guérison. Cependant, elle n'est pas comme avant. Elle n'a que son frère aux lèvres. Mais si elle est heureuse, Skyler croit qu'il peut vivre avec.

— J'ai l'impression de me réveiller dans un mauvais rêve, dit-elle, songeuse, après avoir pris une gorgée d'eau. Mon fils qui ne veut pas me voir et mon mari qui m'évite.

Skyler déglutit de travers.

— Ça se replacera. Il faut seulement leur laisser un peu de temps.

Elle ne sait pas pour Dylan. Tant que son état ne sera pas stable, elle pourrait rechuter et Skyler refuse de prendre ce risque. Trop de sacrifices ont été nécessaires pour qu'elle atteigne un semblant de normalité.

— J'ai toujours su que ton frère était vivant, dit-elle avec un étrange sourire glacé sur ses lèvres où subsistent des miettes de pain. Je ne peux pas croire que tu m'aies laissé penser le contraire.

— Il n'a pas donné signe de vie, dit Skyler en s'asseyant à ses côtés sur le bord du lit qui ploie sous son poids. Qu'est-ce que j'aurais pu croire d'autre?

La vieille culpabilité s'est résorbée, mais chaque fois que sa mère parle de la sorte, il est piqué de l'intérieur, et la douleur qu'il croyait cicatrisée ravivée.

Murielle se lève. Les miettes qui ont laissé de vilaines taches graisseuses sur sa chemise de nuit bleue se répandent par terre. La peau diaphane de son visage qui a vieilli trop vite tressaille autour de sa bouche.

— Tu devrais avoir plus confiance en lui, dit-elle sur un ton grave. Son potentiel est énorme. Il pourra succéder au commandant, tel que je le connais. Tu devrais prendre exemple sur lui.

Skyler réprime un soupir. Est-ce réellement ce qui importe le plus à sa mère ? Les années n'ont donc pas suffi à exorciser son obsession.

Son regard inquisiteur le transperce, le mensonge lui laisse le goût familier de l'amertume.

— Je reviendrai te voir juste avant d'aller au Refuge, annonce-t-il en se relevant vivement.

— N'oublie pas d'emmener ton frère cette fois-ci, l'avise-t-elle, les lèvres pincées.

Skyler sort et referme la porte derrière lui. Il tousse jusqu'à ce que toute trace de la sauge qui lui emplit les poumons soit éliminée. Il remercie intérieurement la pénombre et ralentit le pas. Quand il se disputait avec Allen, l'obscurité était son lieu de prédilection pour réfléchir, parfait pour désengorger son esprit du trop-plein d'émotions qui s'accumulaient.

Dans la cacophonie des images qui jouent en boucle dans sa tête, sa rencontre avec Dinah dans ce même corridor refait surface, plus nette que tout le reste. Elle est venue le voir dans un de ses pires moments de faiblesse, alors qu'il était dépassé par les évènements. Maintenant qu'il y repense, elle lui a légué une partie de l'héritage de sa grand-mère, Élaine Farrell.

Une fois à la réception, il retrouve la quiétude dans l'élaboration de son plan et l'anticipation de ce qu'il découvrira dans les écrits d'Amarante Bellerose. À la condition de retrouver ce journal. Il était tellement déboussolé quand il l'a reçu qu'il ne sait plus où il l'a laissé… tel qu'il se connaît, probablement dans sa cabine de la capsule. La lecture lui fera du bien, comme au temps où il se perdait dans les archives de l'ancienne Terre. Les prochaines semaines au Refuge seront un moment idéal.

Alors qu'il s'apprête à sortir, une voix familière l'interpelle :

— Te voilà enfin, dit le Dr Nazar en s'approchant de lui.

La ligne de ses sourcils lui donne un air perpétuellement pensif. Il est très grand, ce qui fait que Skyler doit lever la tête pour croiser son regard. Du collet de son uniforme Oméga déboutonné s'échappe sauvagement une touffe de poils.

— Le patient Valdez a besoin d'une dose de morphine maintenant. Ses blessures sont sévères, et il doit tenir jusqu'à la prochaine chirurgie.

Le docteur lui tend sa tablette, qui affiche le profil du patient en question. L'appareil brille dans la pénombre.

— Tu n'auras qu'à suivre la liste pour les autres patients, ajoute le docteur tandis que Skyler parcourt rapidement la fiche.

Skyler hésite. Son engagement à l'unité de soins prime sur toutes ses obligations, même si le retour de son frère les a reléguées au second plan. Le Dr Nazar ne manque pas de remarquer son indécision et lève l'un de ses longs sourcils.

— D'accord, lâche finalement Skyler.

Son mentor retourne à ses occupations urgentes, et Skyler s'engouffre dans le corridor par lequel il venait tout juste d'arriver. Le journal devra attendre.

5

SKYLER

Skyler est étendu dans son lit, ce qu'il n'a pas fait depuis vraiment longtemps. Le plafond de sa nouvelle cabine est d'un gris terne, mais son imagination foisonnante suffit à l'animer des visages de ses patients de la journée. Les prochaines semaines d'isolement annoncent un avenir difficile. Leur Arche prendra des années à se remettre de ses blessures, si ce n'est plus.

Ses draps sentent mauvais : la poussière, la crasse, la peur. Ils auraient bien besoin d'être lavés, mais quand aura-t-il le temps de le faire ? Il roule sur le côté et tombe nez à nez avec les fleurs qu'il a usurpées au parc. Elles sont déjà presque toutes fanées à l'exception des trois chrysanthèmes, comme ceux qu'ils utilisent au centre de soins pour accompagner les patients dans leur guérison. Chaque jour difficile, ils peuvent veiller sur le chrysanthème, le voir prospérer et s'en inspirer. Quelque chose pour leur occuper l'esprit.

Il les cueille délicatement et les coupe à l'aide de petits ciseaux. Leur odeur lui pique agréablement le nez. Ce sera une bonne addition pour la clinique du commandement qui ne jouit pas du même accueil que l'unité de soins.

Les autres fleurs sont repliées sur elle-même, leur beauté dérobée. Elles ne s'en remettront pas. Sans l'énergie du Feu Sacré, impossible de les refaire pousser. Si difficiles à préserver, si faciles à perdre.

Après une sieste bien méritée, il s'empare du journal d'Amarante qu'il avait laissé dans sa table de chevet, et sort.

— QUI SONT-ILS ?

Skyler se méfie des agents du Parangon qui ont pris d'assaut la clinique du commandement. Après le massacre de l'atrium, difficile de leur faire confiance.

— Ils sont de notre côté, dit Daniel qui remarque son inquiétude.

Étrangement, chaque fois qu'il est dans les environs, Daniel est accompagné d'une odeur de brûlé. Est-ce qu'il trouve encore le temps de s'adonner à la danse de feu qu'il a exécutée durant la fête libre ou c'est seulement son odeur naturelle ?

— Depuis quand ? s'étonne Skyler qui respire discrètement les chrysanthèmes qu'il a apportés.

— Ton frère peut se montrer convaincant.

Le Parangon s'affaire à ravitailler la clinique et à nettoyer, chose que Skyler n'aurait jamais crue possible. Il ne voudrait surtout pas les déranger dans leur travail.

— Dans ce cas, je ferais mieux d'y aller, s'excuse Skyler, et Daniel grogne son assentiment.

Skyler s'empresse de rejoindre Derek qui est resté à son poste auprès de sa patiente : il lui rapporte qu'elle est toujours dans un profond sommeil. Skyler remercie Derek de son aide. Et lorsqu'il s'aperçoit qu'il scrute avec intérêt ses chrysanthèmes, il lui en offre un.

— Ma sœur sera ravie, s'exclame Derek en le détaillant sous

tous ses angles. Skyler, c'est ça? Fais-moi signe si jamais tu as besoin d'autre chose.

— Je m'en souviendrai.

Aussitôt qu'il se retrouve seul, Skyler verse de l'eau du robinet dans un pot inutilisé dans lequel il plonge les deux chrysanthèmes restants. Puis il place le pot sur le comptoir, bien en vue de sa patiente. Il change ensuite ses fluides et vérifie que ses signes vitaux sont stables, de même que sa glycémie et son niveau d'hydratation. Qu'est-ce qui peut bien la retenir dans les limbes?

Il reprend place sur la chaise inconfortable sur laquelle il s'est endormi la veille et sort le carnet en cuir de la poche intérieure de son uniforme. La couverture est chaude sous ses doigts ; il la caresse instinctivement d'un bout à l'autre, jusqu'à sentir les stries inégales des pages de papier jauni. Élaine Farrell connaissait bien son intérêt pour le passé. Il s'estime heureux qu'elle ait pensé à lui, même après sa mort.

Il feuillette le journal rapidement d'abord. Il n'est pas habitué à l'écriture à la main et plisse les yeux à plusieurs reprises pour essayer de déchiffrer les lettres attachées. L'Académie n'a pas considéré l'analyse de textes manuscrits comme une priorité dans leur apprentissage. Donc, le peu que Skyler connaît, il le doit à sa curiosité qui l'a mené à fouiner dans de rares textes confinés aux archives durant le projet des sphères de mémoire. Il pêche des mots par-ci par-là après plusieurs tentatives infructueuses. Le premier qu'il reconnaît tout de suite est *Parangon.* Certaines choses ne changent pas, en tout cas.

— Tu devrais l'essayer. C'est la spécialité de Tante Sheyla.

Skyler lève les yeux sur Daniel qui le surplombe de toute sa hauteur : le plat paraît minuscule dans ses larges mains. Il a presque l'air doux derrière sa barbe de fauve.

— C'est pour moi ? demande Skyler, incertain.

— Le frère de Neal doit se nourrir lui aussi, dit-il de sa voix basse.

— C'est lui qui t'envoie ?

— Je sais me rendre utile.

Daniel lui lance un regard espiègle, puis dépose le contenant sur le comptoir adjacent avant de s'en aller. Une autre façon de dire qu'il l'observe et de s'assurer qu'il fait son boulot.

Skyler s'empare de la fourchette déjà dans le plat et il pique l'un des légumes graisseux dans sa sauce. Le goût est étonnamment bon, mieux que ce qu'il aurait pu espérer trouver au réfectoire. Entre chaque bouchée, il survole le journal qu'il tient ouvert de sa main libre. Les nervures du papier sous ses doigts offrent une sensation qui tranche avec l'habituelle surface lisse des tablettes qu'ils utilisent en permanence. C'est comme s'il se rapprochait un peu plus d'Amarante Bellerose qui a touché ces mêmes pages et versé de l'encre pendant des années pour y imprimer ses pensées les plus intimes.

Son regard saute d'un mot à l'autre, mais les fioritures de l'écriture cursive rendent la lecture difficile. Il s'arrête sur ce qui ressemble à une série de noms étranges, mais les seuls qu'il réussit à déchiffrer sont : Bavera, Jeyrial et Sedna. Le journal est assez épais et Skyler se demande s'il ne devrait pas tout simplement le lire du début à la fin. Il pourrait se servir d'une technique similaire à celle qu'il a utilisée lors de son incursion dans les archives : créer un tableau de référence contenant chaque lettre de l'alphabet et leur correspondance avec le style utilisé par Amarante Bellerose. Mais cela prendra énormément de temps, surtout qu'il ne s'y connaît pas tant que cela en analyse de journal intime.

L'étrangère remue dans ses draps. Skyler met le carnet de côté, atterré par la tâche colossale que cela représente s'il décide de se lancer.

Les yeux de la jeune femme papillotent. Elle s'assoit brusquement, l'air désorienté. La panique se lit dans son regard et elle cherche à se lever. Skyler contourne rapidement le lit, mais il n'est pas assez rapide pour l'empêcher d'arracher les fils qui la relient au moniteur cardiaque et son soluté.

— Tu pourrais te blesser, dit Skyler d'une voix calme en achevant de retirer le cathéter. Tu étais déshydratée.

Le va-et-vient des agents du Parangon attire l'attention de sa patiente. Quand ses yeux se posent sur leurs armes, elle se démène dans tous les sens, affolée. Son soudain regain d'énergie prend au dépourvu Skyler qui cafouille pour tirer le rideau d'un coup. Le bruit métallique qui l'accompagne la fige, mais elle reste aux aguets. Skyler en profite pour intervenir :

— Personne ne te veut du mal ici. Je m'appelle Skyler, je suis médecin, et je suis là pour t'aider à recouvrer des forces. Tiens, bois ça.

En parlant, il lui verse un verre d'eau et le lui tend. La méfiance de la jeune femme semble se calmer un peu. Elle saisit le verre à deux mains. Un halo pourpre se forme sur sa peau où le cathéter était inséré.

— Est-ce que je peux voir ta main ? Je dois nettoyer ta blessure avant qu'elle ne s'infecte.

Il brandit de la gaze qu'il asperge d'alcool, puis il attend sa réaction.

Elle regarde d'abord l'intérieur et l'extérieur de ses mains, puis elle les lui tend. Skyler peut sentir la raideur dans les muscles de son bras alors qu'il tapote avec attention la plaie qui a rougi à cause du frottement. Il dit :

— Tout le monde n'a pas ta chance. L'état pitoyable dans lequel tu te trouvais aurait pu t'être fatal.

La respiration de la jeune femme se calme au son de la voix de Skyler, alors il continue :

— Tu verras, les gens ici t'accueilleront. Tu pourras peut-être même nous aider à comprendre ce qui se passe à l'extérieur.

Elle retire brusquement sa main et elle enfouit son visage dans un oreiller. Skyler ramasse la gaze tombée sur le drap et lui demande, inquiet :

— As-tu mal quelque part ?

Pas de réponse.

— Veux-tu partir ?

Le ventre de la jeune femme gronde bruyamment. Skyler se détend et se met à sourire. Il retourne au comptoir et s'empare de son plat de nourriture, encore à moitié plein.

— Je n'ai pas tellement faim de toute façon, dit-il en nettoyant la fourchette à l'eau et au savon.

Dès qu'il s'approche avec la nourriture, elle ôte l'oreiller et fixe la nourriture avec un désir palpable.

— Je peux ? demande-t-elle d'une voix enrouée.

Skyler lui fait un sourire amical et lui fait signe que oui. Elle goûte d'abord du bout des lèvres, puis elle prend une autre bouchée.

— Tu aimes ?

Elle hoche la tête, et se met à mâcher énergiquement le ragoût de légumes, comme si c'était le signal qu'elle attendait. Bon, au moins elle comprend vraiment leur langage. Pendant un moment, il a eu un doute.

Une fois qu'elle a terminé de gratter toute la sauce, il la débarrasse et rince le plat dans l'évier. La jeune femme marmonne quelque chose – une prière peut-être ? – et touche certains de ses tatouages dans un ordre compliqué. Skyler l'observe du coin de l'œil, fasciné. Quand il pratiquait, plus jeune, avec sa famille et les Croyants au Sanctuaire de l'Humanité, ils effectuaient quelques rituels plutôt simples pour la prière et la purification, mais rien de tel.

Sa patiente se lève et passe rapidement derrière Skyler : elle s'arrête net devant les fleurs. Elle approche le visage d'un des chrysanthèmes et en cueille la boucle dans le creux de sa main. Elle caresse du bout des doigts un pétale qui se détache avec un craquement presque inaudible. Skyler se contracte.

— Elles sont fragiles, dit-il par réflexe.

— Je ne sais pas.

Elle pince ses lèvres et elle fronce les sourcils, perdue dans ses pensées. Elle retourne s'asseoir sur le bord du lit, toujours avec cet air d'incompréhension sur son visage, le pétale pincé entre ses doigts. Elle fait une grimace, puis lâche :

— Je vais dormir. Je peux ?

— Attends.

Il récupère le journal qu'il a laissé sur le comptoir. Le vieux papier étant amolli, il retrouve aussitôt la page où il était. Les noms étranges qu'il a déchiffrés un peu plus tôt luisent de mystère dans la faible lueur qui émane des lumières fixées au bas des armoires. Un mot familier lui saute finalement aux yeux à la page suivante. *Arche.* Son regard valse du carnet à sa patiente qui a recommencé sa curieuse litanie. Parmi les trois noms qu'il a lus, un seul lui vient facilement à l'esprit. Il l'a déjà *entendu* quelque part, il le sait.

— Sedna, murmure-t-il

Les chuchotements de l'étrangère s'évanouissent. Il répète :

— Sedna ?

Elle le fixe intensément, le doigt posé sur un tatouage en spirale dans le creux de son cou. Skyler sent un lien inexplicable qui les unit tout à coup. Il utilise un langage qu'elle connaît.

— L'Arche de Sedna, poursuit-il. Est-ce que ça te dit quelque chose ?

Elle hésite, comme si elle écoutait quelqu'un d'autre. Son comportement évoque hélas les nombreuses victimes du Syndrome tourmentées par ces étranges Fées. La jeune femme finit par souffler :

— Uki.

Elle ajoute des paroles incompréhensibles, puis se parle à elle-même pendant quelques instants, comme frustrée. Désemparé, Skyler s'apprête à lui demander des explications, mais elle le devance :

— Mon nom c'est Uki.

6

NEAL

Dans moins d'un jour, le Refuge sera scellé.

Mais il ne s'en préoccupe pas pour le moment. Il veut profiter des derniers instants de leur « liberté » dans l'Arche sans se sentir obligé de quoi que ce soit.

De sauver tout le monde. De s'oublier pour les autres.

Il n'est pas dans son bureau du commandement. Autant il l'a convoité, autant il le déteste maintenant. Neal se trouve plutôt dans l'ancienne base de la Confrérie, là où sa folie partagée est devenue réalité. Cette base n'a rien d'extraordinaire, mais les souvenirs qu'il en a suffisent à la rendre chaleureuse. C'est là que leur groupe aux idéaux ambitieux a vu le jour, là où il a passé le plus clair de son temps à planifier son retour aux niveaux supérieurs.

— C'était le bon vieux temps, marmonne-t-il pour lui-même en imprimant dans son esprit chaque détail de son havre de paix.

Rien n'a changé dans les dernières semaines : les coussins sont éparpillés, intouchés, mais poussiéreux; les phrases qu'il a gribouillées durant de nombreuses nuits sans sommeil tapissent les murs. Rien de compromettant bien sûr, mais assez pour se donner la force de continuer. Ce labyrinthe de mots, de sens, de pensées qui l'ont mené à ce jour l'enveloppe. Il est chez lui.

Il s'y voit donner le feu vert à leur plan d'infiltration, entouré des membres de la Confrérie : Dan, Walker, Fiona et Milo. Ils croyaient savoir dans quoi ils s'embarquaient. Ils se sont rendu compte bien assez tôt qu'ils s'étaient trompés.

Neal s'enfile une longue goulée d'alcool qui lui pique la gorge jusqu'à en tousser. Le verre de la bouteille résonne avec un bruit sourd contre le métal du parquet moisi. Il sent qu'il n'est pas seul, mais il s'en fiche. Il préfère se laisser emporter par sa nostalgie.

—Je savais que je te trouverais ici, dit Tessa en s'accroupissant à côté de lui sur l'un des coussins qui projette un nuage de poussière. Tu ne devrais pas boire autant.

— C'est un whisky vieux de plus de trois siècles. Ce serait bien dommage de ne pas en profiter, tu ne trouves pas?

Neal se redresse et enlève sa veste qu'il jette un peu plus loin. La froideur lancinante des niveaux inférieurs laisse lentement place à une douce chaleur qui remonte jusqu'à sa nuque.

— Tu en veux?

Il lui agite la bouteille sous son nez. Tessa fait d'abord la moue avant de s'en emparer. Elle boit une bonne gorgée et réprime une grimace, les larmes aux yeux.

— Tu n'avais qu'à le dire avant si tu en voulais, dit-il sourire aux lèvres.

— C'était juste pour essayer, dit-elle en replaçant sa tignasse tressée. Je m'en serais voulu de ne pas avoir profité de l'occasion.

— Là, je te reconnais.

Neal s'étire de tout son long et s'appuie sur un coude. De sa main libre, il caresse du bout des doigts les contours du tatouage sur son avant-bras : un arbre d'encre et son entrelacs de branches et de racines. Son esprit vagabonde jusqu'à la Terre promise, il se demande si un arbre de vie similaire s'y trouve, comme ce que l'on enseigne aux enfants Dissidents. La source de vie du Créateur. Métaphore ou réalité ?

L'image de la fille que Tessa et Sky ont ramenée refait soudain surface, comme si elle était tout droit sortie d'un lieu mythique. Tout ce qui ne provient pas de leur Arche l'est, en quelque sorte. Le mystère et l'inconnu, les deux carburants de l'espoir. Sans eux, ils ne sont rien. Cette fille est-elle un signe ? Envoyée par le Créateur lui-même, leur dirait la vieille Farrell dans sa petite chapelle improvisée.

Il fronce les sourcils et demande :

— Dis-moi, tu n'as pas réellement trouvé cette fille par hasard?

— Ça a vraiment de l'importance?

— Non. Pas ce soir.

Neal boit à même la bouteille d'alcool sans se soucier des effets. Il ne sent plus rien. Il veut oublier à quel point il a été stupide.

Puis il finit par remarquer que Tessa s'est assise un peu plus près de lui. Il dépose la bouteille de whisky qui vacille dangereusement avant de finalement se stabiliser.

— Ça fait longtemps qu'on ne s'est pas retrouvés seuls tous les deux, dit Neal tenté par la chaleur enivrante de Tessa.

S'il le voulait, il pourrait glisser légèrement son bras derrière le dos de Tessa, ses tresses frotteraient contre ses doigts qui s'y emmêleraient.

Le souffle de la bouche d'aération s'évanouit dans un soupir. L'absence du vrombissement donne l'impression d'entendre chaque petit détail. Il sait qu'il ne reste plus beaucoup de temps avant que le niveau d'oxygène chute. Il devrait être dans son bureau pour s'assurer que tout se déroule comme prévu, que Walker a réussi à envoyer un groupe de nouveaux rebelles du Parangon pour désactiver leur système, et que Dan s'est occupé de coordonner le transfert… mais quelque chose l'en empêche.

— Je ne fais pas confiance à celui ou celle qui a transmis ce message, dit Tessa sur un ton sérieux. Si j'étais toi, je le garderais sous le silence.

— Tu parles comme si cette personne existait encore. On ne le sait pas. On n'en sait rien. Comme tout le reste.

Il a l'impression de s'être laissé berner pendant toutes ces années avec son plan qu'il croyait infaillible. Mais maintenant que la Terre promise lui file entre les doigts, le futur s'annonce bien sombre. Diriger une Arche jusqu'à la fin de ses jours ? Il cherche la bouteille des yeux, se penche et embrasse maladroitement le goulot.

Tout le monde compte sur lui. Mais lui? Sur qui peut-il compter?

— Ce n'est pas vrai, s'exclame Tessa, ce qui le fait légèrement sursauter. On en sait beaucoup plus qu'avant sur le fait que d'autres Arches existent.

— Tu n'aurais pas des nouvelles de Sky par hasard?

— La fille est toujours dans un état comateux, si c'est ce que tu veux savoir.

L'émissaire du Créateur se trouve dans l'inconscience ? Neal soupire, résigné : il doit vraiment avoir merdé pour qu'Il lui envoie ce signe. Mais dans l'instant présent, il peut vivre avec.

Elle ajoute :

— Elle devrait s'en remettre.

La faible luminosité donne une teinte dorée au visage rosi de Tessa qui écarte la bouteille de whisky. Elle lui jette un regard en coin et se mord les lèvres, comme pour réprimer un rire. Que ferait-il sans elle ?

— Merci. Vraiment.

Tessa étire un sourire amusé.

— Infiltrer le Parangon était intéressant, dit-elle.

Neal sent la chaleur s'emparer de son visage et ses émotions affluer à la surface de sa peau, prêtes à jaillir. Il appuie sa tête contre le mur, les yeux fermés, l'atmosphère soudain capiteuse au point de l'étourdir.

— Pas seulement pour ta mission. Sans toi, je n'aurais jamais réussi à approcher Skyler. Mon frère.

Prononcer ces mots lui procure une étrange satisfaction, la réalisation d'un de ses désirs les plus chers.

Des lumières dansent dans les iris de Tessa. Il ajoute :

— Et aussi le succès de notre opération… N'en parlons même pas.

— Je n'étais pas seule. Sans le maillon faible de l'équipage, on ne serait pas ici pour en parler.

— Laurène? Si elle avait été si faible que ça, elle n'aurait pas liquidé l'équipage.

— C'est la raison pour laquelle tu la gardes emprisonnée?

C'est vrai, Laurène a été l'élément clé de leur plan. Elle était là au bon moment pour préparer leur arrivée. Mais qu'avait-elle réellement à gagner de leur entente ? Voilà que son esprit se remet à tourner. Pas ça. Pas encore.

— On ne pourrait pas parler d'autre chose?

Il détaille Tessa du regard : chaque grain de peau de son visage semble tout droit sorti des étoiles. Ce qu'il donnerait pour pouvoir s'en imprégner. Il se sent fiévreux et doit se contrôler pour ne pas défaillir.

Il étire un bras pour reprendre la bouteille, les doigts de Tessa effleurent les siens. Elle boit, elle aussi.

— Comment ça va avec la famille ? s'enquiert-elle en lui passant la bouteille.

— Avec tout ce qui se passe, je n'ai pas vraiment eu le temps d'en profiter. J'espère que ça se replacera. Et toi avec la tienne ?

Tessa baisse la tête et garde le silence pendant un long moment. Elle serre fort le tissu de son uniforme dans son poing.

— Désolé, dit-il en se frottant les yeux. J'avais oublié.

— C'est bon.

Sous l'impulsion du moment, les lèvres de Neal rencontrent celles de Tessa. Son souffle est court et chaud. Le contact de leur peau est assoiffant et il redouble d'ardeur pour se désaltérer. Tessa se laisse guider par son désir, les joues rougies.

Puis, le chatouillement familier des larmes qui roulent sur le nez de Neal lui fait entrouvrir les yeux. Leurs lèvres se séparent avec hésitation, alors il enlace Tessa avec tendresse. Il la prend doucement par le cou, à la naissance de sa ligne de cheveux, et pose sa tête contre son épaule. Elle sanglote doucement contre lui. Neal sent sa propre douleur réagir à sa peine. Il ne dit rien.

Pendant un instant, Neal peut presque sentir la chair brûlée lui piquer les narines et les flammes prêtes à les consumer. Elles ne sont jamais bien loin.

NEAL FRAPPE à répétition dans le vide en poussant des grognements et sue à grosses gouttes. La simulation lui avait manqué.

Tessa n'était plus là quand il s'est réveillé, comme chaque fois qu'ils se laissent tenter par les plaisirs charnels. Il comprend qu'elle vit quelque chose de difficile, mais il apprécierait au moins un peu plus d'attention de sa part.

À bout de souffle, il ôte les lunettes qu'il dépose sur son socle, puis enlève la combinaison dotée de capteurs. Sans l'ingéniosité de Walker, Neal aurait trouvé long d'échafauder un plan sans faille contre le Parangon. Grâce à leur infiltration réussie, ils ont pu *emprunter* et non pas *voler* — Walker ne croit pas à l'exclusivité quand il s'agit de technologie — le programme spécial que le Parangon utilise pour former ses agents. Faute de matériel, Walker n'a pu mettre au point qu'un simulateur avec au plus trois participants. C'est d'ailleurs de là que l'idée de pirater la simulation de l'atrium leur est venue. Une bonne manière de faire une entrée remarquée et d'être pris au sérieux, même si, pour finir, ni le commandement ni le Parangon n'a voulu négocier. Ils jugeaient la Confrérie comme une menace à leur contrôle absolu. Le goût du pouvoir est une voie sans retour, semble-t-il.

Neal reprend son souffle et passe une main dans ses cheveux mouillés. Il n'a jamais été le meilleur dans ces simulations, loin de là. Ce titre, il doit le décerner à Milo. Combien de fois l'a-t-il battu à plate couture? Leurs nombreuses soirées de compétitions amicales ne sont pas des moments glorieux pour Neal. Walker, lui, se tenait loin de ces jeux et disait que ça ne faisait pas partie de lui. Il menait son combat ailleurs dans les circuits électroniques et l'ingénierie.

Neal s'éloigne de la console, encore un peu étourdi par l'alcool de la veille et l'adrénaline de la simulation. Il rejoint, tout près, les anciennes douches publiques du temps où des Archéens vivaient par ici. Une fois dévêtu, il se glisse dans une douche en retrait et laisse le jet glacé lui marteler agréablement le dos.

La raison pour laquelle le commandement a délibérément abandonné cette partie du vaisseau n'est pas claire. On raconte qu'elle a été inondée et que les Dissidents en ont profité pour se l'approprier. D'autres disent plutôt que durant la période des Furies, les Dissidents se sont unis pour la condamner. Mais si c'était le cas, pourquoi le Parangon ne s'est pas tout simplement débarrassé d'eux? Sûrement parce que conserver le statu quo faisait leur affaire. Pendant longtemps, les Dissidents disparaissaient tour à tour sans laisser de traces. Plus tard, la Confrérie a découvert que le Parangon testait de nouvelles technologies. Leurs sujets de choix étaient bien entendu ceux qu'ils considéraient comme les rebuts de leur microsociété.

Si seulement il pouvait mettre la main sur les données de ces expériences. Or, le temps joue contre lui, et tant que Duke et ses fidèles vivront, elles seront hors d'atteinte. Neal a le sentiment qu'une réponse à la Terre promise pourrait s'y cacher, auquel cas il devra sérieusement envisager de prendre le contrôle total du Parangon. Son séjour dans le Refuge sera idéal pour planifier : asseoir son autorité, sécuriser l'Arche, trouver une nouvelle piste et, entre-temps, vaincre la mort qui pend au-dessus de leur tête. Rien d'insurmontable, n'est-ce pas ?

Il termine de se rincer et ferme la douche, satisfait de ce plan. Il faudra s'en contenter pour le moment.

La noirceur prédomine, il doit fouiller à tâtons en quête d'une serviette. Du dos de la main, il fait tomber une pile de serviettes qui s'écrase au sol. Il en ramasse une, mais d'après l'odeur qui en émane, il n'est pas convaincu qu'elles aient été propres de toute façon.

Une fois rhabillé, il parcourt le dédale désert, ses yeux parfaitement adaptés à la lumière bleutée d'urgence. Les années passées ici l'ont habitué à cette luminosité lamentable. Malgré sa douche froide, ses muscles sont encore chauds à la suite de son entraînement virtuel. Il étire ses bras en marchant vers sa cabine.

Une étrange odeur de putréfaction flotte en permanence dans ce passage qui donne sur l'antichambre où les cadavres attendent de passer à l'incinérateur, encore chaud de tous les morts qu'ils ont brûlés. Cet endroit, il ne l'avait jamais vu de ses propres yeux, mais de toutes les histoires absurdes qui courent à son sujet, il en avait déduit la vocation. Comme chaque fois – les rares fois – qu'il se trouve dans les parages, son rythme cardiaque s'accélère. Les choses ont changé, pourtant. Il n'a plus à craindre le Parangon en ces lieux.

Son malaise s'estompe un peu plus loin, où il croise Sofia qui a ramassé sa longue chevelure dans un chignon. L'odeur de la mort pourtant reste indélébile.

— Toi aussi tu es revenu, dit la mère de Fiona, sur un ton où ne perce aucune surprise de le trouver ici.

Ils échangent leur salut habituel : deux doigts sur le front. Neal remarque qu'elle s'est finalement décidée à porter le fameux bracelet, un signe de soumission qu'elle avait juré de ne jamais mettre. Maintenant qu'ils sont aux commandes, elle n'a plus de raison de résister.

— Les prisonniers ne t'ont pas trop donné de fil à retordre ?

Elle fait une grimace amusée.

— Sûrement pas autant que ma fille. Comment s'en sort Fiona ?

— La routine, l'informe Neal, désinvolte. Je l'ai retrouvée au milieu d'une révolte parmi les Archéens. Ils n'ont pas trop aimé son attitude.

Elle rit.

— Si son père avait été présent, peut-être aurait-elle appris à tenir sa langue un peu plus souvent. Ça lui aurait évité bien des déboires.

Sofia prend une pause avant de poursuivre :

— Au moins elle a Milo pour la ramener à l'ordre.

Leurs nombreuses empoignades des derniers jours ont atteint de nouveaux sommets. Milo qui, d'habitude, ne dit rien et rumine dans son coin, s'est laissé aller plus d'une fois déjà. Il est même parti en trombe en plein repas alors que Fiona lui demandait ce qu'il faisait dans ses temps libres. D'après Dan, cela affecte leur travail, chose qu'ils ne peuvent pas se permettre.

— Je ne compterais pas trop là-dessus, lâche-t-il en serrant les lèvres. Ce n'est pas l'amour fou en ce moment.

— Ils reviendront ensemble encore plus passionnés qu'avant. Ils le font toujours.

En temps normal, Neal leur demanderait de mettre leurs histoires de cœur de côté, mais puisqu'ils sont comme des frères, il s'abstient. Ils ont tous leurs propres aventures amoureuses, certaines plus agaçantes que d'autres.

Sofia soupire :

— Heureusement que sa sœur est plus docile et raisonnable. Elle n'est pas du genre à s'enticher du premier mec qui veut passer du temps avec elle.

— Comment va Mara ?

— Elle m'a suivi comme mon ombre durant la prise de l'Arche, dit Sofia d'un air satisfait. Une bonne combattante. Ça se voit qu'elle a ça dans le sang. Je la vois très bien monter sa propre armée sur la Terre promise. Une reine en devenir.

Elle replace son large sac noir à bandoulière que Neal n'avait pas remarqué dans la pénombre. Puis, les traits de Sofia se creusent.

— Les sangs s'échauffent rapidement, ces temps-ci. D'autant plus que les détenus reçoivent beaucoup de visiteurs, dans cette fichue prison. On devrait les interdire.

Neal grogne son assentiment :

— Dan s'y oppose. Le respect de leurs droits prime sur la raison.

— Et les nôtres ne comptent pas ? Il oublie vite. Je ne pensais pas que Daniel pouvait être aussi mollasse. Au fond, j'aurais dû m'en douter quand il n'a pas voulu coucher avec moi. Il craignait de se mettre Dez à dos. C'est de la foutaise. Dez n'a pas daigné pointer son nez depuis si longtemps que je me demande s'il se souvient qu'il a deux filles.

— Il désirait se fondre parmi les Archéens. C'est son choix.

Sofia renâcle.

— Un traître choix oui. Il est mieux de bien se cacher dans le Refuge.

— Et qu'est-ce que tu feras ? As-tu pensé à Mara dans tout ça ?

— Elle est assez vieille pour comprendre. Elle aimait son père, la pauvre. Si seulement elle savait à quel point c'est un imbécile.

— Tu n'as pas pensé qu'elle le voyait peut-être en cachette ? Apparemment, Dez a trouvé un moyen de travailler chez les Deltas. Nora croit l'avoir aperçu, quand leur équipe réapprovisionnait le Refuge en vue du transfert. Mara n'était pas bien loin.

Les traits de Sofia se durcissent et Neal peut sentir sa colère lui hérisser la peau. Fiona sait de qui tenir.

— Et il peut tout bonnement faire comme si de rien n'était ? Manger à sa faim alors que sa famille se démène pour survivre sans qu'il les aide d'aucune façon ? Les mecs dans son genre ne méritent pas de vivre.

La voix de Sofia gonfle dans l'espace restreint du couloir. Neal la comprend : s'il savait que ses parents ne faisaient rien pour l'aider, il leur en voudrait assurément. Ils ont ça en commun, Sofia et lui : leurs passions sont fortes. Mais maintenant qu'il dirige cette Arche, il doit faire un effort. La voix de Dan résonne dans sa tête. Que lui dirait-il ?

— Le tuer ne servira à rien.

— Certaines choses sont bien pires que la mort. Tu devrais le savoir.

Neal regarde instinctivement la porte de l'antichambre où sommeillent les cadavres. Il en a froid dans le dos, comme si elle pulsait d'un feu vivant.

— Ne fais pas de bêtises, lâche-t-il. Je compte sur toi. Sur tout le monde.

— Je verrai ce que je peux faire, Maître Neal, dit-elle d'un ton moqueur avec un clin d'œil.

Dan. Avait-il vraiment besoin de répandre cette mauvaise blague ? Il ne perd rien pour attendre.

— On se revoit dans le Refuge, Maître.

Sofia a un sourire espiègle et penche la tête d'un geste théâtral. Puis, elle s'éloigne de sa démarche nonchalante caractéristique.

Neal traverse le reste du corridor en peu de temps et parvient à son ancienne cabine, où reposent ses vieilles affaires : un amas de couvertures entassées dans un coin où il a gribouillé des dessins pour rendre l'endroit moins fade, et un alignement de bouteilles d'alcool vides. Il y a du whisky, du cognac, du rhum et même de l'absinthe. Il sourit au souvenir de soirées bien arrosées qui lui revient en mémoire. Chaque fois qu'Anika lui ramenait une bouteille des fonds marins, il avait une bonne raison de célébrer. Rien ne peut rivaliser avec ces spiritueux.

Plusieurs Dissidents partageaient leurs cabines avec d'autres, car ils ne voulaient pas rester seuls, mais Neal préférait garder son intimité. Il n'aurait pas voulu réveiller les autres avec ses cauchemars.

Son pied glisse sur un objet. Neal se retient juste à temps pour ne pas tomber face contre terre. Il se penche et saisit le coupable. Ses yeux s'écarquillent : un autre journal. Le tout premier dans lequel il écrivait avant que la vieille Farrell lui donne celui qu'il utilise maintenant. Dire qu'il allait tout simplement le laisser ici. Il s'empare d'un sac et fourre le journal à l'intérieur, ainsi que des babioles qui mettront un peu de vie dans la cabine de l'ancien commandant. Il choisit les plus belles bouteilles et laisse les doublons derrière. Avant de partir, il déplace la tuile remplie de dessins, saisit les bouteilles jamais ouvertes qu'il y avait entreposées et les dispose dans son sac déjà au maximum de sa capacité. L'espace au-delà du mur l'attire, mais il résiste et remet la tuile en place. Ce n'est pas le moment.

Il sort de sa cabine et s'immobilise avant d'emprunter le passage qui remonte aux niveaux supérieurs. Il ne reviendra peut-être plus jamais ici. Il décide de bifurquer et de s'engouffrer dans les entrepôts. Il y fait complètement noir, si ce n'est une seule source de lumière qui surplombe tout le reste, comme un écran. Cet écran, c'était leur version de la Lune, à plus d'une centaine de mètres sous l'eau dans leur tas de ferraille à la dérive.

Le Hublot, c'est son surnom. Il est assez clair aujourd'hui, signe que les rayons solaires sont forts et le ciel dégagé. Ils ne peuvent pas compter sur les lumières de l'Arche utilisées lors des chasses pour illuminer les fonds marins. Ça fait un bon moment qu'ils font tout pour économiser le peu d'énergie qu'il leur reste.

Dans l'écran de lumière, certaines parties sont plus sombres, de la saleté qui s'accumule rapidement sur la vitre extérieure. L'équipe de chasseurs d'Anika s'occupe toujours de la nettoyer pour qu'ils continuent à observer les fonds marins. On se lasse rapidement de voir des bancs de poissons, des ruines ou des chasseurs en plein travail, mais dans les niveaux inférieurs, c'est ce qui se rapproche le plus du monde extérieur. Ils venaient ici se raconter des histoires sur les chasseurs et leurs découvertes, et sur ce qui se trouve au-delà du visible. Parfois même, ils osaient lever les yeux et s'imaginer le ciel et ses astres. Une perte de temps pour certains, un espoir pour d'autres.

Quelque chose bouge dans la noirceur. Une respiration profonde résonne. Dans la forte odeur saumâtre qui émane habituellement des entrepôts des chasses, les contours d'une silhouette féminine.

— Toi !

La fille. Celle qui est censée être aux soins de Skyler. Mais qu'est-ce qu'elle fiche ici ?

L'étrange luminescence de l'océan teinte son visage d'un voile fantomatique d'un bleu sarcelle fade. Ses pupilles sont laiteuses et dilatées. Elle touche en alternance différents endroits sur son corps, comme plongée dans une profonde méditation. Elle fixe quelque chose à travers le hublot. Ses lèvres charnues remuent. Neal doit tendre l'oreille pour capter sa voix chevrotante :

— Ils arrivent.

Elle touche ses lèvres du bout de ses doigts et ferme les yeux. Ses paupières sont lisses, sa peau parfaitement découpée. Si elle ne proférait pas des inepties, elle serait belle à couper le souffle.

— Qu'est-ce que tu racontes ? s'énerve Neal, embarrassé par sa présence. Et d'abord, comment as-tu trouvé cet endroit ?

— Tu ne comprends pas. Ils reviennent, dit-elle en rouvrant subitement ses yeux sombres.

— Mais de quoi tu parles ? Aux dernières nouvelles, tu étais dans le coma.

Il se rapproche et lui saisit une main, étrangement froide.

— Allez, viens. Je te ramène auprès de Skyler.

Dan aussi lui doit des explications. Il était censé surveiller la clinique avec les nouveaux rebelles du Parangon. Si c'est ce à quoi ressemble la sécurité en place, Neal n'ose pas imaginer le coup fatal que pourrait leur porter Duke s'il décidait d'agir maintenant.

— Je ne suis pas folle.

Le visage de la fille est de marbre. Elle ôte sa main pour prendre les devants.

— Et puis quoi encore ? soupire-t-il en se frottant le front, une main sur la hanche.

Il donnerait n'importe quoi pour retourner dans le simulateur de combat et ne pas devoir affronter la réalité.

— Je ne suis pas sourde non plus, s'exclame-t-elle, visiblement irritée, en s'éloignant.

Neal grogne dans sa barbe et lui emboîte le pas.

7

SKYLER

Les Archives sont plus vides que jamais. Les gens ne s'intéressent pas tellement au passé, préférant le train-train quotidien mécanique et rassurant. L'avenir est bien plus attrayant, avec des promesses séduisantes comme celles de son frère qui parle de la Terre promise à chaque opportunité.

Uki a confirmé ce dont Skyler se doutait : le journal contient bien le nom d'autres arches. L'Arche de Sedna. Non seulement Uki a réagi quand il l'a mentionnée, mais il s'est finalement rappelé l'avoir entendu quand il est entré dans l'auditorium du vaisseau abandonné. Cela ne peut être un hasard. À ce stade-ci, la lecture du journal d'Amarante est inévitable, puisque Uki ne veut rien dire, mais pour se plonger dans une telle entreprise, il a besoin d'être tranquille.

Les formalités habituelles des Archives se sont assouplies : Skyler ne se fait pas intercepter quand il pénètre dans le corridor en retrait. Il se fond dans le décor et suit la faible luminosité qui pulse tout au bout.

Les sphères de mémoire accumulées depuis le début du projet reposent dans cette pièce spécialement conçue à cet effet. Au centre, le grand réceptacle avec son ordinateur intégré et la

Nef privée sont toujours là. Ils ont pris énormément de retard pour l'encodage des sphères. Et à moins que le Dr Nazar offre son appui pour le projet, Skyler devra faire une croix dessus. La Dre Siria a péri pendant la prise de l'Arche et, par conséquent, son seul mécène. Neal pourrait l'aider, mais s'il est tel que Skyler le connaît, il faudra se montrer convaincant.

Il récupère la sphère de Dylan, qu'il dépose dans un coffret de transport, le cœur lourd. Qu'aurait été la réaction de leur père en revoyant Neal?

Skyler jette un regard à la Nef avant de partir. Visionner les souvenirs de Dylan est tentant, mais la sphère n'a pas encore été encodée et le système est hors service… Par contre, Yasmina, l'ancienne patronne d'Émily, avait employé la Dre Siria pour développer des technologies plus sophistiquées capables de lire les sphères. Et s'il allait y faire un tour?

Quand Skyler arrive à la réception des Archives, un homme – dont le capuchon relevé masque son visage – émerge d'une porte qui, une fois refermée, est invisible dans le mur, remplacée par le symbole de la Fondation Sigma. La présence de l'homme agace Skyler qui aimerait le questionner, mais celui-ci s'éclipse trop rapidement. Skyler abandonne, conscient du peu de temps qui reste. De toute façon, la sphère de son père est plus importante que sa curiosité lancinante.

Sa dernière visite à la prison remonte à peu, quand la Confrérie cherchait à mettre la main sur le code que le commandant Hawk a emporté avec lui dans la mort. Grâce à la sphère de mémoire conservée par Yasmina, ils ont passé les souvenirs au peigne fin et localisé le code qui donne un accès au système central de l'Arche.

Amarante. Le nom de leur Arche. Aujourd'hui, Skyler vient pour une tout autre raison.

Il ne reconnaît aucune des personnes qui le questionnent sur l'objet de sa venue, mais être le frère du leader de la Confrérie a des avantages. Ils n'insistent pas et lui désignent les escaliers, l'ascenseur étant hors service lui aussi. La descente par les escaliers est lente, ses jambes brûlent quand il atteint l'entrée. Les Dissidents de garde le font passer par les détecteurs de métal et vérifient le contenu du coffret en lui posant quelques questions de routine. Heureusement, ils le lui rendent, satisfaits de son obéissance. Étrange comme son frère a réussi à s'allier aux Dissidents qui lui obéissent de leur plein gré, et ce malgré des promesses sans fondement. Et si Émily était la seule à avoir vu clair dans le jeu de Neal?

Skyler pénètre dans l'ancien bureau de Yasmina, puis dans la salle secrète où elle menait ses interrogatoires particuliers. Il ne peut s'empêcher de repenser à la voix entraînante d'Émily et doit s'arrêter un instant, la poitrine serrée.

Les paroles de Dinah lui reviennent en tête : *Tu devrais lui rendre visite aussi, tu sais.*

Il soupire.

Les instruments de torture sont étalés sans pudeur. L'interface sur la plateforme luit faiblement. Le système électrique de ce bureau doit être indépendant du reste.

Skyler hésite. Doit-il vraiment visionner la sphère ? Avoir fait tout ce chemin et ne pas pouvoir se décider paraît stupide, mais quelque chose le chiffonne. Son cœur bat plus rapidement.

Quand il dépose la sphère sur le réceptacle, la peur lui serre la gorge. Et s'il n'était pas capable de s'arrêter ?

Au son de sa voix, la reconstitution des souvenirs de Dylan se matérialise sur la plateforme sous forme d'hologramme. Skyler boit les souvenirs de son père qui se succèdent de façon décousue. Il se sent comme certains patients dépendants aux antidouleurs qui attendent leur prochaine dose.

Ses souvenirs d'enfance, qu'il croyait enfouis à tout jamais, l'assaillent avec violence. Il se rapproche de l'hologramme qui se brouille à l'occasion comme s'il y avait des interférences.

Ses grands-parents sont là. Ils sont décédés peu après sa naissance, mais Skyler reconnaît leur visage grâce aux photos de famille. Leurs voix résonnent, provoquant des frissons sur sa peau. Ils célèbrent le choix de carrière de son père pour l'océanographie, leurs sourires de fierté sont extraordinaires. Bien sûr, le grand-père de Skyler était un scientifique, lui aussi. Dylan allait suivre ses traces et perpétuer la bonne réputation des Goldberg.

Skyler se voit maintenant à travers les yeux de Dylan et se rend compte qu'il s'agit d'un souvenir différent. La sensation est bizarre, surtout que la voix de Dylan est plus jeune. Un Skyler de cinq ans l'accompagne au parc de l'Humanité. Son père se retourne et compte jusqu'à dix. Le bruissement de pas signale que le petit Skyler a couru se cacher. Dylan prend son temps pour le chercher à travers chaque buisson et branchage sur son chemin. Les ricanements du petit Skyler sont clairs. Il a l'air si heureux.

La végétation du parc laisse brusquement place au restaurant *La Orilla* où toute la famille est réunie. C'est l'anniversaire de Skyler. Il vient d'avoir huit ans, d'après le nombre de chandelles sur le gigantesque gâteau au chocolat qu'ils se partagent. Son père s'apprête à lui donner un cadeau enveloppé qu'il a dissimulé sous la table, mais Murielle lui fait de gros yeux et lui souffle : *As-tu pensé à Allen ?*

Skyler est encore plus jeune, cette fois. Il a peut-être quatre ans, son frère Allen en a presque sept. Ils sont dans leurs lits superposés, le mobile lumineux projette des étoiles sur les murs et le plafond. Leur mère leur lit une histoire qui se passe à la Surface avant le coucher. Leur père est venu leur souhaiter une bonne nuit et de beaux rêves. Il les embrasse sur le front tour à tour.

Allen déballe un cadeau enveloppé dans un papier brun

simple : un avion téléguidé. Une coupure. L'aile de l'avion est brisée. Leur mère Murielle prend Skyler à part et le blâme pour l'accident. Allen s'interpose en disant que c'est Chris qui est en cause, mais Murielle continue de tempêter. Chris est son ami. C'est de la faute de Skyler s'il n'a pas pu l'en empêcher. Il devrait avoir honte de sa jalousie envers son frère Allen. Skyler est privé de sortie. Dylan, qui est resté muet devant l'altercation, prend la défense de Skyler qui tremble comme une feuille. Murielle s'énerve et accuse Dylan de toujours prendre sa défense.

Dylan et Murielle sont seuls dans la cabine des Goldberg, sûrement pendant que Skyler et son frère sont à l'Académie. Leur discussion est envenimée. Son père insiste pour que Skyler fasse son stage en océanographie avec lui chez les Deltas, mais sa mère proteste avec force. Elle s'obstine que son frère Allen est celui qui réussira le mieux dans la famille. Pourquoi gaspiller cette chance?

Skyler se souvient de s'être mis à détester l'océanographie après cela, croyant que son père n'avait jamais voulu de lui, préférant son frère à lui. Avait-il eu tort?

Sa mère a vieilli de plusieurs années, elle est au pire de sa dépression. Elle vient d'avaler des pilules pour calmer sa crise et tempête en disant que Skyler est responsable de tout le malheur que leur famille subit. Son père essaie de la calmer, mais rien n'y fait. Elle ne veut plus que Skyler vive avec eux.

Skyler et son frère doivent avoir autour de dix ou douze ans, et ils sont tous les trois à l'observatoire. Ils contemplent les fonds marins et Dylan leur explique : *Ceci est le monde dans lequel vous devrez grandir. Vous aurez l'impression qu'il vous est hostile, qu'il vous rejette. Si vous jetez un regard plus attentif, vous comprendrez : ce monde, il nous écoute, mais nous ne l'écoutons pas. Apprenez à écouter et peut-être aurons-nous une chance de rejoindre la Terre promise.*

Son père est seul avec Murielle, ils sont au parc. Elle lui dit qu'avec la mort d'Allen, ils ont besoin d'un autre enfant. La relève des Goldberg en dépend. Son père lui rappelle, énervé, qu'ils ont déjà un fils prometteur et qu'il ne comprend pas pourquoi elle ne veut pas le reconnaître. Elle répond qu'elle ne peut pas chérir la source de sa douleur.

L'hologramme se brouille et un message déchire les oreilles de Skyler : *Les données sont corrompues.*

Skyler se recroqueville, encore sous le choc. Le corps tremblant, il se retient contre la plateforme. La sphère de son père est fragmentée, il n'y a plus rien à faire. Dylan était mort depuis trop longtemps quand Skyler a procédé au transfert.

Il a envie de briser la sphère, mais elle représente ce qu'il a de plus précieux. Son père l'aimait. Il s'était toujours inquiété à son sujet. Skyler ne l'avait pas compris.

L'amour inconditionnel de sa mère était un mensonge. Son père ne l'a jamais détesté. C'est tout le contraire. Qu'est-ce qui a aveuglé Skyler au point de ne pas le comprendre ?

Engourdi par l'espèce de calme qui l'a envahi, il laisse ses jambes le porter jusqu'à la chambre en retrait, là où Émily avait trouvé la sphère du commandant Hawk.

Les sphères sont si nombreuses qu'il croit rêver. Elles sont toutes ordonnées, à égale distance les unes des autres, chacune dans un petit coffret ouvert et bien identifié par le nom de son propriétaire. Il admire les couleurs qui varient d'une sphère à l'autre; les verts, les bleus, les violets et les orangés se chevauchent, chacune ayant sa signature particulière.

Des anciens prisonniers. Émily lui avait vaguement parlé de l'obsession de Yasmina pour la torture. Autant le spectacle de toutes ces sphères devrait le réjouir, autant il en ressent du dégoût. Arracher les souvenirs, la chose la plus intime qui soit, pour s'en servir contre des victimes frôle l'abomination. S'il avait su que son projet serait utilisé à mauvais escient, Skyler n'aurait jamais été de l'avant. Est-il responsable de la douleur de tous ces prisonniers ? Il préfère ne pas y penser, même si la culpabilité, un sentiment familier, le tenaille.

Des instruments douteux parsèment les surfaces de travail. Skyler s'arrête devant des casques en verre dont il n'ose pas imaginer la façon qu'avait Yasmina de s'en servir. D'autres outils portatifs attirent son attention. Des lunettes ? Il s'en empare, sans savoir à quoi cela pourrait servir. Il pourrait demander à Nathan d'improviser quelque chose, lui qui n'est jamais à court d'idées. C'est grâce à lui qu'il a pu…

Skyler s'arrête net.

Sur le poste de travail sont étalés des documents qui lui glacent le sang. Un formulaire d'autorisation pour l'emprunt de pièces chez les Deltas, et une requête envoyée au nom de Nathan. A-t-il travaillé pour Yasmina sans que Skyler ne le sache ?

Non, c'est impossible. C'est la Dre Siria qui a agi sous les ordres de Yasmina. Nathan n'aurait jamais osé. Et pourquoi pas ? Il est le mari de Jacinthe, la meilleure amie de la famille.

Skyler sort brusquement de la chambre secrète de Yasmina avec du dégoût pour l'étalage des instruments de torture, mais surtout pour l'esprit tordu de leur propriétaire et de tous ceux qui ont participé de près et de loin à perpétuer le mensonge et la tromperie.

Il déteste cet endroit.

8

SKYLER

Coffret en main, Skyler se poste devant l'entrée scellée des cellules.

— Tout va bien ?

Il doit avoir l'air mal fichu pour qu'un Dissident s'en rende compte. C'est le même type qu'il l'a interrogé à son arrivée.

— Est-ce que les visites sont par-là ?

— Tu devras attendre que la gardienne revienne.

Il attend un bon moment avant que ladite gardienne, une Dissidente dans la quarantaine avancée, se pointe. Elle porte le chignon et un gros sac en bandoulière qui semble atrocement lourd, vu la façon dont elle courbe le dos. Elle le dévisage d'un air méfiant.

— Qu'est-ce que tu veux ?

— Voir un détenu.

Il a déduit de sa façon laconique de parler qu'il vaut mieux utiliser le moins de mots possible pour lui répondre.

— Il est un peu tard pour ça, tu ne trouves pas ? Pourquoi n'es-tu pas au Refuge avec les autres ?

La gardienne n'attend pas sa réponse et lui saisit la main par surprise pour scanner son bracelet. Elle a un sourire amusé :

— Nerveux ? Je le serais aussi si je venais comploter une rébellion contre la Confrérie.

Skyler sent la tension latente d'un peu plus tôt s'éveiller et lui jette un regard hébété.

— Ne fais pas l'imbécile, ajoute-t-elle, animée d'une arrogance palpable. Nous sommes tous au courant que c'est ce que vous manigancez avec vos visites qui n'en finissent plus. Mais ça ne servira à rien. Dans le Refuge, des générations de foutaises, de familles et de prestiges ne valent rien. On verra bien qui gagnera cette fois.

Elle se décide enfin à regarder l'écran de son scanneur et sa voix s'adoucit :

— Skyler, c'est ça ?

Il hoche la tête sans un mot, de crainte de la mettre en colère. Son regard ne lui dit rien qui vaille et il n'est pas en état pour la confronter.

— Si tu n'étais pas sous la protection de Neal, je ne te ferais pas cette faveur. Suis-moi.

Il marmonne un *merci* précipité qu'elle n'a peut-être pas entendu avec le frottement de son sac qui fait un bruit atroce.

— La prison est débordée avec le grabuge que ces cinglés ont causé à l'atrium.

Ils arrivent devant une cellule. Son envie d'être sympathique est rapidement éclipsée par le ton incisif de la gardienne :

— D'autres visiteurs attendent, alors fais ça vite.

Devant son hésitation, elle lui parle d'une voix faussement rassurante, comme si elle parlait à un enfant :

— Tu veux que je t'accompagne ?

— Pas besoin. Je le connais.

La gardienne a un rire sec et replace une de ses longues mèches noires qui lui descendent jusqu'aux fesses, coincées sous son sac.

— Tu pourrais être surpris. Quand les sangs s'échauffent, c'est là qu'ils montrent leurs vraies couleurs.

— Vous avez l'air d'en savoir long à ce propos.

— Dix minutes, pas plus. Je ne serai pas loin.

Skyler entre sans répliquer. Les relents de crasse et de sueur l'assaillent aussitôt.

Le prisonnier est dans un état moins piètre qu'il l'aurait cru. Sa résistance est admirable, aussi tenace que de la mauvaise herbe dans un jardin.

— Je savais que je te manquerais, l'accueille son ancien meilleur ami en se levant du lit défait.

— Tu sais que ce n'est pas vrai.

Chris a l'esquisse d'une barbe, un peu plus sombre que ses cheveux cendrés. Lui qui n'a jamais un poil sur le visage, il a l'air plus vieux, comme si les épreuves des derniers jours lui avaient laissé une marque permanente. Il semble prendre plaisir à la caresser machinalement du bout des doigts ou bien son manque d'hygiène lui cause des démangeaisons. Il pourrait facilement attraper une infection de la peau.

Malgré les conditions ignobles, Chris a un sourire lumineux, la seule chose qui le soit dans cette cellule terne. Comment la lumière peut-elle s'échapper d'une personne aux intentions aussi sombres ? Un paradoxe incompréhensible.

— Comment peux-tu sourire avec la merde dans laquelle tu nous as mis? siffle Skyler.

— Tu mélanges les cartes. C'est ton cher frère, ou du moins ce qu'il est devenu, qui a semé le chaos.

— Toi et ton père avez tué des Archéens au lieu de les protéger.

Chris ne s'offusque pas de ses accusations, qu'elles soient fausses ou non. Pourtant Skyler veut se tromper, peut-être plus qu'il espérait. N'ont-ils pas été meilleurs amis jadis ? Comment en sont-ils arrivés à ce point ?

Si au moins Chris se défendait ou s'expliquait, cela prouverait que Skyler a tort à son sujet, comme il a eu tort pour Dylan.

Mais Chris se contente de se gratter la barbe, avec un bruit sourd qui résonne dans la cellule.

— Je sais ce que j'ai fait, reprend Chris après un moment. Tu dois me faire confiance, Sky.

La tête baissée, il a l'air d'un enfant pris en flagrant délit. Triste, abattu même. Mais s'il s'est avéré être complice, les conséquences de ses actes sont irréparables.

— Et le Feu Sacré, ça aussi c'était planifié par toi et ton exécrable père ?

Chris lève des yeux innocents vers lui, les mêmes qu'il avait quand ils étaient plus jeunes. Ne se connaissent-ils pas mieux que quiconque ? Devraient-ils même douter l'un de l'autre ? Skyler ne sait plus.

— Le Feu Sacré a été éteint par quelqu'un d'autre, répond Chris.

— Par qui?

— Je ne sais pas. Si moi ou mon père l'avions su, nous aurions tout fait pour l'éviter.

— J'aimerais te croire, vraiment.

— Mais ?

Skyler inspire profondément.

— Tu te retrouves toujours dans une situation incommodante, Chris. Ce n'est pas facile de te faire confiance.

— Pourquoi ne pas profiter de ce moment ensemble? C'est ce que j'espère depuis l'instant où ils m'ont fichu dans cette cellule.

Chris le regarde avec calme et l'invite à le rejoindre sur son lit où il s'est rassis, jambes croisées. Skyler ne bouge pas.

— Sais-tu ce que c'est de ne parler à personne pendant des jours ? De te faire accuser à tort pour quelque chose que tu n'as pas commis ? Alors, s'il te plaît, viens. J'aimerais qu'on parle.

— C'est ce qu'on fait déjà, non? dit Skyler sur la défensive. Qu'est-ce que tu veux de plus?

— Qu'on soit honnête l'un envers l'autre.

Pourtant, Skyler reste planté là, à le regarder, à essayer de comprendre ce qui se passe dans sa tête, derrière son visage presque parfait malgré la barbe crasseuse, ses dents d'habitude blanches et polies, et ses pommettes saillantes au moindre de ses petits sourires.

Son traitement est lamentable. Et si Chris n'y était pour rien dans toute cette histoire? Il devrait y avoir un procès devant le comité avec des preuves à l'appui, mais le système de l'Arche est tombé. Où est la justice dans ce cas ?

Skyler le rejoint finalement, faisant plier le matelas sous leur poids dans un grincement inconfortable.

— Tu te souviens de la dernière simulation? Celle que la Confrérie a altérée?

Des fragments lui reviennent par flashs; il était enfin sur la terre ferme avec sa famille et Émily, mais les réjouissances ont été de courte durée : la nature se déchaînait avec un raz-de-marée qui emportait la presque totalité des survivants dans les flots. La famille de Skyler s'en était sortie, mais la destruction l'avait secouée. Sans compter le visage de son frère revêtu par le jeune garçon que Dylan avait secouru.

— Oui, pourquoi?

— J'ai toujours tout fait pour éviter ces simulations, mais mon père ne m'y a jamais autorisé. Évidemment, puisque c'est sa propre invention. Imagine si le fils de Duke Kay refusait de se soumettre. Que diraient le trio infernal des Harris, White et Garcia s'ils savaient? Ils s'en donneraient à cœur joie et répandraient de fausses rumeurs parmi toutes les autres grosses têtes qui se disputent les faveurs du Commandement. Je les ai vus courtiser mon père qui m'a tenu hors d'état de nuire quand je lui ai fait comprendre clairement que je ne me joindrais jamais au Parangon. Pas que ça me dérange, bien au contraire. Je ne suis pas doué pour prétendre, de toute manière.

Chris se lève et se met à fixer le vide, comme s'il observait un hologramme invisible.

— Dès ma première fois dans le simulateur, j'ai connu une peur que je n'aurais jamais crue possible. Ils ont dû me sortir en raison de mes signes vitaux alarmants et j'ai dû passer trois jours au centre de soins pour récupérer. Un choc post-traumatique, disaient les médecins. Mon père ne voulait pas y croire et a préféré blâmer ma faiblesse. N'était-ce pas ce pour quoi la simulation avait été créée? Pour nous rendre plus fort et nous préparer à la dure réalité de la Surface? Aux yeux de mon père, je n'étais qu'une aberration qui prouvait qu'il avait raison à mon sujet.

La première expérience de Skyler avait aussi été un choc. Le torrent de souvenirs et d'émotions avait provoqué une nausée terrible, et lorsqu'il avait émergé de la simulation, il avait douté de la réalité pendant des semaines. Était-il coincé dans la simulation? Bien sûr que non, lui avait assuré son père, mais comment pouvait-il en avoir la certitude?

— Je ne pouvais pas croire que cette technologie était l'idée de mon père. J'avais l'impression qu'il essayait de trouver un moyen de s'infiltrer dans ma tête, mais alors je me rappelais qu'il ne le pourrait pas même s'il le voulait. Jusqu'à la dernière simulation.

Chris lâche un soupir et sa voix s'étrangle.

— J'ai vu des choses effrayantes, Sky. Elles sont imprégnées dans mon esprit, je ne parviens pas à les oublier. Ce n'est pas pour rien que j'ai voulu rejoindre le Commandement sous la tutelle de Laurène.

— Pour arrêter ton père? demande Skyler avec espoir alors que Chris inspire profondément.

— Est-ce que je peux te faire confiance?

Les yeux de Chris brillent d'une sincérité qui ramène Skyler à leur enfance, quand ils s'étaient jurés de rester meilleurs amis. Tellement de choses inattendues s'étaient produites par la suite, et Skyler avait brisé cette promesse. Pourtant, Chris, lui, ne l'a jamais oubliée.

Skyler baisse les yeux sans réussir à trouver les bons mots.

— Pourquoi es-tu venu me voir? demande Chris sérieusement, son calme revenu.

Skyler joue avec le coffret, mal à l'aise.

— Pour trouver une façon de voir dans ton jeu.

— Laisse-moi deviner. La Terre promise est plus difficile à trouver que prévu et tu cherchais quelqu'un à blâmer, en l'occurrence moi?

— Je ne suis pas mon frère.

Chris lui prend l'épaule pour le forcer à le regarder.

— Et je ne suis pas mon père.

Sa voix est ferme. Skyler peut sentir la haine qu'il éprouve pour Duke.

— Tu dois ouvrir les yeux, Sky. Quelque chose de plus gros que nous se joue ici. Tout ce que nous avons réussi à faire jusqu'à maintenant, c'est nous en sortir vivants, mais pas indemnes.

Même s'il déteste l'admettre, Chris marque un point.

— Tu sais Sky, toi et moi ne sommes pas si différents, dit Chris avec un léger sourire. Nous ne sommes que l'ombre de ceux qui mènent le jeu, mais ça n'a pas à rester comme ça.

L'ombre de son frère. Il y a des choses qui ne changent pas malgré les années.

— La Confrérie est vouée à l'échec. Quant à mon père, il est trop imprévisible.

Chris marque une pause, ses yeux brillent d'un éclat intense.

— Mais souviens-toi de notre promesse, Skyler. Ensemble, on forme une équipe. Ensemble, on peut sauver le reste de l'humanité.

Le loquet de la porte claque suivi d'un grincement à faire frémir.

— Ton temps est terminé, annonce la gardienne en entrant sans attendre avec un regard méfiant.

Skyler se lève, puis il lance un regard incertain vers Chris qui lui offre un sourire qui semble sincère. Alors que la Dissidente s'impatiente, Skyler lâche :

— On se reverra.

9

NEAL

NEAL SE RÉVEILLE EN SURSAUT, DÉSORIENTÉ. LES RONFLEMENTS réguliers de Dan résonnent dans la noirceur d'encre de la cabine qu'ils doivent partager, un luxe en comparaison des autres Archéens qui doivent s'entasser par dizaines. En temps normal, il ne s'autoriserait pas de tels excès, mais il ne tient pas à se faire assassiner dans son sommeil.

Il tire sur sa mince couverture trempée de sueur et s'accroupit à côté de son lit pour sortir son carnet et son stylo de sous le matelas. Un bruit sec au sol. Neal s'empresse de ramasser à tâtons ce qui est tombé. Sans prendre la peine de se changer, il se dirige vers la sortie indiquée par une lueur verdâtre, en suivant du bout des doigts la structure des lits superposés. Ses pieds nus frottent désagréablement contre le plancher métallique granuleux.

Le couloir est étroit, bien plus que dans n'importe quel endroit sur l'Arche. L'espace est compté dans le Refuge. Neal ne parvient pas à se débarrasser de la sensation d'étouffement. Puis il atteint la pièce circulaire qui donne sur l'entrée, une grande porte de la même forme, fermée hermétiquement, et dont émane une faible lueur.

Il prend place sur l'un des sillons surélevés qui mènent à la porte et dépose ses affaires à côté de lui. Ses mains sont crispées autour du tuyau d'une pipe qu'il porte à sa bouche. Il en tire une bouffée blanchâtre qui s'évanouit dans l'air. Il se penche vers l'arrière, les yeux fermés, et laisse la substance circuler dans son corps. Peu à peu, les vrilles du sédatif l'enveloppent d'une chaleur réconfortante.

Ça ira pour cette fois.

Maintenant qu'il a repris ses esprits, il s'approche de la grande porte pour profiter de sa luminosité. Il croise les jambes, ouvre son carnet à une nouvelle page et en frotte la reliure pour s'assurer que le journal reste ouvert. L'encre noire de son stylo forme une bavure dès qu'il se met à écrire :

La mort. Son odeur m'imprègne à tel point que j'ai l'impression de ne faire qu'un avec elle.

Par habitude, il prend une nouvelle bouffée de sa pipe pour que l'effet tranquillisant éclaircisse ses pensées qui s'évaporent comme la fumée. Sa pipe entre les dents, il écrit furieusement :

J'étouffe dans la noirceur. Ma conscience voltige entre le réel et l'irréel alors que mon corps me fait défaut. Une porte au loin grince.

La pipe vole hors de sa bouche et il lève la tête, prêt à réagir, mais le visage insolent de Fiona l'en dissuade.

— C'est fort ce truc, dit-elle en toussant, les larmes aux yeux.

— Un petit cocktail signé Sofia Reyes.

— Ne parle pas de ma mère, s'il te plaît.

Fiona s'assoit à côté de lui – avec une jambe pendante et l'autre pliée, genou contre son torse – et s'entête à fumer malgré tout. Elle abandonne après une nouvelle quinte de toux et lui redonne la pipe qu'il pose à côté de lui. Lentement, ses pensées s'épaississent et sa vision se brouille.

— Voir qu'elle a modelé ma sœur à son image me rend malade, lâche-t-elle. C'est la dernière chose dont j'avais besoin.

— Ce n'est pas si mal, non ?

— Parle pour toi.

Elle soupire, une joue appuyée contre son genou. Un silence contemplatif s'installe pendant lequel Neal imagine Fiona devenir la copie conforme de sa mère Sofia : un duo infernal de brise cœur à l'humeur revêche. Il réprime un rire moqueur.

— On doit être foutu, lance Fiona avec une pointe de cynisme.

— Tu sais que j'adore ton optimisme? répond Neal au ralenti en fronçant les sourcils, le visage engourdi.

— N'es-tu pas ici pour trouver la meilleure façon de ne pas s'entretuer? À ce que je peux voir, tu n'as pas écrit grand-chose.

Neal avait oublié qu'il tenait encore son journal ouvert dans une main. Soudain, la sensation du papier contre sa peau revient. Il hausse des épaules :

— Ça ne veut pas dire qu'il n'y a rien à faire.

— Ton optimisme te tuera un de ces jours, dit-elle, le regard vitreux. Mais bon, on a tous nos faiblesses. Milo…

Les paroles de Fiona bourdonnent dans sa tête sans qu'il puisse les saisir. Quelque chose au sujet de leur relation?

— Est-ce qu'il m'évite ? Je ne l'ai pas vu depuis un bout, dit Neal.

— Milo évite tout le monde depuis qu'*elle* est apparue.

Fiona est debout l'instant d'après :

— Quel con voudrait sympathiser avec son propre bourreau à moins d'avoir un désir masochiste? Au lieu de passer les derniers jours avec moi, il m'évite comme la peste.

— Un désir masochiste, répète Neal, éberlué.

— Tu sais ce que je veux dire.

Il la regarde, encore plus confus.

— Milo est trop bon pour elle, poursuit Fiona d'une voix lasse. Son cœur tendre l'aveugle, il croit pouvoir aider.

— Est-ce que tu parles de votre relation ou… ?

— Pour le soutien moral, on repassera.

— Mon frère aussi m'évite, si ça peut te rassurer, dit-il pour se reprendre. Je ne sais pas pourquoi.

— Qu'est-ce qui ne va pas avec lui ?

— Je ne sais pas, sérieux.

Skyler aurait dû être heureux et désireux de faire partie de la Confrérie, mais une barrière s'est mystérieusement érigée entre eux. Neal se mord les lèvres. Bon sang, est-il en train de devenir comme Fiona ?

— Alors, tu devrais lui parler, dit-elle d'un ton assuré.

— Pourquoi ne parles-tu pas à Milo dans ce cas?

Elle lui jette un regard noir, puis se ravise :

— Tu sais pourquoi.

Il sait qu'il y a un fond de vérité dans ce qu'elle dit, mais la façon d'approcher Skyler lui échappe. Leur dernière conversation remonte au moment où Tessa l'a conduit à la clinique pour rencontrer Skyler qui n'avait pas l'air dans son assiette.

Sur un tout autre ton, Fiona s'exclame :

— On doit se rencontrer demain. Toute la Confrérie. Je vais amener Milo.

— Tu es sérieuse?

— Aussi sérieuse qu'une Reyes peut l'être. Et tu iras voir ton frère.

Les paupières lourdes, Neal ferme son carnet. Demain sera une longue journée.

— On ne pourrait pas tout simplement ravoir notre bonne vieille base? se plaint Fiona qui se tortille sur sa chaise en métal. Les coussins étaient classe, mais ça…

Fini le temps où ils pouvaient prétendre jouer au Commandant et à ses membres d'équipage dans leur antre confortable. Ils doivent maintenant se contenter d'une version très réduite de la salle de commandement de l'Arche au cœur du Refuge. Mis à part son accès privilégié au système central et le fait d'être sécurisée, loin des fauteurs de trouble, cet endroit est d'un ennui sans égal avec sa table, sa poignée de chaises, ses quelques écrans et lumières. Un coup d'œil dans les Archives aurait eu tôt fait d'inspirer leurs prédécesseurs pour décorer un tant soit peu.

Autour de la table en demi-lune, Walker pique du nez sur sa tablette et Dan médite, les yeux mi-clos. Quant à Tessa, elle semble distraite depuis qu'elle est revenue de sa mission, si bien que Neal doute pouvoir lui tirer les vers du nez sur son attitude envers lui.

Fiona a réussi à traîner Milo, même s'il paraît de mauvaise humeur. Cela signifie que Neal devra honorer sa part du marché et parler à Skyler.

Neal place une bouteille d'alcool sur la table. Walker sursaute en replaçant machinalement ses lunettes.

— Je nous ai apporté de quoi célébrer.

— Alors là, ça me parle, s'extasie Fiona en distribuant les verres à liqueur que Neal avait pris soin d'amener dans un sac.

L'emballage original n'a pas survécu, mais les lettres moulées à même la bouteille ne mentent pas. Il prend le temps d'admirer le liquide ambré qui brille d'une lueur dorée quand elle est placée dans le bon angle.

— Un Zappaka 24 de rhum brun, explique Neal. Une spécialité de nos ancêtres, à ce qu'il paraît.

Il l'ouvre sans façon. Un gaz épicé lui picote agréablement les narines. Aussitôt, les verres volent d'une main à l'autre.

— Tu ne manques jamais de ressources, toi, commente Dan qui hume son verre.

— Tu me connais. Je déteste le gaspillage.

C'est comme ça qu'ils ont appris à survivre ensemble chez les Dissidents. Si l'Arche n'utilisait qu'une fraction des trésors ramenés par les chasseurs, cela n'avait pas à être le cas des Dissidents. Avec un peu de recherches dans les Archives, Neal les avait encouragés à cibler certains objets inutilisés pour améliorer leur quotidien. La mère de Fiona avait pris ça à un tout autre niveau : elle en avait même tiré profit dans ses temps libres, en créant un réseau de marché noir très lucratif dont la Confrérie a bénéficié de bien des façons.

— Les Archéens sont aveuglés par leur désir de tout réduire au minimum, ajoute Neal qui laisse les épices de l'alcool lui titiller les papilles. Ils allaient se débarrasser de ces bouteilles alors qu'elles ont un prix inestimable.

— L'argent ne vaut plus rien depuis longtemps, dit Walker qui goûte le rhum du bout des lèvres.

Walker grimace, mais cela ne l'empêche pas de s'enfiler son verre tout de suite après. Il n'a jamais eu l'air aussi éveillé.

— La valeur ne se compte pas qu'en billets, dit Neal avec un clin d'œil en lui versant un autre verre.

Quand Fiona tape son verre vide à son tour sur la table, il fait glisser la bouteille vers elle. Debout, il s'adresse au groupe.

— Je vous ai convoqués pour élaborer un plan pour la suite. Le Refuge n'est que temporaire. On doit se servir de ce temps précieux pour régler le problème à sa source.

— Trouver un lieu habitable, complète Dan, les coudes appuyés sur la table.

— Je propose de travailler sur deux fronts pour garantir notre victoire. C'est notre première mission à titre de Commandement de cette Arche.

Sa responsabilité.

— De bonnes nouvelles de la mission ? demande Fiona à Tessa.

Tessa a un moment d'hésitation.

— Pas exactement.

Neal ne voulait rien divulguer avant d'en savoir plus, mais bien sûr Fiona doit tout foutre en l'air avec son tact à toute épreuve. Dan lui jette un regard confus, alors que les autres se fixent sur Tessa.

— La Terre promise devra attendre, intervient Neal. Mais d'après Skyler, ils ont trouvé une ancienne Arche. Si elle est encore fonctionnelle comme semblait le supposer ton rapport, Tessa, on pourrait tout simplement y emménager.

— Comment va-t-on transporter tout le monde? le coupe Walker qui a repris de la vigueur. Les Strahls sont à court d'énergie.

— Et si on les rechargeait là-bas ? Dans ce cas, on aurait une chance…

— Tu imagines le temps que ça prendrait ? Notre Arche aura déjà sombré d'ici là.

Même s'il sent la pression monter, Neal garde son calme et ignore l'impatience dans la voix de Walker.

— On doit quand même essayer. D'autant que la deuxième option peut se faire en même temps. On peut aller chercher les pièces dont on a besoin pour réparer le Feu Sacré.

Neal jette un coup d'œil à Milo qui proposerait normalement quelque chose, mais il conserve le silence, les bras croisés.

— Et s'il n'y en a pas ? demande Fiona dont les traits se sont crispés.

Il y a pensé, mais il ne veut pas devoir expliquer la présence d'Uki à bord pour le moment. Du moins, tant qu'elle n'aura pas recouvré toute sa tête.

— Désassembler le cœur pour le ramener ? Je m'en occupe.

Tout le monde se tourne vers Milo, surpris qu'il prenne enfin la parole. Il ne semble pas s'en préoccuper, visiblement plongé dans ses pensées, à décortiquer le problème d'ingénierie qui s'offre à lui.

— On ne sait même pas si… commence Fiona qui s'empourpre.

— C'est une Arche, non? Il n'y aucune raison que ça ne fonctionne pas. Je peux voir le rapport?

— Ce travail demande une expertise vieille de plus d'un siècle, souligne Walker. Es-tu certain de pouvoir t'en charger?

— Il y a bien fallu que quelqu'un construise ce Feu Sacré. Ce qui veut dire qu'il peut être démonté.

Neal passe sa tablette à Milo. Il en profite pour demander à Tessa de faire un compte rendu de sa visite. Elle n'entre pas dans les détails, ne s'en tenant qu'à l'essentiel, comme Neal et elle ont convenus avant leur réunion, afin de garder secrète la présence et l'identité d'Uki. Quand elle a terminé, Milo est encore occupé à lire attentivement et Fiona n'en démord pas :

— C'est du suicide.

— C'est vrai que l'accueil n'était pas très charmant, l'appuie Tessa, ce qui surprend Neal. On ne sait pas combien il y a de drones actifs. Un seul d'entre eux a failli nous coûter la vie.

— Ce n'est pas vrai que de simples drones vont nous obliger à crever ici, s'énerve Neal. Ils doivent bien avoir une faiblesse. Walker?

— Trouver la source qui les contrôle. S'il y en a une.

Neal l'interroge du regard.

— Eh bien, ils pourraient être autonomes. Une espèce de programmation en boucle qui fonctionne depuis qu'ils ont été mis en route.

— Imaginez si on en avait ici ? demande Fiona, horrifiée.

— Aux dernières nouvelles, la technologie s'est perdue avec le Déluge, précise Walker sur un ton rassurant. Nos drones ne sont pas armés, par précaution.

— Ça n'explique pas leur présence sur Sedna, intervient Dan.

Milo lâche un rire qui les fait tous taire. Il passe une main dans ses cheveux, un tic depuis toutes ces années.

— Tessa et Skyler s'en sont bien sortis vivants. Je ne risque rien.

— Tu ne t'entends pas parler ou quoi? s'exclame Fiona, furieuse. Ils sont seulement entrés et sortis. Toi, tu vas démonter le cœur de cette Arche. S'il y a bien un endroit que ces machines protégeront, c'est bien ça !

— Ne t'en mêle pas.

Neal inspire profondément. Pour une fois, il veut donner

raison à Fiona, mais leurs options sont limitées. Son plan repose sur le fait de retourner là-bas.

— Je ne te force pas.

— Tu t'en fais trop pour moi, Neal. Ce ne sont pas des drones qui vont m'enlever mon titre de champion du simulateur de combat.

— C'est vrai.

S'il ne croyait pas en Milo, qui a montré plus d'une fois qu'il en était capable, il ne le laisserait pas faire. Chaque membre de la Confrérie a mené sa propre mission impossible pour la prise de l'Arche. S'ils ont réussi une fois, ils peuvent le refaire.

— C'est insensé, proteste Fiona avec véhémence. Tu l'encourages dans sa folie ?

— On aura besoin d'une Arche fonctionnelle pour partir à la recherche de la Terre promise, le défend Milo. En plus, il pourrait y avoir des indices clés cachés sur Sedna, n'est-ce pas, Neal?

— La dernière fois au Feu Sacré ne t'a donc rien appris, lâche Fiona en dardant sur Milo un regard noir.

Le visage de Milo est pâle de colère.

— Comment oses-tu ?

Milo ouvre la bouche, mais se ravise et se lève, silencieux. Avant que Neal puisse intervenir, Milo sort en coup de vent en claquant la porte derrière lui.

Tessa a l'air mal à l'aise et se propose pour accompagner Milo dans cette mission.

— Je connais bien l'endroit. Ce sera plus simple.

— On a donc un plan, dit Neal en levant son verre.

Ils ingurgitent chacun leur verre d'un trait, y compris Fiona qui boit aussi celui laissé intouché par Milo.

— Où est la bouteille ? grogne-t-elle.

10

NEAL

LEUR RÉUNION S'EST PASSÉE MIEUX QU'IL L'AVAIT ESPÉRÉ, MALGRÉ l'altercation prévisible entre Fiona et Milo. Au moins, ils ont tous de quoi s'occuper; Milo et Tessa élaborent les détails de la mission à venir; Fiona va recueillir l'équipement nécessaire pour extraire les pièces dont ils auront besoin; et Walker est responsable de la logistique pour leur trouver un moyen de transport efficace. Ils devront naviguer en hypoxie dans une Arche et emprunter un Strahl encore fonctionnel. La mission commencera dès qu'ils mettront les pieds hors du Refuge. D'après Walker, les agents du Parangon ont parlé de ressources de leur QG qui pourraient s'avérer utiles. C'est déjà ça.

Maintenant que leur plan est en branle, Neal pourrait s'accorder un moment de répit, mais les Archéens de l'ancien système doivent être neutralisés. Qu'est-ce qui pourrait les convaincre de le reconnaître comme leur leader légitime?

Neal verrouille la porte derrière lui. Dan, dont la barbe n'est pas entretenue comme à l'habitude, cesse de jouer avec celle-ci lorsque Neal arrive à sa hauteur.

— Tu sais que tu peux tout me dire, annonce Dan d'un air inhabituellement sérieux.

— Il n'y a pas grand-chose à dire.

Ils marchent ensemble, et bien que Neal apprécie son attention, il préférerait être seul. L'alcool ne fait pas bon ménage avec son estomac, ce matin.

— La fille, le presse Dan.

— Uki. Elle a un nom, répond Neal avec plus d'agacement qu'il l'aurait voulu. Si tu songes à l'ajouter à la liste de tes conquêtes, fais gaffe. Tu pourrais faire des jalouses.

Malgré les centaines de personnes qui y sont confinées, le Refuge a l'air d'une tombe. Ils ne croisent qu'une poignée d'Archéens, sûrement en route pour le déjeuner.

Bientôt, les Dissidents se rendront à leur station pour coordonner la distribution des rations de la journée. Neal devra se dépêcher, s'il veut avoir une chance de manger quelque chose, puisque la Confrérie ne fait pas exception au rationnement. Les privilèges l'ont toujours répugné et, en plus, cela donnerait une raison supplémentaire à Léandre et aux autres pour le provoquer. Quoi que Neal fasse, la Confrérie sera de toute façon ouvertement critiquée.

— Toi aussi, réplique Dan sur la défensive. Je ne suis pas certain que Tessa apprécierait.

— Il ne se passe rien entre nous, dit Neal d'un ton sec.

Dan ne se laisse pas désarçonner et continue une fois qu'ils ont tourné le coin :

— Peut-être pas pour elle, mais pour toi, c'est une autre histoire.

— Dan, je ne suis pas d'humeur.

Son meilleur ami lève les bras en signe de résignation.

— Comme tu veux. Et pour ton information, Sofia c'est de l'histoire ancienne.

— Parle pour toi. À ta place, je dormirais les yeux ouverts. Le Refuge n'est pas très grand, tu sais.

Dan le pousse amicalement avant de le laisser enfin seul. Neal consulte son bracelet pour vérifier la localisation de chacun des membres de la Confrérie, mais un seul l'intéresse vraiment et c'est Skyler. Neal s'assure qu'il est hors de vue, puis il se dirige vers les dortoirs dans le sens opposé.

L'odeur matinale est lourde dans la pièce seulement éclairée par des bandes luminescentes le long du sol et du plafond. Les chuchotements font écho comme des sifflements et s'accentuent au passage de Neal qui arpente l'allée du dortoir des Omégas – conserver les divisions semblait plus simple, logistiquement parlant. Combien d'entre eux font partie du groupe d'insurgés de ce Léandre? Et s'ils savaient que Skyler se trouve ici, s'en prendraient-ils à lui pour l'atteindre, lui, le leader soi-disant illégitime de *leur* Arche?

Il est encore tôt, il s'attend à trouver son frère endormi. Or, quand son bracelet lui indique être arrivé, Skyler est plongé dans la lecture d'un carnet. Si ce n'était de son apparence usée, Neal aurait pu le confondre avec son propre carnet, que la Farrell lui a donné et qui recèle tous les secrets de ses nuits hantées.

La bile lui monte à la gorge, et avec elle, une nausée persistante. Le rhum avait semblé une bonne idée, pourtant. Depuis quand a-t-il l'estomac aussi fragile?

— Je ne vois pas pourquoi tu t'obstines à rester ici, le salue Neal en s'accotant contre le support du lit opposé. Tu ne peux clairement pas dormir.

Skyler lève les yeux de sa lecture avec un délai.

— Tu es venu parler de mes conditions ou des tiennes?

Des murmures de protestations leur intiment de sortir pour ne pas déranger le sommeil des autres, aussi Neal fait signe à son frère de le suivre. Skyler s'exécute, même si son attitude trahit son mécontentement. Une fois qu'ils ont rejoint le couloir principal, Neal ne perd pas de temps :

— J'ai besoin que tu m'amènes la voir.

— Maintenant?

Skyler a l'air incrédule.

— Ça doit être grave, ajoute-t-il, les pouces dans les poches de son uniforme.

— Comment?

— Ton désintérêt à son sujet était flagrant à la clinique.

Les paroles de la veille de Fiona lui font bourdonner les oreilles, et Neal sonde les environs pour trouver un endroit tranquille. Il conduit Skyler dans une alcôve qui abrite un extincteur et une hache d'incendie, ainsi qu'un plan miniaturisé du Refuge imprimé sur une plaque plastifiée, beaucoup plus fiable que la technologie qui pourrait flancher en cas d'urgence.

— Tu ne peux pas continuer ce jeu-là, lâche Neal en sentant la bile lui brûler la gorge.

— Je te signale que le maître du jeu, c'est toi. Et ce ne sont pas mes règles.

— Tu fais tout pour m'éviter et pour ne pas participer aux activités de la Confrérie. Je t'avais pourtant invité à la réunion de ce matin.

— Je n'en vois tout simplement pas l'intérêt. Ma place est auprès de mes patients. Tu devrais le savoir. Si tu t'en souviens, pendant que tu partais à l'aventure dans les entre-deux, j'allais souvent aider maman au centre de soins. Ce n'est pas nouveau.

— Vois-le comme ça, dit Neal en appuyant sur chacun de ses mots. *Tous* les Archéens sont des patients malades en ce moment. Ils courent tous un grave danger si on ne fait rien. Ce Refuge n'est que temporaire.

Skyler se contente de lâcher un soupir.

— Je dois en apprendre plus sur l'Arche de Sedna, ajoute Neal à voix basse. Cette mission sera déterminante pour notre survie, et je ne veux pas courir de risques inutiles.

— Quelle mission? L'hécatombe n'a pas suffi à te dissuader d'y retourner?

— Sky! Qu'est-ce que tu crois, à la fin? On sera les prochains si on ne fait rien!

D'après le pli qui se creuse sur son front, son frère semble peser ses paroles. Sans attendre, Neal poursuit :

— As-tu réussi à apprendre quoi que ce soit d'Uki?

— Elle ne parle pas beaucoup, comme tu as pu le remarquer, répond Skyler de son habituelle voix calme. Ce que je sais, tu le sais déjà, et c'est seulement parce que j'ai eu de la chance. Tout est dans le journal.

— Ce que tu lisais tantôt?

Skyler hoche la tête et sort le carnet usé de la poche intérieure de son uniforme.

— Tu connais la première Commandante de l'Arche, Amarante Bellerose?

Le nom lui dit vaguement quelque chose. Est-ce que ça a un lien avec les histoires que la Farrell leur racontait dans la chapelle quand ils étaient plus jeunes?

— Peut-être. Qu'a-t-elle à voir avec tout ça?

— Rien directement, mais elle confirme l'existence d'autres Arches.

— Et?

— Le reste concerne surtout sa vie sur l'Arche au tout début. Je n'ai réussi à comprendre que des bribes par-ci par-là. J'en suis encore à décoder son écriture. Disons qu'elle n'écrivait pas d'une manière conventionnelle.

Skyler s'interrompt, le regard fixé sur le carnet aux pages recourbées. Neal se demande si, dans l'avenir, on lira ses propres journaux intimes pour interpréter ses cauchemars. Il les brûlera avant que quelqu'un puisse les lire. Il y a quelque chose d'atrocement malsain à décortiquer l'âme d'un défunt sans son consentement. Est-ce vraiment ce que cette Amarante Bellerose aurait voulu?

— Mais peu importe, reprend Skyler en rangeant précieusement le bouquin dans sa poche tandis qu'un groupe d'Archéens passent près d'eux, sûrement pour aller déjeuner. Si les habitants des autres Arches sont encore en vie, ils pourront nous aider.

— Tu voudrais qu'on parte à leur recherche? Écoute, on n'a pas les ressources pour ça. Les Arches pourraient être n'importe où.

— On s'y prend de la même façon que la dernière fois.

— On a intercepté un signal de détresse. Et même si on réussissait à localiser les autres Arches, qui te dit qu'on voudra bien nous accueillir? Si leur situation est aussi précaire que la nôtre, ça m'étonnerait.

— Je ne vois pas pourquoi les derniers humains sur terre ne s'entraideraient pas. Tu ne le ferais pas toi?

Neal se frotte les yeux :

— Tu es si naïf, Skyler.

Sa remarque semble le blesser, car le sursaut d'enthousiasme de Sky s'éteint aussi vite qu'il est apparu : il retourne à sa rigidité démesurée qui ne laisse pas de place à l'affection, même pour son frère revenu d'entre les morts.

— Sedna est notre unique chance de nous en sortir indemne, insiste Neal en cherchant un appui dans son regard. Et pour ce faire, j'ai besoin de parler à Uki. Où est-elle?

Skyler ne répond pas. Neal voudrait le prendre par les épaules comme le fait Daniel pour lui remettre les idées en place, mais il s'abstient. Leur relation a bien du chemin à faire avant de revenir à ce qu'elle était.

Sky quitte l'alcôve, Neal dans son sillage, sans faire un cas de ses sautes d'humeur. Il n'a pas le temps de gérer sa petite crise. Si Skyler se trouvait dans sa situation, il comprendrait pourquoi il doit agir ainsi.

Ils arrivent devant une porte gardée par Nora, qui se redresse à leur approche. Elle frotte ses mains sur son uniforme et trouve l'énergie pour échanger un salut, même si sa posture trahit sa fatigue. Un coup d'œil furtif à travers la petite fenêtre encastrée indique à Neal qu'ils sont au bon endroit; Uki est assise dans un coin, les yeux entrouverts.

— Quelque chose à signaler? demande Neal en reportant son attention sur Nora.

— Mis à part ses étranges prières... répond-elle d'une voix endormie en réprimant un bâillement. C'est quand même fascinant. Je me demande ce qu'elle marmonne, au juste.

— Tu lui as posé la question?

— Pas vraiment. Je lui ai seulement proposé d'aller se doucher et elle a refusé. Je n'ai pas insisté.

— Tu peux aller te reposer. Derek va prendre le relais, lui indique Neal en lui tapotant l'épaule avec bienveillance.

— Tiens-moi au courant des développements. J'ai vraiment envie de savoir ce qu'elle fait de ses journées. Ce n'est pas comme si c'était l'endroit le plus palpitant. Ça ferait longtemps que je serais devenue folle.

Skyler glousse, et Neal lui jette un regard en coin en entrant.

— Qu'est-ce que tu fais, planté là?

— C'est ta prisonnière, pas la mienne, se défend Skyler sans parvenir à cacher son amusement.

— C'est aussi comme ça que tu te considères?

— Ça dépend.

Nora les regarde attentivement, comme si elle avait peur de manquer quelque chose. Neal profite de ce moment pour ne pas chercher la confrontation :

— Et bien, tu n'es pas le seul. Nous le sommes tous. Prisonniers de l'Arche et prisonniers de cette vie. Il faut juste apprendre à vivre avec. Tu viens?

Son explication semble suffire, car Skyler lui emboîte le pas sous le regard curieux de Nora.

Puisque le Refuge n'offre pas beaucoup d'intimité, les Dissidents responsables d'Uki ont choisi un petit lieu d'entreposage – pour ne pas dire un placard – où sont stockées des caisses remplies de draps de rechange, de couvertures et d'oreillers.

L'odeur de renfermé et d'épices le fait grimacer. Uki s'est vite lassée d'explorer les lieux à en juger par la caisse éventrée. Elle s'est enroulée d'une couverture et s'est monté un fort d'oreillers. Pour l'aider dans sa méditation?

Neal évite de justesse de mettre un pied dans l'assiette du souper à moitié grignoté d'Uki, posée sur le sol à côté d'une cruche d'eau presque vide. Des conditions moins qu'idéales.

— Le poisson n'est pas à ton goût? demande Neal d'un ton se voulant amical, voire presque d'excuse. Il n'est pas terrible de toute façon.

— Pourquoi est-ce que vous les mangez? rétorque-t-elle avec une pointe de colère.

Ses yeux sont bien ouverts et la transition brutale. Elle n'est pas du tout dans état de zénitude qui devrait résulter d'une séance de méditation.

— C'est quoi cette question?

Neal jette un regard désemparé à Skyler qui hausse les épaules. Devant l'expression figée d'Uki, Sky prend finalement la parole :

— Ce que mon frère essaie de dire, c'est : que mangez-vous sur Sedna, normalement?

— On ne mange pas les êtres conscients pour commencer, explique-t-elle un peu plus calmement en empoignant les bords de l'oreiller sur ses cuisses. Et on ne pose pas de questions désobligeantes.

Et ils ne prennent pas de douche non plus, songe Neal en taisant son commentaire de justesse. Dan serait ravi de voir à quel point il parvient à se contrôler pour une fois.

— Jusqu'à tout récemment, on ne savait pas qu'il y avait d'autres gens comme nous sur des Arches, continue Skyler en reprenant la situation en main, au grand soulagement de Neal. Désolé si notre façon est maladroite.

— Vous ne saviez pas? s'étonne-t-elle en replaçant l'oreiller pour mieux l'enserrer. C'était peut-être mieux ainsi.

Des questions brûlent les lèvres de Neal, mais il laisse son frère poursuivre. Il ne voudrait pas tout foutre en l'air, surtout qu'elle ne semble pas le porter dans son cœur. Si seulement elle était moins farouche, ça faciliterait les choses.

Uki semble songer un moment, mais les explications tant attendues ne viennent pas.

— Qu'est-ce qui s'est passé sur Sedna? cède Neal, à bout de nerfs.

— C'est évident, non? soupire-t-elle. Tout le monde est mort.

— Comment?

Elle touche l'un de ses tatouages, comme par réflexe, avant de lâcher d'une petite voix :

— Je ne me souviens de rien.

— Ça ne nous avance pas vraiment, s'énerve Neal qui sent son frère darder sur lui un regard noir.

Neal repense à leur dernière rencontre impromptue dans les étages inférieurs, puis il ajoute, d'un ton détaché :

— Tu étais plutôt sûre de ce que tu avançais quand je t'ai vue au Hublot. *Ils arrivent.*

Il affiche un air mystérieux pour ajouter de l'effet. Elle croise les bras :

— Tu crois que je suis folle!

— Du calme! Je n'ai jamais rien dit de tel.

Uki détourne le regard, comme embarrassée par son accès d'émotion.

— Non, mais tu l'as pensé fort. Et qu'est-ce qui se passe ici? J'aimerais avoir des explications.

— C'est… compliqué, répondent Neal et Skyler d'une même voix.

Ils échangent un regard surpris, puis un sourire timide.

— Ça ne nous avance pas vraiment, dit-elle, moqueuse. Vous me ramenez ici sans me fournir aucune explication. Qui me dit que vous n'êtes pas les responsables de la mort de ma famille?

— Tu nous en crois vraiment capables? s'indigne Neal, incrédule. Je veux dire, regarde-nous!

— Non, c'est vrai, décide Uki qui organise les oreillers en deux piles distinctes. Je ne crois pas qu'un leader aussi stupide en soit capable.

— Et si on utilisait une sphère pour encoder ses souvenirs? s'interpose Skyler en levant le ton juste au bon moment. Le seul truc, c'est que je n'ai pas le matériel sous la main, à moins que tu m'en donnes l'autorisation.

— Comme avec le Commandant? Tu serais capable de faire ça?

Neal ne quitte pas Uki du regard tout de suite, curieux de savoir à quoi elle pense. Pourquoi ne coopère-t-elle tout simplement pas? Ils l'ont secourue. Elle leur doit au moins ça, non?

— Je ne vois pas d'autres solutions, continue Sky en hochant de la tête. Avec un peu de temps…

Uki s'est rapprochée de Neal pour examiner son bracelet. Elle le touche du bout des doigts et l'active par inadvertance. Quand l'écran holographique se matérialise, elle recule, effrayée.

— Je ne crois pas que ce soit une bonne idée, en fin de compte, soupire Neal qui sent son plan sur le point de s'effondrer.

Il balaie l'écran dans le néant et dit :

— Tu vois comment elle réagit à mon bracelet?

— Dans ce cas, je ne sais pas quoi te dire, s'énerve Skyler.

— Calme-toi, petit frère.

Skyler lui jette un regard intéressé. Neal se reprend :

— On va trouver une solution.

Même s'il commence sérieusement à en douter. Il doit s'en remettre à Milo et Tessa qui retourneront sur Sedna pour ramener les pièces de rechange du Feu Sacré. Ce sera plus long, mais avec un peu de chance, ils ne rencontreront pas de ces satanés drones.

— Et pour maman ? Tu compte venir la voir bientôt ?

Skyler a changé de ton, Neal sent son estomac se contracter.

— Ce n'est vraiment pas le bon moment. La sécurité de tout le monde est ma priorité. Elle… peut attendre.

Leur mère. Ça fait tellement longtemps. L'aperçu qu'il a eu d'elle la dernière fois ne lui a pas donné envie de la retrouver si rapidement. Le sentiment étrange qu'il l'a habité dans les jours qui ont suivi l'a bouleversé. Cinq ans suffisent-ils pour oublier sa propre mère au point qu'elle soit méconnaissable?

Skyler s'acharne :

— Neal…

Dans un frottement de tissu, Uki se place à côté de Skyler et dévisage Neal. Elle cherche son regard comme quelqu'un qui verrait la lumière du soleil pour la première fois.

— *Nakka*. Tu portes le nom d'un fantôme.

— Ça sort d'où ça?

C'est quoi leur problème à tous?

Neal s'éloigne de ces fous furieux pour aller prendre une bouffée d'air, mais au même moment, Dan entre en trombe. Son front est plissé et il s'exclame d'une voix forte :

— Neal. On a un problème.

Quoi encore?

Le visage d'Uki change de la stupeur à la panique. Elle se glisse entre eux avant qu'ils puissent l'arrêter. Décidément, elle est dérangée celle-là. Skyler part à sa suite, tandis que Neal ne peut qu'emboîter le pas à Daniel. Le reste devra attendre.

11

NEAL

— Qu'est-ce qu'il y a?

Neal est tendu. Il évite de justesse un couple insouciant qui marche côte à côte dans le passage serré menant à l'aire commune, près de l'entrée du Refuge.

— Qu'est-ce qui se passe avec la fille, tu veux dire? le corrige Dan en marchant d'un pas vif devant lui. Tu lui as fait peur?

Sous les airs faussement détendus de Dan se cache une inquiétude réelle. Un mauvais pressentiment au sujet de Léandre pèse sur Neal. Ont-ils réussi à prendre des Dissidents en otages? Vont-ils revendiquer le contrôle du Refuge? Deux scénarios déplaisants, mais la menace est grandissante. Même si la Confrérie a réussi un exploit hors du commun, ils ne sont pas invincibles.

— Je pense plutôt que c'est toi qui lui as fait peur, Dan.

Ce dernier a un rire nerveux :

— Ce ne serait pas la première fois. Ton frère ne vient pas?

— Je ne crois pas qu'il veuille être impliqué dans nos problèmes. Pas que ça m'étonne.

Ils dépassent la pièce circulaire où trône la porte hermétique menant au sas, puis ils arrivent devant la salle où ils étaient réunis il y a à peine une heure ou deux. Daniel pousse un grognement qui fait déguerpir des traînards qui leur bloquent le chemin.

— Cet endroit va me rendre fou, marmonne Dan en déverrouillant la porte avec son bracelet.

Quand ils entrent dans le poste de commandement du Refuge, les discussions vont déjà bon train entre Fiona, Tessa et Walker.

— Ce qui se trouvait sur Sedna, peu importe ce que c'est, est en train de se rapprocher de nous, dit Fiona d'un ton railleur. Exactement ce qu'il nous fallait.

— Quoi? s'exclame Neal en s'approchant de l'écran qui occupe le mur du fond.

— Tu vois le message ici? répond Walker en désignant l'écran. Cela veut dire qu'il y a une brèche dans la baie d'embarcation et un vaisseau non identifié.

Walker ôte ses lunettes pour se frotter les yeux, puis Fiona intervient :

— C'est aussi mauvais que ça en a l'air.

— Peut-être pas, s'oppose Tessa.

— Impossible que ce soit une coïncidence. A-t-on des lance-flammes? demande Fiona, sarcastique.

— Des lance-flammes? demande Neal.

— Peut-être dans l'Arsenal du Parangon, mais pour ça il faudrait y avoir accès, répond Walker d'une voix découragée.

Fiona se tourne vers Neal et répond d'un air dramatique qui frôle le cynisme :

— Parce qu'une armée de zombies est en train de débarquer sur notre Arche.

— Quelle armée ?!

— J'y étais, sur Sedna, les interrompt Tessa, agacée. Il ne restait personne d'autre.

— Personne d'autre que qui ? demande Fiona. Je croyais qu'ils étaient tous morts ?

— Il y avait une survivante et on l'a ramenée pour la protéger. Sinon elle serait morte.

— Et bien ça explique tout. Pas besoin de chercher plus loin. Elle leur a envoyé notre localisation. Génial.

— Elle a perdu la mémoire, alors ça m'étonnerait, répond Neal.

— Formidable, rétorque Fiona en balayant l'air d'un revers de main. Tout le monde a ses petits secrets. Milo, toi, Tessa. Bel esprit d'équipe.

— Fiona, commence Neal, je ne voulais pas que l'information filtre avant de m'assurer de son état. Elle a failli y passer.

— Il y a une bande de zombies à nos trousses prêts à secourir notre princesse en détresse. Faites vos prières.

Sont-ils en train de perdre confiance en lui?

— On peut avoir un visuel en direct de ce qui se passe? s'enquiert Neal à bout de nerfs.

— Le système de surveillance a été endommagé pendant la prise de l'Arche, dit Walker en replaçant ses lunettes, impassible. Désolé.

Neal balaie la pièce du regard :

— Où est Milo?

— Il a ses petits projets secrets, lui aussi, répond Fiona d'un air buté.

Si Fiona réagit de la sorte au sujet d'Uki, qu'en serait-il des Archéens s'ils savaient tout?

— Dan et Fiona, rassemblez les Dissidents pour protéger le Refuge. Tessa, tu viens avec moi.

— Qu'est-ce que tu comptes faire? grogne Dan.

— Walker va nous aider à aller à la rencontre de ce qui est en train de s'infiltrer chez nous.

— Je viens avec toi.

— Sérieusement? Qui va s'occuper de défendre le Refuge?

— Je m'en charge, annonce Fiona.

La fille de Sofia Reyes a réellement hérité de la témérité de sa mère. Fiona est tellement imprévisible par moments.

— Fiona…

— J'aurai l'aide de Milo, dit-elle d'un ton assuré, toute trace d'animosité évaporée. Quand il saura que la vie de tout le monde est en danger, il se laissera convaincre. Et je connais bien nos nouvelles recrues. Un visage familier aidera.

Neal lance un regard dissuasif à Dan pour essayer de le faire plier.

— N'essaie même pas. C'est trop dangereux, rétorque Dan.

— Je ne suis plus un enfant.

— Parfois je me le demande.

Avant que Neal puisse répondre, Walker se lance dans des explications :

— Nos visiteurs, vivants ou non, se trouvent présentement près de l'observatoire. Ils essaient d'ouvrir l'une des baies qu'on a scellées avant le transfert pour économiser l'énergie du Feu Sacré. À moins d'entrer directement dans le système central, je ne vois pas comment ils réussiraient.

— Tu penses que c'est quoi? demande Neal en serrant les mâchoires.

— D'après les capteurs, ça se déplace. Soit ce sont des drones sous-marins…

— Soit ils sont humains, continue Dan en croisant les bras.

— Ou bien c'est autre chose, intervient Fiona en les regardant à tour de rôle.

Ils la dévisagent.

— Quoi? Vous ne pouvez pas avoir oublié toutes les histoires de chasse !

Devant leur manque de réaction, elle continue, avec une pointe de colère :

— S'il y a des poissons mutants, qu'y a-t-il d'autre dans cet océan?

— On le saura bien assez tôt, répond Walker, soudain livide. Ils ont pénétré dans la baie d'embarquement.

Tout le monde retient son souffle, comme en attente d'un signal sonore, d'un tremblement ou même d'une explosion à la suite de l'annonce de Walker, mais rien ne se produit.

— On y va maintenant! s'exclame Neal en faisant signe à Tessa et Dan.

— Tiens-moi au courant de votre progression avec le récepteur de ta combinaison, lui rappelle Walker en s'asseyant près de l'écran de contrôle. Je vais m'y connecter à partir d'ici.

Neal hoche la tête et sort, suivi de Tessa et Dan.

— Bonne chasse, leur lance Fiona d'une voix faussement joyeuse.

Neal se retient de courir pour ne pas alerter tout le monde et oblige sa respiration à suivre la cadence de ses pas. Il lance un bref regard à Tessa qui est restée silencieuse pendant la discussion. Chacun se prépare à sa façon pour une mission décisive.

Ils attirent l'attention des curieux, mais ne font rien qui laisse croire que l'Arche vient d'être infiltrée. Neal ne sait pas s'il s'habituera au fait qu'ils sont les membres de la Confrérie qui leur a ravi leur Commandant, après tout.

En route vers le sas, ils croisent Derek et Nora qui mangent, détendus :

— Je donnerais n'importe quoi pour faire autre chose, dit Derek en s'étirant le cou.

— À quoi tu t'attendais? Tu as trop regardé de films de l'ancienne terre. Je savais que ça te monterait à la tête.

— Non, mais que voulais-tu que je fasse d'autre?

— Il y a beaucoup à faire. Je te signale que je me suis tapé toutes les rondes de nuit ou presque.

— Je devrais vraiment me sentir coupable d'avoir rattrapé les vingt-cinq années de ma vie sans ce privilège?

Neal fait signe à Dan et Tessa de continuer sans lui. Il se rapproche de Derek et Nora, et leur demande à mi-voix :

— Vous voulez de l'action? C'est maintenant ou jamais.

Derek et sa sœur échangent un regard surpris.

— Alors ça, ça me parle, dit Nora avec enthousiasme.

— Pourquoi pas? renchérit Derek en avalant en vitesse le reste de son déjeuner.

Tous trois vont rejoindre Dan et Tessa qui remontent déjà la fermeture éclair de leur combinaison. Tessa prépare le sas, pendant que Neal, Derek et Nora enfilent leur combinaison à leur tour. Neal active l'oxygène aussitôt le casque mis en place, dans lequel la voix sourde de ses coéquipiers résonne désagréablement :

— Ça sent le vieux là-dedans, dit Dan.

Le rire caverneux de Tessa bourdonne dans ses oreilles :

— Encore heureux qu'ils fonctionnent.

— S'ils fonctionnent.

La désuétude de l'équipement de l'Arche n'a jamais paru aussi criant. Neal avait cru que c'était le problème des niveaux inférieurs, mais c'est beaucoup plus généralisé. Le dysfonctionnement du Feu Sacré n'est pas une surprise. Le vaisseau est prêt à tirer sa révérence.

Neal active le récepteur intégré de sa combinaison : des interférences se font presque aussitôt entendre.

— Je vais vous guider du mieux possible, dit Walker, sa voix devenant plus claire. Ils sont encore dans la baie.

Au signal de Tessa, ils entrent dans le sas où ils sont immédiatement aspergés de jets de gaz.

Neal avale de travers. Ceci pourrait bien être leur dernière mission.

NEAL A PEINE à croire que des milliers d'Archéens ont foulé sans relâche pendant plus d'un siècle ces couloirs aujourd'hui dénués de vie. Heureusement qu'un filet de lumière émanant du casque repousse les ténèbres juste assez pour les guider, puisque même les lumières d'urgence sont éteintes.

L'oxygène siffle à l'intérieur de la combinaison de Neal, qui inspire et embue momentanément sa visière. Si ce n'était de cette combinaison encombrante, il pourrait simplement s'agir d'une de leurs simulations de combat avec leurs pistolets du Parangon.

Ils sont cinq : Tessa, Dan, Nora, Derek et lui. Quiconque se mettra en travers de leur chemin a intérêt à être bien préparé. Amarante n'est pas ouverte aux visiteurs.

— De tous les scénarios qu'on avait prévus, c'est bien le seul auquel on n'a pas pensé, dit Dan d'une voix sourde. Va-t-on jamais pouvoir rejoindre la Terre promise?

— Personne n'a dit que ce serait simple, répond Neal en scrutant les environs.

Il y a une semaine, ils se sont retrouvés ici pour secourir les otages des griffes de Duke Kay. Un autre moment qui aurait pu dégénérer, mais ensemble ils ont réussi à neutraliser le leader du Parangon. Si ce n'est pas une preuve suffisante de leur capacité à faire face à toutes les éventualités, alors rien ne le sera.

La silhouette de Tessa sur sa droite se fige. Neal chuchote son nom. Elle a le visage anormalement blafard dans le faisceau lumineux de son pistolet. La terreur se lit dans ses yeux ambrés qui bougent frénétiquement, et des perles de sueur constellent le haut de ses joues. Neal pose une main sur son épaule. Le contact fait hoqueter Tessa.

— Qu'est-ce qu'il y a? s'exclame Nora en pointant son arme dans leur direction. Où sont-ils?

— Ce n'est rien, dit Neal en levant une main dans sa direction. Continuez. On vous rejoint.

— Ne t'occupe pas de moi, articule Tessa qui respire difficilement.

— Non.

Ça faisait longtemps, mais le souvenir de Tessa blottie contre lui lorsqu'elle avait des terreurs nocturnes lui revient. Bien qu'elle ne lui en ait jamais parlé, il sait à quel point ce n'est pas facile de vivre avec ses cauchemars.

— Tu es plus forte que tu ne le crois, Tessa.

— J'en ai marre de tout ça, dit-elle entre ses dents. Ça ne finira jamais.

Les paroles de Tessa sonnent trop vraies à ses oreilles pour trouver quoi que ce soit à redire.

— Tu veux retourner au Refuge ?

— Non, répond-elle d'une voix un peu plus assurée. Je dois savoir.

Neal hoche la tête d'un air entendu, puis tend vers elle sa main recouverte d'un gant démesurément grand :

— Prends la.

Elle le dévisage comme si ce qu'il venait de dire était ridicule.

— On est une équipe.

Après un moment d'hésitation, Tessa prend finalement la main de Neal et se laisse guider dans la noirceur.

— Tu dois me trouver stupide, souffle-t-elle.

— Pourquoi?

— Après tout ce que l'on a traversé.

— Justement.

Tessa n'est pas la seule à être sur le point de flancher. Fiona est à bout de nerfs, Walker est exténué, même Daniel est plus inquiet que jamais. Vouloir changer le cours de l'histoire commence à peser lourd sur chacun d'entre eux.

— Je savais, en entraînant la Confrérie dans cette mission impossible, que ce serait difficile. Mais c'est une fois plongé dedans jusqu'au cou qu'on le réalise vraiment. Personne ne peut se préparer à ça.

Elle lui jette un regard brillant et semble vouloir répondre quelque chose, mais Dan les interpelle, une pointe d'agacement dans la voix :

— On ne voulait pas continuer sans vous.

— Tu crois que je fais exprès? s'exclame Nora à l'intention de Derek. Si tu n'avais pas pris un malin plaisir à m'effrayer pendant notre jeunesse, je ne serais pas aussi sensible.

— Je ne sais pas du tout de quoi tu parles, se défend-il d'une voix égale.

— C'est ça, ouais, grommelle Nora.

Tessa lâche la main de Neal qui se retourne aussitôt vers elle. Elle lui offre un faible sourire, et le cœur de Neal devient plus léger.

— Ils sont sur votre gauche à environ deux cents mètres, les informe la voix de Walker, coupant court à leur moment de répit.

Un étrange acouphène assaille Neal, qui vérifie que la communication de son récepteur est désactivée. Aucun signal, mais pourtant, le bruit désagréable persiste au point où il n'entend plus ses propres pas.

— La dernière fois sur Sedna, dit Neal à voix haute en se tournant vers Tessa, tu disais que les drones produisaient une espèce de bourdonnement?

Tout se passe si vite que Neal a à peine le temps d'enregistrer qu'on leur fonce dessus. Derek pousse un cri de rage quand son pistolet lui saute des mains comme s'il était chauffé à blanc. Dan repousse un des assaillants qui réplique avec un coup vif et le fait tituber vers l'arrière. Son assaillant en profite pour le désarmer. Tessa et Nora sont dos à dos, prêtes à tirer, mais leurs armes ne répondent pas. Neal peut lire la confusion sur le visage de Nora.

L'instant d'après, au moins une dizaine de silhouettes fantomatique les encerclent. Toute contre-attaque semble futile. Quand le faisceau lumineux du casque de Neal frappe les étranges silhouettes, celles-ci se nimbent d'une inquiétante lueur argentée qui donnerait raison à l'imagination débridée de Fiona.

— Comme on se retrouve.

Une voix grave, celle d'un homme. Celui-ci se détache du cercle des assaillants, tandis que ses complices pointent des pistolets qui prennent des allures baroques dans l'étrange jeu de lumière créé par les faisceaux lumineux frappant leurs combinaisons argentées. L'air est surchargé, et des traces d'ultrason font ciller les oreilles de Neal.

L'homme a une stature imposante et domine Neal et ses compagnons de toute sa hauteur :

— Où sont les autres? poursuit-il. Inutile de résister.

— Qui êtes-vous ? Qu'est-ce que vous faites ici? Pourquoi ? s'entend demander Neal, électrisé.

— Pour vous empêcher de détruire une autre civilisation, évidemment.

L'homme joue avec une boule métallique qu'il lance et rattrape habilement. Le bourdonnement varie d'intensité en fonction du mouvement de l'engin. Il n'est plus qu'un murmure quand il est recouvert du gant. Est-ce pour ça que les armes de Tessa et Nora ne fonctionnent pas?

— *Bror*.

Une autre silhouette, plus svelte, se détache des ténèbres.

— On ne devrait pas rester ici, ajoute une voix féminine. Des renforts pourraient arriver.

— Retournons au Njord, crache l'homme inconnu. Je ne sais pas ce qui me retient de vous liquider.

— Fais attention à ce que tu dis, grogne Dan encore agenouillé. Tu es sur notre Arche.

Le cercle des assaillants se resserre autour d'eux. Sans crier gare, *Bror* frappe Dan qui réplique aussitôt, le poing brandi. L'homme lève une main pour empêcher ses complices de tirer sur Dan.

— *Bror*! Ça suffit !

La femme se glisse entre eux et frôle Neal pour se poster à côté de *Bror*.

— Comment oses-tu appeler cet endroit *ton* Arche! vocifère l'homme.

— On a tous les droits, *Bror,* le nargue Neal.

L'homme a un rire amer, puis il déclare, acerbe :

— Non, mais pour qui tu te prends?

— Ils ne savent pas, Oslo, intervient la femme en appuyant sur les mots avant d'ajouter quelque chose d'incompréhensible.

— Il devront apprendre rapidement, parce que je n'ai pas de temps à perdre avec les meurtriers de notre père.

La femme prononce d'autres mots inintelligibles, puis l'homme recule de quelques pas et siffle :

— Mon nom, c'est Oslo. Ne t'avise plus jamais de m'appeler *Bror*.

Le bourdonnement s'évanouit enfin, mais les tympans de Neal demeurent sensibles. Personne n'ose contester Oslo tandis qu'on les conduit dans la baie, même si Nora et Derek lancent des regards énervés. Dan marche derrière Neal, près de Tessa, d'un pas mal assuré. Il doit être plus blessé qu'il ne voudra l'admettre.

À travers la baie vitrée, l'océan a une teinte spectrale : à cette profondeur, les rayons solaires se meurent. La source lumineuse ici est suffisante pour avoir un meilleur aperçu des intrus. Ils sont tous plutôt grands, et portent des combinaisons qui épousent leurs corps de façon plus esthétique et moins contraignante que celle de Neal. Leurs armes pulsent d'une étrange lueur bleutée, rien à voir avec les pistolets du Parangon. D'ailleurs, leurs casques ne projettent aucune lumière. Portent-ils des lunettes de vision nocturne?

— Vous êtes encore en vie? Qu'est-ce que vous faites? demande la voix ahurie de Walker, mais Neal ne répond pas pour ne pas trahir l'existence du Refuge.

Ce serait le comble du malheur si les intrus connaissaient leur existence. Et c'est le seul avantage qu'il leur reste. Si Neal réussit à leur faire croire qu'il n'y a rien d'autre sur l'Arche, ils partiront peut-être. Sinon, il lui faudra un autre plan, et vite.

On les fait embarquer dans un vaisseau bien plus grand que les Strahls, et où plusieurs centaines de personnes peuvent probablement s'entasser. Le métal d'un bleu sombre brasille.

L'intérieur du vaisseau ronronne, ils y enlèvent leur casque. On les conduit en file jusque dans une pièce, sans que Neal puisse avoir un meilleur aperçu des lieux.

— Qu'est-ce que Thalassa prépare? demande Oslo dont la longue chevelure blonde resplendit et dont la peau pâle donne l'impression de briller.

— Thala quoi? demande Nora, décontenancée.

— Vous avez tué père, tonne Oslo dont les traits se tendent. Feindre l'ignorance ne fera qu'empirer votre sort.

— C'est donc ça. Une vengeance, dit Tessa en tenant contre elle son casque surdimensionné. Qu'est-ce que vous savez exactement au sujet de Thalassa?

Sa question reste sans réponse. La fille qui s'était interposée plus tôt se tourne vers Oslo :

— Elle était sur Sedna, mais je ne vois pas l'autre.

— Ce sera encore plus simple.

Oslo pousse Tessa contre le mur de la pointe de son pistolet. Tessa grimace, le canon appuyé contre sa mâchoire, ses cheveux collés contre le mur, comme happés par un champ magnétique.

— *Bror*!

— Ils sont en train de détruire cette Arche aussi, tu ne le vois pas, Liz?

— Où sont les drones, dans ce cas?

Tendu, Neal observe la scène avec intérêt. Mais qui sont ces gens? La seule idée plausible c'est qu'ils viennent d'une autre Arche, peut-être même de Sedna. Sans Uki pour confirmer ses doutes, ce ne sont que ça, des doutes.

Dan lui lance un regard pour le dissuader d'intervenir. Tessa sait ce qu'elle fait.

— Drones ou pas, ils ont pénétré dans deux Arches, dit Oslo. Ça n'est jamais arrivé.

Maintenant que son ouïe est rétablie, Neal remarque qu'ils parlent avec un accent inconnu, assez guttural. Il lâche un soupir énervé et les interrompt :

— On ne sait pas de quoi vous parlez. Jusqu'à tout récemment, on croyait être les seuls survivants de cette planète. Expliquez-nous ce que vous faites ici ou fichez le camp et laissez-nous tranquilles!

Oslo a reporté toute son attention sur lui. Un lourd silence plane, jusqu'à ce que la radio grince :

— Neal, dit la voix de Walker qui résonne trop fort. J'envoie Fiona vous chercher avec les nouvelles recrues du Parangon.

Il ne manquait plus que ça. Neal ferme les yeux, découragé.

— Combien d'autres? interroge Oslo qui s'énerve quand personne ne répond. J'ai dit : combien d'autres ?

Le visage du colosse rougit dangereusement. Neal se demande ce qu'il fera s'il perd les pédales.

— Dites-leur que tout va bien et de ne pas venir, ordonne la dénommée Liz d'une voix beaucoup plus contrôlée, mais qui trahit de l'inquiétude.

Neal hésite.

Le regard de chacun de ses coéquipiers lui envoie un message différent : Nora et Derek le supplient de ne rien dire, Dan est résigné et Tessa… ne le regarde pas du tout. Elle est étrangement absorbée dans ses pensées. A-t-elle un plan? Si seulement elle pouvait lui dire ce qu'elle a en tête.

Neal active le récepteur et il dit :

— On revient rapidement.

— Pourquoi as-tu mis autant de temps à répondre?

— Je t'expliquerai plus tard. En attendant, garde Fiona et les autres avec toi.

— Fais vite.

La communication se termine. Neal sait qu'il vient de perdre la confiance de Derek et Nora. Dan semble soulagé, lui.

— Tu n'es pas aussi stupide que tu en as l'air, lance Oslo en libérant finalement Tessa.

Elle titube vers Neal qui la rattrape. Elle a l'air étourdie… sûrement à cause de l'arme bizarre.

— C'est toi leur leader? demande Oslo à Dan.

— Non, c'est moi, intervient Neal en sentant la veine de son cou pulser.

— Encore mieux.

Oslo échange encore quelques mots avec Liz.

— Ça veut dire quoi ça? s'impatiente Neal.

Oslo penche la tête pour river son regard de glace dans ceux de Neal.

— Ma sœur croit que vous n'avez rien avoir avec Thalassa. Je suis prêt à te laisser le bénéfice du doute seulement si tu nous laisses fouiller *votre* Arche, comme vous l'appelez.

— Et si je refuse?

— On a une garantie.

Des gardes aux cheveux d'un blond éclatant affluent et s'emparent de Dan, Tessa, Nora et Derek qui se débattent avec force. Les traits de Liz se tendent.

— J'irai seul avec ta sœur, répond Neal sans briser le contact visuel. La dernière chose que je veux c'est effrayer nos réfugiés.

— Ma sœur et deux gardes, corrige Oslo.

— Bien.

— Une heure. Et si je n'ai pas de nouvelles de ma sœur, tes amis paieront, et le reste suivra. Je n'hésiterai pas.

Aussitôt, les gardes d'Oslo escortent Nora, Derek et Dan vers le cœur du vaisseau. En sortant, Nora lance à Neal :

— J'espère que tu as un plan.

— Bien sûr que oui! l'admoneste Derek qui ferme la marche.

Resté seul avec la sœur d'Oslo, il attrape la combinaison argentée qu'elle sort d'une grande armoire métallique :

— Enfile ça au lieu de te promener avec ce costume des années soixante.

— Pendant un moment, je t'avais crue sympathique, Liz.

Elle regarde par la porte par où les autres sont partis il y a un instant. Avec des mouvements vifs, elle débarrasse Neal de sa combinaison des *années soixante,* comme elle dit.

— Pour toi, ce sera Éliza. Mon frère a la mèche courte, dit-elle.

— J'avais cru remarquer.

Il enfile la combinaison – une version améliorée de celles de l'Arche – qui s'ajuste parfaitement à la forme de son corps en sueur qui devient frais au contact du tissu élastique.

— Mon frère ne se laissera pas convaincre si facilement, même si les signes sont évidents que vous n'êtes pas de mèche avec Thalassa.

Neal a un rire amer.

— C'est une plaisanterie ou quoi ? Je ne sais même pas ce qu'est Thalassa! Et pourquoi est-ce que tu ne le convaincs pas ?

— La vérité est une expérience vécue. On ne peut pas simplement l'énoncer et souhaiter que les gens nous croient.

Elle lui montre comment activer le casque rétractable et lui fait signe de le suivre hors de la pièce. Deux gardes les rejoignent aussitôt.

— Et pour ton information, mon frère ne plaisante pas, ajoute-t-elle en dévalant la plateforme menant au quai. Il tuera les vôtres jusqu'au dernier.

Neal ne dit rien à ça.

12

ÉMILY

Il fait chaud. Une vraie fournaise.

Elle va fondre si elle reste ici. En fait, elle a déjà fondu, et ses membres sont soudés à même le plancher. Une masse informe diluée par l'humidité.

On la cueille, on la dépose. Tantôt une fleur, tantôt un déchet.

Des voix méconnaissables se mélangent dans une symphonie discordante orchestrée par des mots malhabiles. Sifflements, bredouillements, claquements.

Respiration. Halètements.

Réveil. Émily est allongée dans le lit moelleux de la grande cabine de Violette, avec le hublot qui encadre les abysses. Les rayons solaires ont presque réussi à percer et lui caressent le visage de leur chaleur naturelle. Elle porte la main à son visage pour les attraper, mais ils fuient, immatériels, et la pièce s'assombrit. Des énergies nouvelles fourmillent, des auras qu'Émily reconnaîtrait n'importe où les yeux fermés, leurs vrilles galvanisant ses orteils et ses doigts d'un doux courant électrique pétillant de statique.

Assise tout près d'elle sur le lit, sa sœur lui sourit : Gabrielle lui caresse le bras, puis lui flatte les cheveux. Son visage aux joues creuses est plus hâve que dans les souvenirs d'Émily.

Gabrielle pose la tête sur la poitrine d'Émily et s'endort profondément. Comme lorsqu'elle n'était qu'une enfant. L'instant d'après, le visage intemporel de leur mère la remplace : maman relève la tête et couve Émily de son regard maternel d'une puissance qui rivalise avec le Déluge, qui pourrait le figer, l'évaporer, et les protéger tous du courroux des éléments. Maman, c'est la cape d'invisibilité du Créateur éphémère. Mais avant qu'Émily puisse réagir, sa lumière dorée s'estompe, un grain à la fois, une réaction en chaîne qui l'aspire dans le néant.

Non. Elle est retournée dans le soleil pour continuer de rayonner.

Papa. Où est papa?

Il n'est pas loin, installé à la table qui donne sur l'un des hublots, il veille Émily. Il a sauvé le vaisseau encore une fois, comme le démontre le nouveau badge apposé sur son impeccable uniforme nacré réservé aux plus hauts gradés de l'organisation. Papa est absorbé dans sa lecture du manuel du Parangon, il mémorise les mille et un commandements du bon justicier. Il les connaît tous pourtant, puisqu'il a lui-même participé à son actualisation.

L'énergie de papa se mélange à celles de Gabrielle et de maman dont les traces sont encore visibles.

Émily est en sécurité. Elle peut retourner au sommeil qui l'appelle.

ÉMILY N'EST PAS SEULE, même si la noirceur l'aveugle.

Des râles de douleur, des gémissements étouffés. Les lamentations nocturnes lui donnent la nausée. Qui sont-ils?

— Tu es revenue?

Une voix douce et masculine, empreinte de surprise. Papa?

— Ne me fais plus jamais ça.

De la colère mélangée à de la peine. Une aura flamboyante. Ce n'est pas papa.

— Je n'ai rien fait, articule-t-elle avec difficulté, la bouche pâteuse.

Il approche son visage si près du sien qu'elle discerne chaque tache de rousseur qui constelle ses joues et son nez dans la lueur rougeâtre de son aura enflammée. Ses yeux sont drôlement brillants, comme de grands lacs embrasés. Il pleut à grosses gouttes bouillantes.

— Je n'ai rien fait, répète-t-elle avec un peu plus de force et de conviction.

— Bien sûr que si.

Milo l'enlace, mais elle ne parvient pas à lui rendre la pareille. La fatigue l'engourdit trop, bien qu'elle soit capable de sentir son corps fiévreux trembler contre le sien et sa joue pluvieuse lui effleurer la peau. Il respire par à-coups dans le creux de son cou.

— Je te jure que j'ai tout fait pour te sauver, mais je suis arrivé trop tard.

L'odeur musquée de l'angoisse est prenante, Émily a du mal à se concentrer. La sauver, mais de quoi? Elle était là avec papa, maman et Gabrielle.

— De quoi tu parles? demande-t-elle incertaine.

— Tu ne te rappelle pas? répond-il en reculant.

Il s'essuie prestement le visage du revers de la main. La chaleur résiduelle de Milo s'arrache violemment de la peau d'Émily mise à nu, comme le jet d'eau glacé des douches de l'Arche après les trois minutes réglementaires.

— Qui sont tous ces gens? demande Émily d'une voix faible, l'esprit embrouillé mais lucide.

Les lamentations forment une mosaïque de fond qui a une

présence, une forme dont les contours sont difficiles à définir. Émily a l'impression qu'ils la regardent, même si elle ne distingue pas les visages enfouis dans les ténèbres de la salle. À travers la litanie lancinante, ils l'entraînent dans leur monde infernal. Elle sursaute quand elle sent le lit se dématérialiser sous elle et s'attend à chuter à tout moment.

— Émily?

Le contact du cuir contre le métal se réverbère dans le couloir et la litanie prend fin. L'incantation est terminée.

Duke Kay entre dans la pièce.

Il tient sa mère et sa sœur à la gorge, telles des poupées de chiffon avec une corde au cou. Il les jette avec mépris au pied du lit d'Émily qui est prise de tremblements. Il renifle comme un chien et prend le temps de replacer le collet rabattu de son uniforme qui fait ressortir les veines de son cou.

Duke botte les corps sans vie de maman et de Gabrielle pour se frayer un chemin jusqu'à Émily qui serre des dents. Elle pousse un hurlement de rage à faire tinter les lumières ambrées qui s'illuminent davantage, mais l'aura démoniaque de Duke s'en abreuve et resplendit d'un bleu d'encre.

— À qui le tour? lance-t-il avec un sourire carnassier tout en déboutonnant ses manches qu'il replie soigneusement.

Émily est clouée au lit malgré tous ses efforts pour se lever.

— Tu les as tués, lâche-t-elle d'une voix rauque, presque fauve.

— Ce n'est que le début. Il y a tellement pire que la mort, ma petite.

Et il ajoute en crachant :

— Bates.

Milo s'extirpe de la salle en laissant une traînée de flammes sur son passage avant qu'Émily puisse lui dire quoi que ce soit. Presque aussitôt, des masses informes entrent en trombe et se pressent à son chevet.

Émily se laisse entraîner contre son gré dans un sommeil profond et sans rêves, sous le regard attentif de Duke Kay.

Elle pousse un grognement résigné. La fatigue écrasante s'est résorbée pour laisser place à une léthargie teintée d'un profond sentiment de malaise… l'impression d'oublier quelque chose d'important.

Milo est assoupi sur un tabouret à côté du lit dans une position plus qu'inconfortable, sa tête pendant mollement de côté. Son aura n'est plus que charbons ardents.

Lentement, des fragments de souvenirs flottent dans l'esprit d'Émily, comme des éclisses qui l'écorchent sans ménagement.

Milo, son prisonnier, un Dissident. Libéré. Elle l'a sorti de sa cellule, puis il l'a sauvée des griffes de Yasmina, son ancienne patronne aux pulsions sadiques.

Émily est alitée en compagnie d'autres patients dont l'état varie grandement d'après les divers bandages et les machines multiples qui remplissent chaque espace, encombrant même le passage de service. Les malades sont entassés dans une pièce pas plus grande que l'aire commune de la prison, où les agents comme Émily passent le moins de temps possible, préférant le réfectoire. La négligence endémique de l'Arche n'épargne pas leur unité de soins improvisée: des éclaboussures de rouille rongent les murs et des particules de poussière flottent comme le pollen parfois visible dans le parc de l'Humanité quand les fleurs sont en fin de vie. Certains patients échangent des regards entendus et mènent des conversations silencieuses dans un mélange de grondements inaudibles. D'autres fixent le vide, comme s'ils étaient habités.

Cette chaleur. Elle se diffuse à travers tous les membres d'Émily qui ôte le drap rude pour se rafraîchir. Un gros bandage immaculé lui enveloppe le côté gauche, près de la hanche. Elle le tâte du bout des doigts, par crainte d'une douleur vive, mais ne ressent rien. Elle se met en position assise et, pendant quelques secondes, respire difficilement. Sûrement les médicaments qu'on lui refile par intraveineuse. Au moins, on ne l'a pas intubée.

Des flashs.

Milo et elle qui marchent dans un corridor suffocant. Le sourire moqueur de Milo. Son aura enveloppante. Une fournaise.

Elle gémit quand un mal de tête soudain la saisit.

— Tu te sens bien?

Milo a l'air de s'être réveillé trop vite. Et même si ses cheveux sont courts, une couette a réussi à se dresser comme une tige rebelle. Ses traits sont fatigués, creusés par l'anxiété.

— Ça pourrait aller mieux, dit-elle pour ne pas l'inquiéter davantage, deux doigts sur sa tempe droite.

— Le Dr Nazar dit que c'est à prévoir pour les prochains jours. Ne t'inquiète pas.

Nazar… ce n'est pas le mentor de Sky?

Flash. Skyler lui dit d'être prudente. Ils se séparent. Ils ne savent pas s'ils pourront se revoir.

— Où est Skyler?

Comment Milo le saurait-il? Aux dernières nouvelles, ils ne se connaissent pas.

— En sécurité. Le docteur a dit que tu te sentirais désorientée. Il m'a assuré que ça reviendra avec un peu de temps.

Milo agit comme le grand frère qu'elle n'a jamais eu. Elle laisse échapper un petit rire.

— Je dois devenir folle.

Quelque chose sous le tabouret attire son attention. Sa joie passagère laisse place à une angoisse renouvelée. Son père qui lisait le manuel du Parangon.

— Ma famille? s'enquiert-elle avec une boule dans la gorge.

— Ils sont venus pendant que tu dormais. D'ailleurs, ta sœur t'a laissé ça.

Il se penche pour ramasser un livre par terre. Émily remarque une vilaine bosse sur la tête de Milo. Il se relève trop vite pour qu'elle ait le temps de voir si c'est sérieux. Le livre est plus gros qu'elle le croyait. Quand Émily reconnaît la reliure familière, son cœur fait un bond.

Elle demande, légèrement affolée :

— Tu l'as feuilleté?

Les coudes appuyés sur ses genoux, Milo se relève pour s'étirer avant de répondre :

— Pas encore eu le temps.

Émily se sent rougir et serre son cahier à dessins contre elle, comme elle le faisait plus jeune. Embarrassée, elle se détend aussitôt, consciente de son comportement irrationnel.

— Tu aurais pu me le dire avant, dit-elle d'un ton sec en le posant du côté opposé, près de l'oreiller.

— Désolé, je n'y pensais plus. T'inquiète, je n'ai rien vu. Pour l'instant.

Milo prend soudainement un air sérieux, mais quelqu'un l'interrompt :

— Vous avez eu de la chance, annonce le docteur, dont le sarrau blanc est ouvert, tout en passant une main dans ses cheveux à peine grisonnants.

Milo se lève. Placés côte à côte, ils paraissent être de la même taille. Visiblement nerveux, Milo fourre les mains dans ses poches et son aura se resserre. Émily contient la vague d'angoisse qui l'accable et triture un coin du drap.

Le Dr Nazar a un teint foncé, et ses sourcils qui se rejoignent lui donnent un air perpétuellement songeur.

— Qu'est-ce que vous voulez dire?

Il se gratte le front avec un pouce et croise les bras :

— Vous avez été dans le coma pendant dix jours.

Émily a subi une batterie de tests qui a pris une éternité, puis Milo a dû la laisser seule, tout en lui assurant qu'il reviendrait aussitôt qu'il pourrait se libérer de son importante réunion.

Le choc initial de son coma est passé et maintenant, tout ce qu'Émily veut, c'est sortir de ce fichu lit. Son carnet lui fait de l'œil, elle s'en empare. Elle cherche des yeux le crayon que Milo lui a amené. Bordel, où est-il?

Libérée de l'intraveineuse, elle se lève avec moins de difficultés qu'elle l'avait craint. Sous le regard scrutateur de son voisin à l'aura grisonnante, elle fouille autour de son lit, puis en dessous, pour finalement le repérer à côté de la chaise. À l'aide de son pied, elle l'attrape maladroitement. Elle jette un regard noir à son voisin qui lui fait un commentaire désobligeant.

Elle est peut-être en convalescence, mais elle n'est pas stupide.

Armée de son carnet à dessins et de son stylo, elle se traîne jusqu'au corridor, sa main libre appuyée contre son flanc encore douloureux, mais endurable. Le personnel médical est tellement débordé qu'ils ne se rendent pas compte de sa présence. Ça fait bien son affaire.

Elle laisse les lamentations des patients derrière elle quand elle émerge de cette boîte à sardines : des locaux du Refuge chichement aménagés pour les besoins criants des Archéens en détresse. L'Arche n'a définitivement pas été conçue pour faire face à autant d'émois.

Émily trouve une alcôve poussiéreuse proche de la clinique de fortune et s'y installe en angle, tout en prenant soin de ne pas étirer la peau suturée qui pourrait déchirer facilement. Combien de fois Skyler lui a parlé de ces incidents fâcheux? Elle appuie une jambe contre le mur opposé pour garder une position supportable.

Comme à son habitude, Émily réduit au silence les auras

passagères qui pourraient la déconcentrer, mais elle ne réussit pas à en faire autant avec les murmures en bruit de fond. Elle soupire d'agacement et se met à feuilleter son carnet à dessins.

Chaque fois que son regard croise celui de l'un des portraits qu'elle a dessinés, elle sent poindre des sensations familières, mais sans plus. Elle n'est pas amnésique – les tests l'ont confirmé –, mais il lui faudra des jours, voire des semaines, pour récupérer toutes ses facultés. Elle ne peut d'ailleurs chasser son impression d'être dans un monde étranger. Milo lui assure que c'est parce qu'ils se trouvent dans le Refuge, mais son inconfort est plus profond que ça. Quelque chose a changé, mais quoi ?

Les portraits se succèdent : papa, maman, Gabrielle, Skyler, Chris, des prisonniers, Milo. Une fois son bref retour dans le passé terminé, elle ouvre une page vierge. En temps normal, elle aime choisir son sujet – pour s'en faire une image mentale – avant de commencer à esquisser des formes. Cette fois-ci, son cerveau est en bouillie. Même si elle le supplie, elle ne voit rien.

La pointe du stylo creuse dans le papier. L'encre bleutée s'écoule doucement, telle une fuite sous contrôle. Elle fixe la page avec l'espoir que son imagination coopère, mais sa main tremble dans une lutte sourde avec le stylo qui refuse de se plier à sa volonté.

— Une promenade à l'improviste?

Elle laisse échapper son crayon qui tinte contre le sol. Le Dr Nazar est debout devant elle, du haut de ses six pieds, une main dans la poche de son sarrau ouvert d'une façon presque délinquante.

— Je ne sais pas comment vous faites, commente Émily avec un regard vers la clinique. On étouffe, là-dedans.

— Ce n'est pourtant pas si différent de l'Arche. Une boîte dans une boîte.

— Vous voulez que j'y retourne?

— En fait, commence-t-il en regardant autour de lui, puis en lui faisant un sourire contrit. C'est peut-être mieux de parler de ça ici.

Il s'accote contre le mur. Son aura vibre jusque dans la gorge d'Émily qui déglutit. Un sentiment de regret l'envahit, et la sensation est si forte qu'elle en a le souffle coupé, comme si elle se connectait directement à l'aura du Dr Nazar.

— J'ai une bonne et une mauvaise nouvelle, continue-t-il, son sourire évanoui. La bonne, c'est que votre blessure cicatrise bien et que vous serez capable de reprendre vos activités normales très bientôt.

Émily entend à moitié ce qu'il dit tandis qu'elle essaie de gérer l'afflux des émotions étrangères qui la submergent. Elle les bloque du mieux possible, comme lorsqu'elle se trouve dans une foule, mais les résultats ne sont pas fameux. Elle étouffe.

— Avez-vous remarqué quelque chose d'étrange ces derniers temps? ajoute-t-il.

— Comme quoi?

— Une fatigue prononcée, des maux de tête, des... hallucinations?

Le docteur essaie de l'analyser. Il doit savoir que quelque chose ne va pas. La juge-t-il? Va-t-elle se retrouver sur le banc des accusés en tant que menace à éliminer?

— Rien d'inhabituel, dit-elle en se redressant, la douleur étant une heureuse distraction de l'afflux d'émotions. Arrêtez de tourner autour du pot. Je suis capable d'encaisser le coup.

Les émotions du Dr Nazar sautillent, comme un soubresaut d'ascenseur qui s'arrête et qui donne l'impression que son cœur s'est arrêté et a repris en folie : il est... surpris par sa réponse?

— Très bien, lâche-t-il en portant son regard sur le carnet d'Émily.

Il est taché d'encre bleu foncé en plein centre, et de multiples bavures se sont répandues à cause du frottement de la main d'Émily.

Le docteur poursuit :

— La mauvaise nouvelle, c'est qu'on a détecté des traces du Syndrome. Un stade avancé.

Il croit qu'elle est folle.

— Qu'est-ce que ça veut dire au juste? rugit Émily malgré elle, sa colère suffisante pour repousser le sentiment de regret qui s'apprêtait à lui pleuvoir dessus.

— On ne sait pas exactement.

Des images non sollicitées d'Alexander Griffin pris d'hystérie lui torturent l'esprit.

— Et le traitement? s'entend-elle dire.

Elle est folle. Ça se voit dans le regard du Dr Nazar. Il la prend en pitié, et tout ce qu'elle dit ne vaut rien à ses yeux.

— Il n'y en a pas. On peut vous garder en observation ici…

— Non, non, non. Je ne préfère pas.

Elle ne sortira plus jamais de cette boîte à sardines.

Milo s'approche d'eux. Le Dr Nazar semble comprendre l'inquiétude d'Émily.

— Je reviendrai vous voir, souffle le docteur en se levant. À la clinique.

Il s'excuse, puis s'éloigne. Les sourcils froncés, Milo vient s'asseoir tellement près que ça devrait être interdit.

— Qu'est-ce qu'il y a? s'enquiert-il en faisant un signe vers l'endroit où se tenait le docteur.

— Rien.

Si Milo apprenait qu'elle devient folle, il ne voudrait plus jamais lui parler.

— Je ne savais pas que le docteur t'avait donné ton congé, commente-t-il avec une lueur d'espoir dans les yeux. C'est une bonne nouvelle.

— Est-ce que tu peux me laisser seule?

L'aura de Milo connecte avec la sienne. Il est blessé par sa réaction.

— Désolé. Je ne voulais pas… te déranger.

Avant qu'elle ait le temps de revenir sur ses paroles, Milo s'éclipse.

Émily soupire, exaspérée. Elle se frappe le front avec son carnet à deux reprises, puis appuie son front dessus, encore chamboulée par l'intrusion des auras. Et par la mauvaise nouvelle. Et par Milo. Bordel!

— Tu vas lui dire?

Le sang d'Émily se glace quand elle reconnaît la voix de celui qui se tient à proximité de son alcôve, qui aurait dû être son havre de paix. Philippe Farrell. Le frère de Violette.

— En quoi ça te regarde? Et qu'est-ce que tu fiches ici, d'ailleurs?

— Je croyais que tu serais heureuse de me savoir toujours en vie, lui répond Philippe, vêtu de son éternel cardigan par-dessus son polo de l'Académie et portant sa paire de lunettes prétentieuses. Après notre brève rencontre dans cette grange impitoyable, nous sommes allés en enfer et en sommes revenus, après tout.

— Regarde qui parle. Tu étais de connivence avec ces gardes.

La grange n'était que le début. Un rappel des tortures de Yasmina l'assaille, puis la sensation de vide laissée par son coma. Et maintenant, le Syndrome.

— Si c'est ce que tu veux croire, dit-il légèrement offusqué.

— Ne viens pas me dire que je me trompe.

Étrangement, le corridor s'est quasiment vidé, et l'énergie de Philippe lui échappe. Pas qu'elle s'en plaigne.

Il remonte le bas de son cardigan et de son polo avant qu'Émily lui dise d'arrêter. Des marques horribles strient sa peau : on dirait les morsures du bâton électrique du Parangon. Le motif indique que les striures n'ont pas été laissées au hasard. Des points de contact précis? Skyler saurait de quoi il retourne.

— Qu'est-ce que c'est que ces… choses? ose-t-elle.

Elle ne peut imaginer quel outil est capable d'une telle

horreur, la salle de torture de Yasmina et son étalage sordide encore frais dans son esprit.

— J'ai été l'objet de leurs expériences.

— Et tu t'es enfui?

— Longue histoire, dit-il en remettant son cardigan en place, l'air mal à l'aise. J'ose espérer que tu me crois maintenant.

Ces marques sont définitivement convaincantes. Il n'est sûrement assez fou pour inventer son martyr. Et même s'il est désagréable, c'est le frère de Violette, après tout.

— Il faut te mettre en sécurité, la presse Philippe en la tirant par un bras malgré ses protestations.

— Pour quoi faire? Pour aller où?

Voyant qu'elle s'énerve, il la lâche et lève le ton :

— N'importe où. Loin du Parangon. Maintenant qu'ils savent que tu as le Syndrome, ils feront tout pour mettre la main sur toi. Pour leurs expériences.

Le cerveau d'Émily, encore au ralenti depuis son coma, s'emballe au point où que le maigre repas du jour menace de refaire surface. Elle s'accroche au bord de l'alcôve pour ne pas tomber.

— Je ne peux pas juste disparaître, balbutie-t-elle. Ma famille, Milo…

— Personne ne viendra te sauver cette fois-ci.

Une peur viscérale lui empoigne la poitrine. Qui voudrait sauver quelqu'un qui mourra du Syndrome de toute façon? Elle se rappelle des cas semblables chez les prisonniers. Griffin, Reed et tous les autres. Ils étaient les illuminés à éviter, les maillons faibles de l'Arche, un danger pour la sécurité de tous. Iris était presque morte aux mains de Griffin. Émily ferme les yeux. Va-t-elle devenir ce genre de monstre?

Si elle s'éloigne des gens qu'elle aime, on les laissera tranquilles. Ses proches ne souffriront pas en ignorant la vérité à son sujet.

— Ce n'est plus que nous deux, alors, souffle-t-elle, abasourdie.

Philippe l'observe avec une mine inquiète. Lui aussi est drôlement mal en point, et pas que physiquement. Son visage émacié? Ses mains qui tremblent de façon ponctuelle? Sa posture voûtée? Non, c'est plus que ça. C'est comme s'il n'avait plus de présence, une coquille vide.

Émily prend soudain conscience de ce qui cloche.

Philippe Farrell n'a plus d'aura.

13

SKYLER

Skyler a perdu la trace d'Uki. Si seulement Neal avait plus de tact, ça ne se produirait pas. L'avoir gardée prisonnière pendant tout ce temps! Non, mais à quoi a pensé son frère?

Dans sa poursuite, Skyler s'est retrouvé dans la section du Refuge dédiée aux prisonniers de l'Arche. Son souffle est court, il ralentit la cadence, vaincu. Uki a dû aller se cacher pour ne pas retourner à son triste sort. Il ferait pareil. Tout ça à cause de l'incompétence de Neal! Elle pourrait leur en apprendre tellement sur ce qui se passe; sur la vie ailleurs, et peut-être même sur cette Terre promise.

Les paroles de Chris lui reviennent en tête : *La Confrérie est vouée à l'échec.*

Il n'y a qu'à faire état de leur situation pour s'en rendre compte : ils sont coincés dans le Refuge; les Archéens tolèrent à peine les Dissidents; le Syndrome est prêt à éclater de nouveau à tout moment comme à l'époque d'Ivanka Torres; et leur Arche est en ruine et son cœur maintenant éteint. À moins d'un miracle, ils n'en sortiront jamais vivants.

Les portes des cabines de ce corridor sont fermées. Des sillons de rouille foisonnent de moisissure, infectant les lieux comme une maladie, puisqu'aucun Dissident n'est attitré au nettoyage, faute de ressources. Sans la gardienne Dissidente pour sa visite à Chris, il ne saurait pas qu'ils gardent les prisonniers ici temporairement.

Les autres Dissidents qui montent la garde dans cette section toussent à tour de rôle, provoquant une véritable cacophonie. Le Syndrome fera pâle figure si les maladies pulmonaires commencent à se propager. La poitrine comprimée, Skyler sent clairement que l'air recyclé est ici encore pire qu'ailleurs sur l'Arche.

Le regard aigu de la gardienne ne trompe pas. Elle s'empresse de lui rappeler leur dernière rencontre :

— Encore toi? On dirait que tu prends plaisir à sympathiser avec cette vermine. Ça ne me surprendrait pas que tu sois toujours fidèle au vieux système.

— Crois ce que tu veux, mais tu t'attireras les foudres de mon frère en m'accusant de la sorte.

— On ne sait jamais. Tu es le seul de la Confrérie qui vient faire des petites visites. Un peu louche, si tu veux mon avis.

Elle parle à tort et à travers. Que sait-elle à son sujet exactement? Ce que son frère a bien voulu lui dire? N'importe quoi. C'est le problème des Dissidents : soit on est avec eux, soit on est contre.

— Tu as du cran, je dois l'admettre, dit-elle avec un sourire narquois. Pas ce à quoi on s'attendrait du petit frère douillet de Neal. Il a tellement insisté pour te retrouver, mais je savais qu'il s'en faisait pour rien.

— C'est lui qui m'envoie chercher un prisonnier, dit Skyler entre ses dents. Chris Kay.

La gardienne lui lance un regard sceptique et renifle bruyamment.

— Neal nous aurait avertis si…

— Quelque chose est arrivé. Daniel est venu le chercher en catastrophe.

La main sur une oreillette invisible, un Dissident qui tousse avec force se rapproche pour confirmer la situation :

— Fiona nous demande en renfort.

— Elle ne perd pas de temps, celle-là, commente la gardienne dont l'expression passe à la surprise.

Elle lance un coup d'œil furtif vers son sac posé non loin d'elle.

— Assure-toi que la porte est bien fermée en partant, dit-elle en déverrouillant la porte. Qui sait? Ce sera peut-être toi qui me remplaceras la prochaine fois.

Elle empoigne son sac et file avec les autres Dissidents, le laissant seul.

Il ne se fait pas prier. Il entre.

Aucun des prisonniers n'est menotté : Skyler a un mouvement de recul. Est-ce que la gardienne savait?

Quand Skyler aperçoit Laurène, un frisson désagréable lui parcourt l'échine, alors qu'il la revoit le menacer de son pistolet. Tous les scénarios possibles qu'il s'est rejoué depuis, en boucle, pour s'expliquer la mort de Yasmina aux mains de la seconde officière, lui reviennent en rafale. Laurène semble lasse, légèrement étonnée par sa présence, mais pas tant que ça.

Elle lit, un bracelet aux allures étranges autour du poignet.

— Ces bons à rien nous envoient des enfants maintenant? tonne Duke, accoté au mur opposé. Pathétique.

L'air est chaud et lourd. Surprenant que Duke Kay porte encore son uniforme presque impeccable, et dont le col et les manchettes sont déboutonnés. Il roule les pointes de sa moustache entre ses doigts en fixant le plafond.

— Sky, s'exclame Chris en venant le retrouver, le visage fatigué, mais qui se détend à son approche.

— Je suis venu te sortir d'ici.

Laurène ne réagit pas, mais Duke, lui, arrête son mouvement machinal.

— Sous quels ordres? s'enquiert le père de Chris.

— Les miens.

Il hausse les sourcils et a une expression amusée.

— Comme je disais : des enfants. Seul un vrai commandant peut prendre des décisions sensées. Si j'avais su que les Goldberg conspireraient avec l'ennemi, je les aurais éliminés pendant que je le pouvais. Mon fils, tes fréquentations me font horreur.

— J'aurais aimé avoir un meilleur père. Un père qui ne soit pas un meurtrier.

Duke se lève lentement et dit :

— Ce n'est pas comme ça que je t'ai élevé. Même si ta pauvre mère t'a enfoncé des idées farfelues à mon sujet, tu ne serais rien sans moi. Tu me dois au moins ça.

— Bien essayé, mais non, dit Chris avec un petit sourire narquois. On se revoit de l'autre côté. Sur la Terre promise, s'il y en a une.

— Je m'en souviendrai, Chris, chantonne Duke.

Ils s'apprêtent à sortir, mais Chris fait un bond en arrière, comme électrisé.

— Le bracelet, dit Chris en luttant contre une douleur invisible.

— Laisse-moi voir.

Se souvenant des modifications que Neal a faites à son bracelet, Skyler le cogne doucement contre celui de Chris et, après quelques tapotements, réussit à le désactiver. Décidément, son frère lui voue une confiance aveugle.

Sans plus attendre, ils sortent tous les deux en refermant derrière eux, tandis que Duke Kay les observe à travers le hublot d'un regard agressif. L'instant d'après, il frappe de façon enragée contre la porte en vociférant.

Skyler s'éloigne, comme si la cellule était électrifiée, Chris sur les talons.

— Ça ne te fait rien, d'avoir un père comme ça? lui demande Skyler quand le vacarme s'estompe enfin.

— Je le regrette chaque jour, crois-moi.

Ils arpentent les couloirs déserts sans un mot, encore sous le choc. En tournant un coin, ils tombent sur Léandre :

— Chris! s'exclame-t-il en lui faisant une accolade. Ils t'ont enfin libéré?

Chris lance un regard à Skyler.

— Il est temps que les choses changent, se contente de répondre Skyler qui sent son cœur battre plus fort.

— Tu n'es pas le seul de cet avis, dit Léandre. Allez retrouver les autres de notre groupe. C'est maintenant que ça se passe.

— Quoi au juste?

— On se retrouve plus tard.

Léandre leur sourit et file rapidement par l'endroit d'où Skyler et Chris viennent d'arriver.

— Tu sais de quoi il parle? s'enquiert Skyler, soudain inquiet.

— Comment le saurais-je? s'esclaffe Chris.

— Je ne sais pas. C'est ton meilleur ami, après tout.

— Le bon vieux Skyler m'a manqué. Allez, viens. Je ne veux pas manquer la fête, alors que je viens tout juste d'être libéré par mon meilleur ami.

Cette façon désinvolte qu'a Chris de l'appeler de la sorte le déconcerte. La dernière fois remonte à si longtemps. Skyler aimerait qu'ils puissent faire renaître leur amitié. Non seulement parce qu'ils partagent un but commun, mais parce qu'ils se soutiennent l'un l'autre.

Skyler retourne sur ses pas, en quête du rassemblement mentionné par Léandre, mais sans succès. Ils passent devant une porte entrouverte dont proviennent des voix : son frère et une femme avec un accent inconnu.

— Tu es convaincue maintenant? demande Neal sur un ton agacé.

— Ce n'est pas mon opinion qui importe, mais celui de mon frère. Il ne se laissera pas persuader aussi facilement. Il voudra voir par lui-même.

— Il n'a jamais été question que vous débarquiez ici. Je croyais qu'on avait une entente.

— Je t'ai dit que la vérité est une expérience vécue.

— C'est de la merde tout ça. Et pourquoi cette mise en scène, dans ce cas?

— Tu as beaucoup à apprendre.

— Mais ni le temps ni l'envie.

Un soupir. La femme poursuit :

— Je te rappelle que tu n'es pas en position de marchander. On peut accueillir deux cents des vôtres sur notre vaisseau. Pas plus.

— Alors, maintenant vous voulez nous aider?

Silence.

— Je ne peux pas choisir! s'énerve Neal.

— Alors vous mourrez tous, répond-elle. Ce scénario s'est déroulé trop souvent par le passé. Ne fais pas comme si tu ne savais pas. Vous êtes fichus.

— Ces gens comptent sur moi! Les abandonner, c'est renier la raison même de la création de la Confrérie.

La voix de Neal se brise, mais la femme continue, d'une voix imperturbable :

— Si tu es un vrai leader, tu feras le bon choix.

— Ils sont là! s'exclament des voix près du sas.

Chris pousse Skyler à le suivre. Il jette un regard désemparé derrière lui en essayant de comprendre ce qui se passe. Qui est cette femme avec son frère?

Ils rejoignent la foule massée pour accueillir des gardes qui n'ont rien à voir avec le Parangon. Sur le palier surélevé qui domine la masse des Archéens, se tient un homme de grande taille à la crinière blonde, accompagné d'inconnus qui pointent des armes étranges sur eux. Le visage de Chris se vide de ses couleurs. Il jette un regard inquiet à Skyler.

Recroquevillée dans un coin, Uki observe la scène avec horreur.

14

NEAL

— Henry Wilkins.

Éliza et Oslo observent Neal qui, debout sur la plateforme surélevée qui mène au sas, lit chacun des deux cent deux noms de la liste improvisée. En quelques heures à peine – Neal n'a pas tenu le compte sous les regards insistants d'Éliza – il a dû choisir qui partira, tout en priorisant les ingénieurs et le personnel médical. Il s'est permis quelques entorses afin que ceux qui demeurent dans le Refuge aient une chance de survivre le plus longtemps possible, du moins jusqu'à ce qu'il trouve une meilleure solution. Il s'est contenté de sélectionner une personne par famille. C'était la seule façon pour que chaque famille puisse se perpétuer, même si cela signifie les briser.

Les cris d'indignation et les pleurs qui suivent chacun des noms sont insupportables. Comme des morts profitant d'un dernier souffle de vie au moment d'être réduits en cendres dans l'incinérateur. Neal peut quasiment sentir l'odeur piquante de chair brûlée, et son corps se raidit. Il garde les yeux sur les noms, hypnotisé. Impossible pour lui de croiser les regards accusateurs des Archéens qui ont douté de son accession au pouvoir dès le début. Ils avaient raison. Quel leader se laisserait contrôler par des inconnus ? Qu'est-ce que le Commandant Hawk aurait fait à sa place?

Neal pourrait résister, mais en vérité, il a peur. Jusqu'à aujourd'hui, ses cauchemars étaient confinés à son esprit; aujourd'hui ils deviennent réalité. Cette angoisse nocturne transcende l'entendement et le pouvoir destructeur qu'il détient, chaque fois qu'il prononce un nouveau nom, le tétanise. Personne ne devrait avoir ce pouvoir. C'est un péché trop dur à expier.

La garde d'Oslo doit souvent utiliser la force pour aller récupérer les élus qui se débattent. Bien que leur nombre soit limité, leurs armes technologiquement avancées suffisent à dissuader les récalcitrants. Au début, les Archéens ont résisté – Neal lui-même y a songé – mais la barrière magnétique qui émane des armes est assez forte pour paralyser même les plus fous.

Neal aussi est figé, mais pas pour les mêmes raisons. Il trahit sa promesse de sauver tous les Archéens. Personne ne saisit exactement ce qui est en train de se produire. Ils croient que les élus seront malmenés. Ils ne comprennent pas, mais Neal est tenu au silence, pour leur propre sécurité.

— Anna Zamora.

Le dernier nom de la liste. Et pourtant, la salle est encore bondée. Neal les a tous condamnés. Pendant tout ce temps, il a cru que Fiona viendrait les sauver avec les Dissidents et les agents rebelles du Parangon. Cette petite armée bien entraînée saurait quoi faire pour les sortir de cette horrible situation. Mais rien. Aucun signe de vie.

— C'est tout, laisse tomber Neal qui déglutit avec peine. Je suis désolé, mais vous n'avez pas le temps d'aller chercher vos effets personnels. Il n'y a pas une seconde à perdre.

Une silhouette familière se faufile dans la foule encore sous l'influence du champ magnétique. Uki. Mais qu'est-ce qu'elle fait? Éliza a lu la surprise sur le visage de Neal et suit son regard. Aussitôt, elle dit quelque chose à Oslo dans leur langue, puis des gardes se détachent pour attraper Uki sans peine. Elle ne se débat pas quand ils l'emmènent.

Arrivée à la hauteur de Neal, elle lui souffle :

— Tu n'es pas seul.

De la compassion? N'était-elle pas privée de sa liberté sous ses ordres? Ne s'était-elle pas enfuie? Elle l'a traité de fantôme. C'est peut-être bien ce qu'il est : le pâle reflet d'un homme qui se prétend aux commandes d'une Arche qui ne veut pas de lui. L'imitation d'un idéal inaccessible, un titre qu'il s'est approprié sur le dos des autres et de leur soif d'une illusion réconfortante, la Terre promise. Promise pour qui? Pas pour les pécheurs en tout cas.

Les injures fusent de toutes parts, mais ni Oslo ni Éliza ne semblent s'en préoccuper. Oslo a l'air de s'être calmé depuis la capture d'Uki.

— On a terminé ici, s'exclame Éliza. Dépêchons-nous avant que les choses se gâtent.

— Quoi au juste? demande Neal avec intérêt.

— Tu n'as pas envie de le découvrir, répond Éliza avec un regard inquiet.

Neal se laisse entraîner dans le sas sous les cris de protestation des Archéens qui récupèrent leurs moyens. Les gardes d'Oslo ferment la marche pour s'assurer que personne ne les suit.

— Comment peux-tu rester de marbre alors qu'ils sont tous condamnés? siffle Neal qui sent la rage mélangée au dégoût lui labourer l'estomac.

— Des gens vivent parce que tu as choisi. Il n'y avait aucune autre façon.

— C'est inhumain.

Et Skyler le lui rappellera sans cesse : l'expression qu'il a eue, quand il a compris ce qui se passait… se faire immoler, comme dans les pires cauchemars de Neal quand il était plus jeune, ne serait pas aussi terrible. Il a déjà subi ce regard rempli de dégoût, même s'il a tout essayé pour l'oublier. Des pages et des pages de ses carnets sont dédiées à l'élucidation de la provenance de ce regard. Des carnets qui couleront avec le reste de l'Arche.

Au moins, Skyler sera sain et sauf. Est-ce que cela compte comme une consolation? Avoir choisi égoïstement son propre frère au lieu d'une autre famille... Des années pourraient s'écouler avant que son frère lui pardonne, mais au moins, ces années, ils les passeront ensemble. Égoïste peut-être, mais c'est tout ce à quoi il peut se raccrocher pour le moment.

— Et pourtant, il n'y a rien de plus humain que de survivre, *ung leder*.

Éliza met son casque, imitée par Neal.

15

ÉMILY

— Si c'était ton intention depuis le début, tu aurais dû me le dire.

Une salle électrique avec des disjoncteurs. Vraiment? Et dire qu'elle a cru à son histoire abracadabrante de Parangon.

— Ma sœur était censée nous attendre ici, se défend Philippe.

— Violette? Je ne vois pas ce que la grande prêtresse ferait dans un endroit pareil.

Philippe roule des yeux, mais elle s'en fiche. Un doux arôme de nourriture lui chatouille les narines. Elle repère une bouche d'aération qui doit en être l'origine. Des images de gaufres succulentes s'imposent à son esprit. Ce qu'elle donnerait pour en manger! Son dernier repas digne de ce nom remonte à bien trop longtemps. Maintenant que sa nausée initiale s'est dissipée, elle pourrait avaler n'importe quoi.

— Où est-ce que tu vas comme ça? l'intercepte Philippe avec une pointe d'énervement alors qu'Émily s'engage dans le corridor.

— Je ne sais pas pour toi, mais je suis affamée.

— Elle a dit qu'elle serait ici, insiste-t-il en la suivant.

— Ça crève les yeux qu'elle n'est pas là. Et la cantine est juste à côté, ajoute-t-elle en pointant un doigt droit devant.

Il obtempère, et elle ne se fait pas prier pour entrer dans la cantine délaissée. De longs bancs sont entassés les uns contre les autres. Émily ne peut se défaire de l'étrange impression que l'aménagement a été copié sur le sanctuaire. Dieu merci, cette cantine ne contient aucune des horribles machines distributrices intelligentes. Certains trouveraient ça fâcheux, mais Émily, elle, salive plus que jamais à l'idée de pouvoir choisir ce qu'elle veut. La sélection semble mince au comptoir, mais elle s'y rend tout de même dans l'espoir de dénicher quelque chose de nutritif. Son regard s'arrête sur une miche de pain qu'elle grignote aussitôt. Puis voyant qu'il n'y a personne pour rationner les portions, elle se sert aussi de la soupe – pas trop mal non plus comparé à toutes ces années à gober du gruau des temps modernes.

Elle mange trop vite, son ventre gonfle rapidement. La peau tendre de la blessure sur son flanc se tend, aussi ralentit-elle la cadence. Il n'y a peut-être pas de gaufres, mais il y a du pudding, dont elle raffole. Elle s'autorise cette dernière gourmandise avant de reporter son attention sur son compagnon aux intentions obscures. Le frère de Violette a des drôles de façons de l'embarquer dans ses folies! S'il est atteint du Syndrome, il est clairement plus atteint qu'elle.

Mais c'est ce qui l'attend elle aussi, au bout du compte. Le reste de son pudding lui fait de l'œil, mais elle se résigne à ne pas le manger. Pourquoi Philippe doit-il toujours lui faire entrevoir le pire? Leur incarcération au parc, le Syndrome qui sommeille en elle, les expériences sordides du Parangon, et puis quoi encore?

Philippe traîne près des tables, occupé à inspecter certains plats qui n'ont presque pas été touchés. Des soupes figées, des morceaux de pain durcis, des verres à moitié pleins. D'ailleurs, Émily se rend compte à quel point il manque d'auras par ici.

— Où est passé tout le monde? songe-t-elle à voix haute en allant retrouver Philippe.

— C'est ce que je me demande, dit-il d'une voix inquiète, le regard perdu.

Des cris. Beaucoup de cris.

Sans qu'Émily puisse l'arrêter, Philippe fonce hors de la cantine. Elle le talonne du mieux qu'elle peut.

— Ralentis, dit Émily qui peine à le rattraper, son ventre douloureux. On ne sait pas ce qui se passe.

Philippe s'arrête net à l'intersection quand les voix se font plus insistantes. Un rassemblement. Et pas n'importe lequel, avec une foule en délire.

— La Confrérie vous a abandonné, comme je vous avais prévenu à l'Atrium, tonne une voix qui fige Émily sur place.

Duke Kay, leader du Parangon, qui a traîné la mère et la sœur d'Émily au pied de son lit. Non, ça ne peut pas être vrai. Milo ne lui avait-il pas dit pendant l'un de ses moments lucides que la Confrérie l'avait arrêté? Que fait-il ici?

Il y a tellement de monde qu'Émily ne parvient pas à discerner les visages qui se fondent dans une marée d'auras.

— Maintenant que ces illuminés de la Confrérie sont partis, l'Arche est à nous.

Un grondement retentit parmi la foule agitée. Difficile de dire s'ils se réjouissent ou s'ils sont enragés. Le maelstrom de sensations demande à Émily un effort surhumain pour en bloquer le plus possible.

— Vous avez vu de vos propres yeux que votre famille était contaminée par ces rebelles. Chacune d'entre vous. Ils vous ont reniés pour aller rejoindre l'ennemi, en oubliant les générations qui les ont précédés. Ils vous doivent la vie.

Émily s'appuie contre le mur, de sorte qu'elle ne fait pas directement face à la foule qui l'étourdit. Le visage de Philippe est méconnaissable.

— Moi-même j'en ai été témoin. Vous connaissez mon

bâtard de fils, Chris Kay, poursuit Duke avec un rire de mépris à glacer le sang. Il m'a renié lui aussi, comme tous les vôtres.

La sueur inonde le visage d'Émily qui s'éloigne un peu pour reprendre ses esprits, mais la voix de Duke la suit comme un parasite.

— Il est faible, crache-t-il. Notre famille, c'est l'Arche et personne d'autres. Je suis votre père et vous êtes mes enfants. Tous ceux qui s'opposent au Commandement s'attaquent à notre famille.

Émily interpelle Philippe pour lui dire qu'elle n'en peut plus, qu'ils doivent s'en aller, mais ce qu'elle voit la sidère :

— Il est temps de purger le Refuge, déclare Duke en serrant l'épaule de Léandre.

Mais qu'est-ce qu'il fait là?

Philippe la pousse pour l'éloigner de la foule qui s'agite. Quand ils tournent le coin, Philippe doit la soutenir pour ne pas qu'elle défaille. Ils accélèrent, et la distance qui s'agrandit entre eux et la foule redonne du souffle à Émily qui a l'impression d'émerger d'une bulle d'eau.

— Comment est-ce que tu... réussis? Je veux dire, ces sensations?

— On ne s'y habitue pas, lâche-t-il simplement.

Dans la luminosité crue du Refuge, Émily voit clairement sur le visage de Philippe qu'il souffre lui aussi. Trop obnubilée par sa propre condition, elle ne l'avait pas remarqué. Ils ne peuvent pas vagabonder dans le Refuge, alors que Duke et ses partisans sont libres de leurs mouvement... pas sans obtenir d'aide.

— Ils vont nous tuer, lâche Philippe d'une voix assurée. Ou pire. Ils ont peut-être même déjà mis la main sur ma sœur. On est fichus.

— Il n'y a qu'une personne qui peut nous aider, dit-elle en se remémorant la chaleur distincte de son aura. C'est notre seule chance.

— Et s'ils ont ma sœur, Émily! Ils n'ont pas le droit! Ils ne peuvent pas…

— Violette est plus forte que ça, s'exclame-t-elle avec plus de force qu'elle s'en croyait capable. Qu'est-ce qu'elle te dirait?

Le visage de Philippe ressemble à une peinture dont la toile est imbibée d'eau et dont les couleurs se diluent. Des marbrures coulent, drainées par la force de la gravité, jusqu'à s'évaporer dans un amalgame confus. Une fréquence chaotique, versicolore.

— Qu'est-ce qu'elle te dirait, Philippe? insiste-t-elle, tout aussi désemparée que lui.

Parler la stabilise, l'empêche de se perdre dans le pandémonium de son esprit.

— Que le Créateur nous guide, balbutie-t-il. Que le Créateur sait. Qu'il faut croire.

— Qu'il faut avoir confiance, lance Émily avec une connaissance dangereuse qui résonne à même la moelle de ses os.

Émily n'est pas certaine que c'est elle qui parle. Peut-être est-ce une partie obscure d'elle-même, ou bien la sagesse de Violette qui s'est glissée dans son esprit.

Philippe inspire profondément, puis ils s'enfoncent dans les couloirs tortueux du Refuge, dans un martèlement de métal, au rythme d'un tambour.

16

ÉMILY

MILO SAURA QUOI FAIRE. C'EST LA SEULE PENSÉE QUI ANCRE Émily sur la voie de la raison.

Tous les couloirs se ressemblent. Comme dans les étages inférieurs, quand Milo l'a laissée se réveiller toute seule au beau milieu de nulle part. Philippe n'est d'aucune aide, probablement en train d'imaginer les pires scénarios concernant Violette. Émily n'ose pas l'interrompre, elle-même aux prises avec ses propres démons qui se forgent une place un peu trop confortable à l'intérieur d'elle. Depuis son réveil, son corps n'est plus le sien, avec cette brume perpétuelle qui enveloppe son cerveau et l'empêche d'accéder à toutes ses facultés. Si elle pense trop à ces étranges sensations et ces drôles de pensées, elle va basculer.

Milo. *Où es-tu bordel?*

L'écho de leurs respirations est symphonique. Et quand elle aperçoit une aura magnétique dans un couloir transversal, un nouveau silence s'abat. D'une voix discordante, elle crie :

— Papa!

Sa carrure familière, sa prestance toujours aussi belle malgré l'âge qui le draine petit à petit. Un père de famille qui a perdu ses rêves en même temps que sa femme.

Un éclat de surprise.

L'étreinte familière lui donne l'impression qu'ils ne se sont pas vus depuis des mois. Sa stature est plus solide que dans ses souvenirs, son odeur plus piquante.

— Mais qu'est-ce que tu fais ici, Émily? Tu devrais être au lit à te reposer.

— T'en fais pas, ment-elle, voulant faire durer ce moment de normalité. Papa, où est Gabrielle?

Son visage se durcit :

— Il ne faut pas rester ici.

— On doit retrouver Gabrielle et rejoindre Milo, annonce-t-elle en ravalant son angoisse de tomber sur le pire danger de l'heure : l'armée de Duke.

— Je sais où il est, dit-il en massant le cou d'Émily, comme il le faisait quand elle était plus jeune.

Émily n'est plus une enfant.

La simple présence de l'aura de son père l'apaise, elle en profite pour reprendre ses esprits. Philippe aussi semble en ressentir les bienfaits : il a le regard plus serein.

Son père Jérémy les entraîne dans le couloir opposé, jusqu'à une pièce légèrement en retrait. Il déverrouille la porte, derrière laquelle des gens armés se détendent quand il leur fait un signe d'apaisement.

Milo se fraie un chemin jusqu'à Émily pour l'enlacer devant tout le monde. Prise de court, elle n'essaie même pas de s'échapper. L'aura de braises de Milo est trop enivrante.

— C'est donc ça, dit Fiona Reyes d'un ton hargneux, juste derrière.

Son visage a changé, depuis son séjour en prison. Elle est plus en chair et définitivement remise en forme – on le voit à ses muscles bien découpés. Elle n'a pas perdu de temps.

— Émily aurait pu mourir, s'insurge Milo qui libère enfin Émily de son étreinte. Chaque personne sur cette Arche compte, que ça te plaise ou non.

Avant que Fiona puisse riposter, le père d'Émily vient à sa rescousse :

— On n'a aucune chance contre Duke, dit-il d'un ton grave. Il a le Parangon et une foule d'Archéens pour l'appuyer.

— Pas tous, se réjouit Fiona d'un air satisfait.

Émily prend la mesure de la petite armée réunie dans cette enclave.

— Je n'admettrai pas notre défaite avant d'avoir mené la bataille, continue Fiona.

— Pour l'instant, on reste ici, commande Jérémy. On ferait mieux de s'organiser, et vite. Tant qu'on occupera cet endroit, on a un avantage.

— Avec un membre émérite du Parangon à nos côtés, comment pourrait-on échouer? se délecte Fiona qui anticipe la confrontation à venir – Émily le voit aux trémolos de son aura rosée.

— Les choses pourraient se gâter rapidement.

Quand papa entre en mode stratégie, il a besoin d'espace. Émily profite que son attention soit ailleurs pour explorer l'enclave. Milo et Philippe ne la rejoignent pas, même s'ils lui jettent des regards curieux.

Le groupe de résistants occupe un dortoir dont les lits superposés ont été poussés contre les murs. Le nombre d'Archéens s'est largement amenuisé avec les horreurs des derniers jours. Des armes sont entassées dans des coins, et des matelas et des oreillers ont été disposés de façon à créer une espèce de tatami où des Dissidents s'entraînent afin d'assurer le contrôle précaire du Refuge.

Émily frissonne à l'idée de ce qui les attend : affronter Duke et sa bande, qui veulent les éliminer parce qu'ils les croient faibles. Les Archéens vivaient dans l'illusion que l'Arche était paisible, malgré leur destin tragique, mais pour finir, leurs différends auront raison d'eux. Jusqu'à tout récemment, Émily aussi était aveugle, mais plus maintenant.

Émily s'assoit sur un matelas libre agrémenté d'oreilles, et s'appuie contre le mur. Instinctivement, elle pose une main sur sa blessure qui cicatrise et réprime une grimace.

Elle est légèrement assoupie quand elle sent un bras l'étreindre. Elle n'a pas besoin d'ouvrir les yeux, elle reconnaît le brasillement qui la picote.

— Tu vas éveiller le courroux de Fiona si tu continues à jouer avec le feu de cette façon, murmure-t-elle, encore un peu endormie.

— Je sais comment dompter le feu. Dan m'a appris.

— Si on sort vivant de ce Refuge, j'aimerais bien voir ça, dit-elle, heureuse de laisser de côté tous leurs problèmes pour un instant.

— Il faudra que tu travailles fort pour ça.

Dans la pénombre, les auras dorment aussi, ce dont Émily ne se plaint pas. Elle ouvre les yeux et s'abreuve du regard liquide de Milo.

— Regarde qui parle, se moque-t-elle en ôtant le bras de Milo qui paraît déçu. Pour l'instant, je préfère éviter une tempête de feu dans ma direction.

— Je dois y retourner. Essaie de te reposer.

Il lui serre affectueusement l'avant-bras et s'éloigne.

La petite armée de Fiona s'organise dans la deuxième section du dortoir réaménagé, sous les ordres de Jérémy. Des membres du Parangon passent devant l'une des quelques sources lumineuses encore allumées à cette heure tardive : Émily reconnaît plusieurs d'entre eux. Quand papa a été nominé pour succéder au titre de leader du Parangon, ils l'avaient appuyé, mais quand il a été évincé, ils n'ont rien fait pour montrer leur opposition. Aujourd'hui, ils semblent avoir retrouvé confiance en son père. Est-ce que ce sera suffisant pour contrer Duke?

Avec son corps diminué, Émily n'est qu'une béquille, une Archéenne parmi les autres, qui a besoin d'une protection constante. Elle déteste ça.

Maintenant que plusieurs dorment, le sommeil lui échappe et, bien entendu, son esprit la tient occupée avec les pires scénarios d'avenir. Une chose est certaine, peu importe le résultat de cette révolte, son destin à elle ne changera pas.

La frustration bouillonne en elle : elle a subi les tortures de Yasmina et évité la mort de justesse, et le Créateur n'en a toujours pas assez? Est-ce le prix à payer pour avoir condamné des prisonniers?

Elle retient sans succès les fichues larmes qui lui éraflent les joues. Non. Elle ne laissera pas ce Syndrome gagner sans avoir eu la chance de résister. Elle doit bien donner ça à cette Fiona : elle ne s'avouera pas vaincue avant de s'être battue.

Une présence familière lui effleure l'aura. Milo? Non, il n'y a personne dans son coin. Cette énergie est bien trop froide et éloignée. De l'autre côté du mur? Dans le corridor? Ce n'est qu'une impression, mais si c'est bien la personne à laquelle elle pense, ça pourrait tout changer.

Émily s'approche de la porte sans bruit en prenant garde de ne pas trébucher sur les corps et les jambes étendues près de la sortie, mais dans cette noirceur, c'est tout un vrai défi. Quelqu'un grogne, elle retient son souffle.

— Qu'est-ce que tu fais? souffle Milo qui s'est glissé près d'elle.

— J'étouffe, ici.

Son visage se rapproche du sien et il répond sur un ton agacé :

— Pourquoi est-ce que tu me fais toujours ça?

— Quoi?

— Ça! Ton attitude. Pendant que je me fais du sang d'encre pour toi, tu disparais. Quand tu as quelque chose en tête, tu ne me dis rien. J'ai passé des jours et des nuits à ton chevet à craindre que tu meures. Depuis le Feu Sacré…

— Si c'était pour ne pas te sentir coupable, ce n'est pas mon problème.

— Ce n'est pas ce que je veux dire, et tu le sais.

Bien qu'elle lui doive la vie, elle ne peut pas lui en être éternellement redevable. Milo lui prend la main brusquement, puis il lui ouvre la porte.

Avec un soupir, elle ôte sa main et il rougit :

— Pourquoi dois-tu toujours compliquer les choses?

— Je n'ai pas besoin d'un chaperon, se défend-elle en s'engageant dans le corridor.

— Tu pourrais au moins me remercier. Sans ton chaperon, tu n'aurais pas pu sortir.

Elle grommelle, tout en sachant très bien qu'il a raison, puis s'éloigne d'un bon pas, Milo sur ses talons.

— Tu ne m'as certainement pas ouvert parce que je te l'ai demandé, soupire-t-elle.

— J'avais aussi envie de sortir, figure-toi.

— Ou de me suivre, marmonne-t-elle, contente de ne pas être seule, dans le fond.

Les traces de la froide aura familière détectée un peu plus tôt sont encore présentes, mais son propriétaire n'est pas là. Quelle imprudence de s'être aventuré ici seul! N'était-ce pas ce qu'elle avait eu l'intention de faire il y deux minutes?

Elle se rend soudain compte que Milo l'observe.

— Si tu savais comme je me demande ce qui se passe dans ta tête, dit-il.

— Si tu savais, tu me laisserais peut-être tranquille.

— Ce n'est pas ce que tu veux?

— Peut-être pas, avoue-t-elle, un peu distraite par les relents éthérés qui lui viennent par vagues. Qui m'ouvrira la porte la prochaine fois?

Le propriétaire de l'aura en question pulse à proximité. Émily s'immobilise. Un homme.

— Attends-moi ici, chuchote-t-elle sous le regard ébahi de Milo qui décide de l'écouter, pour une fois.

Léandre a changé, depuis la scène tragique des laboratoires

Delta, avec son corps maigrichon et ses yeux renfoncés. Il se retourne avant qu'elle l'atteigne, feignant la surprise, mais elle sait très bien qu'il l'a délibérément attirée ici. Les auras ne mentent pas.

— Qu'est-ce qui t'arrive, Léandre?

— Je pourrais te demander la même chose, Émily.

Son regard est grave et résolu. Le Léandre tétanisé par son manque de confiance devant l'amour de sa vie n'existe plus. Émily reconnaît cette même douleur qui ne l'a pas épargnée, elle aussi, quand maman est morte. C'est une rencontre inévitable avec soi-même qui peut mal tourner, une spirale de désespoir qui paraît insurmontable, qui gagne du terrain quand on baisse la garde et qui nous pousse toujours un peu plus près du gouffre.

— Réveille-toi! peste-t-elle, avec à l'esprit l'image absurde des allégeances douteuses de Léandre, de lui aux côtés d'un des pires persécuteurs de l'histoire de l'Arche. J'étais avec toi quand on a trouvé Mira. Rien n'indique que la Confrérie est responsable de sa mort. Ça pourrait tout aussi bien être le Parangon!

Il a l'air d'un petit garçon qui a vieilli trop vite, qu'on a forcé à être témoin du vrai visage des humains. À l'Académie, on leur avait parlé de ces jeunes conscrits, durant une guerre planétaire où les bombes creusaient des cratères qui engloutissaient des villes entières. Adolescents au moment de leur départ, ils revenaient deux ou trois ans plus tard, le visage marqué d'une tout autre histoire. On leur avait volé quelque chose d'irremplaçable : leur innocence. Ils étaient brisés. C'est exactement ce dont Léandre a l'air.

— Je suis désolé, croasse-t-il, l'air déchiré.

— Je le suis aussi, ajoute-t-elle plus doucement.

L'étrange surdité des lumières incandescentes du Refuge donne l'impression que l'Arche retient son souffle.

— Pourquoi veux-tu te rallier à la Confrérie? Tu ne vois

donc pas qu'ils sont la source même de tous nos problèmes sur l'Arche?

— Si seulement c'était aussi simple, dit-elle avec un rire amer. Mais c'est vrai, les choses doivent changer.

— Neal et sa bande nous ont tous abandonnés, le savais-tu? rugit Léandre, le poing serré. Ils disaient vouloir nous sauver! Ce n'est pas ce que j'appelle du changement.

— Ce n'est pas en t'alliant à Duke Kay que tu obtiendras ce changement.

— La Confrérie a tué Mira, poursuit-il, l'air buté. Et ils n'en ont pas eu assez. Ils ont détruit cette Arche, essayé de tous nous tuer et pour finir, ils viennent de nous voler nos familles. Ce n'est pas assez pour te convaincre?

— Je sais que tu es bouleversé, mais sache que…

— Ne prétends pas comprendre ce que je ressens parce que ça, dit-il en frappant sa poitrine avec force, ce n'est qu'une fraction de ce qui se passe ici.

Des émotions contradictoires traversent son visage. Malgré ses années d'expérience, Émily ne peut comprendre la profondeur de son désarroi. L'aura de Léandre projette une onde de choc qui la fait reculer.

— Je me suis trompée à ton sujet, dit-elle, effrayée. Tu as toujours été de leur côté.

Léandre s'approche avec son aura oppressante, Émily recule d'un autre pas sous la pression de son énergie écrasante.

— Qu'est-ce que tu fais?

— Tu crois pouvoir me convaincre que la Confrérie est ce qu'il nous faut, mais la réalité c'est que tu es dangereuse, Émily. Pour nous tous.

Il sort un pistolet. Chargé à bloc.

— Tu te soumettras à la volonté du Commandant Kay, gronde-t-il.

— Tu ne peux pas être sérieux. Tu as perdu la tête!

Un coup de feu. Derrière elle, Milo est sorti de sa cachette pour foncer sur Léandre comme une bête enragée. Les coups de feu se multiplient, mais Milo réussit à le désarmer en se jetant sur lui, puis ils se battent à coups de poing.

Émily panique alors que les auras se fracassent dans une pluie d'étincelles, elle court pour prévenir son père et les autres. Personne d'autre ne mourra sous ses yeux. Elle réprime ses larmes en dévalant le corridor qui tressaute comme la boîte à surprise qu'elle avait préparée pour l'anniversaire de Gabrielle. Un livre rare qu'Émily s'était procuré par des méthodes peu conventionnelles. Pour faire durer la surprise, elle avait demandé à sa sœur de secouer la boîte pour deviner ce qui se cachait à l'intérieur. L'excitation dans les yeux de Gabrielle valait de l'or. Elle était tellement heureuse. Elle était…

Sa sœur est là. Droit devant.

Dans ce corridor désert du Refuge, sa sœur, sa douce petite sœur, court elle aussi, pour fuir un mal qui ne connaît aucune limite.

— Gabrielle!? Attends!

Émily se lance à sa poursuite, même si son corps lui en veut. Elle tourne un coin et pénètre dans un corridor qui paraît hors de ce monde. Des vignes mouvantes sur les murs assourdissent l'écho de sa voix alors qu'elle crie le nom de sa sœur, qui s'est subitement volatilisée.

Émily se fige. Elle n'est pas seule. Une présence furtive rampe sur le métal, les murs et le plafond à travers les ronces qui se multiplient pour s'enrouler autour de ses pieds, puis de ses jambes, jusqu'à l'envelopper. Sa respiration s'accélère.

N'aie pas peur.

— Montre-toi.

Je suis là.

— Je ne joue pas à ce jeu.

Tu veux jouer? Il fallait me le dire plus tôt.

Les lumières s'éteignent.

17

SKYLER

Skyler a perdu Chris dans la foule.

Dans l'antichambre du sas, on pleure d'effroi, tandis que les plus audacieux protestent à vive voix. Certains tentent de retourner au Refuge, mais ils se font rapidement rappeler à l'ordre par le groupe armé qui leur bloque le passage. Ils sont deux cents Archéens – un par famille pour être exact – choisis par son frère Neal pour les amener dans un lieu sûr, leur a-t-on dit.

Skyler grogne en silence tout en se débattant avec véhémence avec la fichue combinaison d'astronaute qu'il doit enfiler. Rien à voir avec l'uniforme simple et élégant que portent leurs ravisseurs à la chevelure dorée et à la peau si pâle qu'elle brille de façon envoûtante. Qui sont-ils?

L'heure n'est pas au questionnement, mais Skyler se demande quelles sont leurs origines. Ils doivent être reliés à Sedna, d'une manière ou d'une autre. S'il avait eu plus de temps pour déchiffrer le journal de bord d'Amarante, peut-être aurait-il trouvé quelque chose à leur sujet. Mais le plus bizarre dans tout ça, c'est que son frère coopère, comme s'il était de mèche avec eux. Skyler se jure de tirer cela au clair dès qu'il pourra lui parler.

Le pantalon de géant se laisse enfin dompter, et Skyler s'empresse de remonter la fermeture éclair alors que les autres ont déjà commencé à évacuer. Il lui reste à enfiler les manches munies de gants démesurément grands avec lesquels il devra fixer son casque sur la courroie métallique.

— Besoin d'aide?

— Où étais-tu? demande Skyler en voyant Chris le regarder d'un air amusé.

— Je suis là. C'est ce qui compte, non? Tourne-toi.

Chris manie la combinaison avec aisance. En un rien de temps, Skyler est vêtu jusqu'au cou, le poids de la pénible bonbonne sur son dos. Pourvu qu'il n'ait pas à porter cette chose affreuse trop longtemps.

L'air se fait rare, au point qu'il se sent étouffer. Chris, qui est déjà habillé, désigne son poignet. Un cadran. Skyler l'ajuste, aussitôt une brise fraîche souffle. Il respire goulûment un air dont le désagréable arrière-goût chimique colle sur sa langue. Comment les chasseurs de reliques peuvent-ils supporter ce genre d'équipement au quotidien?

Chris lui demande si tout va bien. Il en profite pour lui montrer comment communiquer via une petite radio intégrée sans laquelle le son ne pourrait s'introduire dans le casque de verre trop étanche. Skyler répond par l'affirmative.

Sans plus tarder, on les pousse le long de l'antichambre avec un petit groupe qui traverse le sas pour se retrouver dans l'atrium. Leur leader allume un bâton qui projette d'abord des étincelles puis devient une torche lumineuse qui perce l'obscurité opaque. Skyler, Chris et les autres membres du groupe suivent leur unique espoir de survie sans discuter.

Ils marchent dans les ténèbres déchirées par leur soleil miniature, jusqu'à la baie qui longe l'observatoire : à travers la vitre,

Skyler aperçoit un gigantesque vaisseau. Il ne s'y connaît pas en matière de vaisseau, mais celui-ci paraît nettement plus récent que l'Arche. Des symboles parent sa coque. Skyler est convaincu d'en avoir vu de semblables dans le journal d'Amarante, pressé contre son torse dans la poche intérieure de son uniforme. Dès qu'il aura une minute à lui, il pourra élucider ce mystère.

On les fait entrer dans des vaisseaux de moyen calibre similaires aux Strahls. Leur capacité étant limitée, Chris et Skyler font partie du troisième groupe et doivent attendre. Skyler reste sur la plateforme de l'observatoire pour imprimer les étranges symboles dans son esprit. Chris, quant à lui, est appuyé dos au mur, bras croisés.

— Quoi? demande Chris.

— Personne n'aurait pu prédire la tournure des évènements, dit Skyler. D'immenses inconnus blonds, cachés dans les confins du Grand Océan, et qui prétendent être nos sauveurs en nous menaçant de leurs armes. C'est tiré par les cheveux, même pour moi.

— Ton père océanographe ne t'a pas déjà dit que la vie finit toujours par prospérer, même dans les endroits les plus insoupçonnés?

— Je suis désolé pour ton père, dit Skyler en songeant à ce qui s'est passé quand il a secouru Chris.

— Tu sais, mon père n'est pas devenu le leader du Parangon du jour au lendemain. Il a mené son propre combat, et ce, en dépit des autres. Peut-être bien qu'il a ce qu'il mérite.

Skyler observe le silence de Chris avec respect. Il ne peut pas imaginer ce que c'est, porter le fardeau d'un père meurtrier.

— Peut-être que j'aurais dû rester aussi, lâche Chris à voix basse.

— Tu n'es pas comme lui. Tu aurais pu t'enfuir avec le Commandement, mais tu ne l'as pas fait. Tu es venu nous secourir, et c'est grâce à toi si on a réussi à l'arrêter.

— Des fois, je me demande s'il y a des parties de lui qui sont en moi. Et ça me fait peur.

Le visage de Chris s'assombrit. Avant que Skyler puisse ajouter quoi que ce soit, on leur ordonne d'embarquer. Chris passe le premier, son expression illisible.

Ce vaisseau impressionnant a un nom : le Njord. Même s'il ne fait en réalité qu'une fraction de la taille de l'Arche, ses installations sont pour le moins remarquables. D'abord, il n'y a aucune moisissure ni odeur désobligeante. Ses fournitures paraissent plus récentes et d'un style différent de celui de l'Arche : des bruns, des gris et des blancs se chevauchent dans les tissus bien entretenus qui recouvrent certaines tables, la majorité des sièges et même certains pans de murs. Dans les quartiers que les Archéens se partageront durant le voyage d'une durée indéterminée – l'exactitude ne semble pas être dans les mœurs –, Skyler tâte son matelas, recouvert d'une espèce de tapis aux poils chauds et soyeux qui ne se compare en rien au tissu horriblement rude et sec des draps qu'il a toujours connus.

L'attitude de Chris l'inquiète. Depuis l'observatoire, Chris ne lui a pas adressé la parole, ni même un regard. Et lorsqu'ils sont arrivés dans leurs quartiers, il a choisi une couchette en retrait des autres. Skyler se retrouve coincé entre Edelsa Harris, l'héritière des Harris avec laquelle il a failli être en couple du temps de l'Académie – non parce qu'il le voulait, mais parce que des forces familiales complotaient pour les mettre ensemble – et Kahlo White, sa nouvelle conquête, avec lequel elle discute de l'horrible odeur de musc et de ses doutes quant au matériau de leur couvre-lit. Elle trouve quand même le moyen, entre chacune de ses phrases, de lancer des regards furtifs vers Skyler qui tente d'éviter leur attention incommodante. Elle appartient à un passé bien scellé dans son esprit, et il compte bien le laisser ainsi.

Skyler traverse les rangées de lits superposés, pas si différents du Refuge, et s'arrête devant l'un des imposants symboles peints avec de traits de pinceau coulants sur l'unique portion dégagée du mur. Son sens lui échappe. Il lâche un soupir à la fois curieux et impuissant face au sentiment grandissant d'être en territoire inconnu.

— Pas trop déstabilisé? lui demande une femme.

Cette femme, c'est celle qu'il a surprise en grande conversation avec Neal. Ses cheveux sont d'un blond tout aussi pâle que ceux de l'homme à la longue crinière.

— C'est une rune de protection pour les voyages en mer, poursuit-elle. On est jamais trop prudent.

— Où est mon frère?

— Qui te dit que je le connais?

— Ce serait son genre d'envoyer quelqu'un faire ses messages à sa place. Quelle autre raison expliquerait le fait que je suis le seul parmi les Archéens à qui vous vous adressez?

Il croit voir la naissance d'un sourire juste avant qu'elle tourne les talons. Skyler la suit hors des quartiers, pour rejoindre le corridor principal du Njord baigné d'un doux vrombissement hydraulique.

— Vous ne vous ressemblez pas, dit-elle de son accent prononcé.

— Le temps peut faire bien des choses.

— Il amplifie l'essence de qui l'on est, mais ne le contredit pas, et ce, malgré nos circonstances.

Skyler fronce les sourcils, incertain de ce dont elle parle. Elle remarque son hésitation et s'explique :

— Ce n'est pas facile de quitter l'arche sur laquelle on a vécu toute sa vie.

— Ça dépend. Les dernières semaines ont été éprouvantes.

— Ça aurait pu être pire. Bien pire, crois-moi.

Skyler frémit, mais avant qu'il puisse la questionner davantage, ils s'arrêtent devant une porte qui ressemble à une cabine privée.

— En attendant, essaie de passer à autre chose. Ce sera plus simple pour la transition.

La porte s'ouvre sur Neal. La femme s'éloigne sans un mot de plus.

— Éliza peut sembler revêche au premier abord, mais elle est raisonnable, dit Neal, accoté au cadrage, les mains dans les poches. C'est grâce à elle si on ne s'est pas fait liquider par son frère Oslo.

Skyler pénètre d'un pas raide dans la cabine. Pendant que les Archéens s'entassent dans un dortoir et se rongent les sangs pour leurs familles restées sur l'Arche, ignorant tout de ce qui les attend à la fin de ce voyage, leur supposé Commandant s'isole dans une cabine privée bien fournie : runes, coussins, matelas épais, conserves de nourriture, et même une bouteille d'alcool. Au sol, gît même le sac plein de Neal, alors que les Archéens ont été précipités hors du Refuge sans rien pouvoir amener avec eux. En quoi est-ce différent du Commandement d'avant?

— Petit frère, qu'est-ce qu'il y a? demande Neal tandis que la porte se referme.

— Tu les as choisis, dit Skyler avec à l'esprit le souvenir clair de la discussion qu'il a surprise entre Éliza et son frère. Qu'en est-il des autres? Où est maman?

Neal inspire profondément avant de répondre :

— Que voulais-tu que je fasse? Je n'ai pas invité ces gens sur l'Arche. C'était leurs conditions, sinon on y serait tous passés.

— Toute ta Confrérie doit se trouver ici, je suppose?

— Dan et Tessa seulement. Fiona, Milo et Walker sont restés dans le Refuge. Tu me crois vraiment égoïste à ce point?

— Je me le demande.

— Écoute-moi, pour une fois!

Skyler ravale son orgueil, les mâchoires serrées.

— Ils nous soupçonnaient d'avoir détruit l'Arche de Sedna et j'ai tout fait pour prouver notre innocence, explique Neal. N'importe qui pourrait s'improviser Commandant si c'était aussi simple.

— Et tu leur fais confiance, alors qu'ils étaient prêts à nous éliminer?

— Si tu avais été à mes côtés quand j'en avais besoin, tu aurais eu ton mot à dire.

Oui, il était parti retrouver Chris dans l'espoir de changer les choses à leur façon, et voici où ils en étaient. Avaient-ils raté leur chance?

— Sky, pourquoi tu ne veux pas prendre ta place à mes côtés?

— Je n'en veux pas.

— Pour quelqu'un qui n'en veut pas, je te trouve déjà bien critique sur mes décisions.

Skyler laisse échapper un rire jaune :

— Tes désirs ne sont pas les miens.

— On est une famille, Skyler. Les Goldberg. Si ça ne vaut rien, alors plus rien ne compte.

Pourquoi ne comprend-il tout simplement pas que leur famille est chose du passé depuis la mort de leur père et l'abandon de leur mère dans le Refuge?

— Les temps changent. Toi aussi, tu le devrais, ajoute Neal.

— Tu veux dire tuer papa et condamner maman?

Neal devient livide. Au même moment, une alarme retentit. Des bancs munis de harnais se déploient sur l'une des parois de la cabine. Il ne manquait plus que ça.

Skyler se bat avec les attaches et déjà les turbulences se mêlent de la partie.

— On retournera chercher les autres, dit Neal entre deux secousses. Je te le promets.

18

SKYLER

SES PREMIERS RAYONS DE SOLEIL.

Il aura fallu trois jours de voyage inconfortable pour enfin avoir des réponses à ses questionnements.

Le soleil artificiel du parc de l'Humanité ne se compare pas à cette boule de lumière accrochée au milieu du ciel et qui transperce la barrière de verre entre eux et le monde extérieur. Il a l'impression de se doucher sous les lampes solaires de ses chrysanthèmes, la peau de son visage lui picote, et à ce moment précis il imagine ce que ressent une fleur qui s'abreuve.

Il voudrait rester plus longtemps, mais les gardes d'Oslo et sa sœur Éliza les pressent dans un passage qui longe le flanc d'une montagne. Aussitôt le soleil camouflé, un nuage de condensation se forme à chaque expiration, et Skyler sent sa peau se crisper. Des exclamations ondoient parmi les Archéens et des pleurs résonnent dans l'antre caverneux. De joie, de peine ou de soulagement, Skyler ne saurait le dire. Ce moment qu'il a attendu toute sa vie n'est pas du tout ce qu'il espérait. Pourquoi ne ressent-il rien d'autre qu'un calme plat?

Un côté du passage s'ouvre sur une plaine de neige qui étincelle sur des kilomètres et sur une structure en forme de dôme niché plus loin au cœur d'une enclave montagneuse. De cet angle, le soleil est partiellement couvert par les sommets enneigés, et la chaleur d'un peu plus tôt n'est déjà plus qu'un souvenir.

Tessa marche d'un pas traînant, son regard rivé sur l'extérieur. Skyler ralentit à sa hauteur. Ils ne se sont pas reparlés depuis leur mission sur Sedna, et ce serait mentir que de jeter le blâme sur le manque de temps.

— Où es-tu? marmonne-t-elle, son souffle créant de la buée sur la paroi vitrée. Pendant des années, j'ai su ce que je devais faire, mais maintenant, je ne sais plus. J'ai besoin de ton aide.

— Tu veux parler de Zack?

Tessa lui saisit le bras avec une force surprenante.

— Comment tu connais ce nom?

— Tu l'as déjà mentionné. Enfin, il me semble.

C'était lors de leur incursion dans les entre-deux qui leur a valu une chute périlleuse dans le système de ventilation du parc de l'Humanité. Ce nom… l'avait-il simplement imaginé?

Un groupe de Dissidents leur jette de curieux regards. Neal se détache du peloton pour les retrouver.

— Restons groupés. On a déjà assez de problèmes comme ça.

Tessa évite le regard de Skyler, puis sa main tremblante se détend. Elle rejoint les Dissidents sans un mot de plus, mais Neal reste derrière.

— Tant qu'on ne sait pas si ces gens sont amis ou ennemis, je suis plus tranquille en te sachant près de moi, petit frère.

— Je me débrouille très bien par moi-même. C'est d'ailleurs ce que je fais depuis cinq ans.

Skyler fixe le dôme qui les attend. Neal finit par lâcher un soupir avant de le laisser seul.

À mesure qu'ils rejoignent le dôme principal, l'air se réchauffe près du mur en verre qui émet une onde de chaleur. Dylan aurait su pourquoi, mais pour le moment cette merveille de la technologie titille agréablement l'esprit de Skyler et s'ajoute au Njord, ce vaisseau tout aussi singulier. Comment ces gens ont-ils survécu au Déluge?

— À l'Étoile du Nord, notre base, le verre crée un effet de serre qui sert de chauffage et aussi de source d'énergie renouvelable pour alimenter toute la base, explique Éliza à Skyler qui s'est brièvement arrêté pour poser une main sur le verre.

Devant eux, Oslo qui poursuit son chemin vers le dôme, l'air agacé.

— Il fait pourtant froid là-dedans, lance Edelsa, l'héritière des Harris.

— Crois-moi, c'est beaucoup plus froid à l'extérieur. Dans les mois d'hiver par contre, il faut compter sur la géothermie, c'est-à-dire la chaleur naturelle émanant du sol. La durée du jour dans l'hémisphère nord est extrêmement courte et insuffisante pour alimenter la base. Ces mois-là sont les plus pénibles, mais il n'y a pas à s'inquiéter. Il reste plusieurs mois encore à pouvoir profiter de l'automne.

— Je serai là pour te réchauffer, lui chuchote son copain Kahlo White.

Edelsa rougit quand elle croise le regard de Skyler.

L'Étoile du Nord bourdonne de vie dans le dôme, comme un cœur qui bat, au rythme des vendeurs qui marchandent leurs trouvailles du jour étalées dans des caisses : des branchages, des épines, des huiles, des poissons, des vêtements faits du même matériau que les couvre-lits du Njord, des pièces métalliques de toutes les formes, des objets sculptés en bois, des blocs concassés d'une pierre blanchâtre granuleuse, et plus encore. La ressemblance avec les chasses aux reliques sur l'Arche est frappante, mais ce qui l'est encore plus, c'est l'ignorance de Skyler : il n'a aucune idée de ce à quoi la majorité des objets peuvent servir.

À leur passage, le brouhaha meurt pour laisser place à des chuchotements. Les visages des curieux se tournent vers eux : leurs traits sont si variés que Skyler a dû mal à enregistrer autant de détails à la fois. Ils sont si nombreux qu'on dirait que le monde entier se trouve sous le couvert de ce dôme, un monde qui n'est pas plus grand que leur Arche.

Il voudrait rester plus longtemps, mais leur escorte se resserre et les fait bifurquer hors du dôme, dans une pièce qui s'ouvre à l'intérieur de la montagne en marge du centre de l'Étoile.

L'écho de leurs pas et de leurs respirations contraste avec la vaste étendue du dôme. Ici, tout est plus étroit, certains passages rappelant plutôt des recoins des entre-deux où Skyler et son frère ne s'aventuraient jamais, de crainte de ne pas pouvoir en ressortir.

Skyler se sent étouffer, comme dans le Refuge. Ils doivent procéder en file dans un antre qui ressemble en tout point à une aire de quarantaine, comme celle dont ils se sont servis lors de l'éclosion de pneumonie sur l'Arche. Skyler ne devait pas avoir plus de sept ans à l'époque, et ils avaient été retirés de l'Académie le temps de récupérer, sans infecter tous les autres. Ses compagnons de classe avaient paniqué d'avoir été séparés de leurs parents, mais Skyler avait aimé son séjour et avait aidé le personnel médical, avide de connaître leurs secrets.

On leur explique que l'isolement n'est qu'une mesure temporaire imposée à tous les nouveaux réfugiés de la base. On omet les détails techniques, au grand désarroi de Skyler qui déteste ne pas comprendre les intentions des inconnus. Sans qu'il puisse poser de questions, on lui fourre une serviette dans les mains et on lui indique une salle annexe d'où provient une épaisse vapeur qui roule le long du plafond rocheux.

Skyler localise Chris et décide de le suivre. On les oblige à porter de petites lunettes qui obscurcissent leur vision, puis ils baignent dans une lumière ultraviolette, sans doute pour éliminer tout microorganisme néfaste.

À quel genre de crise ces gens ont-ils fait face par le passé? Qui sait si d'autres maladies courent, outre le Syndrome? L'ancienne terre était infestée de bactéries et de virus mortels, réinterprétés comme une manifestation du mal par certains partisans du Créateur. Ceux-ci ont même recouru à des méthodes peu recommandables pour exorciser le malin, ce qui a déjà donné bien des maux de tête à l'unité de soins, d'après ce que le Dr Nazar leur a raconté.

La lumière ultraviolette s'éteint, ils se faufilent dans cette nouvelle obscurité jusqu'à une porte qui s'ouvre sur l'extérieur et sur des exclamations de surprise. Depuis la falaise où ils se trouvent, les montagnes embrassent la plaine de neige qui s'étend à perte de vue. Une source d'eau thermale fumante borde le flanc de la montagne à leurs pieds, dans des cuves rocheuses naturelles que le vent frais fouette par ondes. Mais la fraîcheur n'a pas le temps de mordre, la vapeur étant assez chaude pour la repousser.

— Pas vraiment l'accueil auquel je m'attendais, lance Chris, tout sourire. Un bain de la sorte, c'est classe!

— Fini les douches de trois minutes, renchérit Skyler en ôtant ses vêtements avec empressement pour entrer en premier.

Un agréable frisson lui traverse le corps, et la chaleur lui relaxe les muscles instantanément. La myalgie qui tétanisait ses membres est peu à peu drainée et se transforme en une espèce d'engourdissement voluptueux. Skyler ferme les yeux de contentement. Le temps se fige et, pour la première fois, il a l'impression de respirer.

Des gravillons roulent sous ses pieds à mesure qu'il explore les eaux brumeuses de ce coin de paradis. Les volutes de fumée qui brouillent sa vision donnent une impression de proximité, comme s'il était enveloppé dans une couverture soyeuse géante. Seuls les amoncellements de roche sombre qui les entourent contrastent avec le manteau de neige qui recouvre le reste de la montagne. Il y a tellement de détails à absorber qu'il en a le tournis, ses sens en effervescence au gré des bulles qui remontent à la surface par grappes dans un ronronnement régulier. Rien sur l'Arche ne l'a préparé à ça.

Quelqu'un patauge derrière lui. Skyler a juste le temps de réagir pour le rattraper dans sa chute.

— Disons que ce n'est pas le plancher métallique de l'Arche, dit Chris en prenant appui sur l'épaule de Skyler pour conserver son équilibre précaire.

— Tu sais que je déteste ça, dit Skyler, blasé.

— Quoi?

— Tu essayais de me prendre par surprise. Je n'ai pas oublié.

Le temps de l'Académie ne lui paraît plus si lointain tout à coup.

— Raison de plus, renchérit Chris en glissant sa main sur la nuque de Skyler, avec un sourire narquois en prime. Il n'y a rien de mieux que de voir ton visage se rider un peu. À force de rester aussi sérieux, tu vas tomber en poussière au moindre rire.

Skyler repousse Chris, qui peut très bien rester debout par lui-même, et s'assoit dans une alcôve qui donne un bon point de vue du site. Chris tarde à le rejoindre, son pied incertain, même s'il feint d'être mystérieusement blessé.

Toute cette chaleur au milieu de ce royaume d'hiver rend Skyler perplexe. Cette source thermale est-elle alimentée par le ventre de la montagne? Dylan parlait de ces volcans sur le plancher océanique, des mouvements de lave millénaire qui remontent à la surface et mettaient en péril la sécurité de l'Arche dans le cas où un jet destructeur s'en échapperait.

— Regarde, dit Chris qui pointe un doigt vers la ligne d'horizon.

Le ciel s'est teinté de subtiles nuances d'orange et de violet, l'astre solaire caché par l'arête de la montagne qui les entoure. Il se souvient d'une peinture de ce genre qu'Élaine Farrell gardait dans son antre du sanctuaire, mais il a peine à croire que ce paysage soit réel.

Son premier coucher de soleil.

Peut-être était-il destiné à se rendre à la Surface. Le désir de ses parents, matérialisé en lui donnant le nom de Skyler, qui se réfère au ciel. Il s'est toujours demandé s'il s'agissait d'une pure fantaisie de sa mère ou d'un soubresaut de l'esprit scientifique de son père. Destin ou non, le voici plus près des étoiles, prêt à rebâtir un nouveau monde.

Les dégradés célestes le transportent dans l'obscurité de la nuit qui s'installe. Enfouies dans la neige, des lanternes prennent vie pour les réchauffer et des faisceaux transpercent l'eau aigue-marine depuis le fond dans une mosaïque miroitante.

Skyler effleure la surface de l'eau avec sa paume avant d'y plonger la main, puis la regarde prendre des proportions illogiques. Chris le tire brusquement hors du bain thermal pour le pousser dans la neige. Le froid glacial cingle sa chair et lui coupe le souffle.

— Pourquoi tu fais ça? s'exclame Skyler, recouvert de neige.

— Il faut se rouler dans les sublimes neiges éternelles au pouvoir purificateur! C'est la tradition dans ces nouvelles contrées. Regarde autour de toi.

Les rires se propagent parmi les Archéens qui se roulent dans la neige, chose que Skyler ne se souvient pas avoir entendue depuis son enfance à l'Académie.

— Tu n'as pas perdu la main pour inventer des histoires.

— Je déteste quand tu me fais la tête comme ça. Considérant que je t'ai sauvé la vie plus de fois que n'importe qui, tu devrais me vouer une confiance absolue.

Skyler pousse Chris à son tour. Ils se mêlent aux autres dans un chaos euphorique. La neige vole de tous les côtés et les cris de joie bourdonnent dans l'air nocturne.

Une fois qu'ils sont à bout de souffle et que leur peau est rougie par le froid mordant, ils retournent se plonger dans le confort de l'eau thermale. L'effet combiné du froid et de la chaleur est instantané : une sensation de calme à laquelle Skyler prend dangereusement goût. Il plonge la tête dans l'eau pour se rincer, puis s'essuie le visage. Quand il émerge, Éliza lui fait signe de la main depuis l'entrée de la montagne, puis elle le rejoint en passant par le sentier enneigé.

— Je ne savais pas que tu avais une nouvelle copine, remarque Chris avec un air moqueur sous le regard noir de Skyler.

— Arrête de dire n'importe quoi!

— Tout va bien? souffle Éliza d'une voix claire.

— Skyler adore ça, même si ça ne paraît pas, dit Chris. Il faut lire entre ses froncements de sourcils.

Éliza lâche un rire franc.

— Personne ne peut résister, pas même mon frère Oslo, dit-elle en jetant un regard vers une section embrumée. Se purifier des arches est un passage obligé pour vivre sous les étoiles.

— Sous les étoiles? demande Skyler.

— Elles veillent sur nous, mais il faut être prêt à recevoir leur lumière. Elles ont été témoins d'*Ulykke* et cette nouvelle vie est une sorte de test. Vous apprendrez assez vite que ce monde n'est pas prêt à nous accueillir.

Même si Éliza parle un langage qui lui échappe, Skyler a la nette impression de comprendre son allusion.

— Une blessure qui peine à guérir, dit-il.

Elle hoche la tête, puis ajoute à la hâte :

— Tu es docteur?

— En chair et en os, répond Chris en prenant Skyler par les épaules.

— Toi aussi, je te ferai remarquer, dit Skyler.

— Jusqu'à tout récemment je me hissais dans les rangs du Commandement. Aurais-tu déjà oublié?

— Tu ne peux pas te défiler cette fois, rétorque Skyler, qui insiste à l'intention d'Éliza : Il est médecin.

— Encore mieux, s'exclame-t-elle en tapant des mains. J'ai

besoin d'une faveur. Ne vous inquiétez pas! Vous serez récompensés.

Éliza s'élance vers l'entrée de la montagne en les sommant de se dépêcher. Chris lance d'un ton faussement joyeux :

— Les vacances auront été de courte durée.

Skyler regarde avec envie un groupe d'Archéens qui s'amuse à nager par-dessus un jet d'eau qui jaillit par moments.

— Je suis curieux de voir ce que sera cette *récompense,* dit Chris alors qu'ils pataugent pour se hisser hors du bain thermal. Si ce spa leur paraît banal, ça promet.

— Ne te fais pas trop d'idées.

— Tu ne sais même pas à quoi je pense. Tu serais surpris.

— Éclaire-moi, dans ce cas.

Chris le dévisage avec un demi-sourire, comme si c'était la chose la plus absurde qui soit.

— Tu n'es pas prêt.

Des Archéens sirotent des boissons dans de larges tasses, assis dans une antichambre fumante, à l'arôme prononcé qui rappelle Skyler l'habitude invétérée d'Élaine Farrell d'enfumer le sanctuaire de l'humanité de l'Arche avec de la sauge. L'odeur est moins prenante ici, plus boisée, peut-être un mélange d'huiles essentielles issues de la flore environnante. Malgré la couche de neige, des espèces uniques gelées refleuriront sûrement le printemps venu, idéales pour avoir son propre jardin naturel, un soulagement après avoir bataillé avec l'environnement artificiel de l'Arche pendant toutes ces années.

— Après un bain thermal, l'*akav* clarifie l'esprit, explique Éliza en les regardant s'habiller avec des vêtements simples couleur crème. Trop d'interférences.

Chris s'empare d'une tasse, mais Éliza la lui reprend avec un geste précipité.

— Il vaudrait mieux attendre. Tu ne peux pas tout simplement boire un verre d'*akav.* Je vous promets de vous initier une fois que vous m'aurez aidée. Si nos ressources n'étaient pas aussi limitées depuis la dernière opération, je ne vous presserais pas, mais…

— Quelle opération exactement? s'enquiert Chris qui n'est pas pressé de partir.

— *Alt til sin tid i rett tid,* esquive Éliza en jouant nerveusement avec quelque chose dans sa poche, son visage baigné d'une lumière chaude. La traduction m'échappe, mais ici on croit que chaque chose arrive au bon moment.

Une sagesse inconnue imprègne les mots doux et délicats d'Éliza. N'est-ce pas exactement ce qui s'est passé avec leur arrivée opportune, alors qu'Amarante était condamnée?

— De toute façon, on aura le temps d'en reparler, ajoute-t-elle en déposant la tasse où Chris l'avait prise. La clinique est par là.

Éliza sort la première. Chris lance un regard chargé que Skyler a du mal à déchiffrer. Quelque chose en lien avec Éliza? Avant qu'il puisse dire quoi que ce soit, Chris sort à son tour.

Ils reviennent sur leurs pas dans le passage creusé à même la montagne et ils émergent dans le dôme plongé dans une quiétude trompeuse.

— Où sont-ils tous passés? demande Skyler.

— Le couvre-feu, répond Éliza qui marche d'un bon pas. Le soleil est capricieux, par ici. Vous verrez.

L'annexe qui abrite la clinique se trouve un peu en retrait, dans une structure partiellement vitrée. Le ciel étoilé scintille à leur arrivée et Skyler se tord le cou pour en admirer les couleurs, mais la voix agitée d'Éliza l'oblige à remettre son observation des étoiles à plus tard.

— *Er de fremdeles våken?*

— *Noen av dem.*

Les traits d'Éliza se creusent, puis elle se tourne vers Chris et Skyler :

— Rolf vous expliquera. Mon frère m'attend, mais je repasserai plus tard. *Tusen takk!*

Éliza s'éclipse, et Rolf, qui semble encore en âge d'étudier à l'Académie, prend le relais :

— Ça fait plusieurs jours qu'ils sont sous oxygène, mais sans un docteur pour les soigner, ce n'est que reporter l'inévitable.

— Où sont-ils? demande Skyler.

— Par ici.

Les boucles blondes de Rolf rebondissent alors qu'il les conduit dans une salle où s'alignent des lits de fortune, un contraste avec les installations récentes du reste de la base.

— Pouvez-vous les sauver? s'enquiert Rolf.

— On te le dira quand on en saura plus. Quelqu'un les a examinés?

— Moi, mais je…

Rolf pèse son regard sur l'une des victimes. Le détail n'échappe pas à Skyler qui dit :

— On fera tout ce que l'on peut pour la sauver. Je te le promets.

— Je veux voir, répond Rolf. Je veux apprendre.

Skyler se revoit dans Rolf, alors qu'il n'avait que sept ans et qu'il insistait auprès de sa mère pour l'accompagner au travail quand il avait congé de l'Académie. Dylan avait essayé de la convaincre de l'amener, malgré son jeune âge, arguant que rien ne pourrait arrêter la curiosité d'un enfant. Son père avait eu raison. Skyler avait trouvé le moyen de s'infiltrer au centre de soins et d'observer comment les infirmières et médecins s'y prenaient pour suturer, administrer des injections, jusqu'au jour où il avait assisté à sa première chirurgie. Il s'en souviendra toujours, mais autant l'excitation s'était mélangée à la peur pendant les semaines qui avaient suivi, qu'il avait su qu'il ne s'en lasserait jamais.

— Prépare des gants et des seringues, répond Skyler avec un sourire.

— Es-tu certain? demande Chris, la voix hésitante.

— On aura besoin d'aide.

Rolf murmure des remerciements à profusion à travers des *takk, takk* – que Skyler imagine être leur façon de dire merci – et s'empresse de préparer le matériel.

— Prêt à travailler ensemble? dit Chris, avec le bruit des tentes à oxygène en toile de fond.

Cette familiarité est si naturelle… Skyler prend enfin conscience à quel point l'amitié de Chris d'avant leur mésentente lui était précieuse.

— Plus que jamais.

19

NEAL

Neal a chaud. À côté de lui, Dan ronronne de contentement, les bras écartés, confortablement installé sur le pourtour rocheux qu'ils partagent. Comment peut-il se détendre dans ces bains en suant toute l'eau de son corps? Et les autres membres de la Confrérie qui en rajoutent, en disant qu'il s'agit d'*un vrai paradis*. S'ils voulaient tout simplement se faire bouillir vivant, Neal ne se serait pas donné la peine de pourchasser la *vraie* Terre promise.

Depuis, Neal n'est pas très attentif à ce que Dan, Derek et sa sœur Nora disent. Ni même à Tessa, qui est plus taciturne que jamais. Ils n'ont pas partagé un lit depuis si longtemps qu'il se demande s'il l'a rêvé. Il faut croire que les temps changent.

Comme son frère Skyler, qui met le plus de distance entre eux. Leur voyage sur le Njord n'a pas été un franc succès. À quel moment leur relation est-elle devenue à ce point compliquée? Tous ses scénarios de retrouvailles ne l'ont pas préparé à l'attitude rébarbative de Skyler qui est si peu enclin à comprendre ses idées. Et si le problème était la Confrérie? C'est une possibilité, mais tant que Skyler ne le laissera pas se rapprocher, toute tentative sera vouée à l'échec.

Il frappe l'eau qui éclabousse le visage de Nora.

— Ça te dirait de prévenir? réplique-t-elle en ripostant.

Neal est aspergé et ses cheveux dégouttent sur ses tatouages qui reluisent.

— Avez-vous terminé? s'impose Derek qui n'a pas l'habitude de s'en mêler, son tempérament plutôt au service de sa sœur. Aucune honte à se faire dorloter pendant que les nôtres sont en train de mourir? Personne ne veut répondre?

Le malaise se répand. Neal s'en veut encore plus, même s'il sait très bien qu'il n'avait pas d'autre choix. Walker, Milo, Fiona et sa mère Sofia trouveront le moyen de les garder en vie suffisamment longtemps pour qu'il puisse échafauder un nouveau plan. Mais pour ça, il aura besoin de tout le monde.

— Ce n'est pas une situation idéale, je suis au courant, mais il faut s'en contenter. Pour le moment, dit Neal, confronté à ses amis dont les visages expriment clairement le désaccord, même à travers cette vapeur dans laquelle Neal aimerait pouvoir se cacher.

— On ne peut pas dire que ce soit notre meilleur coup, dit Dan, en lissant sa barbe mouillée par les éclaboussures. Mais pour le moment ça devra faire.

Nora renâcle.

— Je pensais que la Confrérie était plus que ça. Plus que nous tous. Vous parlez comme si les autres Archéens n'avaient pas leur mot à dire. Quelle différence avec l'ancien Commandement?

Tessa reste muette, toujours absorbée dans ses pensées impénétrables.

— Tessa, ce serait bien d'avoir ton avis, pour une fois, lance Neal.

Elle lève la tête pour les regarder tour à tour, immergée jusqu'aux épaules.

— Je ne crois pas que mon avis vaille grand-chose en ce

moment. Les dés sont jetés. On a besoin de temps pour établir un nouveau plan.

— Attendre! s'exclame Nora. Si j'avais attendu que mon frère se dégourdisse pour faire quelque chose de sa vie, on ne serait pas ici pour en parler.

— Nora! Pourquoi dois-tu toujours en parler? Aimerais-tu que je dise à tout le monde que maman a dû te sevrer de force à tes sept ans?

Le visage de Nora vire au rouge.

— J'en ai assez entendu de toute façon, s'exclame-t-elle en s'éloignant, Derek sur les talons.

— Où est-ce que vous allez comme ça? demande Neal.

— Désolé, mais j'ai besoin de temps, justement, répond Derek qui s'en va.

Tessa elle aussi part de son côté sans donner d'explications. Neal lui saisit le bras pour la forcer à se retourner. Le contact de sa peau lui fait toujours le même effet.

— Ce n'est pas le moment, dit-elle en se libérant de son étreinte.

Neal retourne auprès de Dan en frappant l'eau de son poing. Cette fois, l'arc d'eau vole si haut qu'il crée une grotesque déchirure dans le couvert de neige impeccable.

— Tu ne peux pas t'attendre à ce qu'on accepte la tournure des évènements aussi rapidement, dit Dan, qui garde son sang-froid, même dans cette situation désespérée.

— Facile à dire quand c'est tout ce qu'il nous reste. La Confrérie n'existe plus.

Sur cette déclaration, Neal s'éloigne, ses grands pas ralentis par l'eau, et s'extirpe sans un regard pour ceux qui le dévisagent. Il ramasse ses vêtements au passage et file vers l'entrée. On vient pour le stopper quand il pénètre dans le tunnel, mais son regard noir les décourage, et il poursuit son chemin d'un pas résolu, heureux de s'éloigner de toute cette merde.

De curieuses odeurs l'attirent, et apaisent son esprit volatile.

Il se retrouve dans une série de chambres qui s'emboîtent les unes aux autres. Une espèce de fumée flotte au-dessus de coussins éparpillés un peu partout, et Neal choisit le plus éloigné de tous. Il se sèche à l'aide d'une serviette d'une pile mise à leur disposition, et frotte si fort que sa peau s'irrite. La douleur ne le dérange pas, une sensation bienvenue, contrairement à son mal intérieur impossible à déloger.

Une fois ses vêtements enfilés, il se laisse tomber sur l'un des coussins et imite les autres qui ont croisé leurs jambes et fermé les yeux. Les séances de relaxation que Daniel lui donnait – quand il s'énervait trop après un combat dans le simulateur – étaient semblables.

Les images des dernières semaines défilent sous ses paupières. Il se laisse submerger sans essayer d'en cerner le sens. De toute manière, il sait qu'il a merdé sur toute la ligne.

— Ton corps est trop tendu, lui dit Dan en prenant place sur le coussin opposé, mouvement que Neal devine d'après le mouvement de l'air.

Il garde les yeux fermés pour de ne pas devoir tout recommencer. Il détend ses muscles un à un, en commençant par ses épaules et son cou qui, comme à l'accoutumée, sont les endroits les plus tendus de son corps. Il se laisse envahir par les odeurs, au point qu'il peut presque les goûter sur sa langue.

— Ce n'est facile pour personne, Neal, reprend Dan d'une voix encore plus calme. Tu n'es pas seul.

— Je ne pense pas que ça va régler le problème.

— Tu es trop dur envers toi-même.

— Pourquoi tu crois encore en moi alors que mon propre frère n'y parvient pas?

— Parce que je t'ai vu grandir et que je sais ce dont tu es capable quand tu te mets à la tâche.

Neal amorce le mouvement de se lever, et Daniel ouvre les yeux en disant :

— Ton obsession pour ton frère pourrait te tuer, tu sais.

— Et toi, ta franchise, dit Neal avec un demi-sourire. On se retrouve plus tard.

Neal se fond parmi les Archéens qui circulent en sens inverse, par petits groupes. Si peu nombreux soient-ils, c'est au moins un pas dans la bonne direction. Contrairement à l'enthousiasme à son propos exprimé par les Dissidents dans le Refuge, cette fois-ci, ils ne lui adressent pas la parole. Neal a même l'impression qu'ils chuchotent dans son dos. Et pas en bien.

Pourquoi a-t-il quitté la compagnie de Dan, son meilleur allié dans ses moments les plus bas? Pendant qu'il construisait la Confrérie, Dan a été le premier membre fidèle, même lorsqu'il ne le soutenait pas dans ses recherches pour retrouver son frère Skyler.

La Confrérie, c'est sa seule famille dans ce monde étrange. Neal n'en a jamais parlé à personne – pas même à Dan son confident –, mais il ne garde aucun souvenir clair des Goldberg depuis sa chute. Quand il a vu leur mère s'extasier en le voyant, il n'a pu supporter de rester plus longtemps, ni même de retourner la voir. C'est peut-être aussi la raison pour laquelle elle lui est complètement sortie de la tête au moment de choisir ceux qui monteraient à bord du Njord. Cela peut paraître cruel, mais Skyler a toujours été celui qui constituait sa réelle famille. Personne d'autre ne peut le comprendre, pas même Dan, qui a grandi exclusivement parmi les Dissidents. Sans Skyler à ses côtés, la Terre promise perd tout son sens.

Quand on leur assigne à tous des chambres avec une carte d'accès démodée, Neal se rend compte qu'il porte encore son bracelet. Il ne lui sert plus à grand-chose, et pourtant il le garde comme un rappel d'une dette à rembourser.

Leurs chambres se trouvent dans la montagne. Neal réussit à se détacher du peloton sans se faire arrêter par les deux gardes qui ouvrent la marche. Il n'a aucune envie de dormir et de revivre ses cauchemars.

Il retrouve son chemin aisément, malgré la panoplie de tunnels interreliés. Naviguer dans les entre-deux de l'Arche a eu ça de bon; Neal repère facilement les moindres détails pour s'orienter : l'alignement des murs, les sillons du sol, même certaines odeurs qui varient à chaque emplacement.

Trop obnubilé par les problèmes à son arrivée, Neal prend connaissance du dôme : il offre une certaine intimité avec, pour seul éclairage, le ciel étoilé et les lumières blanches fixées à l'extérieur des murs.

Neal lève la tête et remarque que le gigantesque dôme se divise en plusieurs étages : ça ressemble à un réseau hydraulique complexe, d'après l'écoulement de l'eau qui résonne à travers les voûtes métalliques contenant le dôme.

Un murmure qui s'apparente à un sifflement.

Assise un peu plus loin, vêtue de son habituel attirail d'illuminée, Uki égrène son collier, le regard perdu vers le ciel, comme si elle y lisait quelque chose. Ses lèvres remuent, comme électrifiées, et se figent quand leurs regards se croisent. Un frisson de peur le parcourt.

Elle n'était pas sur la liste de personnes de l'Arche à sauver.

LES CAUCHEMARS SONT de retour et cette fois, son frère s'y trouve.

Neal s'occupe de Skyler qui est alité et gravement malade. Ce qui le rend malade est un mystère, mais sans Neal, son petit frère n'a aucune chance de s'en sortir.

Neal va lui chercher des compresses d'eau froide et les pose sur son front chaque fois que sa respiration s'accélère. Il ne comprend pas tout ce que Skyler lui dit, mais il reste à ses côtés pour l'écouter.

Maintenant il sait. Skyler lui raconte des histoires de son passé, quand Neal n'était pas là pour prendre soin de lui. Des années d'absence qui ont laissé une marque profonde et irréparable. Skyler lui raconte comment leurs parents ont réagi quand ils ont su que Neal avait disparu, le choc que cela leur a causé. Leurs pleurs et leur rage, ils l'ont dirigé contre la seule personne qui n'aurait jamais dû être blâmée pour son erreur lamentable : son propre frère, Skyler.

Des bribes chaotiques d'histoires s'enchaînent à travers des moments tantôt lucides, tantôt hystériques. Le mal invisible afflige Skyler, et Neal visite la Chapelle pour prier, le seul remède qu'il connaisse. Quand il revient à son chevet, il lui rapporte de la nourriture et le fait manger à la cuiller, même si Skyler rejette presque tout.

Un jour, lorsque Neal revient, un drap recouvre le corps de Skyler. Dan est posté à côté du lit, la mine sombre. La rage de Neal éclate et il frappe la poitrine de Dan qui l'étreint malgré les coups.

Son frère est mort, mais Neal se jure qu'il continuera à vivre. Neal le fera vivre éternellement dans son esprit, tant et aussi longtemps qu'il le pourra.

NEAL SE RÉVEILLE avec une vilaine nausée. À tâtons, il cherche ses carnets où il note ses cauchemars, mais ses doigts se referment sur le bout de bois qu'il a trouvé la nuit dernière. La panique le gagne et accentue sa nausée. Il doit se soulager dans un seau posé près de la porte.

Bordel.

Neal examine la pièce dans laquelle il se trouve, ses souvenirs reviennent par fragment. Les autres membres de la Confrérie dormaient déjà quand il est revenu tard, hier soir. Ils partagent tous la même chambre, ce qui est certainement intentionnel.

Derek, Nora, Tessa et Dan.

Il est très tôt le matin, mais Tessa n'est déjà plus là, et son lit est fait. Neal se décide de partir à sa recherche. Il a besoin d'elle pour oublier son horrible cauchemar. Elle seule sait comment le rassurer quand ces épisodes le hantent.

Il retrouve les ténèbres des tunnels de la base. Avant même qu'il ne retrouve ses repères, Oslo arrive, accompagné de sa garde personnelle.

— Je venais te chercher justement, dit Oslo en s'arrêtant devant lui.

Neal se redresse de façon maladroite, encore tourmenté par la nausée.

— Je ne suis pas vraiment en état. J'ai besoin de me rafraîchir.

— On n'est pas des brutes. Mes gardes t'amèneront aux bains publics et tu pourras aussi manger. Il vaudrait mieux que tu sois d'humeur. On a beaucoup à parler.

Oslo n'attend pas de réponse et le laisse en compagnie de deux gardes qui lui font la conversation en route pour les bains. Neal se contente de répondre de façon laconique, ébranlé par les images de son cauchemar. Ce qu'il donnerait pour voir Tessa en ce moment.

— J'ai besoin de voir une amie. Est-ce que je pourrais…

— Ça devra attendre.

Neal ravale un commentaire désobligeant et entre en trombe dans les bains pendant que les gardes attendent à l'entrée. Neal rumine pendant qu'il trempe parmi les autres réfugiés. L'eau est chaude dans les grands bains creusés à même la roche de cette grande caverne que pénètrent à travers le plafond de larges stries de rayons de soleil. Il s'asperge le visage pour se ressaisir et enfile les vêtements propres distribués, un peu en retrait dans la seule section qui offre un peu d'intimité. Par contre, les habitants de l'Étoile ne se gênent pas pour se promener sans serviette.

Les gardes qui l'attendent à l'extérieur le guident ensuite à une salle modeste qui tient lieu de cantine, mais Neal refuse de manger quoi que ce soit. Ils n'insistent pas et le conduisent voir Oslo dans le dôme, proche de l'endroit où se trouvait Uki la veille. Oslo met fin à ses discussions avec des réfugiés pour l'accueillir.

— Pas trop déçu par notre hospitalité?

— Sans notre rencontre abrupte sur l'Arche, je dirais que ce n'est pas mal. J'espère que notre conversation sera fructueuse.

— Une chose à la fois. D'abord, j'ai quelque chose à te montrer.

Pour être honnête, Neal n'en a rien à faire de discuter, à moins qu'Oslo ne veuille partager son plan pour aller chercher tous les autres Archéens.

Leur groupe emprunte un passage en pente. Oslo n'est pas très bavard, au grand soulagement de Neal. Le bout du tunnel débouche au sommet du dôme, bien plus haut qu'il avait imaginé.

Une plateforme s'avance vers le centre pour mieux apprécier l'architecture sphérique. Chaque étage forme un grand anneau qui longe les bordures du dôme dont le centre est vide. Des milliers de plants de différentes tailles recouvrent chaque parcelle, avec un nombre impressionnant de réfugiés qui s'occupent de leur entretien : arrosage, taille et cueillette.

— C'est mon père Anzen qui a pensé à cette façon de cultiver notre nourriture. Avec autant de réfugiés dans un monde aussi froid et inhospitalier que cette île, il fallait trouver un moyen de nourrir tous ces gens. Allons faire un tour.

Ils descendent de la plateforme pour s'engager dans le premier anneau consacré à des variétés spécifiques de fruits.

— Certaines plantes nécessitent plus de lumière et se trouvent donc ici. Chaque étage plus bas réutilise les nutriments de l'étage précédent, dans un complexe système développé au fil des années.

Normalement, Neal serait impressionné par cette prouesse technologique, mais pas maintenant.

Oslo s'arrête devant un pommier et tâte plusieurs de ses fruits avant d'en cueillir un qu'il croque bruyamment.

— Quand retournerons-nous sauver ceux qui sont restés sur mon Arche?

— Mes gardes m'ont dit que tu n'as rien mangé. Si j'étais toi, je ne ferais pas cette erreur. Des semaines de rationnement sont néfastes et tous les réfugiés doivent être en bonne santé. C'est le premier principe que prône mon père et je compte bien le faire respecter.

Oslo lui tend une pomme fraîche que Neal ignore.

— Je ne vois pas en quoi une pomme sauvera des milliers d'Archéens d'une mort certaine.

— J'ai de bonnes raisons d'agir comme je l'ai fait.

— Si sacrifier autant de personnes est considéré comme noble, aussi bien m'appeler le Créateur.

— Ce n'est pas une question de noblesse ou de toute cette merde. Tu n'as aucune idée de ce qui se trouve à l'extérieur de ces murs. Ou bien tu es stupide.

Les gardes échangent des regards inquiets, visiblement mal à l'aise du comportement de leur leader, à l'exception d'un, qui porte une barbe aussi épaisse que celle de Dan, et qui continue de fixer Neal.

— À moins de discuter avec ton père qui t'a envoyé pour t'occuper de moi, je n'ai aucun intérêt à discuter avec toi, dit Neal. Et rien ne peut justifier le sacrifice des miens. Qu'il y ait un monstre prêt à nous bouffer dans l'océan, ça ne changera en rien mes intentions. Ni pour sauver mon Arche ni pour rejoindre la Terre promise.

Ses nombreux discours de la Confrérie lui reviennent, coulant sur sa langue. S'il doit se battre contre leur soi-disant sauveur, il le fera.

— Tu as du panache, je te l'accorde, reprend Oslo.

— Quand vais-je le voir? Autrement, cette conversation est terminée.

— En temps et lieu. Cette base ne survivra pas sans aide. Je compte sur ta collaboration et celle des tiens pour participer à la vie de l'Étoile.

— Et pour la mission de sauvetage de l'Arche?

Oslo semble considérer sa demande tandis qu'il ronge son frein.

— On verra si tu tiens parole. On a besoin autant l'un de l'autre.

— Je n'oublierai pas, dit Neal en baissant finalement son regard.

— Moi non plus. Reidar, montre-lui comment ils pourront contribuer à l'Étoile.

Oslo le laisse en plan avec le garde à l'épaisse barbe. Ses yeux d'un bleu glacial le transpercent :

— Tu sais te servir d'une hache?

20

NEAL

Ses mains sont cramoisies et gelées. Reidar lui a fait couper du bois dehors toute la journée, un exercice pour le moins éreintant. L'air frais a eu du bon, même s'il n'a pas eu une minute à lui pour explorer les environs ou s'émerveiller de la nature qui se trouve à la Surface. À chaque coup de hache, Neal a canalisé ses frustrations des derniers jours, un exercice bienvenu qui pourra remplacer ses séances dans le simulateur de combat pour le temps qu'il passera ici.

Affamé, il s'empiffre d'une variété inépuisable de nourriture allant des fruits aux légumes en passant par de la viande qu'il soupçonne provenir d'un petit bétail. Il voudrait voir cet élevage de ses propres yeux, mais pour le moment, les nouvelles saveurs l'hypnotisent. Au début, il goûtait prudemment chaque aliment avant de se servir, mais voyant que la file derrière lui s'allongeait et s'impatientait, il a opté pour un peu de tout, histoire de voir ce qu'il aime.

Il ne réussit pas à tout manger, mais il dévore toutes les pommes de terre, ses favorites – les gens autour de lui ont eu la gentillesse de lui faire la conversation et de l'informer. Malgré le grand nombre d'habitants de l'Étoile, la plupart des gens se connaissent, à l'exception des réfugiés qui ne sont arrivés que depuis quelques mois. Il va sans dire qu'Oslo et sa bande se sont donné pour mandat de secourir les Arches qui errent dans le Grand Océan. Cette mission salvatrice serait louable si elle ne cachait pas un autre mystère. On chuchote certains noms, comme si quelque chose leur était arrivé, mais Neal ne réussit pas à en savoir davantage. Puisqu'il doit rester ici quelque temps, du moins jusqu'à pouvoir rejoindre Amarante avec un plan bien édifié et, avec un peu de chance, l'appui d'Anzen, le père d'Oslo, il ne peut faire autrement que patienter. Aller contre la vague le noierait.

Une fois son repas terminé, il sort de la cantine pour retrouver Dan et lui raconter sa journée. Mais dans un tournant, il aperçoit Tessa se diriger dans le sens opposé. Il décide de la suivre.

Il accélère pour ne pas la perdre de vue. Bientôt, ils traversent le dôme et rejoignent le long passage de verre qu'ils ont emprunté après avoir débarqué du Njord. Il rattrape Tessa, qui est si absorbée qu'elle ne remarque pas sa présence.

— J'ai raté quelque chose?

Elle sursaute et ne ralentit que brièvement, le temps de le reconnaître, puis elle reprend son chemin plus lentement, Neal à sa hauteur.

— On peut dire ça comme ça, dit-elle.

— Une mission personnelle?

— Je n'en suis pas certaine. Je perds probablement mon temps.

Neal la dévisage un moment.

— Pour quelqu'un qui n'est pas certaine, je te trouve bien déterminée.

— Si cela veut dire retrouver notre Arche, tu ferais pareil. Sauf si tu es passé à autre chose.

— Comment peux-tu dire ça?

— Les autres ont perdu foi en toi, Neal. Tu aurais pu nous

consulter avant de prendre une telle décision. Ça pourrait ruiner tous nos efforts des cinq dernières années.

— Et toi, as-tu perdu foi en moi?

À cette question, Tessa ralentit pour finalement s'arrêter complètement.

— Je… ne sais pas. Je ne sais plus.

La nuit précoce les enveloppe dans cette partie peu fréquentée de la base. Le ciel étoilé est de retour, encore plus brillant que la veille, la seule source lumineuse notable.

Neal prend Tessa par les épaules et fixe ses yeux constellés du reflet des étoiles. Elle le repousse gentiment.

— J'espère qu'on pourra s'en sortir cette fois-ci.

— De quoi as-tu si peur? demande Neal. On est là pour se soutenir l'un l'autre.

— Tu sais que c'est plus compliqué que cela. Ce n'est pas une question à laquelle il est aussi facile de répondre quand le monde ne tient qu'à un fil.

— Qu'est-ce que tu ne me dis pas?

Elle poursuit son chemin, Neal dans son sillage.

— Tu ne comprendrais pas. Moi-même je ne comprends pas tout à fait.

Ils rejoignent finalement le lagon qui constitue la baie de débarquement, là où le Njord et d'autres vaisseaux sont amarrés, sous le couvert d'un plus petit dôme en verre. La lune projette un éclat argenté sur l'eau dont seul le reflet est visible, le ciel étant caché partiellement par un côté de la cavité rocheuse. D'ici, il est impossible d'apercevoir le cœur de la base.

Tessa semble chercher quelque chose du regard. Neal réfléchit à ce qu'elle a dit : la Confrérie a donc perdu foi en lui. Comment retrouver leur confiance? Dan le soutiendra, peu importe ce qu'il décide, mais Derek, Nora et les autres Dissidents conduits à l'Étoile seront plus difficiles à convaincre. Il lui faut rencontrer le père d'Oslo, obtenir son appui, élaborer un plan et rallier la Confrérie et les Dissidents, comme il l'a déjà fait par le passé. Tout en espérant que l'Arche n'est pas déjà en train de pourrir au fond de l'océan.

— Je le savais, dit Tessa en s'approchant d'un des plus petits vaisseaux.

Elle vérifie une inscription indéchiffrable sur le côté, mais qui semble avoir du sens pour elle : son visage s'illumine pour mieux s'assombrir l'instant d'après.

— Qu'est-ce que tu as trouvé?

— Ce vaisseau se trouvait aussi sur l'Arche de Sedna lors de ma mission avec Skyler.

— Tu en es sûre?

— Certaine. Ils nous ont suivis à partir de ce moment-là.

— Les gens de l'Étoile du Nord étaient sur l'Arche de Sedna?

— C'est une possibilité.

— Tous les passagers du Sedna étaient morts. Tu crois qu'ils ont un rôle à jouer là-dedans?

Tessa inspire profondément avant de lâcher, un peu désemparée :

— Ça vaut le coup d'examiner la question. Se faire passer pour nos sauveurs pour mieux nous éliminer reste une possibilité. Qu'est-ce qu'on sait d'eux exactement?

Sa rencontre houleuse du matin avec Oslo ne lui a pas donné l'impression à laquelle il s'attendait. Et leur arrivée sur Amarante n'a pas été des plus amicales. N'eût été Éliza, ils seraient tous morts. Tant qu'il n'aura pas rencontré la véritable tête pensante de l'Étoile du Nord, Neal leur laisse le bénéfice du doute. Pourtant, quelque chose cloche. S'ils se trouvaient sur Sedna, ne leur auraient-ils pas proposé de les sauver? D'après sa conversation avec d'autres réfugiés à la cantine, ils semblent en faire une habitude.

— Cet endroit grouille de réfugiés d'autres Arches. Et si certains d'entre eux provenaient de Sedna? commente Neal.

— Découvrir leur origine serait un bon début.

Après un dernier coup d'œil vers le mystérieux vaisseau, ils retournent sur leurs pas, dans le passage en verre surmonté des étoiles, traversées d'une lueur verte chatoyante qui offre un spectacle irréel. Tessa aussi le remarque et dit :

— Est-ce que la Terre promise ressemblera à ça?

— Tu y crois toujours?

— Si cet endroit existe… alors tout est possible.

— Et si c'était ça la Terre promise?

— On le saurait, non?

Neal s'était dit qu'il aurait une sorte de révélation à ce moment-là, mais il n'en est plus aussi sûr.

— Promets-moi qu'on sera ensemble quand on la trouvera, murmure Neal.

Ils s'arrêtent juste avant de rejoindre le dôme. Neal en profite pour se rapprocher de Tessa, la désirant plus que jamais, la douleur de son dernier cauchemar prêt à ressurgir.

— Pourquoi tu en doutes? demande-t-elle, l'air inexplicablement vulnérable.

— J'ai parfois l'impression que tu pourrais disparaître sans prévenir. Une intuition, disons.

— Et ça te fait peur?

Neal réfléchit à la question même s'il connaît déjà la réponse.

— Oui.

Tessa a un sourire timide, puis baisse la tête un moment. Les secondes s'étirent alors que Neal espère qu'elle le rassure, lui dise qu'il se trompe, qu'il s'imagine des choses, que la fatigue le rend sentimental et qu'un leader ne devrait pas se montrer aussi faible. Mais elle n'en fait rien et lui dit :

— Tu es le cœur de la Confrérie. Ne l'oublie jamais.

Elle laisse glisser sa main sur son torse avec une expression indéchiffrable. Puis, elle s'en va.

— Tu l'aimes.

Uki a assisté à son échange avec Tessa depuis l'orée du dôme. Son espèce de chapelet flotte devant elle, un de ses pouces est figé dans son mouvement répétitif. Elle le transperce d'un regard vide mais animé de curiosité.

Neal laisse échapper un rire sans joie et jette un coup d'œil alentour pour s'assurer que Tessa n'est pas dans les parages.

— Tu n'es plus prisonnière maintenant, dit Neal, agacé. Rien ne t'empêche de vagabonder dans la base et d'oublier qu'on ne s'est jamais rencontrés.

— Il y a quelque chose à propos de toi, répond Uki en se rapprochant de lui. Tant que je n'ai pas découvert pourquoi, je ne le pourrai pas.

— Je suis un échec aux yeux de tous. J'ai bâti un groupe prometteur qui aurait pu rejoindre le paradis sur terre, mais on me considère désormais comme un leader opportuniste qui a abandonné dès le début. Et tout ça continuera de hanter mes cauchemars, comme s'ils ne me torturaient pas déjà assez. Voilà tout ce qui a à savoir.

— Des cauchemars? Quel genre de cauchemars?

— Le genre dont je n'ai pas envie de parler. J'en ai assez de gérer toute cette merde.

— Je connais un moyen. Pour tes cauchemars.

Neal freine son mouvement pour retourner à sa cabine, même s'il sait que cela n'a aucun sens. Tessa ne lui tiendra pas compagnie ce soir, de toute façon. Elle a été assez claire.

— À moins que tu sois magicienne, ça m'étonnerait que tu puisses y faire grand-chose.

— Il suffit d'y croire. Suis-moi.

Avant qu'il puisse protester, Uki prend sa main sans douceur et l'entraîne avec elle dans les tunnels qu'elle parcourt avec agilité. Par moments, elle s'immobilise, comme si elle flairait l'air ou entendait des voix. À mesure qu'ils s'enfoncent plus profondément dans la base, au point où Neal perd ses repères, il se rappelle qu'Uki vient du Sedna. Elle pourrait les éclairer sur ce qui est arrivé. Puis, la réalité le frappe : elle a perdu la mémoire. Retour à la case départ.

— Ici, dit Uki en s'agenouillant. Donne-moi tes mains.

Neal la dévisage, debout au milieu de cette cavité rocheuse peu fréquentée et seulement éclairée des torches électriques fixées sur les parois.

— Pourquoi est-ce que tu dois être aussi bizarre?

— Et tu m'as suivie jusqu'ici? C'est toi qui es bizarre.

N'ayant rien à perdre, il obtempère en poussant un soupir résigné et s'agenouille, un genou à la fois, contre la roche polie. Uki ne perd pas une seconde et s'empare de ses mains sans délicatesse. La corne sur certains de ses doigts, probablement ceux qu'elle utilise pour constamment égrener son étrange chapelet, érafle les mains de Neal encore sensibles à cause du froid. Elle ferme aussitôt les yeux. Penaud, Neal l'observe.

— Ferme les yeux. Autrement, ça ne peut pas fonctionner.

Comment le sait-elle? Il ferme les yeux. Aussitôt, une ribambelle d'images des derniers jours peuple son esprit, mais surtout, la voix de Tessa qui répète : *Tu es le cœur de la Confrérie, ne l'oublie jamais.*

— Ton esprit bourdonne trop, se plaint Uki. Fais-le taire, veux-tu?

Neal s'esclaffe.

— Ne viens pas me dire que tu peux entendre mes pensées. Personne ne peut faire ça.

Elle lâche ses mains brusquement, puis s'apprête à se relever.

— Qu'est-ce que tu fais? s'énerve Neal.

— Tu me fais perdre mon temps.

— C'est bon! J'ai compris.

Neal ferme les yeux à nouveau, avec l'espoir qu'Uki continue. Il fait un effort surhumain pour taire toutes ces voix qui l'intiment de les sauver. Lorsqu'il réussit à entrer dans le même état méditatif qu'avec Daniel, Uki reprend ses mains devenues froides.

— C'est beaucoup mieux. Maintenant, pense aux images de tes cauchemars.

Les sensations de son cauchemar lui labourent les tripes alors qu'il évoque l'image du cadavre de Skyler qui a succombé à sa maladie, l'étrange Chapelle et le silence de ses prières. Des fourmis courent dans ses jambes.

— Tu crois que ces choses existent, dit-elle.

— Quoi? Peux-tu réellement voir ce que je vois en ce moment?

— Crois-tu que je le peux?

— C'est toi qui m'as amené ici.

— Crois-tu que je le peux?

Son ton est insistant, avec une pointe de colère et d'énervement.

— Pourrais-tu t'expliquer clairement comme tout le monde?

— Tu n'as toujours pas répondu à ma question. Crois-tu que je peux voir ce qui se trouve dans ton esprit oui ou non?

— Oui, oui!

Elle marque une pause avant de dire d'une voix beaucoup plus calme et sereine :

— Alors, je le peux.

C'est sûrement son imagination, mais des aiguilles picotent chaque centimètre de sa tête.

— Qu'est-ce que tu vois? souffle-t-il, comme si son cerveau s'ouvrait vers l'extérieur.

Une drôle d'atmosphère se déploie autour de lui. Les mains d'Uki, qui se fondent dans les siennes, deviennent son seul point d'ancrage.

— Du feu. Beaucoup de feu qui brûle dans ton cœur. Pour des choses perdues. C'est chaud, brûlant même.

Son interminable chute lui revient sans cesse, avec de nouvelles variations, de nouveaux détails. Parfois, il ne fait que tomber pendant des heures. Au fil des années, les cauchemars se multiplient, les scènes se complexifient, l'impression de réel est trop importante pour qu'il puisse seulement oublier. Mais ces flammes… elles en font toujours partie. Elles hantent les recoins de son esprit, prêtes à le consumer, mort ou vif.

Même s'il a bâti sa nouvelle vie autour de la Confrérie, cela ne suffit pas. Même en étant dans un endroit complètement différent, ici à l'Étoile du Nord où aucun des lieux qui l'entourent n'est relié à ses souvenirs, les cauchemars persistent.

— En quoi ça va m'aider à me débarrasser de mes cauchemars?

— C'est une question de croyance. Si tu crois que ça existe, alors ça existe. Sinon, ça n'existe pas.

Son cerveau aurait-il construit ses cauchemars de toutes pièces? Quand il s'est retrouvé dans les étages inférieurs, un lieu isolé de tout ce qu'il avait toujours connu, la peur l'a tenaillé pendant des années, sans savoir s'il réussirait à s'adapter, à sortir de ce mauvais pas avec une raison de vivre, et non pas à perpétuer les mensonges dans lesquels il avait grandi et auxquels il avait cru si naïvement.

Sans compter les étages inférieurs et leurs drôles d'histoires, comme celle d'une fournaise habitée par une créature affamée. Or pour lui, l'hypothèse était invraisemblable, trop simpliste. Étant jeune, il croyait plutôt qu'il s'agissait d'une femme qui se faisait passer pour une mère aimante – les Dissidents étaient pour la plupart orphelins –, une espèce d'enchanteresse qui, une fois qu'elle vous a attrapé dans ses griffes, ne laisse aucune possibilité de s'échapper de ses flammes éternelles, ses créatures domestiquées pour la servir. Certains parlent du Feu Sacré, d'autres du fameux Incinérateur, comme si chaque lieu enflammé la nourrissait pour la tenir en vie. Après six heures du soir, il fallait rester en groupe dans les amoncellements de couvertures qui leur tenaient lieu de lit dans les recoins des cabines abandonnées. Mais bien sûr, Neal a rapidement compris qu'il ne s'agissait que de sornettes pour garder les enfants Dissidents au lit et à portée de vue. En vieillissant, il a cependant découvert que des rondes quotidiennes tombaient effectivement presque toujours après six heures du soir, des visites de routine du Parangon pour l'entretien de l'incinérateur, du moins. Et puis, les malheureux qui s'y étaient vraiment aventurés, par stupidité ou par audace, n'en étaient jamais revenus. Ce n'était que des histoires, mais jusqu'à quel point? Neal avait toujours évité ces endroits par la suite, même s'il soupçonnait que ces créatures n'existaient pas. Il y avait bien pire : le Parangon.

Aurait-il une crainte enfouie à cause de cette histoire abracadabrante? Et si ses nuits hantées n'étaient que ça, des scènes fabriquées à partir de souvenirs déformés, un produit de ses craintes accumulées au fil des années et des histoires absurdes?

— Mes cauchemars ne sont pas réels, n'est-ce pas?

Sa voix résonne d'une drôle de façon, comme celle qu'il avait quand il était plus jeune, dans les premiers temps qu'il a passés dans les étages inférieurs, seul, sans connaître qui que ce soit. Il nage dans l'obscurité où l'espace n'existe plus. Son esprit chevauche celui d'Uki comme deux courants d'air allant dans des directions opposées.

— Ça dépend de toi, dit Uki quand ils ouvrent leurs yeux en même temps sans s'être consultés. Crois-tu que je suis réelle?

—Je peux te toucher, donc oui, affirme-t-il, la réponse étant plus qu'évidente.

— Vraiment?

Ils ne se touchent plus et quand il tente de saisir la main d'Uki, il empoigne le vide, comme si elle avait dévié de sa trajectoire. Une illusion?

—Je peux te voir, ajoute-t-il en se levant en même temps qu'elle, confus.

— Comme ça?

Elle disparaît instantanément, et Neal sent la panique le gagner, comme dans ses cauchemars quand il perd le contrôle.

— Donc je n'existe pas, affirme Uki quelque part autour de lui.

— Je peux t'entendre.

Il pivote sur lui-même, étourdi par le mouvement.

— Merde! Tu n'es pas réelle?

La brise d'un peu plus tôt se matérialise un peu plus loin derrière lui. Uki est là, sans qu'il ait la moindre idée de la façon dont elle a pu s'y rendre.

— Dis-moi jusqu'à quel point tes cauchemars sont réels.

Puis elle disparaît.

21

ÉMILY

Milo sait qu'elle a le Syndrome. Il l'a vue. Il l'a sauvée d'elle-même. Elle n'ose pas imaginer ce qui se serait produit s'il n'était pas intervenu.

Ses hallucinations prennent déjà vie. Elle s'attendait à voir de soi-disant Fées, pas cette *chose.*

— Je suis en train de devenir folle.

— Pourquoi ne m'as-tu rien dit? tempête Milo qui a une balafre sur la joue, gracieuseté de la crosse du pistolet de Léandre.

Milo l'a conduite dans une cabine abandonnée plus proche que le repère de leur petite résistance. Les piètres qualités de tireur de Léandre ont joué en leur faveur. Elle pleurerait la mort de Milo si Léandre avait eu un minimum d'entraînement. Celui-ci est retourné à son maître pour chercher des renforts maintenant qu'il sait où ils se trouvent.

Pour l'heure, ils sont coincés.

— Comment voulais-tu que je te le dise? s'emporte Émily. Tu crois que c'est facile pour moi?

— Je pensais qu'on avait dépassé le stade de se cacher des choses. Je pensais que tu me faisais confiance!

— Je n'ai jamais dit que je ne te faisais pas confiance!

Pourquoi leurs conversations doivent-elles toujours tourner en rond? Le Milo calme et posé est ce dont elle a besoin en ce moment pour ne pas succomber à la folie qui la tient à la gorge. Qui sait quand cette *chose*, cette *présence* s'en prendra à elle?

— Y a-t-il autre chose que tu me caches? demande Milo d'un ton cinglant.

Émily a soigneusement omis la voix omniprésente. Ce serait trop. Mais sous le regard insistant de Milo qui a risqué sa vie pour sauver la sienne, elle se sent craquer.

— Bon sang! tonne-t-il en se prenant le visage à deux mains quand elle lui explique tout.

Dans la noirceur de la cabine, l'aura flamboyante de Milo les éclaire comme une torche brûlante. Le temps s'étire, puis il reprend dans un murmure :

— Évelyne.

Il pousse un long soupir qui prend de l'expansion dans la cabine avant de se dissoudre dans un nuage humide.

— Elle aussi avait attrapé le don de Dieu, comme on l'appelle. Tout le contraire de ce que les Archéens croient. Une maladie. Un *Syndrome.*

— Le don? demande Émily.

— Je ne m'en suis pas rendu compte avant un bon moment. Peut-être suis-je le seul à m'en être douté. Mais un jour, j'ai su. Tout est dans le regard. J'ai été assez stupide pour croire qu'elle n'avait d'yeux que pour moi, mais c'est parce qu'elle avait le don.

La mélancolie réduit son aura à la flamme vacillante d'une chandelle, la même qu'Émily allumait une fois par année en mémoire de maman. Avec Gabrielle, elles priaient non seulement pour maman, mais aussi pour protéger leur famille des injustices de l'Arche et de son cruel besoin de les priver au quotidien d'une vie normale. Maman était leur martyre, qui avait souffert pour leur laisser une place, aussi ignoble soit-elle, parmi les derniers survivants et leur Arche perfide.

Quand papa le pouvait, il les accompagnait dans leurs prières avec larmes et étreintes. Parfois, Gabrielle s'endormait avant que la chandelle ne s'éteigne, mais Émily restait toujours éveillée dans l'espoir que maman se manifeste. Depuis que les auras lui sont apparues, lors de la première veillée, à l'instant même où la flamme s'est évaporée, Émily a compris que c'était le moment où leur connexion avait été la plus forte. En lui donnant ce cadeau, maman l'a rendu plus forte.

Pourtant ce soir, elle se recroqueville. L'énergie de Milo est comme une brise fraîche qui ne parvient pas à la réchauffer.

— Évelyne pouvait faire des choses extraordinaires. Elle réussissait toujours à améliorer le sort des Dissidents, à chercher des denrées à même le restaurant de l'Arche, à dérober des technologies reconstituées par les Deltas et même des uniformes du Parangon. Elle ne divulguait aucun détail sur ses missions dites *personnelles*, mais elle avait toujours une longueur d'avance, comme si elle lisait dans nos pensées. Je ne comprenais pas comment elle réussissait de tels exploits. Elle paraissait invincible. Du moins, c'est ce que je croyais.

Sa voix faiblit, comme si son esprit observait une peinture parfaite, mais dont on ignore le sens profond, faute de talent.

— Ce n'est que lorsqu'elle s'est ouverte à moi que j'ai finalement compris qu'il y a des choses hors de notre contrôle, qui ne s'expliquent pas. Mais elles ne sont pas pour autant mauvaises. Évelyne était notre bénédiction et son don y était pour quelque chose.

Son regard se pose sur Émily, mais il ne la voit pas. Il regarde le fantôme de son passé.

— J'aurais dû savoir pour toi aussi.

— Je ne suis pas Évelyne, rétorque Émily. Je n'ai pas un soi-disant don, si ce n'est des hallucinations qui vont me rendre folle. Milo, il n'y a rien dans cette voix hantée qui soit une bénédiction. Cette chose me veut du mal.

— Si Évelyne a réussi, toi aussi tu le peux.

— Tu étais amoureux de cette fille, tout simplement.

— Serais-tu jalouse?

— Ce n'est pas la question. Elle te paraissait spéciale parce qu'elle l'était à tes yeux. Et non parce qu'elle avait le Syndrome ou ce fichu don de Dieu.

Milo ne sait pas ce que sait que de vivre avec ça à l'intérieur de soi. Cette saloperie s'est logée dans sa tête et s'enracine plus profondément à chaque seconde, jusqu'à ce qu'elle n'ait d'autre choix que de capituler. Et Milo qui croit que ses histoires de cœur vont la sauver!

— On devrait retrouver les autres pour planifier la suite, lâche-t-il d'une voix manquant de ferveur.

Son énergie est basse, comme quelqu'un qui vient d'être blessé. Le cœur d'Émily se serre. Croit-il vraiment qu'elle a un don ou a-t-il simplement voulu l'aider?

— Merci, dit-elle. D'avoir voulu me remonter le moral.

Milo suspend son mouvement pendant une fraction de seconde avant de sortir le premier.

Quelle idiote elle fait!

Elle le suit et, ensemble, ils retournent au repaire. À chaque tournant, Émily s'attend à voir Léandre bondir sur eux, mais il n'en est rien. Milo lui a suffisamment fichu la trouille pour qu'il déguerpisse et repense à deux fois avant de s'en prendre à eux.

Comment Léandre a-t-il trouvé le courage d'en venir aux mains, Émily l'ignore. En fait, il y a bien des choses dans les dernières semaines qu'elle n'aurait pas cru possibles, à commencer par sa longue descente vers la folie. La question n'est plus désormais si cela va arriver, mais plutôt quand.

Le Syndrome est une présence omniprésente qui lui enserre le crâne. Même si Émily ferme les yeux, la présence est pesante, prête à surgir si elle baisse sa garde ne serait-ce qu'un instant. La carcasse de l'Arche vibre comme un chant funèbre qu'Émily redoute. Le danger est partout et elle ignore combien de temps elle pourra encore tenir.

Milo lui tourne le dos depuis leur dispute. Émily se demande si les choses entre eux reviendront comme avant. La vie s'acharne sur elle depuis la mort de maman, les pièces de son esprit morcelé sont plus nombreuses à mesure que le temps passe. Elle tente de les rattraper une à une avant qu'elles ne s'envolent, mais ses deux mains ne suffisent. Pire encore, les fragments se morcellent en plus petites pièces qui flottent autour d'elle tels des grains de sable.

Dépassée, Émily avale de travers en retenant sa respiration.

— Tu tiens le coup? lui demande Milo, une main chaude sur son épaule.

— Sois honnête avec moi s'il te plaît, dit-elle en s'arrêtant à quelques pas de la porte du repaire.

— Je le suis toujours, tu le sais.

— Crois-tu vraiment qu'on s'en sortira?

— Fiona et ton père ont une petite armée. C'est une force qui joue en notre faveur.

— Contre le Parangon? Contre Duke Kay?

La silhouette menaçante de Duke qui rôde comme un vautour autour de son lit à l'infirmerie la hante. Chris saurait comment battre son père à son propre jeu. Il l'a défié plus d'une fois et personne d'autre que lui ne connaît ses faiblesses. Mais où est-il?

— Que peut-on faire contre l'homme le plus puissant de ce vaisseau? demande Émily.

— Je te rappelle que c'est la Confrérie qui a le contrôle, réplique Milo avec véhémence. On ne se pliera pas à la volonté de l'homme qui a massacré des générations de Dissidents et mené des campagnes pour nous purger de l'Arche. Il n'est pas question que je le laisse rejouer la même carte, Émily. Est-ce que tu m'entends?

— Mais il a la légitimité au poste de Commandant. Les Archéens n'oublieront pas.

— Choisi ton camp. Et vite.

Le métal des murs fond presque sous l'intensité de l'aura de Milo. Émily croyait être une exception, la faiblesse dans son armure, mais elle avait tort. C'était Évelyne.

— Désolée.

— Tu n'es pas toi-même, reprend-il plus doucement. Ressaisis-toi.

Émily se raidit quand il dépose un baiser, la sueur de sa lèvre supérieure se déposant sur les siennes. L'odeur de la fatigue et du stress la dégrisent. Leurs vies sont en jeu et il ne pourra y avoir qu'un vainqueur. Cette finalité s'impose à elle comme une gifle. Il serait bon d'entendre la voix cristalline de Violette prononcer l'un de ses proverbes divins pour lui remonter le moral. Son amie lui rappellerait sûrement à quel point les *voies du Créateur sont parfois mystérieuses.*

À cette pensée, un faible sourire naît sur les lèvres d'Émily, tandis que Milo prend sa main.

— Tu vois? Tu n'avais besoin que d'un peu d'aide.

Peut-être bien.

Milo ouvre la porte, l'air satisfait. Émily sent tout son sang quitter son visage.

Un silence inquiétant glace le repaire de leur petite résistance qui grouillait de vie il y a une heure ou deux. Il n'y a qu'une marée de corps écroulés çà et là, leurs visages inertes. Milo est plus rapide qu'elle, déjà agenouillé à vérifier s'ils respirent encore. Émily n'a pas besoin de demander : son expression d'horreur est parlante.

— Je les connaissais tous, marmonne-t-il d'une voix étranglée. Chacun d'eux.

Il ne peut y avoir qu'un vainqueur. Émily reste figée, incapable d'aller voir si son père fait partie des victimes. Étourdie, elle se retient contre le mur, sa respiration plus rapide et laborieuse. Milo est accroupi, une main sur sa poitrine, l'air en détresse, les yeux écarquillés. Alors Émily comprend ce qui se passe et se retourne.

Elle lutte de toutes ses forces contre la porte qui s'est refermée derrière eux. Milo lui lance son bracelet, mais elle le rate. Ses genoux lâchent, sa vision s'embrouille. Presque aveugle, elle cherche à tâtons le bracelet. Quand ses doigts se referment sur un objet métallique, elle rassemble le peu d'énergie qui lui reste pour se traîner près du lecteur et étirer sa main, le bracelet dans sa paume.

Un vent frais plein d'oxygène pénètre dans la salle. Émily se hisse à l'extérieur et respire à pleins poumons. Elle est prise d'une quinte de toux, puis retourne chercher Milo qui marmonne des incohérences. Elle s'avachit à côté de lui qui halète comme s'il avait manqué de se noyer.

Pourquoi est-ce que le système d'aération de l'entrepôt a lâché?

Un entrepôt. Personne n'aurait dû s'y trouver. C'est ce qu'un système d'urgence fait si les réserves en énergie sont insuffisantes. Couper les zones inutilisées pour préserver les zones habitables.

— À ce rythme, on n'en n'aura plus pour très longtemps, dit Émily quand Milo a repris suffisamment ses esprits pour parler.

— Ils sont tous… morts, répète Milo sous le choc.

— Milo… commence Émily, mais les mots lui manquent.

Trop absorbé par la vision d'horreur, Milo ne semble pas se rendre compte que quelqu'un approche. Émily reconnaît tout de suite l'aura tempétueuse.

— Qu'est-ce que tu veux dire par « Ta sœur est partie? », demande Fiona en s'immobilisant au tournant du corridor.

— Elle était avec cette damnée prêtresse et la fille, répond une femme dont l'aura est l'exact miroir de celui de Fiona.

— Et toi t'étais où? Encore en train de trafiquer? Ou bien en train de te doper?

— C'est ce que tu crois ?

— Il faudrait être aveugle pour ne pas s'en rendre compte.

Fiona désigne le sac de sport que la femme porte à l'épaule, sa main serrée sur la bandoulière. L'aura de la femme prend une teinte écarlate.

— N'oublie pas qui t'a mis au monde, Fiona Reyes, dit-elle d'un ton menaçant.

Les soupçons d'Émily se confirment : c'est la mère de Fiona. Elles ne partagent pas les mêmes traits – le visage de Fiona est plus délicat, moins ravagé par la drogue –, mais elles ont le même sang bouillant.

— Comme si ça changeait quoi que ce soit!

— T'es bien comme ton père!

— Milo? croasse Fiona qui vient de les apercevoir.

L'interruption met aussitôt fin à leur dispute.

La mère de Fiona arque un sourcil vers Milo qui a encore les lèvres bleues. Mais quand elle aperçoit Émily contre lui, le dédain marque son visage déjà cireux.

— Tu as survécu, dit la mère.

— Qu'est-ce que tu lui as fait? demande aussitôt Fiona qui jette un regard noir à Émily.

— Tu l'en crois capable? C'est vrai qu'elle est coriace, mais toujours avec un peu d'aide.

— C'est *elle.*

La mère de Fiona regarde Émily, l'air perplexe, puis s'esclaffe. Milo reste figé. Mais pourquoi il ne dit rien?

— Quand tu t'es glissée vers les labos avec ton copain, j'ai voulu tirer, mais c'est mon autre fille Mara qui m'en a empêchée. Si tu savais à quel point je regrette son cœur tendre. L'héritage paternel en elle est difficile à étouffer, même pour moi. Mais que veux-tu? On paie tous pour nos erreurs du passé un jour ou l'autre. C'est ce que la vie m'enseigne jour après jour.

— Sofia, souffle Milo. Émily s'est déjà repentie plus d'une fois.

— Ne pardonne pas trop vite. Son copain de l'autre jour lèche les bottes de Duke Kay au moment où on se parle et prépare notre extermination. Quant à elle…

La mère s'approche d'Émily avec nonchalance et une expression d'amusement qui répugne Émily. Cette situation n'est pas un jeu! Milo se tortille, mais Émily le cloue sur place et se lève, la tête haute. Les auras glissent les uns contre les autres, comme l'eau et l'huile qui se côtoient sans jamais se mélanger.

Sofia les regarde un à un et laisse échapper un rire presque délirant qui se répercute contre les parois métalliques qui tintent.

— Vous êtes pathétiques.

— Vous rirez peut-être un peu moins dans deux secondes, dit Émily qui appuie le bracelet de Milo contre le lecteur.

Les gloussements se meurent. Fiona et sa mère se rapprochent pour mieux voir.

— Ils n'ont pas perdu de temps, lance sa mère en se grattant un poignet qui luit sous les néons.

— Sofia? De qui tu parles? demande Milo en se relevant.

Fiona se jette dans les bras de Milo et l'embrasse. Sofia scrute la réaction blessée d'Émily.

— Il est trop bien pour toi, dit Sofia avec suffisance. Peut-être devrais-tu retourner auprès de ton copain. Au moins, vous êtes de la même trempe.

Émily pousse un soupir énervé et se précipite dans le corridor pour oublier qu'elle n'est qu'un monstre dont il vaudrait mieux se débarrasser. Elle avait presque oublié que les Reyes sont des Dissidents, tout comme Milo. Rien ne sera jamais possible entre eux. Elle a été leur persécutrice à la prison; elle devra trouver sa propre voie, sans eux. Elle ne peut compter que sur sa vraie famille.

Un frottement de tissu fige Émily sur place. Le Parangon.

— Ne les tuez pas tout de suite. Le Commandant voudra s'assurer que personne ne se cache dans les angles morts du Refuge.

Le visage enflé par son combat avec Milo, Léandre mène des soldats du Parangon dans sa direction. Émily recule, mais elle est immobilisée par un coup de matraque qui la fait crier de douleur.

— Qui d'autre? l'interroge Léandre en se postant à côté d'elle.

— Je ne réponds pas à des puceaux, dit Sofia en crachant par terre.

Elle fouille dans son sac sous les regards nerveux des agents du Parangon qui pointent leurs pistolets chargés à bloc dans leur direction malgré la main levée de Léandre. À une vitesse effarante, Sofia lance des armes à Fiona et à Milo qui jette un regard d'appréhension vers Émily. Son aura se déploie alors que son pistolet se charge.

— Ne les tuez pas. Il les voudra en vie pour le spectacle, réplique Léandre. Mais il n'est pas interdit de leur faire très mal.

22

SKYLER

La petite Lola n'aime pas son nom.

Elle préfère se faire appeler Rose, qui est beaucoup plus *charmant* et *adéquat* selon elle. Rose a été la première à se réveiller après que Skyler lui a administré un traitement par oxygène et un cocktail détoxifiant. Bénéficiant de son expérience au Commandement – parfois des ingénieurs qui s'occupaient du Feu Sacré avaient des symptômes similaires –, Chris a compris que les victimes avaient inhalé un gaz toxique. Bien que n'ayant aucune idée de la source de la toxine, Chris a fait le lien.

Voir cette boule d'énergie affirmée qu'est Lola – pardon, Rose – avec ses excentricités est ce que Skyler apprécie le plus de son travail. Il ne fait pas que sauver des vies, il rend les miracles possibles. L'histoire de la petite aurait pu se terminer prématurément, mais maintenant qu'elle est hors de danger, elle peut en écrire la suite et jouer un rôle important dans celle des autres. L'effet de vague que cela crée est incommensurable. Personne ne peut imaginer ce qu'une seule vie représente réellement.

C'est elle, la victime que Rolf fixait avec inquiétude.

Rose aime beaucoup parler de sa famille, et tout spécialement de son frère Léo. Une famille complète que Skyler envie. C'est ce à quoi il pense à son réveil après une nuit de dur labeur.

Skyler s'étire, encore enveloppé de couvertures. Chris dort encore à poings fermés à l'autre extrémité du canapé.

Éliza les a conduits chez elle pour qu'ils puissent bénéficier d'une nuit de sommeil décente, loin des dortoirs bruyants et inconfortables qu'ils devront partager avec le reste des réfugiés. Ce n'était pas nécessaire, mais Skyler apprécie le geste. Un peu d'intimité ne leur fait pas de tort. Et quoi de mieux que passer du temps avec Éliza pour comprendre leurs mœurs et coutumes?

Une fenêtre couvre une partie du mur du fond. Le doux éclat rose ambré de l'aube colore l'horizon. Skyler s'installe sur l'un des coussins pour contempler ce spectacle silencieux. Des volutes de neige poudreuse dansent et s'enroulent autour d'arbres rabougris qui subsistent malgré le temps froid au milieu de cette désolation. Skyler s'était toujours imaginé un monde vivant, une nature en plein essor, mais il n'y a rien de tel. Les oiseaux qui devraient voler et pépier ont déserté, et la verdure qui étofferait cette plaine est asphyxiée par une couche de neige imposante. Les montagnes de roche sombre s'imposent et découragent quiconque aurait la folle idée de les côtoyer. Tout porte à croire que le monde retient son souffle de crainte que le Déluge ne revienne.

Pourtant, Skyler ne pourrait jamais se lasser de cette vue. Il se rend compte à cet instant précis qu'il ne pourra jamais retourner vivre sur l'Arche, même s'il le fallait. Il trouvera un moyen de rester à la Surface, quitte à tout perdre. Une évidence à la fois terrifiante et réconfortante.

Le moniteur de l'entrée émet un signal sonore, suivi de l'entrée d'une silhouette massive. Les lumières d'ambiance s'activent aussitôt, toute trace de quiétude évaporée. Sa longue chevelure blonde, libérée de l'uniforme, se déploie jusqu'au bas de son dos dans un torrent d'or, comme la neige teintée des rayons miellés du soir. Skyler n'avait pas pris conscience jusqu'à maintenant de la musculature du frère d'Éliza, signe d'une activité physique exigeante et d'une alimentation saine. Deux choses qui étaient hors de leur portée sur l'Arche.

— Qu'est-ce que ça veut dire? s'exclame Oslo en se passant une main dans les cheveux, furieux.

Chris grogne sans pour autant se réveiller. Éliza descend de l'étage supérieur où elle dort, chaussée de pantoufles de laine qui ont l'air d'avoir été confectionnées à la main, comme les bas que Jacinthe tricotait pour Skyler.

— Ils devraient dormir avec les autres. Je pensais avoir été clair : pas de traitement de faveur.

— *Bror*, calme-toi, le coupe-t-elle hardiment tout en restant sur la dernière marche, la main posée sur la rampe d'escalier. Ils ont sauvé la fille de Marko et tous ceux qui étaient plongés dans un coma artificiel. On leur doit un accueil chaleureux.

— *Hva i helvete!* Ils sont médecins? Tu aurais dû me le dire plus tôt, Liz.

— J'allais le faire, mais tu ne m'as pas laissé le temps.

Son expression de colère envolée, Oslo a l'air nettement plus jeune, presque l'âge de Neal.

— Ils doivent absolument former des apprentis, s'emballe Oslo en traversant la pièce, sa crinière étincelante sous les timides rayons matinaux. Si on ne peut pas garder nos réfugiés en vie, l'Étoile s'éteindra. Tout ce que *far* a construit pourrait s'écrouler si un autre drame survient.

— Je sais, *bror.* J'en suis consciente.

La voix d'Éliza est grave et triste. Depuis la pénombre, Skyler a assisté à leur échange en silence. Il décide d'intervenir à ce moment précis :

— L'Étoile du Nord ne s'éteindra pas, dit-il en se rapprochant d'eux, la chaleur du soleil lui caressant le dos. Tant et aussi longtemps que nous serons ici, nous ferons tout notre possible pour que l'Étoile continue de briller.

— C'est un engagement à ne pas prendre à la légère, l'avertit Oslo d'une voix plus douce. L'Étoile du Nord prospère parce qu'une génération s'est sacrifiée. Elle s'est battue non pas sur un champ de bataille, mais au quotidien. La nature inhospitalière n'est pas notre seul défi; les gens ici sont aussi multiples que les poissons de la Grande Mer. Notre colonie a besoin avant tout de gens prêts à se donner corps et âmes en dépit de nos différences.

— Skyler a raison, dit Chris. C'est bien la raison pour laquelle vous avez amené les réfugiés des Arches ici?

— On ne peut forcer personne. Bâtir une colonie après les ravages d'*Ulykke* est le plus grand défi que l'humanité doit surmonter, et bien des gens ne sont pas prêts à s'investir. La vie sur les Arches n'était qu'un avant-goût.

Oslo pose un regard brillant sur chacun d'eux. L'insigne peint sur son long manteau luit dans la lumière du jour qui gagne en intensité.

— Ça tombe bien, les défis, ça nous connaît, répond Chris. Qui ne voudrait pas voir l'humanité reprendre son dû?

— Vous devriez dormir un peu plus, insiste Éliza en les regardant tour à tour. *Walhella* ne s'est pas construite du jour au lendemain.

— Ça ne fait rien. On a l'habitude, dit Skyler en lançant un regard entendu à Chris.

— *Dugnadsand*, répond Oslo avec l'ombre d'un sourire.

— La communauté avant tout, traduit Éliza. Mais d'abord, le déjeuner.

Éliza s'active dans la cuisine, le contact de ses pantoufles en laine frottant contre la pierre.

— Il n'est pas question que tu ne manges rien encore, *bror*. Et un coup de main ne serait pas de refus.

Oslo rejoint sa sœur aux casseroles. De leur côté, Skyler et Chris en profitent pour faire leur toilette aux bains publics.

Bien que tout le monde soit à l'aise avec la nudité, Skyler a un moment d'hésitation.

— Ne me dis pas que ça t'embarrasse, le taquine Chris qui participe sans pudeur à la coutume. Avec tout ce qu'on a vu passer dans la clinique de l'Arche, ça devrait être le moindre de tes soucis. Autant s'habituer à leurs façons de faire si tu veux *briller*.

— Toujours tes blagues de mauvais goût. Avoir su, je n'aurais pas insisté pour que mon frère te laisse monter dans le Njord.

— En prouvant mon innocence, il aurait compris.

— Ça, c'est ce que tu crois. Tu me remercieras plus tard.

Skyler lui adresse un sourire satisfait et se départit de ses sous-vêtements avant de se lancer dans les bains devant l'air ahuri de Chris.

Après le bain le plus long qu'ils aient jamais pris, ils reviennent aux appartements d'Éliza et d'Oslo au beau milieu d'une cacophonie d'ustensiles de cuisine. Le déjeuner est servi : une espèce de sandwich ouvert avec du beurre, du concombre, des pommes, du fromage, du poivron vert et un œuf. En prime : du gruau. Skyler ne peut s'empêcher d'avoir une pensée pour Émily qui déteste ça. Du thé, ça par contre!

— Vous avez des produits laitiers? s'enquiert Skyler qui goûte le lait dans son thé. Et des fruits?

— C'est une chance que l'on ait pu réchapper l'Arche de Satis à temps, répond Éliza alors que son frère dévore la première de ses trois assiettes, une longue mèche de ses cheveux sortie de son chignon. Le voyage a été ardu pour les bêtes, certaines n'ont pas survécu. C'est un miracle qu'elles produisent et procréent ici. Sans l'aide des réfugiés, personne n'aurait su comment s'en charger.

— Pourquoi ne pas chasser à l'extérieur? demande naïvement Skyler.

— L'hiver s'acharne à un point tel que rien ne pousse et rares sont les animaux qui s'aventurent jusqu'ici. À cause de la chaîne de montagnes qui nous entoure, nos éclaireurs ne peuvent explorer les terres au-delà. Dites-nous, comment était la situation sur votre arche? Qu'est-ce que vous aviez à manger?

— Du poisson, du poisson, oh et du poisson, dit Chris en faisant la grimace, sa façon de manger contrastant radicalement avec celle d'Oslo.

L'éducation des Kay se traduit par sa posture bien droite et sa façon posée de tenir son ustensile du bout des doigts, ce qui lui donne l'air d'assister à un festin royal.

— Un fruit ou deux avec de la chance, explique Chris. Une fois, les récoltes ont pourri en raison d'une contamination du système hydraulique. C'était un terrible gâchis. Nourrir presque deux mille passagers n'est pas une mince affaire.

— Deux mille? s'étouffe Oslo. Le double de la plupart des autres Arches. Du moins, celles qui n'ont pas été détruites jusqu'à maintenant.

Skyler avale de travers et Éliza enchaîne :

— Je crois que je vais les amener faire un tour de la base pour qu'ils s'y retrouvent.

Oslo se prépare à entamer sa troisième et dernière assiette. Mais comment peut-on manger autant? Toute cette nourriture doit bien équivaloir à près d'une semaine de rations dans le Refuge.

— Ça marche. Et je compte sur toi pour t'occuper des apprentis?

— Sûr!

— Je vais négocier avec ce Neal. Il a de la glace dans le ventre, celui-là. Dommage qu'il ne sache pas bien s'en servir.

— Mon frère? ne peut s'empêcher de dire Skyler.

— Vous êtes de la même famille? s'étonne Oslo. Si jamais il refuse d'entendre raison, je peux compter sur toi pour le raisonner?

— Mon frère et moi, c'est… compliqué.

— Ce n'est pas près de changer, n'est-ce pas Liz?

— Un éternel combat, dit-elle en lui jetant une pantoufle de laine par la tête.

LE RÉSEAU de tunnels façonnés au fil des années les mène près d'un des sommets de la chaîne de montagnes qui abrite la base. La roche volcanique parsème chaque recoin et à l'occasion, des éclats colorés brillent comme si des pierres précieuses s'y cachaient.

Leur montée est lente et laborieuse, et Chris traîne derrière.

— C'est fou ce que ces arches peuvent être néfastes pour la santé, articule-t-il, essoufflé.

Éliza ralentit la cadence pour leur laisser le temps de la rattraper. Elle ne semble pas du tout fatiguée. Au bout de leur supplice, ils sont accueillis par un vent froid et soutenu qui leur fouette le visage. Beaucoup plus bas, un épais nuage de vapeur poussé par le vent se disperse allègrement. Il doit s'agir des fameuses sources thermales. Un jet qui atteint une hauteur vertigineuse rugit dans les airs comme s'il s'agissait du souffle d'un dragon.

— Mon père me parlait de ces jets de gaz sous-marins, mais c'est la première fois que je vois quelque chose de tel. C'est quoi au juste?

— Skyler est fasciné par à peu près tout ce qui existe, commente Chris avec un clin d'œil à Éliza. Si jamais il t'embête, tu n'as qu'à me le dire.

— Oh! C'est le geyser de Sindre dont il vaut mieux se tenir loin. Ses eaux ont brûlé plus d'une victime par le passé.

— Je sais où t'amener la prochaine fois, dit Skyler à l'adresse de Chris qui semble choqué.

— Tu n'oserais pas.

— Ne me donne pas une bonne raison.

Ils se trouvent sur une plateforme à la forme symétrique peu naturelle, assez large pour y marcher côte à côte. Considérant les coups de vent inattendus, des barrières de sécurité n'auraient pas été de trop.

Des traces de coulées de lave historiques rident les parois rocheuses des montagnes environnantes, comme si un sculpteur obsédé par son désir de fidélité à la réalité y avait travaillé nuit et jour. Skyler n'a jamais tout à fait compris la beauté subtile de l'art, et le peu qu'il en connaît, il le doit à Émily. Elle gribouillait constamment du temps de l'Académie, au grand dam de ses professeurs qui la surnommait l'*âme vagabonde*. Que dessinerait-elle devant un tel paysage?

— C'est beau, dit Skyler.

— Beau et perfide, répond Éliza. Non seulement la chaîne de montagnes nous cloisonne, mais les hivers sont longs et rudes. Malgré les nombreuses années depuis la construction de l'Étoile, l'épreuve du guerrier ne fait que commencer. Sans une armée et une communauté capable de se soutenir, on attend tout simplement que l'épée de Damoclès nous tombe dessus.

— Nos réfugiés vous aideront, dit Chris.

— Ça aurait été plus facile si tout le monde avait pu nous rejoindre, dit Skyler en songeant à sa mère et à Émily.

Depuis qu'il a été choisi pour venir à l'Étoile du Nord, il a repoussé très loin sa culpabilité de les avoir laissées derrière lui. Si son frère refuse de se battre pour retourner les sauver, Skyler le fera à sa place.

— Imagine si personne n'avait été secouru, répond Chris. On ne serait même pas là pour en parler, tu te rends compte?

— Quand allons-nous chercher les autres? demande Skyler

Éliza hésite un instant avant de répondre :

— Mon frère est aux commandes, mais je peux peut-être le convaincre.

— Chris pourra donner des détails sur les autres Archéens et leur expertise, n'est-ce pas? Ces dernières semaines passées au Commandement serviront.

— Je suis curieux de savoir comment vous avez réussi à vous installer au milieu de nulle part, dit Chris en changeant de sujet. Ça fait longtemps?

— Les Njord ont été les premiers à découvrir cette terre par hasard lors de leur expédition au beau milieu de la nuit quand *Ulykke* a commencé. Cette nuit-là, une étoile brillait avec intensité et a éclairé cette parcelle de terre qui ne figurait sur aucune carte. Ils sont venus s'y réfugier et l'Étoile est née. C'est du moins la légende qu'on nous a racontée.

— Depuis tout ce temps, vraiment? s'étonne Chris qui vole les mots de la bouche de Skyler. Dire que notre bon vieux Commandement nous faisait croire qu'on ne pourrait retourner à la Surface qu'après plus d'un siècle. C'est choquant.

— Le plan des Arches est quelque chose que l'on ne comprend pas tout à fait encore. Mais ça pourrait changer si mon frère cesse de suivre les traces de notre père. Il y a un peu plus à voir par ici. Suivez-moi.

Ils traversent la plateforme bercée par le vent, la structure de métal grinçant à chacun de leurs pas dont certaines tuiles glissent sans avertir. Chris doit prendre appui sur Skyler quand une bourrasque plus forte que les autres le déstabilise.

— Faites attention, leur crie Éliza à travers le hurlement du vent. Cette plateforme n'a pas été entretenue depuis longtemps. Je ne voudrais pas devoir aller chercher ce qui reste de vos corps éclatés au pied de la montagne.

Le ciel est omniprésent et enveloppant, mais Skyler résiste la tentation de s'y perdre pour regarder où il met les pieds. Ce serait bête de commettre une erreur aussi niaise mais fatale.

Le panorama s'étire jusqu'à une plaine trouée de cuves d'eau fumante qui forment une espèce de lac géant à moitié gelé. Pas l'idéal pour développer une colonie, à moins de connaître les ressources mises à leur disposition. L'expertise des Deltas sur Amarante les aiderait à trouver un moyen d'exploiter le terrain à leur avantage. N'était-ce pas ce à quoi son père s'était dévoué toute sa vie en étudiant la topographie des fonds marins?

L'Étoile a besoin d'eux.

Ils continuent de monter en se faufilant entre deux sommets et doivent s'arrêter à plusieurs reprises pour reprendre leur souffle. Au moins, de ce côté-ci, le vent leur donne un répit apprécié. Ce côté du paysage est beaucoup plus intéressant et hospitalier : c'est le même panorama visible depuis l'appartement d'Éliza et Oslo. Le dôme trône, nimbé des timides rayons solaires qui s'y reflètent; plus loin, vers la ligne d'horizon, la mer d'un gris ardoise ondoie sous la couverture nuageuse.

— Une tour de métal? demande Chris en indiquant un autre sommet que Skyler n'avait pas aperçu, obscurci par le flanc du sommet où ils se trouvent.

— *Eyr* garde l'Étoile du Nord en sécurité depuis ses débuts, en maintenant autour de la base une barrière qui nous rend invisibles à tout instrument, radar ou satellite. C'est une technologie assez avancée dont on a hérité.

— Une bonne façon de s'isoler des Arches, dit Chris en s'appuyant contre la barrière, les bras croisés.

— Votre mission n'est-elle pas justement de les retrouver? demande Skyler, perplexe.

Éliza se mord la lèvre inférieure en fixant la mer qui prend une teinte plus sombre.

— Personne ne sait exactement ce qui a provoqué *Ulykke*. En construisant l'Étoile, nos ancêtres nous ont offert *Eyr* en cadeau. Pour les temps où ils ne seraient plus là pour veiller sur nous. Même si leur connaissance nous échappe, nous nous fions à leur jugement. J'ai foi en eux.

— *Ulykke*? demande Chris. C'est le nom de quelqu'un?

— N'est-ce pas le Déluge? répond Skyler sur une intuition. Quand le monde a été submergé?

— La légende. C'est difficile à expliquer à quelqu'un qui n'a pas grandi ici. Mais il y a bien eu la Grande Vague qui pourrait correspondre à votre déluge.

Le Déluge leur paraît donc bien mystérieux, ici.

— On nous a appris que le Déluge était une punition divine, proteste Skyler. Je ne suis pas ferré dans les Messages Sacrés du Créateur, mais…

— Tu devrais savoir que ce ne sont que des foutaises, dit Chris. Durant ma formation avec Laurène Milcah, on parlait d'un phénomène météorologique rare, mais j'imagine que ce n'était que la pointe de l'iceberg. Il faudrait avoir accès aux écrits des fondateurs. Mais où sont-ils?

— On a recensé près d'une dizaine d'Arches au fil des années, ajoute Éliza. Maintenant détruites pour la plupart.

Ce n'est pas une coïncidence. De combien de temps les fondateurs ont-ils disposé pour construire ces Arches, des prouesses technologiques incomparables? Leurs connaissances se sont peut-être perdues au fil du temps, mais avec un peu de chance, des bribes pourront peut-être leur indiquer la bonne direction. Bien que Chris écarte le rôle du Créateur, Skyler n'est pas prêt à aller jusque-là.

— Et Thalassa? demande Chris.

— Mon frère t'en a parlé? demande Éliza dont le visage se tend.

Skyler dévisage Chris qui réserve bien des surprises depuis leur arrivée. Laurène lui aurait donné accès à des informations secrètes qu'il ne révèle qu'au compte-gouttes?

— J'ai… entendu des histoires à ce sujet, répond Chris qui a l'air de s'en vouloir d'en avoir trop dit.

— Oslo saute aux conclusions pour justifier ses actions, répond Éliza en expirant un nuage de condensation, le soleil caché derrière le ciel gorgé n'étant plus qu'un souvenir. Il a dû s'en donner à cœur joie pendant la traversée sur le Njord avec l'*akav* qui coulait à flots. Pour autant qu'on le sache, Thalassa n'est que cela, un nom.

Thalassa. Skyler se rapproche du bord de la plateforme et détaille la plaine de neige qui n'est plus aussi resplendissante qu'elle l'était ce matin. Une espèce de voile gris a étouffé le hurlement du vent qui ne fait plus que murmurer et figer la mer dans le temps. Combien d'autres endroits comme celui-ci existe-t-il par-delà le Grand Océan?

Quelque chose de froid lui picote le nez et le fait tressauter. Des boules blanches miniatures virevoltent et viennent s'écraser sur son visage. De la neige, mais pas comme il en a déjà vu. Celle-ci est compacte et bien que ses flocons soient minuscules, leur structure est d'autant plus complexe.

— Et si Thalassa était le nom d'un endroit? propose Skyler qui croirait entendre parler Neal.

— Des histoires que notre père nous racontait sur cet endroit mythique et que mon frère a décidé de prendre un peu trop au sérieux.

La voix d'Éliza se meurt dans l'inquiétant calme qui les isole. Elle regarde le ciel et dit :

— Il est temps de redescendre. Il y a un dernier endroit que j'aimerais vous montrer.

— Où il fait moins froid j'espère? commente Chris en soufflant dans ses mains qu'il frotte.

— Ça dépend pour qui.

Ils retournent dans le confort et la chaleur de la montagne à un rythme de marche soutenu, malgré la fine couche de neige qui rend la plateforme métallique encore plus glissante. Skyler prend soin de rester près de la paroi rocheuse en gardant bien en vue Éliza dont le pied sûr donne l'impression qu'elle sautille. Chris le suit tout près, une main sur son épaule. Quand ils pénètrent enfin dans le tunnel, le vent de la tempête rugit derrière eux. Ils sont revenus juste à temps.

Au cœur de la montagne, les lamentations de la tempête qui fait rage à l'extérieur se mélangent aux odeurs contradictoires de terre humide et de formol.

Éliza les fait naviguer dans cette section de la base, protégée par un système de sécurité multiple qui combine différents tests biométriques sophistiqués que Skyler n'a jamais vus auparavant. Chris pose les questions silencieuses de Skyler quant à l'origine de ces installations.

— L'Étoile du Nord était une base militaire du temps des grandes guerres qui ont précédé l'époque des Arches, leur explique Éliza en posant une main sur un lecteur en verre d'où filtre une lumière verdâtre. Elle s'étend sur des kilomètres sous terre et on soupçonne qu'elle occupe tout l'espace de l'île avec un réseau de tunnels, mais nos moyens limités nous empêchent de progresser. La découverte de cette section est un coup de chance : Marko, l'un de nos réfugiés, a reconnu le mécanisme qu'il a pu reprogrammer. Par contre, la plupart des tunnels sont hors d'accès, scellés avec une technologie obsolète que même Marko ne parvient pas à élucider.

— Ce Marko est ingénieur? demande Chris.

— C'est le père de la petite Lola que vous avez sauvée. Il a insisté pour vous rencontrer, mais j'ai refusé.

— Pourquoi? demande Skyler à son tour.

— Vous verrez.

Éliza active le système d'ouverture des portes : une brume qui rappelle celle du parc de l'Humanité roule à leurs pieds. Éliza leur fait signe d'entrer en premier et referme la porte via une console dissimulée.

L'installation n'est pas conventionnelle, avec une dizaine de compartiments encastrés à même les murs, chacun identifié par un numéro et une série de symboles. Une réplique fidèle des laboratoires Delta.

— À quoi sert cet endroit? dit Chris avec un froncement de

sourcils, tandis que Skyler tente d'ignorer la forte odeur de marinade qui lui pique la gorge.

— La génération précédente jetait nos mourants à la mer en dépit de nos croyances qui veulent qu'on préserve leur corps sous la terre gelée. Mais avec toute cette neige et la couche de glace qui se cache en dessous, il est presque impossible de le faire.

— Tu veux dire que toutes ces boîtes contiennent des personnes? demande Skyler en toussant.

— Des cadavres, tu veux dire? Skyler, appelle les choses comme elles sont, bon sang, dit Chris.

Puis, se trouvant vers Éliza, il s'exclame d'un ton acerbe :

— Pourquoi ne pas les brûler dans ce cas? Au moins, ils auraient une mort digne.

Sur l'Arche d'Amarante, si la crémation n'est pas respectée, cela peut entraîner des maladies parfois mortelles qui se propagent rapidement dans le vaisseau. De plus, la tradition relève des principes du Créateur qui veut que l'âme se libère de son enveloppe charnelle pour retourner dans son royaume. Autrement, l'âme reste emprisonnée dans le corps, ce qui revient à condamner le mourant à un enfer perpétuel.

Les sphères de mémoire quant à elles n'enfreignent pas ce droit sacré, puisqu'elles ne gardent qu'une copie superficielle. Le Dr Nazar et Skyler ont eu bien des discussions à ce sujet, mais c'est finalement l'approbation de Mme Farrell qui a bouclé le débat.

Mais congeler les morts comme ils le font à l'Étoile va à l'encontre de leurs principes. Skyler comprend la rage de Chris. Toutes ces âmes sont prisonnières de leurs corps.

— Pour cela, il faudrait qu'ils soient morts, répond Éliza d'une voix blanche.

Skyler se fige et échange un regard consterné avec Chris. Cette odeur…

— Dans quel but? demande Skyler qui essaie de comprendre

quel est l'intérêt de faire ça. Leur corps doit se décomposer d'une manière ou d'une autre. Vous les condamnez à vivre une mort éternelle sur la Surface.

— Ils pourront trouver le repos, un jour, insiste Éliza en le regardant droit dans les yeux. Mais ils ont une tâche bien plus importante qui consiste à nous protéger tous. En les gardant ici, leurs âmes se joignent toutes ensemble pour créer une barrière invisible encore plus forte que tout ce que l'on peut s'imaginer. Elles inspirent, nous donnent l'énergie de continuer. C'est une place d'honneur pour ceux qui nous ont élevés, protégés, et qui ont donné leur vie pour que nous puissions reconstruire.

— *Eyr*, souffle Skyler, sans voix, en se remémorant la tour au sommet de la montagne.

Éliza marche d'un pas vif vers un compartiment plus récent doté d'une pierre sertie à même le métal. Une poignée se dévoile à l'approche de sa main, elle tire. Skyler a un mouvement de recul et fonce dans Chris qui se trouve derrière lui. Son regard est dur, le muscle de sa mâchoire tressaute.

Dans un roulement métallique apparaît un corps qui baigne dans une substance nauséabonde. Un jet d'air siffle de mécontentement quand le filage s'expose à la lumière du labo.

— Anzen Nord.

Le souffle court, Éliza a le regard grave quand elle essuie d'un geste brusque le liquide épais et visqueux du visage d'un homme barbu, dans la jeune cinquantaine, qui ressemble en tout point à Oslo; il a la même chevelure dorée, encore plus longue que celle d'Oslo, comme s'il ne les avait jamais coupés. Des cicatrices parent son visage, certaines plus fraîches que les autres et luisantes.

Skyler ne réussit pas à détacher son regard des yeux couleur saphir qui fixent droit devant, comme s'il était encore vivant. Est-il même conscient?

— C'est ton père? demande Chris sans retenue, les dents serrées.

Skyler frémit, mais Éliza garde un visage placide.

— Oslo l'a ramené de sa dernière mission, à demi conscient. Il aurait tellement voulu être comme notre père et rester à ses côtés jusque dans ses vieux jours. Mais son rêve d'enfant a pris fin radicalement au moment où on s'y attendait le moins. Heureusement, Anzen Nord a connu une fin digne en nous faisant honneur jusqu'à la fin.

Éliza détaille une dernière fois son père avec un regard chargé de sens, puis referme le coffre d'un mouvement brusque, les plaques métalliques émettant un cliquetis dans un vacarme qui fait sursauter Skyler.

Le regard de Chris est aussi troublé, comme s'il avait vu un mort revenir à la vie. Skyler se demande s'il l'a senti aussi, Anzen, avec ses yeux ouverts, pas tout à fait mort.

Au lieu de retourner vers la sortie, Éliza se fond dans l'obscurité de la pièce jusqu'à disparaître.

— Ce n'est pas un hasard si on a réussi à survivre aussi longtemps, dit Éliza en allumant les lumières qui dévoilent des centaines et des centaines de compartiments, tous identiques, si ce n'est leur plaque dorée. C'est avec des sacrifices.

23

ÉMILY

— Je ne t'ai jamais aimée.

La remarque acerbe de Léandre prend Émily par surprise, alors qu'il la conduit, le canon de son pistolet dans le creux de ses omoplates.

Leur petit groupe n'avait aucune chance contre le Parangon, et ce malgré l'expérience notable des Reyes. La dernière à être tombée n'est nulle autre que Sofia, qui a donné du fil à retordre aux agents. Pourtant, quand vient le temps de choisir entre vivre ou mourir, même les plus forts se soumettent. La peur est plus forte que l'effronterie. Émily en a vu défiler plus d'un à la prison de l'Arche : les rares qui étaient assez stupides pour croire qu'on n'irait pas jusqu'au bout… eh bien ils ne sont plus là pour en témoigner.

— Ça ne t'étonne pas? la presse Léandre.

— Qu'est-ce que ça peut me faire? Avec la folie qui te passe par la tête depuis qu'on est dans le Refuge, la dernière chose que j'ai envie de faire, c'est de t'écouter râler.

— Si ma vie était en jeu, je porterais plus attention.

Émily roule des yeux pour elle-même, car Léandre ne peut pas le voir d'où il est.

— Si j'étais toi, réplique-t-elle, je me contenterais de lécher les bottes de Duke sans en rajouter. Tu n'aides pas ta cause.

En guise de réponse, elle reçoit un coup dans le dos qui la fait gémir.

Émily ne sait pas trop où on les emmène, son sens de l'orientation n'étant pas des plus fiables depuis l'apparition de cette constante brume dans son esprit dès son réveil du coma. Le Refuge n'est pas si grand. Elle saura assez vite de toute façon.

Le contact des menottes magnétiques contre ses poignets lui rappelle amèrement la grange au parc de l'Humanité, les souvenirs lui reviennent par flashs. Quel sort leur réserve-t-on?

Milo et les Reyes gardent le silence pendant la procession vers leur possible fin prochaine. Il n'y a pas de doute que Duke Kay veut se débarrasser d'eux. Surtout après le massacre de l'Atrium.

Émily tente d'attraper Milo du regard, mais tout ce qu'elle réussit à percevoir c'est son aura anormalement pâle. Fiona fixe le sol, son aura rose maintenant sombre, repliée sur elle-même. Sofia, elle, affiche cette expression nonchalante et trompeusement décontractée : son aura frissonne. Elle donne l'impression de craindre pour la sécurité de sa fille, par la façon dont elle tente de se rapprocher de Fiona en poussant son ravisseur toujours un peu plus.

Les couloirs se ressemblent, mais les odeurs, elles, se succèdent : ces agents du Parangon n'ont pas dû laver leurs uniformes depuis un sacré bout de temps. Heureusement, des effluves de ragoût les atteignent; pas suffisamment denses pour supplanter l'odeur musquée, mais assez pour donner du répit.

La cantine du Refuge. C'est là qu'on les emmène.

— J'espère que tu aimeras, lui chuchote effrontément Léandre.

Émily est tentée de lui donner un coup de tête, mais s'abstient. Mieux vaut conserver son énergie au cas où une opportunité se présenterait. Même si Milo et les autres semblent avoir abandonné tout espoir, Émily se sent encore capable d'agir.

Un comité d'accueil les attend : Duke Kay, bien sûr, mais toute l'attention d'Émily se porte sur son père Jérémy, attaché à un poteau métallique au centre de la pièce. Le soulagement est instantané de le savoir en vie, mais aussitôt, on les sépare, Milo d'un côté, Fiona de l'autre, sa mère Sofia près de l'entrée, comme si elle était la plus grande menace. Émily a la place d'honneur, devant son père. Il ne l'a pas vue arriver, car il a la tête pendante. Il est probablement bourré de tranquillisants.

— Agenouillez-vous devant votre commandant, tonne Duke Kay, menaçant. Maintenant.

Tout le monde dans la cantine s'exécute sans sourciller, Léandre le premier. Leur synchronisation est étonnante : se sont-ils exercés? Émily n'a pourtant aucun souvenir d'avoir déjà vu le Parangon s'adonner à de telles pratiques. Sauf que l'Académie ne leur a jamais vraiment expliqué le fonctionnement du Parangon, à l'exception de leurs objectifs de servir et protéger l'Arche en toutes circonstances. Cette démonstration du pouvoir de Duke doit en faire partie si tels sont leurs préceptes, mais quelque chose cloche. Elle le scrute pour percer le mystère, mais rien n'y fait. Pourquoi?

Derrière son regard d'encre, les intentions réelles de Duke Kay demeurent nébuleuses parce qu'il lui manque quelque chose d'essentiel. Aucune aura ne l'enveloppe.

Émily jette un coup d'œil à Milo qui rumine, mais qui s'agenouille quand même. Fiona aussi, mais Sofia se débat furieusement.

Les pensées d'Émily s'affolent. Ses capacités extra-sensorielles sont devenues nettement plus sensibles ces derniers temps. Elle ne devrait pas avoir de difficultés à percevoir l'aura de Duke. D'ailleurs, chaque personne présente brille de sa propre couleur dans une vague multicolore qui entoure Émily, un peu comme les rubans qu'elle s'était procurés pour la fête de Gabrielle. Quelque chose ne tourne pas rond.

— Oui, même toi, Émily Bates, aboie Duke qui porte des bottes de cuir identiques à celles de son cauchemar.

Il s'est approché d'elle sans qu'elle sente son énergie. Il presse avec force sur ses épaules, faisant fléchir ses genoux qui cognent contre les tuiles froides.

Papa pose un regard vitreux sur elle au même moment. Une quinte de toux le fait se tortiller, noyant les paroles qu'il essayait de lui adresser.

Les images saisissantes de son coma enlèvent toute volonté de résistance à Émily. Duke Kay est devant elle, en chair et en os, et prêt à tout. La panique lui noue la gorge.

— Tu étais plus bavarde la dernière fois, fait-il remarquer. Sans mon fils pour te chaperonner, ton arrogance de petite princesse de basse-cour s'éteint tout aussi vite.

— Qu'est-ce qu'il y a à dire de toute façon? répond-elle d'une voix qui manque de conviction.

Duke la dévisage, l'air méfiant, sa barbe poivre et sel parfaitement peignée et huilée, étincelante sous les néons cuisants. Il roule la pointe de sa moustache entre son pouce et son index en la déshabillant du regard, la bouche entrouverte, comme s'il n'arrivait pas à décider sur quel mot se rabattre. Finalement, l'ombre d'un sourire lui voile les lèvres.

— Beaucoup. Il y a beaucoup à dire, *Mademoiselle* Bates.

Duke s'éloigne pour observer papa qui se tortille contre le poteau. Émily évite de regarder son père directement, de crainte de perdre le contrôle.

— Le Parangon est plus qu'une division, poursuit Duke en extirpant une boîte métallique de son veston impeccable. Il est un organisme unique qui respire et vit de façon autonome.

Il ouvre avec minutie la boîte qui brille d'un éclat aveuglant. Duke contemple son contenu avant d'en sortir un long cigare de la couleur du café moulu.

— Et je le contrôle.

Il fiche le cigare dans sa bouche toujours entrouverte et fait jaillir d'un briquet de métal une flamme longue et dansante qui embrase le bout de son cigare. Il tire une bonne bouffée qui le force à plisser des yeux.

Il referme le briquet d'un geste sec qui fait tinter le métal, comme la lame d'un couteau qu'on aiguise.

— Ne t'inquiète pas. Ils peuvent tous te voir, dit Duke à l'intention d'Émily en indiquant les caméras. Tous ceux qui sont encore en vie dans le Refuge. Je m'en suis assuré.

L'impression de déjà-vu ne quitte pas Émily à mesure que Duke élabore. Elle sait comment tout ça va finir. C'est un film sans fin qui ne cesse de vouloir être rejoué.

— Tu n'as pas mieux à faire? répond Émily, incommodée par la fumée épicée qui lui monte aux narines. Finissons-en.

— Je ne voudrais pas risquer de gâcher ce spectacle. Toutes les simulations avec ta mère t'ont donné un peu trop d'idées à mon goût.

— Pourquoi mes simulations t'intéressent? Je ne suis qu'une Archéenne parmi tant d'autres.

— Ça t'arrangerait.

— Laisse ma fille tranquille, rugit papa d'une voix rauque.

Le cigare de Duke rougit douloureusement. Émily peut presque sentir son cœur être brûlé au fer rouge. Quand la fumée se dissipe suffisamment pour qu'elle voie le visage de Duke, celui-ci a l'air étonné. Puis il s'esclaffe, soufflant un filet de fumée directement dans le visage de Jérémy qui se remet à tousser de plus belle.

— Ta fille n'est plus tienne depuis longtemps, Jérémy Bates. Dès l'instant où elle a été mise au monde, elle était déjà mienne.

— Tu divagues, dit Émily qui a l'impression d'entendre Yasmina.

— Oh? Et elle ne me croit pas!

Le sourire de Duke se multiplie sur chacun des visages des

agents présents dans la cantine. Le résultat est horrifiant et donne des frissons d'épouvante à Émily.

— Tu sais, tous ceux que tu vois ici n'hésiteraient pas une seconde à me donner leur vie.

— Où veux-tu en venir?

Un agent se lève sans même avoir été appelé et vient se poster à côté de Duke. Il se défait de son uniforme, bouton après bouton, couche après couche sous le regard hypnotisé de tous. Émily avale de travers à mesure que les couches de kevlar s'écrasent au sol. Duke regarde attentivement le processus. L'agent est un homme au teint légèrement basané, en forme, maintenant torse nu. Ses cheveux noirs sont plus longs sur le dessus et sont attachés en une courte couette avec les côtés rasés. Son visage reste sans expression tandis qu'il fixe Duke, comme s'il attendait qu'on lui dise quoi faire.

Il demeure immobile alors qu'on l'asperge d'un liquide nauséabond.

Duke termine son cigare qu'il écrase par terre. Puis, d'un mouvement rapide, il s'empare du visage de son agent d'une main et l'admire comme une œuvre d'art. Avant qu'Émily ne s'en rende compte, le mal est déjà fait. Les flammes se répandent sur la chevelure de l'agent qui ne bronche pas. Duke se recule et en moins de temps qu'Émily l'aurait cru, il devient une torche humaine.

— L'agent Miles m'a bien servi, mais il avait le cœur trop tendre, dit Duke d'une voix forte avec émotion. Laisser un membre de la Confrérie s'infiltrer dans nos rangs est impardonnable.

Le plus terrifiant, c'est que l'agent n'émet aucun son, comme s'il baignait dans l'eau au lieu de cuire comme une brochette. La chair brûlée empeste, Émily retient un haut-le-cœur. L'aura verdoyante de l'agent explose dans un éclat éblouissant tandis que la vie le quitte. Émily grimace de douleur.

Finalement, l'agent Miles convulse au sol, puis des agents

silencieux l'éteignent avec des seaux d'eau glacée qui éclaboussent Émily au passage. Ils s'emparent du corps carbonisé et le sortent de la cantine plongée dans un silence de mort.

— Commandant, l'interpelle impatiemment Léandre dont Émily avait oublié l'existence.

Mais qu'est-ce qu'il vient faire dans tout ça, celui-là?

— Oui, oui, je sais, répond Duke d'une voix agacée. Allez.

— C'est lui le responsable, dit Léandre en désignant le père d'Émily.

Jérémy renâcle, mais ne répond pas. La fréquence de l'aura bleu sombre de papa est si basse qu'Émily se demande s'il est vraiment conscient.

— Mon père a toujours fait ce qu'on lui a demandé, intervient-elle en se rappelant toutes les fois où elle ne pouvait pas voir son père, trop occupé avec le Parangon.

Elle se souvient aussi de ses mentions d'honneur, du poste de leader qui lui a filé sous les doigts malgré tous ses efforts acharnés, de tous ces agents qui ont confiance en lui.

— Si cette Arche n'était pas aussi corrompue, ce serait lui notre Commandant, poursuit-elle.

Sa remarque fait tressaillir Milo qui la regarde de biais. Il est probablement blessé par son commentaire, mais au plus profond d'elle-même, elle sait ce dont leur Arche a réellement besoin : d'un homme juste et bon. Et personne d'autre ne se qualifie mieux pour la tâche. Pas même la Confrérie avec ses idéaux fantaisistes. Même si Milo a démontré le bon vouloir des Dissidents, elle doute qu'ils puissent véritablement les unir et les sauver tous. Si c'était le cas, Duke Kay ne s'autoproclamerait pas commandant aujourd'hui.

— L'agent Miles n'était qu'un pion sous les ordres de ton père, continue Léandre qui s'est levé pour s'approcher d'elle. Il a aidé la Confrérie à prendre possession de l'Arche. Et pour couronner le tout, il a personnellement infiltré les laboratoires Delta. Il est la raison pour laquelle Mira est morte. *Il* a tué Mira.

— J'étais avec toi, Léandre, s'indigne Émily en sentant son monde défaillir. Mon père n'était pas là. Tu le sais.

— Nous avons toutes les preuves sur vidéos. Désolé de te l'apprendre, mais... En fait, non. Personne ne devrait être désolé pour de la vermine. Ton père est un sale traître.

— Papa, dis-moi que ce n'est pas vrai, désespère Émily en cherchant à établir un contact visuel avec son père. Dis-moi que ce n'est qu'un tissu de mensonges!

— Dis-leur, rugit Léandre sous le regard satisfait de Duke qui s'allume un nouveau cigare. Dis-leur ce que tu as fait, enfoiré!

Léandre crache au visage de papa. Émily se lève, mais deux agents la forcent à s'agenouiller de nouveau. Ses genoux cognent avec force et elle retient un gémissement de douleur.

— Je n'avais pas le choix, croasse Jérémy qui lutte pour rester éveillé.

— Pas le choix de quoi? s'exclame Émily qui n'en croit pas ses oreilles.

— Émily. S'il te plaît. Écoute-moi. Tout ce que j'ai fait, je l'ai fait pour toi et Gabrielle. Vous ne serez jamais en sécurité ici, tant et aussi longtemps que...

Léandre donne un coup de poing à papa, probablement le premier de sa vie à en juger par la douleur qui semble se propager dans ses jointures et le fait grimacer. Duke lui fait signe de s'écarter.

— Nos traditions ne te sont pas inconnues, susurre Duke à papa en adressant un sourire en coin à Émily.

— L'eau lave de nos péchés tandis que le feu sanctifie. Pour vivre dans ce nouveau monde, il ne suffit pas d'être de simples mortels, mais de renaître de nos cendres pour nous élever, plus fort que jamais dans une enveloppe impénétrable.

Bordel. Ces illuminés sont en contrôle de l'Arche. Pire, le Parangon a *toujours* été en contrôle. Comment sortir de cet asile de fous?

— J'aurais dû savoir qu'éliminer ta femme ne suffirait pas, ajoute Duke.

La mention de sa mère ravive en Émily une douleur enfouie et les images cauchemardesques qui la hantent depuis son enfance. Émily se plie en deux. Elle n'en peut plus. Il faut que ça cesse une fois pour toutes. Cette folie, cette folie!

— Mon fils n'aurait jamais dû te fréquenter, assène Duke en cognant ses bottes contre les genoux d'Émily. Mais maintenant qu'il n'est plus là pour te défendre, je vais enfin pouvoir régler ton cas. C'est le juste retour des choses.

De la cendre de son cigare tombe sur les cuisses d'Émily qui chauffent. Elle ouvre les yeux, presque certaine qu'elle va s'enflammer, mais ça ne se produit pas.

Duke prend une dernière bouffée de son cigare, puis il ouvre son briquet à nouveau et le dirige vers les vêtements de papa.

Émily supplie Léandre du regard et s'exclame :

— Comment peux-tu suivre ce monstre?

— Je veux que justice soit faite, répond Léandre d'une voix assurée.

Puis il ajoute avec dédain :

— Et que ça ne se reproduise jamais tant et aussi longtemps que je suis en vie.

— Regarde ton père brûler, crie Duke dans sa direction.

Elle ferme les yeux aussitôt en gémissant.

— J'ai dit regarde!

L'un des agents tient fermement la tête d'Émily en place tandis que le second la force à garder les yeux ouverts en tirant sur ses paupières. On asperge son père du même liquide infect, et son cœur débat en anticipant la suite.

L'aura de son père se rétracte quand les flammes entrent en contact avec sa peau. Contrairement à l'agent Miles, papa crie. Il hurle. Émily se noie au même rythme dans cette douleur profonde qui la revisite, jamais bien loin.

Les flammes se déploient, comme si elles se nourrissaient

d'huile. Émily se recroqueville en position fœtale. L'inévitable se produit : l'aura de papa explose dans une pluie d'étincelles bleutées qui cascadent au milieu du feu qui le consume en se teintant de pourpre. Elle tente d'étouffer ses hurlements de douleurs avec son poing, mais échoue. Quand sa voix la quitte, les agents la libèrent de leur étreinte.

Ils ne se débarrassent pas du cadavre de son père comme ils l'ont fait avec l'agent Miles. Non, ils le laissent là, comme un trophée devant Émily, complètement vide.

Quelqu'un caresse ses cheveux maintenant trempés. Milo. Ils l'ont laissé la rejoindre?

— Ils paieront pour ce qu'ils ont fait, je te le jure, murmure-t-il avec émotion.

Dans le chaos des pas qui éclaboussent autour d'eux, quelqu'un arrête les gicleurs dont Émily vient de se rendre compte qu'ils se sont mis en marche.

Duke termine de donner ses ordres, trop proches d'eux. Milo se raidit.

— Pourquoi est-ce que vous ne sortez pas mon père d'ici? dit Émily qui retrouve la force de parler, tremblante. Il est mort. Pourquoi le garder ici?

Un sourire illumine le visage de Duke qui éponge sa barbe gorgée d'eau. Milo serre Émily contre lui.

— Tu ne croyais tout de même pas qu'il y avait assez de nourriture pour tous les passagers de l'Arche? Non, beaucoup trop. Et plus d'un siècle sur une planète qui ne donne rien en retour?

L'estomac d'Émily se retourne.

— Tu as bien entendu, ajoute l'assassin de papa. Le gruau des temps modernes est réservé à nos meilleurs passagers, après tout.

Mon Dieu. C'est un cauchemar. Cette vie est un cauchemar.

Elle s'agrippe au bras de Milo qui ne la lâche pas. Ses

entrailles la brûlent, les images de ses damnés repas lui donnent des haut-le-cœur incontrôlables. Cette arche est pire que l'enfer.

— Il y a quelque chose que je ne comprends pas, dit Milo d'une voix tendue. Pourquoi prétendre que vous étiez emprisonné alors que vous auriez pu sortir à n'importe quel moment? Vous les contrôlez par la pensée, n'est-ce pas?

Le visage de Duke s'adoucit, comme flatté que Milo reconnaisse son exploit.

— Qui serait assez stupide pour jouer toutes ses cartes du même coup?

— Pourquoi mettre en péril l'Arche pour arriver à vos fins? Le Feu Sacré est mort!

Passé le choc initial, Émily essaie de suivre le fil de pensée de Milo, mais elle n'y parvient pas tout à fait. À quoi veut-il en venir?

— Ce n'est pas un risque quand on sait comment le réparer, répond Duke d'un air malicieux.

— C'est ce que je pensais. C'est vous qui l'avez désactivé.

Alors c'est Duke qui l'a attaquée? C'était un homme, oui. La peau claire, tout était clair.

— Pas exactement, rectifie Duke. Mais il y a quelqu'un qui sait comment s'y prendre et qui est toujours prêt à donner un coup de main. C'était même son idée. Dommage qu'il ne soit plus ici.

— Qui? croasse Émily.

— Chaque chose en son temps, Mademoiselle Bates. Maintenant que mon imbécile de fils est parti, il est plus que temps de mettre de l'ordre ici.

Milo aide Émily à se relever. Duke ne fait rien pour les en empêcher, pas même ses agents automates.

— Je peux te briser, souffle Duke avec satisfaction.

— Tu peux toujours essayer, répond Émily surprise de sa propre audace. Ça n'a pas fonctionné la dernière fois.

— Parce que le Syndrome ne t'avait pas suffisamment affaiblie.

— Tu n'es qu'une pâle imitation de Yasmina, répond-elle avec une ferveur qui se nourrit de l'énergie de Milo.

— L'agente Mirza avait ses plans personnels et ils ont échoué. Autrement, tu ne te trouverais pas devant moi à cette minute, explique Duke qui est rejoint par Léandre et d'autres de ses agents. Les miens sont loin d'avoir échoué. Parce que tu m'aideras de ton propre gré.

Le regard d'encre de Duke la transperce, illisible. Elle s'accroche à Milo alors que la voix qui se tenait muette jusqu'à présent s'élève à cet instant précis :

Ce n'est qu'une question de temps, Mademoiselle Bates.

24

SKYLER

La flamme de la torche repousse les poches de noirceur qui s'agglutinent dans le puits niché au cœur de la montagne. Skyler s'y réfugie alors qu'il essaie de trouver ses repères. Combien de passages contient l'Étoile, au juste?

Quand Skyler n'est pas occupé à soigner des maux bénins à clinique, il passe son temps libre à explorer la base, son passe-temps favori qui lui rappelle le temps où il naviguait dans les entre-deux avec son frère. Cela lui occupe l'esprit et assouvit sa curiosité, d'ici à ce qu'on l'autorise à aller à l'extérieur. Éliza lui a assuré qu'ils le pourront tous, une fois qu'ils se seront acclimatés.

Skyler aimerait que Chris l'accompagne dans ses balades, mais il est plus taciturne que jamais et s'isole de plus en plus. Il disparaît parfois pendant ses moments sombres, comme Skyler les appelle.

C'est arrivé une fois à la clinique, alors que Skyler avait besoin de son aide avec la petite Rose. Il voulait lui faire quelques tests supplémentaires pour s'assurer que les effets pervers du gaz toxique n'avaient pas laissés de séquelles permanentes. Alors que Chris testait les échantillons, Skyler l'a retrouvé en train de fixer le vide. Quand Chris s'est aperçu de sa présence, il a sursauté et contaminé leurs échantillons en les renversant. Il est parti de la clinique en coup de vent, tout en marmonnant des excuses sans que Skyler ait le temps de lui demander ce qui n'allait pas.

Ils n'en ont pas reparlé, car les moments qu'ils passent ensemble rapiècent leur amitié fragile. Celle-ci prendra du temps avant de redevenir ce qu'elle était quand ils étaient gamins, du temps où Skyler lui vouait une confiance aveugle. Malgré tout, les moments heureux qu'ils ont eu ces derniers temps lui donnent espoir que Chris est celui en qui il peut avoir le plus confiance dans ce nouveau monde. Ensemble, ils pourront construire une alternative à la Confrérie. C'est une promesse que Skyler n'oublie pas.

Aujourd'hui, Skyler explore une section située à l'écart, dans une grande caverne luisant sous les torches alignées sur les murs. Il descend lentement les escaliers sculptés à même la roche et s'abreuve de l'air chaud et mystérieux qui plane, son idée d'un havre de paix où tout est possible. Pas de métal ici, comme si on avait décidé d'élargir la base en creusant à même la montagne pour en localiser le cœur.

Rendu à mi-chemin, des dessins sur les parois éclairées désignent des scènes qui rappellent certaines peintures du sanctuaire de l'humanité sur l'Arche. Les couleurs se mélangent dans un agréable amalgame, et bien qu'il ne soit pas en mesure d'en apprécier toute la majesté, il les contemple du coin de l'œil en continuant son chemin.

Une grande étoile à cinq pointes est peinte à même le fond du puits, chacune des branches étant reliée à un passage. De plus grands flambeaux sont installés ici, ainsi que quatre statues de taille imposante : deux hommes et deux femmes aux allures guerrières. Skyler choisit l'un des passages au hasard, celui d'un guerrier à la longue chevelure typique des gens d'ici, revêtu d'une armure, et qui brandit une épée à deux mains, pointe vers le haut.

Skyler emprunte le passage, accompagné d'échos murmurants: il débouche sur une pièce circulaire où gisent des branchages et des bols de nourriture au pied d'une autre représentation du même valeureux guerrier. Des offrandes?

Des fleurs, certaines encore fraîches, d'autres en train de se faner, mais aucune qu'il sache identifier. D'où peuvent-elles bien provenir? De telles fleurs sauvages ne peuvent fleurir dans la glace et encore moins dans ce climat inclément. Peut-être en font-ils pousser dans les serres?

Skyler sort de la pièce et se faufile dans un autre des passages, celui-ci gardé par la statue d'une femme qui a l'allure d'Émily, avec ses cheveux courts et son regard espiègle et perçant. Bien que ce ne soit qu'un bout de roche, il l'effleure du bout des doigts : un courant le traverse, comme si Émily était vraiment là avec lui pour le guider.

Cette fois, il a plus de chances. Le passage débouche sur une grande salle au plafond surélevé, tapissé de stalactites dont s'égouttent continuellement des gouttelettes d'eau dans de petites flaques qui criblent le sol. Il descend les quelques marches. Des gens sont rassemblés autour d'une série d'autels et de statues plus sobres.

Plusieurs d'entre eux portent des tuniques blanches. Skyler a le sentiment de s'être immiscé dans une assemblée secrète, même si personne ne lui prête attention, tout le monde étant absorbé dans leurs conversations discrètes ou leurs prières. Skyler les contourne d'un pas silencieux en contemplant les héros statufiés lorsqu'une voix l'interpelle :

— Sky! Sky!

Gabrielle. La sœur d'Émily se jette sur lui et se met à larmoyer dans ses bras. Elle porte une tunique – drôlement douce au toucher – ajustée à sa taille. Il lui caresse les cheveux instinctivement, comme avec sa mère durant ses crises. Quand Gabrielle finit par se calmer, elle chuchote :

— Est-ce que tu as vu Émily? Je la cherche partout, mais je ne la trouve pas. Dinah refuse de me dire où elle est.

— Non, je ne sais pas où est Émily. Dinah est avec toi?

Gabrielle hoche la tête et indique la silhouette familière de la prêtresse du sanctuaire de l'humanité, la petite-fille légitime d'Élaine Farrell.

— Tu devrais aller la voir, dit Gabrielle avec un éclat dans les yeux, puis elle tourne les talons pour rejoindre un cercle avec des jeunes arborant la même tunique.

Dinah est penchée sur l'une des offrandes au pied de la statue qui ressemble à Émily. Skyler marche d'un bon pas dans sa direction, son cœur battant à mille à l'heure.

Lors de leur première rencontre, le pronostic de la blessure d'Émily venait tout juste de tomber et Skyler avait eu l'impression de revivre la perte de son frère Allen. Les mots de Dinah se perdent dans ses souvenirs, mais le simple fait qu'elle l'avait écouté avait fait toute la différence. Depuis, ils s'étaient revus brièvement, comme lorsqu'elle rendait visite à sa mère Murielle, mais chaque fois, il avait oublié de la remercier pour son oreille attentive et son cadeau inestimable : le journal d'Amarante légué par sa grand-mère Élaine Farrell.

Skyler prononce son nom : Dinah Farrell s'extirpe de sa prière avec une expression de surprise qui se transforme en un sourire soulagé.

— Que le Créateur soit loué! Heureuse que tu aies survécu à Ses épreuves.

— Merci. Pour le journal. Pour ma mère.

— Ma grand-mère en aurait fait autant, j'en suis certaine. N'est-ce pas la mission de la prêtresse de l'Arche?

Skyler lui renvoie un sourire timide, ne sachant choisir les bons mots pour s'adresser à une personne de son statut. Tout ce qu'il trouve à dire ne semble pas suffire pour exprimer sa gratitude.

— Est-ce qu'Émily… demande Dinah, mais ses paroles meurent lorsqu'elle se rend compte du trouble de Skyler. Je suis désolée, j'aurais dû y penser plus tôt.

— Je vais convaincre mon frère de retourner sur l'Arche pour aller les chercher.

— Émily s'est réveillée.

Skyler se fige, le souffle court.

— Réveillée?

— Oui. Elle a émergé de son coma une fois transférée au Refuge. J'ai essayé de te joindre dès que mon frère m'a appris la nouvelle, mais tu connais la suite. C'est ma faute… j'aurais dû trouver un moyen de t'avertir, mais si le Créateur a cru bon de la sauver à ce moment précis, Il a forcément une raison.

L'espoir et une détermination résolue imprègnent la voix de Dinah. Elle se soucie réellement d'Émily, comme une véritable amie. Sachant à quel point Émily est réfractaire à tout ce qui a un lien avec le sanctuaire et le Créateur, leur amitié est d'autant plus étonnante. La petite fille d'Élaine Farrell doit vraiment être spéciale.

— Mon frère Philippe est resté sur l'Arche, lui aussi. Ils habitent chacune de mes prières.

Elle jette un regard nerveux vers la statue au pied de laquelle elle priait. Bien qu'elle soit la prêtresse, elle n'en reste pas moins un être humain qui vit les mêmes angoisses.

— Ne crains-tu pas être déçue? demande Skyler avec la plus grande délicatesse possible.

— La foi. Les gens ici proviennent de différentes Arches, mais ils sont tous guidés par la même force invisible qui transcende tout ce que l'on peut imaginer. Désolée. Je ne devrais pas t'embêter avec mes croyances.

— Je ne suis pas comme Émily. Les Goldberg n'ont jamais été de fervents croyants, mais ils faisaient des dons à la communauté chaque fois qu'ils en avaient l'occasion. Et en ce qui me concerne, je…

Skyler reprend son souffle et avec un sourire embarrassé, ajoute :

— J'ai toujours voulu y croire. Mais parfois je me demande si tout ce que je fais en vaut vraiment la peine.

— Tu es là où il faut, Skyler. Le Créateur nous donne des opportunités. Nous devons simplement y trouver un sens pour nous guider. Tout ce qui unit les gens ici, par exemple, est une force commune qui porte différents noms, différents visages, mais cette force unique reste là. Elle transpire dans ce lieu, ne le sens-tu pas?

Quelque chose de différent bat et vit en ces murs. La fraîcheur du passage est devenue une chaleur enveloppante presque transcendantale. Se retrouver avec tous ces gens, mais surtout avec ceux de sa propre arche, rend Skyler confiant : s'ils ont pu se rendre jusqu'ici, ils ont encore le pouvoir d'agir.

Et Émily est en vie.

Dinah pose sa main sur le bras de Skyler qui sent un courant électrique lui traverser la peau.

— Ce n'est pas une coïncidence, dit-elle avec un sourire. L'énergie est forte, par ici. Et ceux qui ont construit cette base le savaient. Ce n'est qu'une question de temps avant que l'on se remette sur pied et que l'on puisse accueillir un nouveau destin.

— On est là les uns pour les autres.

Pour Émily. Pour sa mère. Et tous les autres Archéens, où qu'ils soient. C'est ce dont ils ont besoin : une ancre pour les stabiliser.

— Je ferai de mon mieux, dit-elle, son expression changeant alors qu'elle aperçoit quelque chose derrière lui.

— On se réunit sans m'avertir, maintenant? dit Chris, l'air faussement offensé. Je t'ai cherché partout, Sky. Je mourais d'ennui et te voilà qui passe du bon temps avec mademoiselle Farrell.

— Il n'y a pas de raison d'être aussi formel, répond Dinah, l'air gêné. Ce devrait plutôt être à moi de faire preuve de plus de respect, futur officier Kay.

— C'est un titre qui ne vaut plus rien ici. De toute façon, je suis beaucoup plus utile ici avec Skyler. Pourquoi ne pas faire profiter de mes compétences à ceux qui en valent la peine?

— Tu penses aux autres avant tes propres intérêts, maintenant? demande Skyler, avec une pointe de sarcasme.

— Mon cœur a une place pour ceux qui le méritent. Pour la grande prêtresse, par exemple. Toi aussi, Skyler, ne t'inquiète pas.

— Devrais-je me sentir flatté?

Chris le regarde un peu de façon condescendante, comme un père qui surprend son fils en train de lui mentir en pleine figure.

— N'importe qui voudrait être le meilleur ami de Chris Kay. Ne feins pas l'ignorance.

— Si ça peut te faire plaisir, concède Skyler en regardant ailleurs, embarrassé d'être le centre d'attention.

Dinah retient maladroitement un rire qui s'échappe malgré tout. Elle finit par rire de bon cœur, des larmes perlant aux yeux.

— Quoi? demandent Skyler et Chris d'une même voix.

— Ce n'est rien. Rien de mauvais en tout cas.

Gabrielle profite de ce moment pour se jeter sur Chris qui s'exclame avec éloquence :

— Ma foi! Ma reine a survécu aux tribulations qui ont secoué notre royaume depuis notre dernière conquête.

Le sourire de Chris est sincère. Skyler l'observe s'agenouiller pour parler doucement à la sœur d'Émily qui ne contient pas ses sanglots. Il réussit à la faire rire d'une manière habile. Chris a des talents cachés. Où a-t-il appris cela?

— Si ça ne vous dérange pas, j'ai une reine dont je dois m'occuper, dit Chris en prenant la main de Gabrielle. On se revoit pour le souper, Skyler. J'ai concocté quelque chose avec l'aide d'Éliza. Je suis convaincu que tu aimeras.

Il s'éloigne avec une Gabrielle enchantée, toute trace de tristesse évaporée comme par magie.

— On retrouvera ceux qui ont été laissés derrière, dit Dinah avec conviction.

— N'est-ce pas à l'encontre des désirs du Créateur?

Dinah a un sourire espiègle, de toute évidence inspiré par la fréquentation d'Émily.

— Il peut parfois se montrer coopératif si on sait bien demander.

— Comment?

— Laisse-moi te montrer, dit-elle en lui faisant signe de la suivre près de l'autel.

Skyler se laisse guider. La lumière chaude des flambeaux illumine l'enveloppe de leur pouvoir.

CHRIS PEUT ÊTRE SURPRENANT à ses heures. La veille, il a concocté avec Éliza un réel festin, qui incluait le repas favori de Skyler du temps qu'ils étaient gamins : du saumon grillé dans son jus exquis, sur un lit de feuilles de laitue sauvage à la sauce aux noix concassées – les noms exotiques de *La Orilla* ont toujours eu la cote. Chris a répliqué le mets à la perfection. Éliza était bien heureuse d'ajouter une recette à son livre, un petit journal qu'elle tient de ses expériences culinaires, sous prétexte que leur père était un fin gourmet et que chaque fois qu'elle et Oslo désiraient s'attirer ses faveurs, cela passait toujours par lui remplir la panse.

Skyler vient de terminer avec un patient à la clinique ce matin, lorsque Chris s'infiltre dans le bureau et referme la porte derrière lui. Il s'assoit devant Skyler qui remplit des documents concernant la petite Rose qu'il voit tous les jours à la demande de son père Marko, un réfugié de l'Arche du Navigateur. Skyler a beau lui avoir assuré que ses tests ne montrent aucune séquelle, il insiste. Chris lui fait remarquer que c'est sûrement la petite Rose qui cherche un moyen de revenir.

— Tu crois?

— La pauvre a passé à travers un évènement traumatisant et tu es son héros.

— Comment peux-tu en être aussi certain?

— Tu te rappelles? Je travaillais au département des naissances pendant que toi, tu t'occupais des vieilles peaux.

— Bon, bon, bon, dit Skyler en grimaçant à sa façon peu amicale de désigner les aînés. Ces *vieilles peaux,* comme tu dis, ont déjà eu notre âge.

— Oui, docteur, répond-il d'un ton moqueur, mais pas le moindre offensant.

Les moments sombres de Chris se sont espacés. Il s'est adouci depuis leur visite au temple où ils ont retrouvé Dinah et Gabrielle. L'apparente accalmie qui s'est installée depuis leur arrivée à l'Étoile fait craindre le pire à Skyler. Que le Créateur soit là pour veiller sur eux ou non, ses plans ne sont pas sans douleur. Plus le temps passe, plus l'Arche d'Amarante approche de sa fin de vie. Mais pour changer cela, une rencontre avec son frère Neal est inévitable.

Pour le moment, Skyler sourit à Chris malgré son humour grinçant.

— As-tu entendu des suites de l'investigation au sujet de l'empoisonnement? demande Skyler. Rien n'explique où et pourquoi cette fuite s'est produite.

— Quelle investigation? Ces gens n'ont aucune ressource. Tu ne l'as pas encore remarqué?

C'est vrai que leurs moyens sont plutôt limités. Rolf et les quelques apprentis qu'ils ont commencé à former sont de réels débutants. Avant qu'ils puissent participer activement aux soins de la clinique, il leur faudra des années, du temps qu'ils n'ont pas à leur disposition s'ils veulent être efficaces. Skyler a pris les devants en leur enseignant comment s'occuper de la désinfection et d'autres taches connexes qui ne mettent pas en péril la vie des patients, mais qui donnent un sérieux coup de main, puisque l'énorme responsabilité de diriger la clinique repose sur les épaules de Chris et Skyler. Personne ne leur avait dit à quel point la situation était critique. Malgré les défis, ils ne s'en sortent pas trop mal, mais c'est surtout valorisant de pouvoir aider ces gens qui les ont accueillis et qui leur font confiance. Cette confiance a cependant un prix.

— On ne peut pas se permettre que cela se reproduise, dit Skyler. Imagine les ravages que cela causerait. Cette clinique fonctionnait, avant… il s'est passé quelque chose. Quelque chose qu'Éliza et Oslo ne veulent pas nous dire. Les circonstances de la « mort » de leur père Anzen sont réellement troubles.

— Qu'est-ce que tu proposes?

— Et si on menait notre propre investigation?

Skyler sait qu'il vient d'ouvrir une boîte de Pandore, mais il est impossible que les novices les aident à ce propos. Éliza non plus, même si elle a décidé de leur révéler certaines faces cachées de l'Étoile de son propre chef.

Chris s'assoit en angle, la jambe sautillant, tandis que Skyler range les dossiers de façon organisée pour se distraire.

— On devra être extrêmement prudent, dit Chris. Qui sait ce dont ces gens sont capables s'ils sacrifient les leurs sous de soi-disant prétextes d'héroïsme alors, qu'au fond, ils étirent leur mort à perpétuité dans ces lits mortuaires sous nos pieds?

— Heureusement que les enfants ne savent rien de cela, dit Skyler en voyant l'un d'eux les espionner à travers la fenêtre, puis courir quand leurs regards se croisent.

— Évidemment! s'exclame Chris en se levant d'un bond. Rose est la clé.

— Qu'est-ce que tu veux dire?

—Je suis certain qu'elle ne dirait pas non à une visite surprise de son nouveau meilleur ami.

Skyler absorbe ses paroles en fronçant les sourcils.

— Tu crois vraiment que sa famille nous laissera tout bonnement entrer chez eux et les interroger? Le Parangon pourrait se le permettre, mais on n'est plus sur l'Arche.

— Marko te fait confiance. Tu as sauvé la vie de sa fille. Cela n'arrive pas tous les jours. D'ailleurs n'a-t-il pas demandé à Éliza de te rencontrer?

Et elle avait refusé pour une raison qu'ils ignorent. Elle voulait d'abord leur montrer les installations de la base, mais pourquoi n'aurait-il pas pu simplement rencontrer Marko après?

— Ça pourrait fonctionner, concède Skyler. Ça vaut le coup d'essayer, en tout cas.

— Exactement.

Chris ouvre la porte du bureau et lui jette un regard inquisiteur.

— Où vas-tu comme ça? demande Skyler, confus.

— Tu as besoin d'un partenaire. N'est-ce pas ce que les héros font?

Chris lui donne une tape sur l'épaule avant de sortir le premier.

La cabine de Marko et de la petite Rose se distingue des autres qui se sont contentés d'afficher des dessins et des symboles particuliers de leur culture. Celle-ci regorge d'objets de toutes sortes, dont des jouets qui ornent l'entrée comme s'il s'agissait d'un magasin où tout est possible.

— Cet avion est génial, note Chris en saisissant un jouet reconstitué à partir de pièces de métal recyclé qui, à première vue, ne vont pas ensemble, mais qui s'agencent parfaitement. Tu te rappelles nos avions téléguidés? Ils étaient si rares et amusants, surtout quand je gagnais.

— Sauf la fois où mon frère t'a battu.

— Ce n'est arrivé qu'une seule fois, et puis le Commandement les a interdites pour une raison bidon.

— Ce n'était pas sécuritaire dans les couloirs de l'Arche, surtout pas sur l'étage des aînés.

— J'aurai ma revanche un jour, je te le promets. Même si je dois terrifier d'autres vieux en route pour le déjeuner.

Malgré toutes ces années, Chris ne changera jamais.

— Est-ce qu'il s'est passé quelque chose? demande Marko en émergeant de la cabine sous les lumières multicolores clignotantes.

— Pas du tout. Chris et moi venions nous assurer que tout allait bien pour votre famille.

— En fait, on essaie de rencontrer toutes les victimes de l'incident pour savoir ce qui s'est passé, intervient Chris d'un ton autoritaire avec un regard en biais pour Skyler.

Marko a l'air un peu décontenancé par sa réponse, mais il finit par dire :

— Bien sûr, bien sûr. Entrez. Avoir su que vous viendriez, j'aurais mis un peu d'ordre.

Cette visite est mieux d'en valoir la peine, songe Skyler en le suivant à l'intérieur.

Cette résidence est nettement différente de celle d'Éliza et Oslo. Marko est un bricoleur. Pas un centimètre n'est inutilisé. Les débris empilés partout forment un chaos étourdissant. Des rotors, des petits moteurs, des hélices, des roues, du filage, des lumières, et plus encore, sont triés de façon méthodique dans des paniers, comme ceux des marchands du dôme. Le reste de la cabine est tapissé d'étagères affichant les créations de Marko, véhicules comme animaux de métal.

— C'est difficile pour les enfants des nouveaux réfugiés de s'habituer à la vie à l'Étoile. La plupart ont vécu un traumatisme qui les empêche de dormir. Je me suis dit qu'ils avaient besoin d'une distraction, alors j'ai décidé de faire ce que je fais le mieux.

— C'est grandiose, dit Chris, exalté par les modèles réduits. Est-ce qu'ils fonctionnent?

— Bien entendu! s'exclame Marko avec enthousiasme, décidément heureux qu'un adulte s'intéresse à ce qu'il fait. Ils sont tous dotés d'un moteur qui leur permet d'avancer. Ce serait du gâchis de ne pas donner une seconde vie aux débris qui jonchent la base.

Pour appuyer ses dires, Marko fait voler un avion dans l'appartement pour leur plus grand plaisir. Skyler replonge en enfance, du temps où son frère Allen était là. Ces petits engins peuvent paraître inoffensifs ou stupides, mais ils créent des souvenirs inoubliables en stimulant l'imagination à un niveau incomparable. Pour Skyler et Chris, c'était l'échappatoire idéale sur l'Arche.

— Et il y a plusieurs modèles? s'enquiert Chris.

Skyler les laisse à leur discussion effrénée, davantage intrigué par le reste. Il examine des gadgets de toute sorte lorsqu'une voix féminine l'interpelle :

— Je vous préviens, mon mari ne le lâchera pas d'une semelle à partir de maintenant. Sa passion sort de l'ordinaire. J'espère que votre ami est aussi passionné.

Une femme svelte à la longue chevelure sombre et au teint basané se tient dans le cadre de la porte, là où il y reste encore de l'espace pour qu'une personne puisse se tenir debout au milieu des piles de pièces diverses.

— Isabela, se présente-t-elle. Et je mettrais ma main au feu que vous êtes le médecin qui a sauvé notre petite Lola. Elle parle tellement de vous que ce serait difficile de vous prendre pour quelqu'un d'autre.

— Elle est adorable, répond Skyler qui n'est pas habitué à recevoir ce genre d'accueil. Elle va bien?

— Oui et pas seulement physiquement. Elle se sentait plutôt

seule dernièrement, mais depuis qu'elle a fait votre connaissance, sa joie de vivre est revenue.

Alors comme ça Chris avait raison. Il a vraiment un don avec les enfants.

— Et comment vous sentez-vous? demande Skyler en prenant l'air le plus professionnel possible.

— Moi? Si vous voulez parler de ma santé, tout semble aller, dit-elle. La routine s'est installée.

— C'est un peu ce qui nous a conduit ici aujourd'hui. Désolé de ne pas nous être annoncés avant. Pour être honnête, ça a été un peu décidé à la dernière minute.

— Il n'y a aucun problème. Il fait bon de voir que des gens de votre compétence sont là pour veiller sur nous. Avec tous les récents évènements, il est difficile de se sentir à l'abri du danger.

Isabela a une légère toux qu'elle explique aussitôt devant le regard inquiet de Skyler :

— Le chauffage n'est pas terrible dans bien des espaces de cette vieille base. Si on a le malheur de s'aventurer un peu trop loin, on attrape un coup de froid assuré.

— Est-ce dans un endroit comme celui-là que Rose était quand ses symptômes ont commencé?

— Elle préfère les endroits moins frais. En fait, ce n'est pas très compliqué, elle se tient toujours au même endroit avec ses copains.

— Vous pouvez m'y emmener?

— Marko, je me rends au travail tout de suite avec le docteur.

— S'il vous plaît, appelez-moi Skyler.

— Et vous, Isabela, dit-elle avec un clin d'œil.

Marko ne répond pas tout de suite, puis ils se chuchotent quelque chose d'inaudible, et Marko replonge dans sa conversation avec Chris qui lance un regard entendu à Skyler.

Isabela le conduit dans une section de la base que Skyler n'a encore pas visité, ce qui le rend perplexe. Après tout ce temps à explorer les tunnels, il y en a encore qui lui échappent.

Isabela a l'air amusé et lui dit :

— Même après des années, j'aboutis parfois au petit temple en voulant me rendre aux mines. Mon chef d'équipe se paie ma tête à chaque fois, mais je sais qu'au fond, chaque minute compte. Les mains ne suffisent pas et quand les retards s'accumulent… Attention. Cet embranchement est un peu traître si on ne prête pas attention.

Skyler se repère maintenant, sa petite aventure de l'autre jour encore fraîche dans sa mémoire. Un amalgame d'étoiles miniatures – d'autres dessins qui forment une fresque – enjolive la roche brute de la montagne, limée par endroits où certains morceaux rosés et saillants ont été laissés intacts en guise d'ornementation.

— L'Étoile a beaucoup plus de ressources qu'il y paraît, mais il faut savoir chercher, explique Isabela en caressant du pouce des cristaux qui varient du blanc au bleu et au vert. Ces gemmes, par exemple, valaient une fortune avant le Déluge, et ces montagnes en regorgent, surtout à mesure que l'on s'enfonce dans le sol. Celles-ci se trouvent à cette hauteur parce qu'elles ont été transportées, puis serties dans la paroi rocheuse. Une forme d'art particulière à ces grottes. À peu près tout ce à quoi ces gemmes servent. Autrement, on ne se donnerait pas de mal pour les extraire.

— Ce n'est pas ce que vous minez ici? demande Skyler, hypnotisé par leur qualité mystérieuse, nettement différente des fragments rosés qui sont plus nombreux.

— L'argent ne vaut rien ici, même si ce système a trouvé moyen de perdurer sur les Arches. Enfin, sur la nôtre il y en avait. On ne mine que ce qui est utile pour la base.

— Vous viviez sur une Arche auparavant?

— Oui, jusqu'à il y a sept ans. C'est une longue histoire, mais

Thalassa avait des plans pour nous, et notre mort était la réponse qu'ils cherchaient.

Encore ce nom, *Thalassa*.

— C'est comme ça que votre Arche a été détruite?

— Pas exactement, répond-il. C'était plutôt un concours de circonstances. Un peu plus et on était à court d'oxygène.

— Thalassa, murmure Isabela. Ils sont partout. Ce bris n'était pas une coïncidence.

Ils approchent d'un espace plus vaste que les corridors irréguliers et étroits, et pas toujours bien aménagés, comme si la base avait été construite à la hâte, dans la frénésie et par manque de temps. Dans ce grand espace, de grands cristaux blanchâtres aux reflets mats et rosés naissent au milieu d'un large étang. De petits groupes de gens munis de piques extraient le minerai qu'ils jettent dans des brouettes vétustes. Des lumières blanches sont encastrées dans les parois où des filages pendouillent çà et là. On dirait presque que cet endroit ne faisait pas partie de la base d'origine.

— C'est une mine de sel. C'est beaucoup moins excitant que ces gemmes, n'est-ce pas? Mais ce sel a des propriétés très intéressantes qui permettent d'emmagasiner l'énergie nécessaire au bon fonctionnement de la base. La technologie du Feu Sacré est impossible à reproduire avec nos moyens limités, il fallait donc être créatif. C'est Anzen Nord qui a réussi cet exploit, évidemment.

— Il n'y avait pas une source d'énergie intégrée à cette base? s'étonne Skyler qui peine à croire qu'ils doivent s'adonner à des tâches aussi rudes alors que des vaisseaux tels que le Njord dorment près de la côte.

— Le réacteur est depuis longtemps condamné. Puisque personne n'est qualifié pour l'entretenir et encore moins comprendre son fonctionnement, on a dû trouver une source d'énergie alternative. Je passe le plus clair de mon temps ici, et les enfants qui nous accompagnent souvent. Ça nous permet de garder un œil sur eux.

Après avoir traversé le large étang dans lequel Skyler trempe ses chaussures, Isabela échange de nombreuses salutations discrètes, mais bien senties, avec les mineurs de toutes origines et de tous âges. Tous ceux qui le peuvent se joignent à l'activité, heureux de redonner à ceux qui leur donnent une chance de repartir à neuf à la Surface, en sécurité. Skyler se contente de sourire et d'échanger quelques mots sur le fait qu'il fait partie des petits nouveaux de l'Arche d'Amarante et qu'ils auront l'occasion de se revoir. Il se rend compte que cette base risque d'être l'endroit où il passera le reste de sa vie. Sa gorge se serre à cette pensée.

Au bout d'un long passage connexe, ils émergent dans une antichambre où se dressent de larges stalagmites qu'ils doivent contourner.

— C'est l'endroit rêvé pour n'importe quel enfant, dit Isabela dont la voix fait écho. Ils peuvent jouer pendant des heures sans jamais se lasser avec tous ces recoins pour se cacher. Par-là, le château Bellerose de ma fille. Ne te surprends pas si elle t'y emmène un de ces jours pour prendre le thé. Ce n'est qu'une question de temps.

Isabela sourit pour la première fois depuis leur rencontre. Elle laisse même échapper un petit rire en regardant des enfants, dont Rose, occupés à jouer.

— C'est bon de les voir profiter de leur enfance. La Surface devrait être leur terrain de jeu, mais puisque l'hiver est impardonnable et qu'on ne connaît pas bien les environs, on préfère les garder en sécurité ici.

Skyler examine les environs pour localiser la source de leur empoisonnement. Il longe le fameux château Bellerose où s'accumule des jouets, des gemmes et d'autres trouvailles. Rien ne semble anormal. Du moins, rien n'explique comment autant les enfants que les adultes ont été intoxiqués. Il y a ni odeur ni rien qui laisse penser que la source de la toxine se trouve ici.

— C'est un bel endroit, avoue Skyler, nostalgique de sa propre enfance qui semble avoir filé à la vitesse de la lumière, sans son frère pour l'accompagner. Plutôt impressionnant de voir à quel point ils se sont investis.

— Oui. Ils ne font rien à moitié.

Skyler note un passage descendant un peu plus loin et s'avance pour y jeter un œil.

— Tout au fond de ce corridor se trouve une porte que personne n'a réussi à ouvrir, explique Isabela d'un ton agacé.

— Il y en a beaucoup, de ces portes?

— Plusieurs, oui. Difficile de savoir ce qu'elles renferment, surtout que personne ne prend la peine de les examiner. C'est sûrement mieux ainsi. Des reliques ne sont pas la solution pour survivre dans ce froid polaire. Il vaut sans doute mieux les oublier.

Isabela a une nouvelle quinte de toux.

— Vous êtes certaine que ça va? Je peux vous examiner à la clinique.

— Ce n'est rien, je vous assure, dit-elle devant le regard insistant de Skyler. Je travaille ici depuis tellement longtemps. Les autres seraient malades si quelque chose de néfaste se trouvait ici.

— Est-ce que Rose fréquente d'autres endroits?

— Vous l'appelez Rose encore une fois, dit-elle en roulant son nom. Vous faites définitivement partie de son fan-club.

— Désolé, j'aurais dû dire Lola.

— Cela m'attriste qu'elle ne veuille pas porter le nom de ma mère, mais je peux comprendre. Elle n'a aucun souvenir clair d'elle.

Isabela a ce regard que Skyler a trop souvent vu sur l'Arche : celui d'une femme en deuil avec, pour seule bouée de sauvetage, de vagues souvenirs qui s'effaceront au fil du temps. Comme si le Créateur n'en avait jamais assez de s'acharner sur les victimes de son plan.

— Ma mère a péri avec les autres sur notre arche. Lui donner son nom était une façon pour moi de la faire vivre à travers ma fille. Égoïste de ma part, je sais. Mais on fait ce qu'on peut avec ce qu'on a pour faire vivre ceux qu'on aime un peu plus longtemps.

Les sphères de mémoire reviennent plus claires que jamais dans l'esprit de Skyler. Son cœur se serre en sachant qu'elles dorment peut-être déjà au fond de l'eau.

— Pour répondre à votre question, vous devriez demander directement à ma fille. Elle vous y emmènera avec plaisir, j'en suis certaine. Maintenant que j'y pense, pourquoi ne resteriez-vous pas pour le dîner? Cela ferait très certainement plaisir à la petite. Après mon quart de travail, bien entendu. Pourrez-vous retrouver votre chemin tout seul? Je peux demander à Crystal de vous accompagner.

Skyler accepte l'offre du dîner, mais insiste pour revenir par ses propres moyens. Il a besoin de temps pour penser.

Il refait le chemin inverse, mais ce n'est pas l'empoisonnement mystérieux qui occupe son esprit. Les sphères de mémoire ne peuvent pas simplement disparaître avec l'Arche d'Amarante. Chaque être humain devrait y avoir droit dans ce nouveau monde. Mais comment réaliser l'impossible? Il n'a jamais autant regretté ne pas avoir étudié l'ingénierie, même si cela l'aurait condamné aux laboratoires Delta ou aux entrailles de l'Arche à calciner sous l'éclat du Feu Sacré.

Il lève les yeux juste à temps pour éviter de foncer dans une des portes verrouillées dont Éliza et Isabela ont parlé. Alors qu'il s'apprête à rebrousser chemin, sa curiosité l'emporte : il s'empare de la poignée en soupirant d'agacement. Pourquoi ne peut-il pas résister pour une fois? Et s'il activait un système de sécurité qui le mitraillerait sur place comme le drone meurtrier du Sedna?

Il pousse en fermant les yeux, comme si le fait de ne pas voir son méfait allait l'en protéger.

La porte s'ouvre.

L'intérieur est d'une noirceur totale. Skyler avance à tâtons jusqu'à une faible source lumineuse, comme si quelque chose avait été mis en veille. Il reconnaît des écritures dans un langage qu'il comprend enfin : probablement les vestiges de la base militaire d'autrefois. Est-ce que le Créateur se serait enfin décidé à lui montrer la voie à suivre? Dinah sourirait à cela.

Réacteur… fermer… équipement…

C'est le réacteur dont Isabela lui a parlé un peu plus tôt. Pourquoi est-il aussi facile d'accès?

Quelque chose bouge derrière lui. Il se retourne vivement. Qu'est-ce qui peut bien vivre ici, si loin du reste de la base?

La chose se tapit dans l'ombre. Pour la première fois de sa vie, Skyler ressent une peur viscérale. Et si c'était un animal? Ne doivent-ils pas trouver un refuge pour fuir le froid? Ce réseau de tunnels semble la cachette idéale pour les bêtes.

De crainte d'attirer l'attention de la chose, Skyler recule vers la sortie sans un bruit. Un mouvement à sa droite lui hérisse la peau et il scrute les ténèbres, les muscles tendus. Ce n'est définitivement pas un petit animal. C'est gros.

Son instinct de survie lutte contre sa perpétuelle curiosité. Il a un moment d'hésitation. Parfois, il faut savoir choisir ses batailles.

Skyler compte ses pas jusqu'à la sortie et referme la porte du réacteur.

25

SKYLER

MARKO ÉTAIT INGÉNIEUR SUR SON ARCHE AUTREFOIS. IL A LAISSÉ Skyler utiliser son ancien atelier, une cabine reconvertie où un plan de travail occupe la majorité de l'espace. Le désordre s'étend jusqu'ici dans des piles de fatras sans nom, mais avec un peu de ménage, Skyler a fait un petit miracle.

Cette fois-ci, il veut expérimenter par lui-même, chose qu'il aurait dû faire depuis longtemps. Dans un endroit comme l'Étoile, à la Surface, où chacun doit s'adapter, Skyler est prêt à faire le grand saut. Quel meilleur moment pour apprendre à se débrouiller? C'est son projet, après tout.

L'ingénierie n'est pas ce qu'il s'était imaginé. Il suit avec peine les instructions que lui a griffonnées Marko dans un document qu'il a compilé avec des schémas du ventre des sphères de mémoire, mais en fin de compte, il y aura beaucoup d'essais-erreur pour arriver au résultat souhaité.

Skyler soupire en essayant de connecter une partie du circuit intégré de la sphère pour la énième fois. Des semaines de travail pour en arriver là : bloquer sur une bête soudure. Si le mari de Jacinthe a réussi, pourquoi Skyler ne le pourrait pas?

Dans sa petite cabine sombre de l'Arche, il avait, contre toute attente, fait pousser des fleurs par ses propres moyens.

— Skyler qui décide de se salir les mains. J'aurai tout vu.

Chris est venu l'enquiquiner, comme il le fait si bien. Skyler est porté à croire que c'est sa façon de lui montrer son amitié.

— J'espère que tu pourras te rendre utile au lieu de m'embêter, répond Skyler en laissant tomber le circuit et la pincette sur le bureau de travail, de même que le monocle qui lui sert de vision augmentée pour mieux apprécier les détails tarabiscotés du circuit imprimé.

— Non, non, continue. Ne t'occupe pas de moi.

Chris a une attitude un peu étrange aujourd'hui, comme s'il cachait quelque chose. Il observe en silence le travail accompli jusqu'à maintenant pendant que Skyler fixe le circuit imprimé qui lui donne un mal fou.

— Tu devrais prendre une pause, lui dit Chris.

Skyler s'apprêtait à retenter de connecter l'une des branches difficiles à atteindre, mais son manque de dextérité avec la pincette l'exaspère. Il saurait davantage quoi faire avec un scalpel.

— J'aimerais bien, mais je ne crois pas réussir à reproduire les sphères de mémoire. À moins que tu aies une solution magique pour rendre ces mains plus habiles? Si oui, je te serais reconnaissant. Et en passant, pourrais-tu arrêter de me fixer avec cet air niais? Pourquoi tu souris?

Chris est une distraction de trop. Skyler se concentre de toutes ses forces sur la mince ligne qu'il doit souder.

— Je ne peux pas m'en empêcher, désolé. Je préfère sourire au lieu de garder mon air sérieux comme un certain docteur dans cette pièce.

— Tu as vraiment le don, toi.

— Arrête pour aujourd'hui.

— Donne-moi une bonne raison de le faire?

— Seulement une? Alors voyons voir… parce que j'ai une surprise pour toi!

Très bien. Skyler dépose son instrument en voyant qu'il a bousillé la plaquette en soudant le mauvais circuit. Il devra demander à Marko comment réparer son gâchis.

— Tu as gagné, avoue Skyler en levant les bras en l'air. De toute façon, je n'arrive à rien.

— Donne-toi un peu de temps. Si tous les ingénieurs se faisaient du jour au lendemain, ce serait beaucoup trop facile, non?

— S'il y a un lendemain, cela dit.

— Je croirais entendre Émily. Allez, j'ai exactement ce qu'il te faut, Sky. Ferme les yeux.

— Et quoi encore? dit Skyler qui grommelle en fermant les yeux.

Mais à quoi joue Chris?

— Tends les mains devant toi.

Skyler s'exécute et Chris le rabroue :

— Pas comme ça! Franchement. Joins-les comme pour recevoir la bénédiction de la prêtresse, dit Chris avec une pointe de sarcasme. Comme ça c'est mieux.

Quelque chose de doux effleure ses paumes, une odeur monte à ses narines. C'est… floral. Il ouvre les yeux sur Chris qui est tout sourire.

— Des fleurs?

— Tu les aimes? s'enquiert Chris qui garde les mains derrière son dos.

Elles sont belles et d'un rouge qui tire sur le cramoisi. Skyler ne croit pas en avoir déjà vu des semblables, surtout pas sur l'Arche. Leurs pétales sont gros, leur arôme assez prononcé, mais pas désagréable. Skyler en respire une autre bouffée pour s'imprégner de leur odeur.

— Elles sentent bon. Où les as-tu trouvées?

— Ça, c'est la partie deux de ma surprise.

— Quoi? Il y a plusieurs parties? Tu sais que je dois plancher sur ce projet.

— Il n'y a pas le feu. Et ce sera bien de passer un moment ensemble, loin de toutes ces obligations que tu perdures à t'imposer. C'est comme si rien n'avait changé et pourtant, nous sommes sur la Surface.

Entre la clinique, les visites chez la famille de la petite Rose, les excursions dans les tunnels et les demandes occasionnelles d'Éliza, il n'a pas eu une minute pour lui. Compenserait-il son besoin de ramener l'Arche ici? En réalité, il se désole de l'avoir oubliée si rapidement.

— Mais je n'ai pas de pot, décide Skyler qui veut conserver précieusement ces fleurs.

Non seulement elles sont magnifiques – et parfaites pour reprendre son projet de petit jardin –, mais c'est la première fois que Chris lui offre quelque chose. S'il peut rallonger la durée de vie de ces fleurs, il le fera. Il ne voudrait pas oublier de sitôt la générosité de Chris.

— Ça ne fait rien. Je pourrai t'en ramener d'autres. Dépêche-toi avant que je change d'avis.

— Pourquoi ne me dis-tu pas où les trouver?

— Tu ne sais vraiment pas ce que le mot *surprise* signifie, pas vrai?

Chris force Skyler à prendre sa main et laisser le bouquet miniature sur la table de travail. Elles vont faner en un rien de temps sans eau!

Le contact de leurs mains se brise quand ils sont suffisamment loin de l'atelier.

— Je me demande vraiment quelle mouche t'a piqué pour que tu sois dans un tel état.

— Une mouche? Quelle mouche? s'étonne Chris.

— Celle qui devait te tourner autour quand tu as trouvé ces fleurs.

Chris le conduit dans le dôme principal de l'Étoile, mais ils ne s'y attardent pas pour ne pas risquer de se faire intercepter par des patients de la clinique. Ils se dirigent à l'autre extrémité où un corridor en verre, similaire à celui par lequel ils sont arrivés quand ils ont débarqué du Njord, longe le flanc opposé de la montagne. Le verre chauffe sous les rayons du soleil de fin de journée.

Ils débouchent dans un repli de la montagne niché stratégiquement pour que le soleil ne baigne pas l'endroit toute la journée. La baie brille de mille feux et, quand ils sont assez près, le corridor bifurque dans un dôme de taille moyenne que Skyler n'a encore jamais vu.

— Tu vas adorer, dit Chris avec une pointe d'excitation dans la voix. J'en suis convaincu.

— Comment trouves-tu tous ces endroits?

— C'est un secret!

Un immense rocher de verdure trône en plein centre et s'étend vers d'autres petits dômes qui y sont rattachés, foisonnant d'une végétation qui s'entremêle dans un réseau complexe de branchages, de racines et de feuillage. Skyler est bouche bée devant autant de beauté. Il a l'impression d'être sur la terre d'avant le Déluge, celle qu'on leur présentait à l'Académie, mais cette fois, c'est bien réel :

— C'est incroyable.

— Viens.

Cette section de l'Étoile est sereine et peu fréquentée. Ils contournent ce grand rocher grouillant de vie. Des arbres, et même des lianes qui pendent de part et d'autre. Un bruit de fond s'intensifie et une brise froide lèche la peau en donnant un frisson.

Une chute d'eau gigantesque se déverse depuis le sommet et s'écrase dans un large bassin qui s'étend jusqu'aux autres dômes interconnectés. D'ailleurs ce rocher n'est pas unique. Il y en a d'autres, de tailles variables, avec leur propre végétation. Skyler prend un moment pour apprécier la chute d'eau qui les rafraîchit, idéal après avoir marché une telle distance dans le passage de verre qui est pire qu'un fourneau en fin de l'après-midi.

— On peut monter par-là, crie Chris par-dessus le vacarme de l'eau. C'est la meilleure vue.

Ils gravissent des escaliers qui les mènent à travers des branchages et doivent se pencher à l'occasion pour éviter de se faire lacérer le visage.

— Le parc de l'Humanité fait pâle figure à côté de ce jardin, s'extasie Skyler qui ne retient plus sa joie.

— Alors, tu aimes? demande Chris en le prenant par l'épaule.

— J'adore.

— Attends de voir la suite.

Ils poursuivent l'exploration de ce jardin presque irréel où l'air est un délice, avec ses parfums floraux qui dansent avec l'odeur boisée des arbres, si bien que Skyler a l'impression d'être ivre.

Des arches et des passerelles ont été construites autour du rocher et à mesure qu'ils avancent, ils s'élèvent graduellement, la vue devenant de plus en plus pittoresque. Une chute encore plus imposante que celle de l'entrée se connecte à la baie, elle-même sous le couvert du dôme. Des poissons y paressent et se nourrissent de plantes aquatiques dont des algues. Skyler est enchanté par tant de beauté dans un lieu aussi improbable.

— On y est presque, annonce Chris alors qu'ils se reposent un peu devant la deuxième chute et admirent l'astre solaire qui décroît vers l'océan dans un torrent de lumière.

Leur chemin bifurque à l'intérieur du rocher où ils sont enveloppés de feuillages luxuriants qui les coupent du reste du monde. Ils repoussent de larges feuilles sur leur passage, leurs bottes faisant craquer des tiges.

Skyler écarte une feuille plus grosse que les autres. Il sait ce que Chris veut lui montrer. Un jardin secret.

Il s'étend sur plusieurs étages, avec des grappes de fleurs de toutes les espèces et couleurs imaginables. Le bouquet de fleurs rouges que Chris a déniché provient d'ici. Elles sont regroupées dans un angle difficile à atteindre, en bordure d'un des rochers à travers la brousse. Chris a dû avoir un mal fou à s'y rendre sans se faire piquer par les arbustes.

—Je ne peux pas croire que tu aies trouvé cet endroit, dit Skyler en s'accroupissant près d'un bouquet de lys d'une sorte qu'il n'a jamais vue auparavant.

Ces lys sont bien différents de leur habituel blanc nacré. Ils arborent un rose tacheté, bordé d'une ligne blanche aux contours irréguliers sur leurs pétales en forme d'étoile. Skyler approche son nez des longues étamines orangées et hume leur parfum capiteux légèrement épicé.

— Comment as-tu su que les fleurs m'intéressaient?

— À l'unité de soins, tu en amenais presque chaque jour pour tes patients. Et puis un jour, je t'ai vu au parc en cueillir, mais puisque je n'en avais jamais vu, je me suis dit que tu devais passer un temps fou à les localiser. Quand je suis tombé ici par hasard, j'ai su que je devais t'y emmener.

— Chris, je ne pensais jamais te dire cela un jour, mais…

Skyler se relève et Chris le regarde comme s'il retenait son souffle.

—Je ne crois pas que je pourrais m'en sortir sans toi ici. Ce sont peut-être que des fleurs à tes yeux, mais pour moi…

L'émotion le prend subitement à la gorge et ses yeux piquent.

— Skyler… est-ce que ça va?

— Désolé, je n'aurais pas dû sentir ces lys, répond-il en reniflant. Je dois probablement être le seul que cela l'intéresse et j'y suis allergique. Tu parles d'une malchance.

L'éclat de Chris faiblit l'espace d'un instant, puis sur un ton plus léger, il dit :

— Tu m'inviteras si le cœur t'en dit. J'aime bien ce genre d'endroit, moi aussi. On ne trouve pas ce calme ni cette sérénité ailleurs sur la base et ses tunnels étouffants. Ce n'est pas pour rien qu'ils se servent de ce jardin comme monument.

— Comme monument?

— Tu vois les statues, là-bas?

Chris désigne au pied du rocher un espace avec des plaques gravées d'inscriptions et de dessins.

— En faisant mes petites recherches, j'ai découvert qu'avant de congeler leurs morts dans les souterrains, ils leur dédient une épitaphe ici. Cet endroit est un jardin d'Éden en quelque sorte, là où les morts reposent.

— Un cimetière.

Le mot a le pouvoir de noyer ce paradis qui n'est qu'un rappel de la mort. Skyler s'en veut de l'avoir prononcé. Ce havre fragile mérite d'être protégé.

Les épitaphes souillent le tapis floral comme un cancer en développement.

— Ça ne change pas le fait qu'ils ne les libèrent pas de leur enveloppe corporelle, ajoute Skyler.

Il a dû mal à chasser le visage d'Anzen Nord, indéfiniment plongé entre la vie et la mort pour soi-disant tenir la barrière *Eyr* autour de la base. Quelle technologie machiavélique peut requérir des humains comme source d'énergie?

— Et si on avait tort? dit Chris. Au sujet de la mort. Au sujet de la vie.

Chris qui remettrait en question tout ce qu'ils ont appris sur l'Arche? Le Commandement avait ses défauts et leur a caché bien des choses, mais leur éducation était juste. Il faut savoir départager le vrai du faux sans tout mettre dans le même panier, quand même.

— Ce qui vient de la terre doit y retourner, argue Skyler. Utiliser leurs corps pour alimenter une machine va à l'encontre de ce cycle.

Qui a pu concevoir un tel outil sans aucun souci d'éthique pour la dignité de ces gens sacrifiés avec ou sans leur consentement? Et même s'ils ont consenti, ils n'avaient aucune idée de ce dans quoi ils s'embarquaient. Qui peut imaginer ce qu'est réellement nager entre la vie et la mort?

—J'ai réfléchi longuement au pourquoi ils les tiennent en vie et la conclusion m'effraie, Chris. Je ne souhaite pas que d'autres souffrent de la même façon parce que ces gens ont perdu la voie de la raison.

—Et tu veux amener les sphères de mémoire ici. Tu crois qu'ils vont les accepter?

Skyler considère son point avant de répondre.

—Il faudra les convaincre, mais je ne vois pas pourquoi ils refuseraient. Les sphères sont une façon d'honorer leurs morts et il semblerait que ce soit dans leurs principes.

—En quoi est-ce différent? Ils seront emprisonnés à tout jamais dans des globes de verre.

—Ce n'est pas pareil, se défend Skyler. C'est une copie de leur mémoire, pas exactement une réplique ou l'essence même de qui ils sont.

—Et tu crois pouvoir expliquer ça à ceux qui verront des hologrammes de leurs familles, de leurs amis et de leurs amours?

Chris appuie chaque parole, mais Skyler insiste :

—J'espère qu'Éliza pourra m'aider à leur faire accepter. Je ne sais pas ce qui s'est produit sur leurs Arches respectives, mais c'est assez grave pour que personne n'ose en parler. Ces gens ont été brisés de l'intérieur par cette *Thalassa*. Si on les rapièce, ils pourront retrouver le chemin de la raison. Ce n'est pas impossible.

Murielle a erré dans les limbes pendant des années, puis elle s'en est finalement sortie. Le potentiel des sphères est si grand qu'il ne peut pas laisser passer cette chance.

—Pourquoi ne devrions-nous pas profiter un peu du fait que nous ne le sommes pas brisés, justement? demande Chris en triturant une brindille.

Skyler se rapproche des fleurs qui frissonnent dans la brise que crée la chute d'eau. Est-ce vrai? Ils ne seraient pas brisés eux aussi à leur façon? Jusqu'à preuve du contraire, ils ont perdu Amarante, leurs amis, leur famille et leur innocence. Une bombe qui n'a pas encore explosé pour les mettre en pièces, seulement retenue par un filet d'espoir qui s'érode un peu plus chaque jour.

— On passe le plus clair de notre temps à la clinique à aider ceux qui en ont besoin. N'est-ce pas la meilleure chose à faire?

— Tu ne penses pas à autre chose que le travail, parfois? demande Chris avec dans la voix une nuance que Skyler ne parvient pas à identifier.

— Qu'y a-t-il d'autre à penser? On ne vit pas dans un conte de fées, encore moins un paradis, même si ça, c'est ce qui s'en rapproche le plus.

— N'as-tu pas songé un instant que ce paradis n'est pas un endroit où l'on a besoin d'aller physiquement?

Cette Terre promise n'est peut-être qu'un jardin contenu dans un dôme artificiel. Skyler a un rire jaune. Pourquoi cette pensée l'irrite à ce point? Personne ne leur a dit ce que ce serait.

— Si ce paradis n'existe pas, alors à quoi bon? s'entend-il dire.

Chris pose la main sur le torse de Skyler qui se tend par réflexe, puis se détend une fois en sentant une chaleur se diffuser.

— C'est pourtant si simple, Sky. Depuis le début, notre paradis se trouve ici. Ne me dis pas que tu as oublié.

Une impression, un sentiment.

— Être heureux, murmure Skyler. C'est tout?

— C'est un bon début, en tout cas, dit Chris en laissant sa main retomber mollement.

À la fois si simple et si douloureux. Pourquoi n'y a-t-il pas plus que cela?

— Il y a une dernière chose que je veux te montrer, dit Chris en s'évaporant sans prévenir dans le feuillage du sentier menant au jardin.

Skyler l'interpelle, mais il ne reçoit aucune réponse et se lance à sa poursuite. Les branchages fouettent son uniforme pour ralentir sa progression. Le chemin de terre se met à descendre pour rejoindre le jardin, la tête de Chris apparaît puis disparaît. Il peut presque l'entendre rire, comme lorsqu'ils étaient gamins et qu'ils se baladaient ensemble dans les entre-deux. Le souvenir revient à Skyler par flashs : les rires, le plaisir, le temps qui s'arrête. Comment ce temps peut-il être terminé? Est-ce de cela dont parlait Chris quand il disait que le paradis se trouve à l'intérieur de chacun de nous? À travers nos souvenirs, notre mémoire, nos sentiments? Mais à quoi bon chasser le bonheur s'il est aussi éphémère?

Il serpente à travers les parcelles de terre aménagées où les fleurs sont arrangées soit en fonction de leur espèce soit de leurs couleurs. Plus loin, les monuments recouvrent les gros rochers exposés et dénués de végétation. D'autres pierres polies jonchent la base dans un amalgame hétéroclite de messages cryptiques. C'est un peu leur version du sanctuaire de l'humanité avec les inscriptions et les bougies.

À force de se laisser distraire par ce qui se trouve autour de lui, Skyler a perdu Chris de vue. Il hésite un moment : descendre plus bas ou emprunter le chemin armé d'un garde-fou qui contourne la roche de son côté sombre? Maintenant que le soleil plonge vers l'océan, la pénombre s'installe parmi les teintes orangées se mêlant à la végétation. Skyler enjambe les racines d'arbrisseaux qui vivent sur ce chemin escarpé pour rejoindre la passerelle en se guidant avec la roche froide et humide à sa gauche.

D'ici, il peut apprécier la hauteur à laquelle il se trouve, mais il conserve son regard vers l'avant de crainte de perdre pied. Entre les deux grands rochers, la chute brille dans le crépuscule. Le torrent d'eau se déverse avec la même énergie que lorsqu'ils sont arrivés plus tôt, et la passerelle disparaît derrière une fois qu'il s'est glissé entre la paroi et la chute qui l'éclabousse d'une eau glaciale.

Le vrombissement de la cascade crée un antre où Chris l'attend, appuyé contre la roche.

— Tu en as mis, du temps, dit Chris sans bouger. Un peu plus et je me demandais si j'allais devoir aller te chercher moi-même.

— Je suis là, c'est ce qui compte, non?

Des tresses d'eau plus ou moins espacées leur permettent d'apprécier une mosaïque solaire hors de ce monde, avec des milliards de gouttelettes teintées d'or, comme si chacune recelait un secret qui attendait d'être découvert.

— Sky, murmure Chris alors qu'ils sont adossés côte à côte à admirer la vue. Je sais que notre relation n'a pas toujours été facile, mais…

— J'ai évité de me confronter à mes propres erreurs.

Chris ne répond rien, comme s'il était plongé dans ses pensées, les sourcils froncés de la même manière que dans ses moments sombres. Puis, il dit :

— Merci de m'avoir laissé une deuxième chance. J'ai l'impression que…

Chris cherche ses mots. Skyler attend au lieu de laisser ses appréhensions répondre à sa place. Leur nouvelle amitié compte plus à ses yeux qu'il ne l'aurait cru. Il ne refera pas la même erreur.

— Quand on a été choisis pour quitter l'Arche, je suis retourné à l'intérieur sans trouver le courage de tout laisser derrière, poursuit Chris. Quelque chose me retenait. Mon père. Quel fils abandonnerait son père alors qu'il a le pouvoir de le libérer? Pourtant mon père, même s'il a essayé de me convaincre du contraire, me déteste. Quand je l'ai revu rôder avec ses agents du Parangon dans la foule massée près du sas, j'ai su. Et il m'a clairement fait savoir que je ne serais pas le bienvenu tant et aussi longtemps qu'il vivrait. Ni mon père, ni ma mère, qui est morte alors que j'étais gamin, ne me retenaient de quitter l'Arche. Ç'aurait pu être Émily, mais on a toujours été de bons copains, sans plus. Mira me tournait autour, mais elle n'était qu'une amie dont Léandre était follement épris et qui voyait son propre coin de paradis en elle. Qu'en était-il pour moi, de ce paradis qui devrait me laisser sans souffle, à m'y perdre dans mes moments de solitude, à espérer, rêver? Mon père m'avait enlevé une partie de ce droit et ma stupidité s'était chargée du reste.

— Je ne savais pas.

— Chacun d'entre nous subit ces expériences de remise en question et de prise de conscience. C'est comme un rituel de passage. Mais dans ces moments-là, j'ai besoin…

Malgré l'obscurité qui plonge le jardin, Chris a un regard lumineux.

— Il n'y a que toi en qui j'ai confiance, Skyler. Avec toi, j'ai l'impression que ce paradis dont je rêve est à portée de main. Rien de ce qui peut se produire ici ne peut m'effrayer parce que je t'ai trouvé, toi.

Les lèvres de Chris fondent sur celles de Skyler. Un baiser, tendre, tremblant, qui devrait être réservé pour la personne qui est la plus chère d'entre toutes.

Un goût salé glisse sur leurs lèvres. Une larme.

Chris se retire, l'air ébranlé. Skyler l'observe en silence. Ils échangent un regard plus long que leur baiser a duré, les émotions en suspens, alors que la lune a remplacé l'astre solaire pour exposer la face cachée du monde.

— Chris, souffle Skyler en esquissant le geste de le prendre par l'épaule, mais Chris recule comme un animal effrayé.

— Je n'aurais pas dû. Je n'aurais pas dû. Skyler, je… Pardonne-moi.

Avant que Skyler ne puisse dire quoi que ce soit, Chris disparaît. Seul le bruit de la chute d'eau accompagne Skyler dans les méandres de la nuit.

26

ÉMILY

COMMENT QUELQU'UN PEUT-IL CONTRÔLER L'ESPRIT?

Émily rumine depuis qu'elle est devenue la prisonnière de choix de Duke Kay, le leader du Parangon, la force spéciale de l'Arche qui contrôle ses agents à l'insu des Archéens.

Le Créateur se fait discret, mais il est là quelque part. Violette serait fière d'elle : trouver refuge dans la lumière du Créateur. Mais ce dont Émily a réellement besoin, c'est la lumière de Violette, son amie à la résilience inébranlable.

Émily se trouve tellement pathétique. Après des années à côtoyer des détenus dans le cadre de son travail d'agente, la voilà maintenant prisonnière. Et si ce que Duke raconte est vrai – il aime bien parler durant ses visites nocturnes – le reste de la Confrérie et des Dissidents, Skyler et Chris inclus, ont quitté l'Arche pour elle ne sait où. À moins d'un miracle, personne ne viendra la secourir. Son seul moyen de survie est de se soumettre à la volonté absolue de Duke.

Un programme de contrôle de la pensée. Un tel pouvoir ne devrait pas exister. Émily se maudit de ne pas être ferrée en science comme les Deltas. Le seul qui saurait percer cette énigme, c'est Milo, que Duke tient loin d'elle. Il la force à regarder des vidéos de son entraînement forcé dans l'armée du Parangon, à se faire laver le cerveau dans des exercices qui se rapprochent de la torture, pire que toutes les simulations qu'ils ont pu subir. Impulsions électriques, hypnose, mutilation. La liste est longue.

Tout ce qu'elle peut espérer à présent, c'est que sa sœur Gabrielle soit loin de cet asile et que Duke ne la retrouve jamais. Avec elle au moins, la lignée des Bates ne s'éteindra pas.

Sa cellule du Refuge doit être celle dans laquelle Duke pourrissait avant de trouver le moyen de faire appel à ses agents automates pour le sortir de là. Et si c'était Léandre? Dire qu'ils ont grandi ensemble… pourtant, il n'a pas hésité une seconde à condamner papa en public et à la livrer au plus grand meurtrier du dernier siècle, si on compte tous les esprits qu'il contrôle. Personne ne peut accepter de plein gré d'être la marionnette de quelqu'un d'autre. Personne.

L'écran s'allume. C'est le temps de la diffusion. Elle ne sait jamais si on lui fait regarder en différé ou en direct, mais pour ce que ça change… L'image n'est pas aussi nette qu'elle l'était jusqu'à maintenant, avec des espèces d'ondes qui traversent l'écran de façon régulière comme si la caméra était plongée sous l'eau. Étrange.

Émily s'assoit dans un coin, d'où elle a une vue claire au prix d'un confort exécrable. Les tuiles métalliques frigorifient ses jambes qu'elle ramène contre son torse pour chasser l'inconfort. Quand elle fixe l'écran, elle se laisse presque aussitôt entraîner dans cet autre monde qui lui est projeté.

Milo. Toujours Milo. Si Duke essaie de jouer avec ses sentiments, c'est peine perdue. Elle ne cédera pas aussi facilement. Quand son père est mort, elle s'est déconnectée. C'est l'unique raison pour laquelle elle est encore en vie.

Accompagné d'une escouade vêtue d'uniformes d'entraînement du Parangon, Milo marche dans un lieu étrangement familier, comme s'il s'agissait à la fois de leur arche et pas de leur arche.

— Pourquoi tu nous filmes? grogne Milo en direction de l'agent qui le suit avec la caméra.

En guise de réponse, le caméraman fait un gros plan sur Milo. Il paraît nu, sans son aura flamboyante pour l'habiller, plus chétif même, comme s'il ne se nourrissait pas assez. Son uniforme plisse là où des muscles devraient saillir et ses taches de rousseur contrastent sur son teint anormalement blafard, surtout dans cette obscurité à peine éclairée par le reflet des tubes d'eau qui courent le long des parois du corridor dans lequel ils déambulent.

— Pas foutu de parler, celui-là, marmonne Milo en soupirant un grand coup, ses traits froncés. Aussi bien dire qu'il se fiche de nous.

— Probablement pour s'assurer que le sale boulot est fait, répond Sofia, qui semble être dans son élément naturel, sa posture et sa démarche assurées. Duke ne voue pas une confiance aveugle à un groupe de Dissidents qui lui a volé le commandement de l'Arche sous le nez.

— Une mesure de sécurité, hein? renâcle Milo en détournant les yeux de la caméra qui tressaute au rythme de leurs pas. Personne ne voudrait risquer sa peau dans une mission de ce type.

— Moi je dis qu'il y a une autre raison bien plus intéressante que ça, dit Fiona d'un air satisfait. C'est pour *elle*.

Milo a un regain d'intérêt soudain, quoique perplexe, sous l'œil de la caméra qui ne manque rien de leur échange comme si c'est ce qu'espérait le caméraman depuis le moment où il l'a mise en marche.

— Quoi de mieux que d'assister à notre mission qui pourrait très mal se terminer? ajoute Fiona d'un ton amer.

À cette mention, Émily avale de travers. Mais que diable leur a demandé Duke? Il n'en a pas eu assez d'utiliser papa comme souffre-douleur?

— Se donnerait-il vraiment cette peine? interroge Milo.

— Cet homme a immolé l'un de ses agents devant tout le monde, renchérit Sofia en passant avec nonchalance devant la caméra et, l'espace d'un instant, Émily croit qu'il s'agit d'interférence.

Une fois l'image revenue, le visage de Milo est en gros plan. Un éclat de compréhension passe dans l'iris de ses yeux qui se contractent, sa respiration plus profonde. Il fixe Émily à travers l'œil de la caméra. Elle jurerait pouvoir le sentir près d'elle.

— Émily. J'aurais voulu empêcher tout ça d'arriver, dit-il avec une pointe de regret, comme lorsqu'il l'a secourue des griffes de Yasmina.

Elle rage devant son impuissance à lui répondre et serre ses jambes contre elle jusqu'à ce que ses bras deviennent engourdis.

— Si tu peux m'entendre, c'est que tu es en vie, dit-il. Ne l'oublie pas.

Il sait. Milo s'apprête à ajouter quelque chose, mais son attention se tourne vers quelque chose à sa gauche. Son visage perd aussitôt ses nuances bleutées, comme chassées par un courant d'air pour devenir presque immaculées. Il plisse ses yeux devant quelque chose qu'Émily ne parvient pas à voir. Elle somme le caméraman à voix haute de lui montrer la source, mais il semble captivé par Fiona qui rassemble sa crinière comme si elle se préparait à s'entraîner.

— J'espère que tu sais comment t'y prendre avec ce colosse, commente Sofia, interdite.

— Je ne vois pas pourquoi on ne déplacerait pas tout le monde ici, dit Fiona en attachant ses cheveux dans un chignon serré. Ce serait beaucoup moins compliqué.

— C'est une chose de sauver la vie de tout le monde, c'en est une autre de convaincre des centaines de personnes de quitter le vaisseau dans lequel ils ont grandi, dit Milo d'un ton solennel. Rien ne pourra jamais remplacer Amarante.

L'écran montre enfin quelque chose qu'Émily n'aurait pas cru possible. Le Feu Sacré. Vivant, incandescent.

La source lumineuse est si puissante qu'elle irradie, les pixels de la caméra ne rendant pas justice à la beauté de cette technologie. Cet éclat irréel, elle s'en souviendra toujours. Ont-ils réussi à le réparer?

Ils parlent d'Amarante comme s'ils étaient ailleurs… sur une autre arche? Cette prise de conscience sidère Émily qui se lève et se rapproche de l'écran en désirant plus que tout pouvoir y passer à travers.

— Tu es devenu poète, maintenant? le nargue Fiona en sortant de son sac un harnais qu'elle enfile prestement, attachant chaque sangle d'un geste vif.

— Je sais que ça n'a jamais été ton fort, se contente-t-il de répondre l'imitant. Mais reconnais qu'il y a un fond de vérité.

— Je n'ai pas d'affection particulière pour l'Arche. Tout ce que je veux, c'est vivre assez longtemps pour retourner sur la terre ferme.

— Ça commence ici, lâche Milo en s'avançant vers le Feu Sacré, son harnais en place.

Fiona s'approche de Milo, puis sans prévenir, l'embrasse avec fougue.

Émily regarde ailleurs, le temps du baiser, incapable d'assister à ça. Évidemment que Reyes le fait exprès. Si elle peut avoir une chance d'atteindre Émily, elle la saisira. C'est tellement enfantin. Comme si Émily allait se laisser prendre au jeu.

— Pour la chance, murmure Fiona, leurs silhouettes assombries par le rayonnement du Feu Sacré en contre-jour. Tu en auras besoin si tu comptes gravir ça.

— Ce n'est pas comme si ça ne s'était jamais fait avant. Cette petite merveille a dû être assemblée à l'origine, ce qui veut dire qu'elle…

— Peut être démontée. Je sais.

— Continuez comme ça et on grillera sur place avant d'avoir commencé, les rabroue Sofia. Il y aura suffisamment de temps pour célébrer si on réussit cet exploit.

Ils échangent un regard et enfilent un casque de protection quand la diffusion prend fin. Émily soupire de rage.

C'est du suicide! Il n'y a que les ingénieurs qualifiés de l'Arche qui peuvent espérer démonter le Feu Sacré. Pourquoi Milo s'entête-t-il? Même sous les ordres de Duke, il pourrait essayer de résister.

Les murs de sa cellule ne lui ont jamais semblé aussi contraignants qu'en ce moment. Elle fait les cent pas, puis se rend à la fenêtre de la porte, impatiente. À travers la vitre, elle aperçoit un autre détenu qui lui lance un curieux regard, comme chargé d'un message. Il n'a pas d'aura, impossible de déchiffrer son état d'âme. Émily perd patience et s'éloigne de la porte en se tenant la tête à deux mains, puis se recroqueville pour tenter de faire taire son angoisse grandissante. Elle va perdre le contrôle. Elle le sait, elle le sent.

Comment est-elle censée pouvoir se calmer en imaginant Milo mourir à tout moment? Comme si sa propre incarcération ne suffisait pas.

Cette nuit-là, elle ne parvient à s'endormir qu'en se remémorant les paroles de Milo, qu'elle se rejoue continuellement, comme la berceuse préférée que sa mère lui fredonnait avant que Gabrielle naisse. Émily est encore vie et tant qu'elle le sera, il lui reste un brin d'espoir que tout n'est pas perdu. Qu'elle pourra revoir Milo un jour.

ON LUI SERT À MANGER. Duke se fait un malin plaisir à lui servir le gruau des temps modernes. Les larmes ravagent son visage contorsionné, elle pousse des gémissements d'effroi, de douleur, un mélange désordonné de tout ensemble. Même si elle tait la cascade d'images horrifiantes qui la détruit à petit feu, elle sait qu'avoir assisté à l'immolation de son père n'était pas suffisant. Pour la briser, il faudra du temps. Et beaucoup plus.

Quand on ouvre la porte de sa cellule pour le service, elle croise à nouveau le regard discret de la détenue échevelée dont le visage est sali par des jours et des jours de négligence – Émily l'a vu si souvent par le passé à la prison – la rendent presque impossible à reconnaître. Mais après un moment, il n'y a pas de doute.

Laurène Milcah, seconde officière du Commandement, reconnaissable à son aura dorée maintenant effritée, à tel point qu'Émily s'étonne que des feuilles d'or ne pleuvent pas autour d'elle. Elle était la mentore de Chris. Elle l'a rencontrée il n'y a pas si longtemps, mais tout semble provenir d'une vie passée. L'avant-coma, décide Émily. C'était ça, sa vie d'avant. Tout ce qui vient après n'est que l'équivalent de l'enfer du Créateur, car elle a été jugée, oh ça oui. Le purgatoire dans toutes ses couleurs, ses injustices justifiées, ses fosses abyssales. Ses faux pas accumulés lui déferlent dessus pour l'enterrer sous la montagne indigne de traîtrise et de souillure qui lui est réservée.

Laurène lui adresse la parole, comme l'autre nuit, mais Émily ne trouve pas l'énergie pour lui accorder la moindre importance. Elle referme la trappe, le regard abattu, voire affolé. Étrange à quel point quelqu'un d'aussi influent peut être réduit à ça. De la chair, de la peur, de la mort en attente d'être dévorée par la vie.

Ce qu'Émily donnerait pour pouvoir dessiner, au moins pour passer le temps, laisser sa mémoire musculaire prendre le relais sur sa conscience fragilisée. La pression dans son esprit est si forte qu'elle pourrait la fragmenter comme un vulgaire sac d'os.

Soudain, elle a une idée. Elle s'empare de la cuiller qu'elle a plantée dans les restes de son gruau des temps modernes, sans le moindre souvenir d'y avoir posé les lèvres, mais le bol à moitié rempli de la masse informe la convainc du contraire. Est-ce qu'ils mettent la cuiller directement dans le bol ou à côté quand ils la servent?

Émily abandonne le questionnement qui pourrait mal tourner. Déjà, elle se met à tailler dans le mur les contours de quelque chose – elle ne saurait dire quoi – à l'aide de la cuiller qui se réchauffe rapidement sous ses doigts frais et engourdis. Les souvenirs d'Alexandre Griffin effleurent son esprit. Une hystérie incontrôlable l'empoigne. Mais qu'ils sont durs à graver, ces murs! Même après avoir frotté, gratté, appuyé férocement, seule une mince ligne argentée reluit sur la surface mate du mur métallisé. Un combat acharné qui n'en vaut clairement pas la chandelle, mais la voie de la raison peut prendre des tournures bien étonnantes.

Sur quel portrait planchait-elle après son coma, tout juste avant que Philippe ne l'arrache à son petit havre de paix dans un coin de l'infirmerie du Refuge? De toute façon, pour que son esquisse ressemble à quoi que ce soit, ça lui prendra des jours. Et qui sera là pour les voir si ce n'est Duke?

Parlant de lui.

Duke pénètre dans la cellule en en scrutant chaque recoin du regard, comme s'il y avait passé suffisamment de temps pour en connaître les moindres détails. Il n'a peut-être pas d'aura, mais son corps parle pour lui.

Il vient prendre le pouls de sa condition, évaluer si le gruau des temps modernes la convaincra. Sa visite n'a pas tardé après la vidéo de la mission suicide de Milo et des Reyes, mais Émily a refusé de parler et elle a compris qu'ignorer la présence de Duke Kay est une grave erreur. Il n'a pas l'habitude qu'on lui désobéisse et il le prend *très* mal.

Même s'il veut la convaincre du contraire, Émily a plus d'une option pour changer son sort. La cuiller est tentante, mais par expérience, elle sait que ce ne serait qu'une satisfaction temporaire. Même aveugle, Duke conserve son omnipotence. Il a une armée prête à le soutenir et Léandre son chien de poche pour faire le sale boulot. Non, ce n'est pas suffisant.

— Tu manges. C'est bien, dit-il avec un sourire malicieux, la main avec laquelle il l'a frappée encore contusionnée.

Bordel. Ils servent la cuiller à côté du bol. Pas de haut-le-cœur cette fois. Elle s'habitue, donc. Duke serait ravi, s'il savait.

— Content que cela satisfasse les papilles gustatives de Mademoiselle. À ce qu'il paraît, elle est connue pour avoir des goûts particuliers à *La Orilla*.

— Depuis combien de temps tu me surveilles? réplique-t-elle, revêche. Si se permettre une fois de temps en temps un repas décent sur cette Arche est un sacrilège, ma foi, tu aurais dû m'arrêter quand tu en avais la chance.

— Tout est un processus. On ne change pas le destin de la race humaine en l'espace de quelques jours.

— Un but si noble. Si c'est ce que tu les persuade tous de croire, pas étonnant qu'ils te répondent au doigt et à l'œil. Ce n'est pas si différent de la Confrérie, finalement. Vendre du rêve.

Il lisse sa barbe bien huilée avec l'ombre d'un sourire. Il est de bonne humeur, aujourd'hui.

— Si seulement c'était aussi simple, répond-il de sa voix profonde et autoritaire. Les gens sont plus faciles à briser que tu le crois. La plupart le font avec enthousiasme, parce qu'ils ne savent pas comment mener leurs vies, de toute façon. Ils veulent tous la même chose : servir une cause plus grande qu'eux-mêmes.

— Le désir du Créateur, répète Émily de mémoire en pensant à Violette qui ferait une meilleure partenaire de conversation.

Duke lui lance un regard intéressé avant de poursuivre sur sa lancée :

— Mais certains résistent et c'est ceux-là qui posent un véritable problème. Enfin, ça dépend.

— J'imagine que j'en fais partie, raille Émily en sentant les muscles de son visage se figer.

— Pourquoi mettre en évidence ce qui l'est déjà?

— Pour me sentir importante. Différente. Autre chose qu'une infâme Bates. J'ai tendance à vouloir affirmer mon individualité. Ça me permet de vivre. Survivre.

— Mademoiselle Bates, dit-il en venant s'accroupir près d'elle, nullement incommodé par les jointures blanchies d'Émily sur sa cuiller.

Pendant un instant, elle a envie de revenir sur sa décision de ne pas satisfaire son désir noir de vengeance. L'haleine de Duke empeste le cigare rassis, même quand il expire par les narines.

— Je vous ferai venir de quoi dessiner, minaude-t-il. Vous avez l'air d'une traînée, à griffonner sur mes murs. Une femme de votre prestance ne devrait pas s'adonner à des activités aussi *indignes*.

L'odeur infecte subsiste, même après qu'il soit parti. Le carnet de dessin personnel d'Émily lui arrive une heure plus tard avec ses crayons habituels.

Les allées et venues de Duke se sont multipliées, et il se fait chaque fois plus confiant. L'odeur du cigare imprègne chaque parcelle de la cellule d'Émily, car Duke ne peut s'empêcher de lui rappeler le sacrifice de papa. Il la considère presque comme sa confidente, ses monologues insistants, enchaînant cigare sur cigare. L'idée d'avoir une discussion est le moindre de ses soucis. D'ailleurs, il est davantage réceptif quand elle décide de ne pas répondre. Il doit avoir le désir d'être écouté, obéi, typique chez les psychopathes. Encore là, une évidence, mais ça aide Émily à s'y retrouver sans l'aide des auras. Elle apprend à le lire de plus en plus facilement, résultat du temps considérable qu'ils passent ensemble, alors qu'il pourrait s'adonner à ses tâches beaucoup plus essentielles de soi-disant commandant. Mais avoir une armée qui répond à ses moindres désirs doit avoir ça comme avantage : perdre son temps à autre chose, tandis que les autres exécutent sans rechigner. Faites ce que je ne fais pas. Le rêve de tout commandant aux fantasmes sordides.

Une fois, il est tombé sur un de ses portraits dans le carnet d'Émily. Il a semblé assez satisfait pour l'autoriser à griffonner en sa présence. Elle ne s'en cache pas, il est son modèle de choix en ce moment. À chaque coup de crayon, elle découvre ou confirme ce qu'elle croit savoir à son sujet.

Les visites sont autorisées apparemment. Philippe Farrell est là. Elle met de côté son carnet, par politesse.

Encore une fois, il a l'air de s'en être sorti à bon compte : bien nourri et libre de ses mouvements. Toujours au bon endroit au bon moment.

Il se rapproche d'elle, le nez plissé, incommodé par l'odeur résiduelle des cigares de Duke, qui subsiste des heures après ses visites, la ventilation dysfonctionnelle de l'Arche y étant pour quelque chose. L'endroit dans lequel elle est confinée était tout sauf conçu pour servir de prison.

— Tout ce qui m'importe, c'est ta sœur, Violette, dit Émily d'une voix plate à l'intention de Philippe qui paraît surpris par son animosité.

— Je ne suis peut-être pas ma sœur, mais je peux t'aider, insiste-t-il en la suppliant presque. Tu peux le vaincre.

Comment peut-il en être si sûr? Où était-il quand Duke a sacrifié papa sur la place publique? Quand tous les autres mouraient d'asphyxie?

Sa colère naissante s'atténue quand elle remarque que Philippe tient un objet dans ses mains.

— Qu'est-ce que c'est? demande-t-elle d'un ton abrupt, les sourcils froncés.

Malgré l'attitude rébarbative d'Émily, Philippe saisit sa chance pour s'approcher d'elle.

— Tu sais comment elle est. Ma sœur voulait quelque chose pour lui permettre de mieux communier avec le Créateur. J'ai pensé qu'un jeu de cartes pourrait lui servir de médium. C'était censé être son cadeau de fête.

Philippe ne peut pas être de connivence avec Duke, même s'il réussit toujours à échapper par miracle au pire. Il est un Farrell, la famille la plus respectable de toute l'histoire de l'Arche. Émily ne peut simplement pas le considérer comme un ennemi. N'a-t-il pas essayé de l'aider à sa façon?

Il lit son aura comme un livre ouvert et vient s'asseoir près d'elle avec une assurance renouvelée. Émily s'empare d'une des cartes, dont le carton glacé glisse entre ses doigts. Toutes les cartes ont le même dessin à l'endos, le symbole de l'ichthys, le même qu'au sanctuaire. De l'autre côté, le visage d'une femme âgée est finement peint à la main, probablement à l'huile, un médium qui n'a jamais fait bon ménage avec Émily. Les coups de pinceau sont délicats, preuve d'une grande minutie. Elle regarde Philippe d'un œil nouveau. Il a donc un véritable talent. Elle regrette de l'avoir mal jugé sur ses peintures, qu'elle croyait être de pâles imitations sans réel talent de scènes bibliques.

— Qui est-ce? demande-t-elle timidement.

— Notre grand-mère, Élaine Farrell.

C'était donc elle, leur grand-mère. Elle a l'air plutôt sérieux sur ce portrait, mais ses nombreuses rides d'expression traduisent un sourire facile. Violette avait fait mention de la matriarche le jour où elle les avait invitées, elle et Gabrielle, à venir cuisiner des petits gâteaux. Violette venait à peine d'emménager dans la cabine de leur grand-mère défunte et semblait avoir hérité de tout un patrimoine.

Émily scrute le jeu de cartes, une carte après l'autre : un vase d'eau incliné, une vague déferlante, une lumière rayonnante, la pointe de l'Arche, le visage d'anciens commandants, un dragon des mers tout droit sorti d'un des contes pour enfants sur le Grand Océan, un chasseur en combinaison de plongée, un trésor rempli de pièces de métaux divers – les mêmes avec lesquelles ils s'amusaient, non sans réprimandes, du temps de l'Académie –, une fée mythique au regard malicieux – Émily s'arrête un tantinet plus longtemps sur cette carte, l'estomac contracté –, un panier de fruits qui déborde, une grande flamme enveloppée d'un cocon qui ressemble étrangement au Feu Sacré, un arbre au large tronc et aux branches pendantes, une fleur cramoisie en grappes, un miroir avec un reflet embrouillé, un enfant qui porte une marque en forme de croix comme s'il s'agissait d'une cicatrice. Elle s'arrête quand elle se rend compte que l'empreinte de ses doigts crasseux ternit la surface des cartes qu'elle a touchées. Elle se sent embarrassée d'avoir gâché un si beau travail. Elle lui rend la pile de cartes qui a perdu de son éclat.

Philippe brasse les cartes avec une dextérité naturelle, les faisant tomber en cascade à une hauteur respectable sous le regard ébahi de petite fille d'Émily qui a toujours aimé ce genre de cartes. Ce n'est pas tous les jours qu'on voit un tel jeu sur l'Arche, encore moins quelqu'un qui sache quoi en faire.

— Piges-en une, lui offre-t-il d'un ton avenant, ce qui l'extirpe de sa rêverie.

— Pourquoi? demande-t-elle bêtement, presque méfiante.

— Tu verras. Les voies du Créateur ne se dévoilent pas aussi facilement, tu sais.

Philippe dit cela d'un ton moqueur et Émily ne peut s'empêcher de lever les yeux au ciel. Il déploie les cartes faces retournées et les lui présente. Elle en tire une avec un bref moment d'hésitation, guidée par l'impulsion.

— L'Étoile du Nord, celle qui te guide quand tu perds ton chemin, dit-il en retournant la carte qu'Émily a choisie, peinte d'une illustration qu'elle n'avait pas encore vue.

C'est une étoile à cinq branches d'un bleu violacé au milieu d'un ciel partiellement dégagé, son éclat singulier.

— Elle revient souvent dans les écrits du Créateur, explique Philippe qui a replacé la carte par-dessus la pile pour en avoir un meilleur aperçu. Elle sera toujours là pour toi, où que tu te trouves.

Un amalgame d'émotions submerge Émily, qui ne sait pas s'il s'agit de maman, papa, de sa sœur ni même de Milo, mais une parcelle de chacun d'eux se trouve dans cette carte, du moins à ses yeux. Elle peut presque le sentir.

— Une intuition, ajoute Philippe devant le silence contemplatif d'Émily. Crois-moi ou non, mais Violette dit toujours d'y être attentif.

L'intuition. C'est un peu comme les auras, non? Elle les lit et elles lui répondent.

— Tu l'appelles Violette maintenant? le pique Émily d'un ton plus léger.

— Ce n'est pas mal comme nom, je dois l'avouer. Un peu plus coloré que Dinah.

— J'ai des droits d'auteur sur ce nom, tu sais? Ça te coûtera cher.

Elle parvient à laisser échapper un rire bref et sa cellule se dissout, son esprit enfin libre. Le sentiment est fugace, mais l'impression de légèreté persiste un peu plus longtemps.

— Ça vaudra pour tout le temps que tu as passé à contempler mes œuvres *gratuitement*, lui fait remarquer Philippe qui laisse tomber sa façade sérieuse pour laisser entrevoir une nouvelle facette, qu'Émily s'était elle-même empêchée de voir.

— Ce n'est même pas vrai. Et puis elles sont exposées au public dans un corridor passant.

— Tu t'es quand même permise de fouiner dans la réserve du sanctuaire, dit-il, provoquant la surprise d'Émily. Rien ne m'échappe, surtout quand il y a une trace de sucre collée sur une de mes splendides toiles. Mais je te pardonne, bienveillant comme je suis.

— Je ne peux pas croire que Duke ou quiconque du Parangon t'ait autorisé à venir me tenir compagnie. Surtout pas quelqu'un de ton acabit. La gentillesse ne fait pas partie du programme de contrôle de la pensée ou de quoi que ce soit qui ait un lien avec ce satané Parangon.

— Tu sais qu'ils entendent tout ce que l'on dit, l'avertit Philippe avec un regard en biais.

— Ils connaissent déjà tout sur moi, des choses que j'ignore moi-même. Ça se voit dans leurs yeux quand ils me regardent et quand Duke me parle. Même cet enfoiré de Léandre avec qui j'ai grandi, peux-tu croire? C'est flippant.

À point nommé, les gardes de service du Parangon ouvrent la porte pour signaler la fin de la visite. Philippe glisse la carte sous son oreiller et une marque dans le creux de son cou, la même que sur la carte avec l'enfant, lui saute aux yeux. Il lui souffle :

— Je compte sur toi pour rester en vie assez longtemps pour la donner à Violette.

Émily est partagée entre le désir de lui demander ce qu'il sait au sujet de Gabrielle et d'où sa marque provient. Le temps qu'elle se décide, Philippe est déjà parti.

Sa discussion à cœur ouvert avec Philippe la laisse d'une humeur plus joviale qu'elle l'a été depuis son réveil du coma. Le jour qui suit, elle dessine fiévreusement sur son carnet.

Les cartes défilent dans sa tête, elle les dessine de mémoire pour ne pas les oublier, en utilisant d'abord la carte de l'étoile que Philippe lui a laissée. Quand sa mémoire finit par lui faire défaut pour les autres, elle crée les siennes, bien que l'exercice soit beaucoup plus complexe qu'elle l'avait cru. Comment choisir un élément symbolique intéressant? Elle s'essaie à plusieurs reprises et abandonne après plusieurs tentatives infructueuses. Rien ne l'inspire entre les quatre murs de sa prison.

Ce soir-là, comme si le Créateur conspirait à exaucer ses désirs, on la transfère hors du Refuge. Le Feu Sacré semble avoir été rétabli, car ils n'étouffent pas quand ils émergent du trou fiché sous l'Atrium. La mission impossible de Milo a été un succès. C'est la seule explication valable.

À leur passage, chacun des agents du Parangon exécute un salut en silence, comme le ferait tout bon automate contrôlé par la pensée. Comment Duke peut-il avoir une emprise constante sur un si grand nombre de personnes à la fois? C'est complètement insensé et pourtant… contrôler les gens par la pensée ne l'est-il pas de toute façon?

Sa conversation avec Philippe n'est plus qu'un souvenir remisé avec les autres quand elle s'assoupit dans sa nouvelle cellule du quartier général du Parangon qui fourmille d'automates.

Le matin venu, on ne lui laisse pas le loisir de se réveiller à son aise comme dans son ancienne prison. Des lumières aveuglantes à même les murs de verre lui brûlent les rétines.

— On peut finalement commencer, susurre la voix râpeuse de Duke Kay.

27

NEAL

— Tu pense que ça va fonctionner?

— Je l'espère, en tout cas, répond Skyler qui n'a plus l'air aussi confiant qu'il y a une heure, alors qu'il faisait les dernières vérifications.

— Elle n'a vraiment pas été facile à convaincre, tu sais, dit Neal à voix basse en lançant un regard vers Uki qui les suit, accompagnée de Tessa.

Elles sont en grande discussion. Neal se demande si elles ne parlent pas de lui, vue la façon dont elles se regardent. Le commentaire d'Uki au sujet de sa relation avec Tessa est encore frais dans sa mémoire.

Skyler le regarde, comme pour lui dire d'arrêter de douter de lui, mais il le croira quand il verra ces fameuses sphères de mémoire en action.

Leur petit groupe entre dans une salle de la clinique de la base. Skyler a tout préparé : une chaise montante avec un globe de verre – sûrement la fameuse sphère de mémoire – installée dans une sorte de réceptacle. Tout semble propre et bien organisé. Uki se tend quand elle voit la salle, son sourire meurt sur ses lèvres, mais Tessa la ramène dans la conversation, pour occuper ses pensées. Si c'est ce qu'il faut pour que les souvenirs d'Uki lui reviennent, ça en vaut le coup. Jusqu'à maintenant, Tessa et Neal n'ont trouvé aucun autre survivant de l'Arche de Sedna. Leur seule façon d'en savoir davantage sur ce qui s'est produit repose entre les mains d'Uki.

— Tu n'as qu'à t'installer ici, indique Skyler à Uki d'une voix douce.

Tessa aide Uki à se rendre en lui tenant fermement la main. Ce côté tendre qu'elle ne révèle que dans certaines occasions lui va à ravir, surtout son sourire lumineux qui perce les nuages de sa tempête. Si seulement ils pouvaient être francs l'un envers l'autre sur leurs sentiments. Pourtant, si on demandait à Neal de partager ce qui le tourmente la nuit, il ferait tout pour l'éviter.

Depuis cette drôle de communion avec Uki, il ne se souvient plus de ses cauchemars le matin. Le sentiment qu'il a rêvé subsiste, mais ça lui échappe chaque fois. Amélioration ou non, au moins il réussit à dormir sans être paralysé par la peur de subir une autre nuit horrifiante.

Uki se couche sur le lit dont l'inclinaison lui permet d'être à demi assise. Neal et Tessa se tiennent à distance raisonnable du lit pour avoir une meilleure vue de la sphère, qui est plus qu'intrigante. Difficile d'imaginer qu'une telle chose peut avoir un tel pouvoir.

— Comment tu te sens, Uki? demande Skyler d'une voix douce que Neal admire.

— Nerveuse, dit-elle en cherchant la main de Tessa qui la prend aussitôt.

— Tu ne sentiras rien. La sphère va seulement copier quelques-uns de tes souvenirs.

— Désolé pour le retard, dit Éliza en entrant à son tour en refermant la porte. Mon frère peut vraiment être une plaie parfois.

— Ça ne fait rien, répond Skyler avec un sourire.

Elle se joint à leur petit groupe agglutiné autour d'Uki et, en scrutant la sphère, dit :

— Contente de voir que tu as réussi ton projet, en fin de compte. Tu es vraiment doué.

— Tu as conçu ce truc toi-même? s'étonne Neal, un peu sceptique. Je croyais que tu étais médecin. Pas ingénieur.

— Je l'ai testé sur moi-même et ça a fonctionné. Il n'y a pas de craintes à avoir.

— Tu vois, même ton frère peut te surprendre, dit Tessa en levant un sourcil.

— Aucune distraction, dit Skyler à leur intention.

Ils s'écartent. Skyler continue :

— On va commencer par relaxer. Ferme les yeux, Uki.

Tessa s'assoit à côté de Neal qui est tenté de passer son bras autour de sa taille. Pourtant, la rebuffade de l'autre soir lui revient en tête, aussi il préfère croiser les bras. Elle ne fait rien pour se rapprocher de lui non plus.

Uki a les yeux fermés et prend de grandes respirations au rythme des paroles de Skyler qui lui intime d'imaginer une scène qui ressemble en tout point aux exercices de méditation auxquels Dan a soumis Neal pendant des années. Il détestait ça, car ses cauchemars resurgissaient sans crier gare. La seule fois où il avait complètement réussi, il s'était endormi par inadvertance, et le manège de son subconscient avait recommencé. Heureusement pour Uki, elle ne semble pas avoir trop de mal. Neal sent une pointe de jalousie devant une telle maîtrise de son esprit que Dan s'est tué à lui enseigner, sans jamais obtenir de résultat satisfaisant.

Une fois la respiration d'Uki calmée, Skyler dit :

— Maintenant, je vais connecter l'appareil. Tu vas entendre un signal sonore. Ce n'est rien, seulement le bruit de la machine qui se synchronise avec toi.

Un écran que Neal n'avait pas remarqué s'allume sur des espèces de vagues qui forment un graphique, puis le fameux signal sonore résonne.

— Concentre-toi sur le moment où tu étais sur l'Arche de Sedna. Imagine à quoi elle ressemblait. Quelque chose de familier, comme ta cabine.

Dans un silence lourd d'attente, tout le monde retient son souffle alors qu'Uki s'exécute. Rien ne se produit, mais Neal ne peut s'empêcher de s'approcher un peu plus du bord de sa chaise.

— Reviens aux derniers moments dont tu te souviens.

— Je crois que… j'y suis.

— Concentre-toi sur la sensation de vide ou de confusion que tu ressens.

Les vagues prennent une drôle de forme. À ce moment précis, Skyler tapote quelque chose. Aussitôt, une espèce de bruit de ventilateur s'active et des perles de lumière apparaissent au centre de la sphère. Les perles flottent d'un côté comme de l'autre et se multiplient. À cette distance, il est difficile de voir exactement ce qui se passe, mais l'expression satisfaite de Skyler veut tout dire. Après quelques minutes, Skyler ôte les électrodes qu'il a placées sur la tête d'Uki sans que Neal s'en soit rendu compte, puis Tessa aide Uki à se relever en lui demandant si tout va bien. Uki hoche la tête, l'air un peu endormi. Skyler les enjoint de passer à une salle connexe où un second écran a été aménagé. L'endroit ressemble à une salle de consultation chichement meublée, avec ses cabinets et son évier, un peu à l'image de l'infirmerie du Refuge. Il n'y a que deux chaises, mais personne ne s'assoit, préférant rester debout pour la suite des choses.

— Ça ne te dérange pas si on regarde tes souvenirs? demande Skyler avec un air sérieux. Tu n'es pas obligée.

Uki les regarde tour à tour.

— Doit-on vraiment en passer par ce processus? Il est trop tard pour reculer, dit Neal, énervé.

— Ce sont ses souvenirs, pas les nôtres. Je ne crois pas que tu aimerais qu'on vienne jouer dans ta tête sans ton accord.

Neal se tait. Tessa affiche une expression de déception, puis détourne le regard.

— Non, ça ne me dérange pas, dit Uki d'une voix calme. Si cela peut aider d'une quelconque façon. Sans votre aide, je ne pourrais pas me rappeler. C'est le moins que je puisse faire.

Éliza ne quitte pas Skyler des yeux pendant qu'il prépare le tout. Autant elle peut ressembler physiquement à Oslo, autant elle ne lui ressemble pas réellement. Ses émotions ne la gouvernent pas et elle sait être discrète, quoi que n'étant jamais bien loin quand il le faut. Elle a dérogé aux instructions de son frère pour leur montrer les dessous de la base alors qu'elle n'avait vraisemblablement rien à y gagner, du moins, rien que Neal puisse identifier. Et cette façon qu'elle a de regarder Skyler comme s'il était sur le point d'exécuter un tour de magie grandiose. Éliza est bien mystérieuse. Neal ne peut décider s'il lui fait confiance ou non, et se demande si c'est une bonne idée qu'elle soit venue visionner la sphère d'Uki.

Avant que Neal se décide à faire part de son avis à Skyler sur la question, l'écran s'allume. La qualité n'est pas optimale, mais une image prend finalement forme. Neal se rend compte un instant plus tard qu'ils voient une scène à travers les yeux d'Uki, comme si elle tenait une caméra devant elle.

Uki est entourée d'une file de gens, dans une pièce avec des coussins. Une femme est prostrée devant elle.

— Est-ce vrai ce qu'ils disent, que vous avez le pouvoir de nous guérir de la Maladie?

— On peut dire ça comme ça, répond Uki d'une voix différente de celle d'aujourd'hui, plus confiante et qui inspire le respect.

— Je vous en prie.

La femme relève la tête, ses yeux remplis d'adoration, comme devant une déesse.

— C'est douloureux, explique Uki toujours avec cette même voix majestueuse. Tu dois le vouloir du plus profond de ton être.

— Oui.

— *M'accordes-tu toute ta confiance?*

— *Oui.*

— *Tes mains.*

Neal se revoit demander à Uki de le débarrasser de ses cauchemars dans le temple. Un étrange frisson de familiarité lui parcourt l'échine. Uki a les yeux rivés sur l'écran, sa main serrant bien fort celle de Tessa.

Des images défilent à une vitesse hallucinante au rythme des cris de douleur de la femme qui hurle comme on la transperçait avec des doigts de métal pour lui arracher chacune des fibres de ses muscles.

Ces images se trouvent-elles à l'intérieur de sa tête? C'est insensé!

Les yeux d'Uki s'ouvrent alors qu'un bruit infernal se répercute dans la salle où d'autres hommes et femmes, leurs visages horrifiés, sont agenouillés sur un coussin. La femme qu'Uki soignait bascule sur le dos, en état de choc, inconsciente ou morte d'avoir arrêté la procédure à mi-chemin. Les gens dans la file d'attente poussent des cris de surprise et se bousculent pour laisser passer quelqu'un à l'allure familière. Imposant, un sourire maniaque accroché aux lèvres, une chevelure d'une blancheur surprenante pour son âge.

Le gardien de la prison de l'Arche d'Amarante. Qui a aidé la Confrérie à libérer Fiona et Milo. Mais que diable fait-il sur l'Arche de Sedna?

— *J'ai entendu dire que tu pouvais guérir les gens d'une mystérieuse maladie? J'aimerais une lecture s'il te plaît, pour savoir si j'en suis atteint.*

Il donne un coup de pied à la femme inconsciente devant Uki, comme s'il s'agissait d'une vulgaire poussière et s'agenouille, une position peu naturelle pour un homme de son acabit.

Uki hésite, les mains tremblantes. Finalement c'est le gardien qui prend ses mains de force.

— *N'aie pas peur, ajoute-t-il.*

Les images défilent encore une fois, mais ce sont des visions d'horreur. De la chair, du sang, des morts. Il y en a tellement que Neal ne réussit pas à tout enregistrer. Uki réussit à briser le contact de ses mains. Le visage du gardien affiche un air de chien battu, presque innocent. Il demande :

— Est-ce qu'il y a un remède à ça?

Des coups de feu. Les gens dans la pièce meurent sur les coussins. Uki recule, puis s'écroule dans son élan. Les corps de ceux venus requérir l'aide d'Uki tombent les uns après les autres dans une tempête de sang et de cris qui résonnent comme un chant funèbre.

Il n'y a aucun survivant.

Neal peine à regarder jusqu'au bout. Les autres poussent des cris de stupeur. Tous, sauf Éliza.

— Ne t'en fais pas, dit le gardien de prison. Tu ne te souviendras de rien.

Il plante quelque chose dans la tête d'Uki, sûrement une sorte d'injection, puis un bruit de décharge se fait entendre. Elle ferme les yeux, ses paupières tombant lentement. L'écran devient noir.

— Tu n'as pas à tout regarder, dit Tessa à Uki, puis se tournant vers Skyler. C'est assez!

— Attendez, s'exclame Neal avant que Skyler ne désactive la sphère. Ce n'est pas terminé!

Uki ouvre les yeux. Elle se trouve dans une pièce étrange, avec des voiles qui pendent un peu partout, ou bien Uki en porte un? Le gardien ne semble pas se trouver à proximité, ou du moins, c'est ce que Neal croit.

— C'est lui! s'exclament des voix fortes.

Puis des mots dans une langue à la sonorité qui s'apparente à la langue d'Oslo quand il parle à ses gardes.

— Je ne pensais pas qu'il en resterait, répond le gardien.

Uki regarde frénétiquement autour d'elle pour trouver un moyen de s'échapper.

— Après tout le mal que je me suis donné pour ratisser cette arche de rats. Vous auriez dû rester terrés dans votre trou.

En se déplaçant de l'autre côté pour se cacher, Uki aperçoit ce qui se passe dans le corridor : des hommes portant des uniformes iden-

tiques à celui d'Oslo et sa bande quand ils ont débarqué sur l'Arche d'Amarante, pointent leurs armes sur le gardien. Il paraît irrité, mais effrayé par la horde d'hommes qui pourraient le charcuter sur place. L'un d'entre eux lance :

— Par l'Étoile, si on m'avait dit qu'un homme de ton espèce existait, je ne l'aurais jamais cru. Animal de l'enfer.

— *Far*! s'exclame Éliza en se rapprochant de l'écran.

L'homme costaud à la grosse barbe blonde épaisse et à la longue chevelure est la réplique d'Oslo. Il charge vers le gardien qui pousse un juron puis un rire lugubre. La respiration accélérée d'Uki qui essaie de mieux se cacher se joint aux cris de guerre.

Elle se jette alors dans le corridor et court à toute vitesse. Derrière, les cris meurent. Neal a le sentiment que l'escouade est en train de se faire massacrer. *Uki ose un regard derrière elle : l'homme à la grosse barbe se fait déchiqueter par quelque chose de lumineux tandis que le gardien, lui, reste debout, baigné d'une pluie de sang.*

L'interférence devient trop importante pour distinguer quoi que ce soit d'autre. La sphère perd de son éclat et s'éteint. Skyler le soulève de son réceptacle et se brûle la main en poussant un cri. La sphère tombe à terre et roule sous l'un des meubles. Neal accourt pour aider Skyler qui passe sa main sous l'eau froide.

— Qu'est-ce que je dois faire? demande Neal, désemparé.

— L'armoire à gauche, lui indique son frère, les mâchoires serrées.

Neal s'empare d'une compresse qu'il plonge sous l'eau, puis l'offre à Skyler.

— As-tu besoin d'autre chose? s'enquiert Neal se sentant impuissant et stupide.

— Ça devrait aller.

Neal soupire en se passant la main dans les cheveux et constate l'état de la situation. Uki tremble dans les bras de Tessa dont le visage est blême, comme le sien les matins après une nuit de cauchemars.

— Personne ne doit en parler à mon frère Oslo, dit Éliza

d'une voix ferme, le regard fixé dans le vide. Est-ce que vous m'entendez?

Elle lève les yeux pour les regarder tour à tour. Soudain, Neal comprend qu'on lui a menti depuis le début.

— C'est ton père dans les souvenirs d'Uki? Qu'est-ce qu'il faisait là?

— Je ne sais pas ce qu'Oslo t'a dit, mais…

— Il est mort! Quelqu'un comptait me le dire ou vous vous foutez de moi?

— Écoute…

— Tu es aussi responsable que lui dans cette affaire. Oslo m'a fait miroiter la possibilité de négocier avec votre père et j'ai perdu mon temps. Un temps précieux qui pourrait éviter que la tragédie à laquelle on vient d'assister se reproduise sur l'Arche d'Amarante. J'espère que tu en es consciente, Éliza Nord.

Éliza ne se laisse pas abattre, et réplique en gardant sa contenance :

— L'escouade menée par notre père Anzen a péri en voulant sauver les habitants de Sedna. Il n'est pas question qu'on envoie qui que ce soit se faire massacrer sur votre Arche.

— Et pourtant, vous êtes venus une fois, poursuit Neal en jetant un regard à Tessa qui ne semble pas porter attention à leur conversation, occupée à caresser la tête d'Uki qui semble au bord du précipice.

Skyler le fixe intensément : que se passe-t-il dans sa tête? Le juge-t-il? Attend-il de voir sa réaction? Ce serait le moment d'avoir son soutien, pour une fois.

— Ce carnage… dit Neal avec assurance qui le surprend lui-même, ne peut pas rester sous silence. Je vais parler avec ton frère, que ça te plaise ou non. Il est temps que les choses bougent.

Neal sort en coup de vent sans que Skyler soit intervenu pour appuyer sa décision. Et c'est ce qui lui fait le plus mal dans tout ça.

28

SKYLER

ROLF LE FIXE DEPUIS UN MOMENT, COMME UNE STATUE QU'ON pourrait ajouter au petit temple. Cette version miniature du Feu Sacré qui flambe dans son regard a tout pour être immortalisée. Il a des airs d'Allen dans sa tendre enfance, qui ont tant inspiré Skyler à aller jusqu'au bout avec ses idées. Une énergie pure qui demande à s'exprimer, mais qui ne vaut rien si elle n'est pas domptée pour se modeler à un désir, à une vision, et qui risque de tout carboniser.

—Je suis prêt, lâche finalement Rolf alors que Skyler vérifie les taux d'oxygène de patients qui souffrent d'une pneumonie.

— Tu n'es pas prêt.

L'oxygène siffle dans les tubes. C'était le même son lorsqu'ils avaient émergé du Refuge avec leurs combinaisons, sans savoir ce qui les attendait. Cette incertitude lancinante que tout peut arriver à chaque respiration est un poids que Skyler a mis des années à supporter, afin de garder la tête hors de l'eau et être capable de prendre une décision rationnelle quand vient le moment de décider du sort du patient. Mais les émotions sont sournoises et trouvent toujours un moyen de surgir dans les moments de silence et de doute qui suivent une prise de décision. Comme avec sa mère. En voulant la garder près de lui, en se disant qu'il était celui qui devait la soigner, il s'est plié à ses émotions et à son désir de la voir revivre et s'extirper de sa coquille étouffante. Sa bataille n'a eu de fin que lorsqu'il s'est avoué vaincu, mais un élément insoupçonné est venu tout changer. Son frère. L'antidote inespéré à la maladie mystérieuse de Murielle. Un péché à expier.

Skyler n'était pas prêt.

— Tu as dit que tu m'enseignerais, insiste Rolf.

Il est aussi grand que Skyler malgré leur différence d'âge.

— Commence par préparer une bassine d'eau chaude et des serviettes propres. On est à court de savon stérilisant, alors tu devras faire ta propre solution. Tu n'as qu'à suivre les instructions que j'ai inscrites sur le tableau. Fais-en une copie, ça te servira pour la prochaine fois.

— Je veux les soigner, pas les laver.

— Chaque geste est important. Le traitement en lui-même n'est qu'une étape dans le processus. Le soin implique de les garder propres et de s'assurer de tout désinfecter. Ils sont vulnérables à d'autres infections qui pourraient les achever.

Rolf inspire profondément, son feu intérieur brûlant avec force :

— Quand, alors?

Skyler prépare les dossiers qu'il devra mettre à jour avec Rolf qui le suit au pas. Rolf ajoute:

— Tu crois que je suis trop jeune. Trop immature. Que je ne prends pas cela au sérieux. Chaque personne de l'Étoile, je les connais par leur prénom. Bjarne, Dag, Jord, Kjersti, Trine…

C'est ce qui fait le plus peur à Skyler :

— La vie de ces gens dépend de nous. On n'a pas le droit à l'erreur, répond Skyler, plus abrupt qu'il le voulait. Stérilise les instruments et ensuite, veille à ce qu'ils restent tous hydratés, surtout le père. Son état pourrait devenir critique si nous faisons preuve de négligence.

Rolf contient son désaccord cette fois-ci et va remplir la bassine, tandis que Skyler fixe ses dossiers distraitement. Il ne connaissait pas la plupart de ces noms. Les premiers étaient ceux qu'ils traitent en ce moment, mais les autres? Que leur est-il arrivé?

TOUT LE RESTE de la matinée, Rolf a exécuté les tâches données par Skyler qui se permet d'étudier les notes de Marko tout en gardant un œil sur son élève.

Après l'expérience réussie avec la sphère de mémoire d'Uki, Skyler a décidé de se lancer dans les rudiments de l'ingénierie… pour tenter d'enfouir le baiser de Chris dans ses souvenirs. Ses sentiments sont trop mélangés, il ne parvient pas à les démêler. D'autant que Chris l'évite comme la peste depuis. Skyler espère que le temps réglera les choses.

Pour le moment, il absorbe les documents que Marko lui a fournis et qui serviront à développer son projet de sphères. Marko est patient, ce dont Skyler est reconnaissant. Chaque instant qu'ils passent ensemble, Marko pourrait assembler un jouet qui aiderait un autre enfant à retrouver le sourire. Skyler se promet de mettre ses connaissances à contribution pour le remercier dès qu'il le pourra. À mesure qu'il découvre de nouveaux concepts, il imagine comment les appliquer à la clinique, qui a un besoin criant d'être remise à neuf.

— Est-ce que je te dérange? demande Éliza d'une voix timide qui ne lui ressemble pas.

— Une pause ne me fera pas de tort, répond-il en mettant de côté les documents de Marko et en jetant un coup d'œil vers Rolf qui vide une bassine souillée.

— De l'ingénierie? dit-elle avec une pointe de surprise, en inclinant la tête pour lire le schéma sur lequel il planche. Décidément, il n'y a pas assez de travail pour toi à la clinique. Ou bien tu es fou.

Skyler s'esclaffe. Parfois il se demande en effet s'il ne côtoie pas la folie d'un peu trop près avec sa prochaine idée pour les sphères. Rien de concret pour le moment, mais avec de meilleures connaissances, il a l'intuition qu'il pourra leur trouver une nouvelle utilité.

— Ce que j'ai à te proposer n'a aucun lien avec l'ingénierie, poursuit-elle en feignant de réfléchir. Juste un peu d'exercice.

— Pourquoi pas? dit-il, content de pouvoir sortir de son antre. Ça nous permettra de reprendre le temps perdu.

— N'oublie pas ton manteau.

Skyler hausse un sourcil, puis attrape le doux manteau qu'Isabela lui a offert pour le remercier d'avoir sauvé la petite Rose : un manteau confectionné par une de ses compagnes de travail qui passe tous ses temps libres dans la laine. N'ayant jamais eu un tel vêtement auparavant, Skyler en prend bien soin en le gardant constamment auprès de lui, surtout avec les courants d'air froid qui se faufilent dans les tunnels quand le soleil ne pointe pas le bout du nez.

— Je compte sur toi pour t'assurer que leur taux d'oxygène se maintienne, dit Skyler à Rolf dont le regard d'abord incrédule s'illumine. Leur état s'est stabilisé ce matin, alors ça devrait aller. Si quoi que ce soit d'anormal se produit…

— J'irai chercher Chris, répond-il en se débarrassant de la bassine avec un peu trop d'enthousiasme. Je m'en occupe.

Éliza dit quelque chose dans leur langue. Rolf hoche la tête docilement comme les élèves de l'Académie le faisaient chaque fois qu'on les intimait l'ordre de bien se comporter.

Avec un sourire en coin, Skyler suit Éliza qui le conduit hors de la clinique vers la chaleur réconfortante du dôme principal.

— Rolf apprend vite, dit-elle. Il saura s'adapter si tu lui en laisses la chance.

— Je ne suis pas le meilleur professeur. Je laisse ça à Chris.

— Toujours ce Chris.

Elle retient un rire, et Skyler n'ose pas poser de question. Est-ce que Chris lui a parlé?

— Tu es doué, tu sais, dit-elle. Tu as aidé cette fille à retrouver ses souvenirs. Je n'avais rien vu de tel auparavant.

Toute trace de la colère qu'Éliza avait montrée ce jour-là n'est plus. Elle parle d'un ton léger, comme si l'évènement ne s'était jamais produit.

— Sans l'aide de Marko, je ne serais arrivé à rien.

— Marko? répète-t-elle incrédule, alors qu'ils passent devant le corridor qui mène au jardin merveilleux. Il a des talents cachés. Mon frère sera ravi de savoir que…

— Skyler?

Tessa se tient devant lui, vêtue d'un drôle d'uniforme, une sorte d'armure bleu nuit en kevlar, quelque chose que les gardes d'Oslo porteraient, mais pas tout à fait. Elle semble inquiète.

— On a décidé d'aller faire un tour, dit Skyler. Il y a un problème? Tu es toute pâle.

— C'est bien, souffle-t-elle. C'est une belle journée, idéale pour une promenade. Je devrais faire pareil.

— Tu veux nous accompagner? demande Éliza en posant les yeux sur le pistolet de Tessa à la hanche. À moins que mon frère t'ait demandé de l'aider?

— Je dois retrouver Neal d'abord. On était censés se rencontrer ici, mais il n'est pas là, alors… Je ne vous dérange pas plus longtemps.

Tessa s'éclipse aussi vite qu'elle est apparue. Mais qu'est-ce que Neal mijote?

— Dommage qu'elle ne m'apprécie pas, dit Éliza, l'air blessé, le regard fixé sur l'endroit où Tessa s'est évaporée. J'aimerais bien la connaître.

— Ne te sens pas visée. Tessa a des comportements un peu étranges parfois, répond Skyler en se rappelant les nombreuses occasions où ils se sont croisés. Elle n'est pas du genre loquace.

Le regard d'Éliza s'attarde toujours vers le dôme, les sourcils froncés. Puis quand Skyler lui demande si tout va bien, elle dit :

— Simple impression de déjà-vu. Désolée.

Elle lui sourit, puis ils passent dans un tunnel qui traverse une montagne beaucoup plus petite. Quand ils émergent de l'autre côté, Éliza lui intime d'enfiler son manteau de laine.

— Ce sera un peu plus frais que d'habitude. Il faudra aussi mettre ceci.

Éliza lui tend ce qu'elle appelle des raquettes : des grosses chaussures qui ressemblent aux pantoufles géantes que la meilleure amie de sa mère leur avait tricotées lorsqu'elle avait voulu se débarrasser de ses vieilles pelotes.

— On n'en aura pas besoin pour tout le trajet, seulement une partie. Je te dirai quand.

Ils enfilent les ganses de leurs raquettes comme un sac à dos et sortent dans la froideur du nord. Autant leur escapade sur l'un des sommets avait été toute une expérience, autant la température est aujourd'hui bien inférieure. Les joues de Skyler se crispent, il sent sa bouche se figer. Il n'y a pas de montagne pour les protéger du vent soutenu.

— Heureusement que le temps est clément aujourd'hui, dit Éliza. Autrement, la peau du visage tomberait littéralement.

— À ce point? s'étonne Skyler qui trouve le temps déjà très venteux. Je ne pensais pas qu'il pouvait faire aussi froid.

— Tu n'as rien vu encore. Lorsque la Longue Nuit s'installera, personne ne sera autorisé à sortir. Les températures chutent à un point tel qu'une seule minute dehors suffit à congeler quiconque. Même si cela demande des préparations rigoureuses avant l'arrivée de l'hiver, l'Étoile a tout ce qu'il faut pour nous réchauffer. On utilise des cubes de sel pour emmagasiner l'énergie solaire pendant l'été et on rationne durant l'hiver, en ne maintenant chauffées que les zones habitables essentielles, les serres et le jardin.

Skyler tente d'imaginer ce dont son premier hiver aura l'air.

L'extérieur deviendra un terrain dangereux capable de les tuer, les obligeant à rester dans le dôme et le cœur de la montagne : une autre forme d'isolement un peu trop familière à son goût.

— L'Académie aurait dû mieux nous préparer.

— L'Académie?

— Sur l'Arche. C'est un passage obligé pour tous les enfants : on leur enseigne à vivre ou survivre pour le retour à la Surface. Et pourtant, nous y voici. Une vision complètement différente de ce qu'on ne nous a jamais appris.

— Les Arches étaient… Comment dire? Incomplètes. Tout ce plan de sauvetage avait des lacunes flagrantes qu'on ne cesse de découvrir. Et puis…

Des arbres épars leur offrent un couvert temporaire. Éliza soupire :

— Il y a toujours cette espèce de malédiction, chaque fois qu'on visite une Arche.

— Une malédiction? Ce n'est pas un peu tiré par les cheveux?

— C'est ce qu'on dit quand quelque chose de mauvais se produit en lien avec une personne, comme si cette chose la suivait comme la peste.

Ils traversent une plage de galets bien différente de la simulation du Parangon. Celle-ci est froide, grise et inhospitalière. La brise ne donne pas du tout envie de se prélasser sur cette plage caillouteuse, mais Skyler y perçoit quand même une beauté indescriptible, avec le relent des vagues qui est hypnotisant et relaxant à la fois.

— C'est ici que notre vaisseau s'est échoué. On ne connaissait pas bien les eaux environnantes au début, mais heureusement, on a découvert la base assez vite. Sinon on serait morts gelés.

— Cela ne fait pas des générations que vous êtes ici?

— Notre légende veut que oui, mais pour une raison inconnue, nos ancêtres ont quitté la base il y a longtemps. C'est notre père Anzen Nord qui nous y a ramenés, en suivant les traces laissées par nos prédécesseurs. L'Étoile du Nord telle qu'elle est aujourd'hui n'a pas plus d'une douzaine d'années. Mon frère et moi avons d'abord grandi sur l'Arche du Nord, puis nous sommes venus vivre ici. Je sais à quel point c'est déstabilisant de repartir à zéro, mais c'est un sacrifice nécessaire.

Ils continuent de se promener sur la plage imprégnée d'une odeur de pourriture. Finalement, Éliza pointe un doigt vers un navire échoué au loin.

— Votre Arche? s'enquiert Skyler.

Le nez du volumineux vaisseau est renversé dans le sable, et son corps rongé par les éléments s'allonge jusque dans l'eau.

— Non. Elle a coulé quelque part dans l'océan. Ceci est le seul de nos vaisseaux qui a réussi à s'enfuir de l'attaque de Thalassa.

Elle montre une cicatrice dans son cou, près de sa moelle épinière.

— Un drone m'a presque décapitée en sectionnant l'armature du vaisseau. C'est grâce aux réflexes d'Oslo si je suis encore en vie aujourd'hui.

— Qu'est-ce que c'est exactement, Thalassa ?

— Cette conversation devient trop sérieuse. Que dirais-tu d'aller faire une balade dans la forêt? Le crépuscule arrive toujours plus vite qu'on s'y attend.

Skyler n'insiste pas, ne voulant pas raviver des souvenirs douloureux. De toute façon, le froid est mordant et le couvert de la forêt sera mieux que cette plage qui n'invite que la mort.

Ils remontent la pente douce qui mène à une jolie forêt d'un vert profond, beaucoup plus foncé que les arbres du parc de l'Humanité.

— Des pins? tente Skyler.

— Tu en as déjà vu avant? s'étonne-t-elle en cueillant une brindille épineuse. On ne savait pas ce qu'ils étaient alors on les a nommés *Gran*. C'est un peu maladroit, mais on n'avait pas d'arbres sur l'Arche du Nord.

Skyler fronce les sourcils et ramasse à son tour une brindille de pin. Les épines sont molles et résistantes, agréables au toucher car les bouts sont arrondis. Il porte la brindille à son nez et en hume l'odeur riche qui lui rappelle un parfum familier.

— Je dois probablement être un des rares de mon arche à m'intéresser aux plantes. Avec les archives, c'était facile de trouver l'information, mais il faut savoir où chercher. L'Académie ne s'est pas donné la peine de nous l'enseigner.

— Les arches ivres? Qu'est-ce que c'est?

— C'est comme une bibliothèque avec des images et des vidéos. Une espèce de base de données de tout ce qui existait sur terre. Vous n'en aviez pas?

— Non, je ne crois pas. Ça a l'air intéressant. Pourvu que votre arche ne connaisse pas la même malédiction que les autres.

Son visage se trouble momentanément, puis elle indique un endroit de la forêt.

— C'est par là pour se frayer un chemin. La neige est beaucoup trop haute et épaisse par ici, et il y a plein de roches, ce qui n'est pas commode pour se déplacer. Je connais un chemin déjà tapé. Il devrait être encore praticable puisqu'il n'y a pas eu de tempête depuis un bout de temps.

— La dernière fois, ce n'en était pas une? dit Skyler en se rappelant leur promenade sur la chaîne de montagnes où ils ont aperçu la barrière *Eyr*.

— Non. Les tempêtes… sont toujours un évènement. Votre grosse bibliothèque n'en parle pas?

— Lire et regarder est une chose, mais le vivre en est une autre, explique Skyler qui se sent replonger dans les méandres des archives, où le temps n'existe pas et où il pouvait rêver en toute liberté. Pendant longtemps, j'ai voulu expérimenter tout ce qui est possible, tout ce qui n'était pas sur l'Arche. N'importe qui m'en aurait dissuadé, à commencer par mes parents. Que pourraient-ils me dire, si ce n'est qu'ils ont tous espéré vivre l'impossible un jour, que c'est un processus normal qui passe avec le temps? Mais on finit par comprendre que les murs de l'Arche sont les limites du monde. J'aurais insisté, mais ils auraient dit : *la réalité finit toujours par nous rattraper.*

Skyler regarde la mer d'un bleu gris à sa gauche, la mer blanche et neigeuse sous ses pieds et la mer émeraude et épineuse à sa droite, et il n'a pas de mot pour exprimer ce qu'il ressent. Il résiste à l'envie de fermer les yeux pour s'imprégner des odeurs contradictoires qui l'assaillent, de crainte de se réveiller en sueur au milieu de l'Atrium et d'entendre la voix électronique lui indiquer que la simulation du Parangon vient de prendre fin.

Les limites de son monde sont tombées. Il avait raison d'espérer.

En restant dans la base depuis son arrivée, il avait presque oublié qu'il est à la Surface, comme si elle avait disparu. Chris a raison. Skyler ne peut pas tout simplement continuer de faire comme s'il était sur l'Arche. *La réalité ne doit pas le rattraper.*

— Être ici… relève du miracle, songe Skyler à voix haute. Qu'il s'agit de l'œuvre du Créateur ou non, cette chance, je ne compte pas la gaspiller.

Éliza ne dit rien, comme pour s'imprégner de ses paroles, son regard dirigé vers les montagnes, puis elle se fixe sur Skyler avec un éclat de compréhension indicible.

— Je tâcherai de m'en assurer, dit-elle sérieuse avec l'ombre d'une promesse. C'est le moment de mettre nos raquettes. Tu sais comment?

— À peu près.

À la lisière de la forêt, ils enfilent leurs raquettes. Skyler se réjouit d'avoir moins de mal à les mettre que pour la combinaison d'astronaute qui lui avait donné du fil à retordre dans le Refuge.

— Si je vais trop vite, tu n'auras qu'à me le dire. J'ai tendance à tout oublier quand je me promène dans cette forêt. C'est un peu comme méditer.

Skyler connaît le sentiment. Il en était habité durant ses balades dans le parc de l'Humanité.

Une fragrance dont Skyler ne se lassera jamais gorge la forêt de pins. Un coup d'œil à Éliza lui indique qu'elle respire à pleins poumons la beauté de la nature. Le froid se tient loin d'eux, tout comme les murs de métal qui les cloîtraient du temps des arches. Cette vie au milieu de cette nature endormie est féérique. Elle est peut-être froide, mais elle le réchauffe d'une façon qu'aucune Arche ne pourra jamais le faire.

Marcher avec des raquettes n'est pas simple, surtout avec son manque d'activité physique. Devenir médecin ne lui aura rien appris.

— Après une dizaine de fois, tu verras, tu ne le sentiras plus, dit Éliza qui remarque la distance qui se creuse entre eux.

— Est-ce une invitation?

— Si tu veux, dit-elle avec un sourire complice.

Ils ralentissent la cadence, Skyler en profite pour mieux apprécier la flore. Même si tous les pins se ressemblent, ils diffèrent par leur taille, la grosseur de leur tronc, la disposition de leurs branches qui forment des motifs incongrus comme des personnages figés dans leurs arabesques, le nombre d'épines et même leur coloration, allant d'un vert plus pâle brûlé par le soleil à une teinte plus foncée dans la pénombre.

Un hurlement comme il n'en a jamais entendu le fige sur place, ses sens en alerte. Éliza s'arrête en même temps et scrute les environs.

Le hurlement se répète, puis s'étire. Il y a quelque chose dans les bois. Aussitôt, Skyler repense au modèle tridimensionnel de l'Académie leur montrant un ours qui avait terrifié la pauvre étudiante dans son cours.

Est-ce que les ours hurlent de la sorte?

— Ça doit être… commence Éliza.

Mais elle n'a pas le temps de terminer sa phrase, car quelque chose bondit sur Skyler qui perd pied en voulant l'éviter.

Il se débat, la neige vole dans tous les sens. Une langue humide et râpeuse lui lèche le visage et l'empêche de respirer, mais au lieu de l'aider, Éliza rit aux éclats.

— Koda aime faire connaissance avec les nouveaux réfugiés avant le reste de la meute, explique-t-elle en caressant l'énorme bête poilue qui change enfin l'objet de son attention. C'est une chienne du nord. Elle ne ferait pas de mal à une mouche, même si elles sont toutes gelées ici.

— Une… chienne?

Koda remue sa queue d'une façon amusante; son pelage est blanc comme la neige avec un motif noir particulier, un œil bleu azur et l'autre brun noisette. La bête est imposante. Skyler ne peut pas croire que ces bestioles existent vraiment.

— Laisse-la te sentir, dit Éliza en continuant de caresser Koda qui attend ses instructions. Montre-lui ta main doucement.

Skyler tend une main tremblante. Koda identifie le signal et vient le renifler avec minutie, puis une fois l'inspection terminée, la lèche abondamment, provoquant chez Skyler un rire incontrôlable. Satisfaite, Koda retourne sur le sentier et les regarde attentivement, en attente.

— Elle veut qu'on la suive? demande Skyler avec hésitation.

— Bien vu. Ce n'est pas parce que ces bêtes ne parlent pas qu'elles ne sont pas intelligentes. Allez viens.

Éliza et Skyler suivent Koda qui bondit allègrement dans les tas de neige. Ils doivent s'arrêter à quelques reprises, Skyler étant incapable de tenir le rythme, et Koda s'impatiente. Heureusement qu'elle ne sait pas parler.

Il essuie du mieux qu'il peut la salive froide et épaisse de Koda, qui sèche avec la brise se faufilant à travers les pins et transporte des jappements surexcités.

Dans une large clairière, d'autres chiens comme Koda

courent les uns après les autres en aboyant. L'endroit a été défriché, des bûches de bois et des troncs coupés sont cordés contre la charpente d'une cabane faite du même matériau. Plusieurs chaumières dont les cheminées fument forment une espèce de campement : des gens y travaillent sur de nouvelles constructions, au-delà de la clairière, près de la lisière de la forêt.

— *Skogenslofte* est notre projet pour établir une colonie permanente à l'extérieur de la base, explique Éliza.

Une ribambelle d'enfants se sont joints aux chiens et poussent des cris de joie qui réchauffent le cœur de Skyler. Un peu plus loin, la petite Rose se roule dans la neige avec l'un des chiens qui la chatouille avec son museau.

Éliza lui fait faire le tour du campement. Skyler scrute les chaumières qui sont enduites d'un produit qui les fait reluire. Leurs toits cascadent de chaque côté en touchant presque le sol et formant un triangle avec la façade : au centre siège une ouverture qui tient lieu d'entrée. Au premier coup d'œil, tout paraît assez rustique.

— Certains des réfugiés disent que la technologie nous a trop longtemps gouvernés. Qu'elle a causé *Ulykke*. D'autres les rejoignent dans ce projet, mais finissent par revenir à la base. Ce rythme de vie ne convient pas à tous, le travail est exigeant et rien ne les a préparés à faire face aux éléments capricieux. Comme tu peux le voir, ceux qui restent se débrouillent bien.

— Tu as songé à venir t'y installer? demande Skyler, curieux.

— Ma place est avec mon frère. Depuis la mort de notre père, il a besoin de moi plus que jamais. Qui va le ramener à l'ordre, sinon?

— Je sais très bien me tenir par moi-même, Liz.

Oslo émerge de la plus grande des chaumières, accompagné de Neal et d'une poignée de gardes. Skyler se tend à la vue de son frère qui semble dire : *Où étais-tu passé pendant tout ce temps?*

— Si seulement c'était vrai, répond Éliza. Comment avancent les préparatifs?

— Bien, compte tenu des délais. Même si ça ne me plaît pas, je vais leur demander de revenir à la base.

— Pourquoi? *Skogenslofte* est ce que *far* a toujours voulu.

— Avec nos pertes récentes, on a à peine assez de monde pour maintenir la base. Sans l'Étoile, personne ne peut survivre. *Skogenslofte* peut attendre.

— Tu ne peux pas!

— Les temps changent, Liz.

— On va vous attendre un peu plus loin, intervient Neal en entraînant Skyler à l'écart.

Pris de court, Skyler obtempère, et jette un dernier coup d'œil à Éliza qui retourne à sa langue maternelle pour discuter avec Oslo et le ton monte.

Le couvert des pins les isole du reste du monde. Fatigué, Skyler s'arrête. Neal s'en rend compte et se retourne, l'air exaspéré.

— Mais bon sang! Où étais-tu passé pendant tout ce temps?

— Je savais que tu allais me dire ça, répond platement Skyler, avec une forte envie de retourner au campement au lieu de jouer à ce petit jeu. La réponse me paraît évidente.

— Nous sommes frères. On ne peut plus s'ignorer.

— Quand va-t-on rejoindre l'Arche pour secourir les autres? Notre mère? Notre future sœur?

Skyler en a trop dit.

— Quoi? s'exclame Neal, le regard plus sombre que dans les souvenirs de Skyler. Depuis quand es-tu au courant?

— Oublie ça, dit Skyler plus faiblement, son assurance fondant comme neige au soleil. Tu ne t'es jamais occupé de notre mère, de toute façon.

Bien sûr que Skyler avait mené ses recherches à temps perdu alors qu'ils se préparaient à déménager au Refuge, plus par curiosité qu'autre chose. Le sexe de l'enfant importe peu, mais il voulait pouvoir lui donner un visage et peut-être même un nom. Une raison de pardonner sa mère de n'avoir jamais cru en lui.

— Peut-être que tu as raison, concède Neal, les yeux brillants. Je n'étais pas là pour elle, ni pour papa. Le pire dans tout ça, c'est que mes souvenirs d'eux sont si lointains que j'ai l'impression de ne les avoir jamais aimés. Parfois, je me dis que j'aurais dû crever le jour où je suis tombé.

— Ne fais pas comme si tu étais la victime! s'exclame Skyler, outré. Tu as une responsabilité envers nous tous.

— Considère les sentiments des autres avant de les blâmer pour tes problèmes. Tu aurais pu sauver papa, maman et Émily, ta très chère meilleure amie, mais tu ne l'as pas fait. À qui la faute?

— Certainement pas la sienne, intervient Chris en émergeant d'un arbuste.

— Tu n'es pas mon frère, alors fous-le camp! s'exclame Neal en serrant les poings.

— Au lieu de blâmer Skyler, qui n'a jamais cessé de s'occuper de sa famille quand toi tu as mystérieusement disparu, va donc retrouver Oslo avec qui tu passes tout ton temps.

— C'est ça, crache Neal qui retourne au campement d'un pas colérique.

Une fois qu'il est à une distance respectable, Chris se tourne vers Skyler qui n'en croit pas ses oreilles. Mais qu'est-ce qui lui prend à son frère?

— Désolé, j'ai tout entendu, s'excuse Chris. Tu tiens le coup?

C'est la première fois qu'ils se parlent depuis le jardin. Skyler se sent soudain nerveux.

— Mon frère peut être un vrai connard. C'est moi qui devrais m'excuser à sa place.

— Ce n'est pas parce que tu es son frère que tu dois prendre le blâme pour son comportement irresponsable. Pour quelqu'un qui s'est improvisé commandant de notre Arche, il aurait dû être un modèle à suivre. Moi tout ce que je vois, c'est un lâche.

— Tu as probablement raison.

Chris semble tendu. D'un accord tacite, ils s'enfoncent dans les neiges du boisé où règne un calme hivernal.

— Qu'est-ce que tu penses de cet endroit? demande Chris. C'est mieux que ce que j'ai toujours imaginé.

— J'aime bien aussi, mais c'est très neigeux. Est-ce que neigeux est un mot?

Skyler réussit à arracher un sourire à Chris dont la peau d'habitude si pâle est douloureusement rougie par la température qui ne cesse de se rafraîchir. La nuit approche.

— Tu as vu ces gros chiens? Ils sont adorables! s'exclame Chris avec une excitation enfantine qui rappelle des souvenirs à Skyler. J'ai toujours rêvé d'en voir.

— Toi? Je n'aurais pas cru.

— Tu ne trouves pas?

— Ils ont leur charme, cède Skyler qui ne peut se débarrasser de ce sentiment de crainte en présence des bêtes, surtout depuis sa mésaventure dans le réacteur abandonné de la base.

— Koda peut être assez intense au début, mais c'est elle qui dirige la meute et accueille les intrus. Elle s'occupe des siens comme de sa propre famille en gardant un œil constant sur eux. Je crois que ton frère aurait besoin de passer un peu de temps avec elle.

Au même instant, les chiens se mettent à aboyer avec insistance : ça ne ressemble pas aux jappements et hurlements amicaux d'un peu plus tôt. Skyler ne connaît rien de ces bêtes, mais il sent que quelque chose ne tourne pas rond. Chris et lui échangent un regard et se dépêchent à rebrousser chemin.

Alors qu'ils enjambent des congères, un puissant arc électrique déchire le ciel, suivi d'une onde de choc qui leur perce les tympans. Puis, plus rien, si ce n'est la peur qui palpite dans l'air qui crépite.

Oslo crie des ordres dans le campement plongé dans un chaos total. Les enfants pleurent, entourés de la meute qui forme un cercle de protection. Des gardes secourent des hommes et des femmes piégés sous des chaumières dont les structures ont flanché sous l'impact. D'autres répondent à l'appel d'Oslo et se rassemblent dans des mouvements désordonnés.

— Qu'est-ce qui se passe? demande Skyler en aidant Éliza à ôter une poutrelle de bois sous laquelle est coincée une femme qui gémit.

— *Eyr.* Rien d'autre n'a autant de force pour créer une telle onde de choc.

La barrière qui se nourrit d'Anzen Nord et des centaines d'êtres humains tenus entre la vie et la mort. Que leur est-il arrivé?

— Plus rien ne se dresse entre nous et Thalassa, dit Éliza, le visage blême, mais les traits durs, en aidant la victime dégagée des décombres à s'asseoir.

Neal les rejoint et se poste devant Oslo, le visage sombre :

— Tout le monde doit évacuer.

— Pas si vite, répond Oslo qui parle avec Éliza dans leur langue.

Skyler envie leur complicité. Quand il jette un regard à Neal, celui-ci s'éloigne déjà en coup de vent de son côté sans attendre les ordres d'Oslo et d'Éliza. Mais où va-t-il?

Skyler le pourchasse à travers la forêt et passe près de tomber tête première dans une congère, mais se reprend au dernier moment. Il lutte pour garder le rythme et sa respiration à un niveau acceptable. Son équilibre est précaire, mais son frère ne ralentit pas.

— Neal!

Il ne se retourne pas et avance trop vite.

— Allen! crie Skyler avec plus de force avant que le souffle lui manque.

L'écho de sa voix se perd dans une nouvelle onde de choc. Les arbustes frémissent, une pluie de glace tombe sur Skyler qui s'écroule. Le ciel s'est teinté d'un étrange voile violacé qui va et vient. Est-ce la barrière *Eyr*?

Il reste immobile à reprendre son souffle, la sueur lui gelant le visage. Son frère hors de vue.

— Pourquoi vous n'avez pas attendu qu'on prenne une décision, Oslo et moi?

Éliza l'a rejoint, à peine essoufflée. Elle le regarde d'un air inquiet. Skyler se mord la lèvre de frustration.

— Mon frère, dit-il en saisissant la main d'Éliza pour se relever. Je le connais. Il va faire quelque chose de stupide encore une fois.

— On peut le rattraper ensemble, dit Éliza en gardant la main de Skyler dans la sienne. L'Étoile n'est pas si loin.

Au même moment, Oslo et ses gardes les dépassent.

— Sois prudente, Liz, lance Oslo. On fait comme on a dit.

— Il ne faut pas traîner, dit Éliza à Skyler.

Alors qu'ils s'apprêtent à rejoindre Oslo, Skyler aperçoit Chris arrêté près d'un pin, son regard fixé sur la main de Skyler qu'Éliza n'a pas lâchée. Skyler rétracte sa main, mais il est trop tard.

— Tu viens? demande Skyler, mal à l'aise.

— Je crois que… je vais rester avec les enfants, dit Chris, son visage rosi par le froid. Quelqu'un doit s'en occuper. Ils sont notre futur.

Avant que Skyler puisse ajouter quoi que ce soit, Chris lui tourne le dos.

29

ÉMILY

ÉMILY OUVRE LES YEUX EN SURSAUT.

La dernière personne qu'elle s'attendait à voir c'est bien Sofia, la mère de Fiona. Celle-ci la fixe dans l'étrange pénombre créée par les néons d'un bleu violacé en dormance, jamais tout à fait éteints, même après les séances de conditionnement. Émily préfère garder les yeux fermés la plupart du temps, la sensation de brûlure étant omniprésente et insupportable en raison du bombardement de lumières vives qu'elle reçoit au quotidien.

— N'aie pas l'air aussi surprise, lui dit Sofia, debout dans le cadre de la porte en verre, accoutrée comme pour une mission d'infiltration. Je ne suis pas Milo, mais j'ai de l'expérience.

— Sans blague.

Son sac en bandoulière, Sofia porte le même uniforme d'entraînement que durant sa mission avec Milo. Le tissu est noirci par endroits, alors qu'il ne l'était pas dans la vidéo. Sa présence est définitivement suspecte, et Émily ne se gêne pas pour lui en faire part :

— Ça n'a aucun sens. Pourquoi tu te préoccupes de ce qui m'arrive?

— Ça me regarde.

— J'ai gardé ta fille sous cellule, insiste Émily, perplexe.

Puis elle ajoute avec plus de force :

— Elle était ma prisonnière.

— Peut-être qu'elle en avait besoin.

La réponse de Sofia la sidère. Quelle mère dirait cela de son enfant?

— Tu comptais pourrir dans cette cellule encore longtemps? demande Sofia. Il faudrait s'activer un peu avant que les chiens de Duke se réveillent. Les tranquillisants étaient de la vieille marchandise.

— Je ne te demande pas comment tu les as obtenus.

— Il vaudrait mieux pas, non.

Émily fait le geste de la suivre, puis lui intime de l'attendre. Son cœur s'emballe à l'idée qu'elle aurait pu dire adieu à son carnet de dessin. Elle le ramasse prestement, puis s'empare de la carte de l'étoile du nord que Philippe lui a donnée, cachée avec soin sous son oreiller.

Elle glisse la carte dans la poche de son pantalon, le même qu'elle porte depuis sa capture, et elle rejoint Sofia qui, le nez fourré dans son sac, a commencé à s'éloigner.

Émily cède à la curiosité quand Sofia sort de son sac un objet qu'elle n'est pas certaine d'identifier, mais elle fait comme si et lance :

— Je croyais que le Parangon les avait tous confisqués lors de la Nuit de Cristal.

— Le Corbeau a une réputation à maintenir, répond-elle simplement. C'est le produit avec lequel je me suis fait connaître en premier. Ce qui m'a permis de gagner la confiance de mes clients.

Le Corbeau. La compréhension frappe Émily à retardement.

— Quoi? lui demande Sofia, en fronçant les sourcils, l'air de penser qu'Émily est la plus bizarre de ce vaisseau.

— Le marché noir, poursuit Émily sur sa tangente. C'était donc toi.

— Ça m'arrive, oui. Il faut bien que quelqu'un le fasse. Ce qui était un hobby à temps partiel est rapidement devenu une nécessité. On me sollicite pour toutes sortes de choses, de la drogue surtout. Ce n'est pas le plus facile à trouver avec les chiens du Parangon qui rôdent à tous les coins et les Deltas qui protègent farouchement leurs labos chéris. C'est ridicule. Ces drogues devraient être accessibles à tous, mais hey, je ne ferais pas de bonnes affaires si c'était le cas.

Les Dissidents se sont vraiment incrustés à tous les niveaux. Dire qu'autrefois Émily avait correspondu avec l'un d'entre eux. Et pas n'importe qui : la mère de Reyes.

— Laquelle tu préfères? demande Sofia avec intérêt. Du cristal, de la mousse ou une graine d'Arahmée? Si tu veux oublier toute cette merde, j'ai ce qu'il faut. Je peux te faire un bon prix.

— En fait, c'était pour un livre, à l'époque, répond bêtement Émily en se rappelant le cadeau d'anniversaire de Gabrielle. Un cadeau.

— Les livres n'ont pas la cote, surtout qu'ils se dégradent vite. Je t'aurais cru un peu plus audacieuse, mais bon, les premières impressions ne sont pas toujours bonnes.

À qui le dis-tu, a envie de répondre Émily, mais elle ne voudrait pas s'attirer les foudres de sa libératrice qui pourrait tout aussi bien reconsidérer sa mission de sauvetage.

— Je ne vois pas pourquoi on devrait rendre ces drogues accessibles. Tous ces détenus toxicomanes que j'ai côtoyés étaient irrécupérables.

— Pas que les prisonniers. Les gens de ce vaisseau sont brisés. Encore plus que tu ne pourrais le croire, explique Sofia en riant jaune. Qui pourrait les en blâmer? Une vie enfermée dans une boîte de conserve au fond de l'océan n'a rien de réjouissant.

Les paroles de Sofia résonnent en Émily qui reconsidère cette femme peu avenante, mais dont la sagacité lui rappelle sa propre mère.

Elles longent une traînée de gardes effondrés au sol. Mais comment Sofia a-t-elle réussi à les neutraliser? Ils sont très nombreux. Puis, elle comprend quand elle voit des bouts de sandwichs et des éclats de verre répandus un peu partout; c'était l'heure du repas.

— Comment va Milo? demande Émily d'un ton qu'elle espère détaché.

— Il est en vie, si c'est que tu veux savoir. Autrement, je ne serais pas ici.

L'aura de la mère de Sofia bruisse, et sa mine s'assombrit.

— Il ne mange pas, celui-là, gronde-t-elle en empoignant son sac. J'espère que tu sais te battre.

— Je sais me défendre.

Léandre les attend, au bout du corridor, sous le panneau lumineux de sortie d'urgence du quartier général qui projette une lueur verdâtre sur son teint déjà maladif. Il triture ses mains comme s'il était impatient de se mettre à l'action.

— Pourquoi? demande Léandre. Pourquoi risquer ta vie en t'évadant du QG du Parangon? Tu ne tiens pas à la vie?

— Comme si ça t'importait, réplique Émily. Ça te plairait sûrement de me voir brûler devant tout le monde.

— Le petit chien de poche qui vient faire sa ronde, dit Sofia avant que Léandre ait le temps de rétorquer, la bouche entrouverte. Je ne suis pas certaine que ton maître pourra se passer de toi bien longtemps. À moins qu'il voie déjà à travers tes yeux par la force de sa pensée.

— Il ne me contrôle pas, répond Léandre en serrant les dents. Je le suis de plein gré. Et vous devriez faire de même.

— Sacrifier mon humanité au service d'un psychopathe? s'insurge Émily d'une voix un peu trop fluette. C'est vraiment ce que tu me demandes de faire? Si tu étais sous son contrôle, je comprendrais, mais là, c'est évident que tu ne vaux pas mieux que lui.

— Émily. Ne fais pas la même erreur que ton père.

— Mon père a été le bouc émissaire de ton désir de vengeance. Au lieu de faire ton deuil, tu as choisi de succomber à tes pulsions. Je ne réponds pas à des gens de ton espèce. Ôte-toi du chemin.

L'assurance avec laquelle elle s'exprime l'étonne elle-même. Cela lui vaut même une expression de respect de la part de Sofia. Au même moment, des agents se postent aux côtés de Léandre. Il est énervé et son visage rougit.

— Si tu te fiches des gens de *mon espèce*, sache que c'est réciproque, lance-t-il, incisif. Reconnais Duke comme le commandant légitime de cette Arche et il t'épargnera peut-être.

— Il n'est pas mon commandant, dit lentement Émily en s'approchant de quelques pas pour donner plus de poids à ses paroles. Il est peut-être le tien, mais définitivement pas le mien.

Un frottement métallique attire leur attention. Sofia a tiré un long poignard de son sac, comme celles des histoires médiévales de Gabrielle, et qu'elle a déjà essayé de répliquer avec du plastique. Le poignard désarçonne les agents accompagnant Léandre qui met trop de temps à réagir à la nouvelle menace. Sofia a le temps de plonger en avant et de transpercer l'un des agents, là où l'uniforme de kevlar ne les protège pas : le cou.

Émily sent une décharge d'adrénaline l'engourdir, lui faire miroiter la possibilité de sortir d'ici vivantes. Elle s'attaque au premier assaillant qui s'approche d'elle. Émily n'a jamais été une adepte des armes en général, mais les techniques d'arts martiaux enseignées par son père sont tout aussi efficaces. Elle peut presque sentir son père revivre à travers les prises qu'elle enchaîne grâce à la mémoire de ses muscles. Une chance que Duke la nourrisse suffisamment. Elle ne se sent pas aussi agile qu'au meilleur de sa forme, mais ça va quand même.

Coups de poing, de pieds et de poignard s'enchaînent. Duke apparaît soudain, échevelé, lui qui ressemble habituellement à une statue de cire, son uniforme mal boutonné, ses traits creusés, sa furie palpable, même à cette distance. Son regard d'encre transperce Émily : un mal de tête fulgurant bat contre ses tempes, mais elle ne ralentit pas. Elle est trop près de la liberté.

Dans le chaos, la voix de Duke se perd. Léandre se met brutalement en retrait. Les agents deviennent tout à coup plus coordonnés. Duke inspire, comme plongé dans une profonde méditation, les poings bien serrés de chaque côté de son corps.

Les coups de taser électrique des gardes se multiplient, de plus en plus difficiles à parer. Sofia, qui sue à grosses gouttes, parvient à éliminer deux autres agents et à libérer Émily d'une prise.

Émily recule pour évaluer la situation et reprendre son souffle, mais ses pensées se figent quand la voix de sa sœur l'interpelle derrière elle, dans le corridor qui mène à sa cellule.

Une Fée.

— Pourquoi tu te bats? Tu ne vois pas que c'est inutile?

La Fée revêt le visage de Gabrielle comme une seconde peau. Non! C'est une illusion! Il faut résister! Mais Émily sent sa force lui manquer, son cerveau drapé d'un voile de brume qui l'étouffe.

— Je dois essayer, répond Émily en se sentant fléchir.

— Même si tu réussis à les neutraliser, où iras-tu? L'Arche est sous son contrôle. La Confrérie est dissoute. Les Dissidents survivants sont mal organisés.

La voix cristalline de la Fée accentue le mal de tête d'Émily qui gémit sous la pression. Un coup sur son épaule lui fait fléchir les genoux. Sa vision se brouille, mais elle reste consciente. L'adrénaline se dissipe, la tension dans ses muscles n'est plus qu'une chaleur diffuse.

La Fée n'est plus qu'une présence invisible, Émily reprend conscience de son environnement. La cacophonie a laissé place à un silence de mort ponctué de sa respiration laborieuse qui s'harmonise avec celle de Duke.

— J'avais oublié que vous vous connaissiez, toi et Mademoiselle Bates, dit Duke à l'intention de Léandre, tout en replaçant brusquement son uniforme. Tu aurais dû m'avertir.

Sofia est subjuguée, agenouillée, et maintenue par quatre agents. Duke s'approche d'elle.

— Une antiquité, dit Duke avec dédain en ramassant le poignard dont il scrute les reflets sous les néons de nuit. Je serais curieux de savoir comment tu as mis la main là-dessus.

— De la même façon dont tu t'y prends pour bousiller l'esprit des gens de cette arche.

Duke renâcle, pas le moindrement impressionné.

— Avoir une Dissidente dans mes rangs sera un ajout intéressant. Amenez-la au labo de transition, ordonne Duke sans émotion.

Émily tremble de façon incontrôlable en anticipant ce qui va suivre. C'était perdu d'avance. L'infime espoir envoyé par Milo est mort. Et avec lui, l'âme d'Émily qui sera consumée par l'appétit insatiable de Duke Kay qui ne connaît aucune pitié.

— Je dois dire que ta mère était beaucoup plus docile, dit Duke en se rapprochant d'Émily qui lutte pour ne pas sombrer dans les limbes de son esprit qui se contracte sous la pression. Elle savait qu'il n'y a aucun endroit sur l'Arche pour se cacher. Qu'il valait mieux profiter de son privilège de passer du temps avec moi, *à volonté*! Elle savait comment me plaire. Et je m'attends à ce que tu en fasses autant. Ne me déçois pas.

30

ÉMILY

— Je ne peux pas croire que Duke nous laisse circuler librement, murmure la voix de Fiona, ce qui réveille pour de bon Émily qui tanguait entre le sommeil et l'éveil depuis son retour dans sa cellule du Parangon.

Une diffusion? Pourtant, l'écran est bien noir. Émily cligne des yeux puis les frotte. A-t-elle rêvé la voix de Fiona? Elle frissonne en se rappelant la Fée au visage de Gabrielle qui s'est montrée juste avant sa capture. Encore une hallucination. Elle se prend la tête à deux mains, les yeux fermés, ses pieds nus contre le métal froid de sa cellule. Combien de temps avant qu'elle ne sombre pour de bon?

— On a encore un peu de temps, répond la voix chaude de Milo, figeant le cœur d'Émily. Et pour répondre à ta question, son regard nous suit partout. Regarde-les.

Émily ouvre les yeux, avec l'impression qu'on la surveille à son insu. L'écran est toujours vide. Mais alors, comment peut-elle entendre les voix de Milo et Fiona? À travers les murs? Ou bien c'est la nouvelle tactique de Duke.

Elle s'attendait à ce qu'il vienne la voir, plus furieux que jamais, pour lui faire subir de nouvelles séances éprouvantes avec les néons ou ses monologues à en plus finir, mais il n'en a rien fait. L'horrible impression que Duke pourrait être à l'origine de la Fée dans sa tête, qu'il ait trouvé un moyen de s'infiltrer en elle, l'angoisse terriblement. Elle se gratte les bras, un geste bien inutile, mais au moins sa peau qui chauffe lui rappelle qu'elle est bien là, en chair et en os, non pas coincée dans sa tête. Elle est Émily. Elle est bien réelle.

Un bruit anormal de frottement et de claquement lui rappelle son coma. Des bottes. Duke arrive!

D'un bond, elle est debout, envahie malgré elle par la peur. Dire que les prisonniers la redoutaient autrefois. De l'histoire ancienne, une vie passée. Son karma s'occupera de la suite, pour ce qu'il en reste.

Elle se lève. À quel moment s'est-elle rassise? Ou bien elle ne s'est jamais levée. Non, non, non. Cette panique viscérale qui coagule son sang, lui vole son souffle, cambre son corps dans l'anticipation de l'arrivée de Duke. Elle n'est pas folle.

Émily fixe l'entrée, inchangée.

— Qu'est-ce que tu fais? souffle la voix énervée de Fiona.

— Fais-moi confiance, répond Milo.

Puis une voix électronique :

Bienvenue à l'Atrium de l'Arche, là où le rêve d'un futur meilleur nous unit.

La voix artificielle résonne avec puissance dans la cellule et fait frissonner Émily. Est-ce que la Fée de Duke peut imiter différentes voix? Toutes les voix qu'Émily a entendues dans sa vie? Pourquoi l'entraîner dans la tourmente alors que tout pourrait se terminer rapidement?

L'écran s'allume.

Émily retient son souffle.

Est-ce que l'écran s'est vraiment allumé?

La diffusion n'est pas aussi nette que la dernière fois, l'image met du temps à se stabiliser, comme s'il y avait des interférences. La caméra est posée par terre, droit sur le visage renfrogné de Milo qui est accroupi, obstruant en partie Fiona debout derrière lui.

— On aurait dû tuer cet enfoiré de Duke quand on en avait la chance, rugit Fiona qui fait les cent pas. Ce salaud qui massacrait tout le monde qui ne passait pas son *test*, comme si c'était un spectacle! Et pour les Dissidents, pas de test, exécution directe! On ne peut pas le laisser devenir le commandant de l'Arche, tu m'entends? Neal a beau s'être volatilisé on ne sait où, on doit agir avant que Duke soit trop puissant!

— Pas si fort! On pourrait nous entendre, la rabroue Milo en ajustant la caméra, ce qui rend l'image plus nette. Tuer nos opposants, même si ce sont des agents du Parangon, n'est pas la solution. On doit d'abord gagner la confiance des gens. Pour l'instant, on doit attendre.

Fiona lâche un soupir et s'assoit dans l'une des bulles de simulation demeurée ouverte, jambes croisées.

— Pourquoi tu t'entêtes à trimballer cet engin? gronde Fiona en lançant un regard méprisant vers la caméra.

— Ce n'est pas n'importe lequel. C'est une réplique de la caméra avec laquelle on nous filmait.

— Elle n'y ressemble pas en tout cas. Elle est bien trop petite.

— C'est une version augmentée, miniaturisée, et beaucoup plus pratique. Walker m'a montré comment se connecter à différentes fréquences, de la même manière qu'il a synchronisé la prise de l'Arche.

— Aucune nouvelle de Walker?

— Duke se sert de lui pour retrouver les Dissidents qui ont échappé à son piège.

Le visage de Fiona change du tout au tout, une lueur de compréhension dans son regard.

— Toujours pour *elle*, hein? Alors que j'essaie de nous sortir de ce merdier, tu risques ta vie et celle de Walker pour rafistoler cette merde!

Milo ne répond rien, mais son visage de marbre en dit long sur son état d'esprit. Fiona croise les bras.

— Je sais pour ma mère. Elle ne s'est pas fait prendre à voler dans l'entrepôt. Tu lui as demandé d'aller secourir cette garce!

— Arrête de l'appeler comme ça. Elle a un nom : Émily, réplique Milo avec force. Et pour ton information, elle a changé, en mieux.

Fiona continue sur sa lancée :

— Risquer ta vie, ça te regarde, mais celle de ma mère?

— Je ne l'ai pas forcée.

— J'en ai assez de tes mensonges. Ma mère ne ferait jamais ça. Même quand elle n'était qu'une junkie qui n'avait d'yeux que pour les beaux mecs qui croisaient son chemin et ne s'occupait pas de nous qui crevions de faim dans un coin moisi des étages inférieurs. C'était toujours son bien-être avant celui des autres. Elle n'aurait jamais participé à ton plan de sauvetage foireux.

— Ta mère avait ses raisons pour se proposer, répond Milo avec un calme olympien.

— Qu'est-ce que tu lui as dit au juste? As-tu pensé à ce que *moi* j'en pensais?

Milo se lève et s'exclame :

— Est-ce que tu pourrais arrêter de penser à ta petite personne pour une fois?

— Telle mère, telle fille? C'est ce que tu voulais dire? rétorque Fiona qui s'est aussi levée.

L'air buté de Fiona camoufle quelque chose d'autre, mais sans son aura à lire, Émily n'arrive pas à mettre le doigt dessus.

— Désolé, je ne voulais pas, se reprend Milo en passant une main dans les cheveux. C'est ta mère. Ce n'est pas parce que je n'ai jamais connu mes parents que je dois agir comme un con.

Un silence s'installe jusqu'à ce que Fiona le brise :

— Je ne peux pas croire que cet enfoiré de Duke nous renvoie au Feu Sacré, après ce qui est arrivé la dernière fois.

— Il avait besoin de quelqu'un à sacrifier pour extraire le

condensateur de l'autre arche. Et maintenant, qui de mieux pour l'installer? C'est aussi une manière de nous tenir occupés, histoire qu'on ne tente rien d'autre. On doit s'organiser pendant qu'on le peut encore.

Fiona se rapproche de lui, comme si elle regrettait d'avoir jeté toute sa colère contre lui et penche la tête pour rencontrer le regard baissé de Milo.

— Tu es certain que tu peux tenir le coup?

— Ce n'est pas si mal, je t'assure. Je m'inquiète plutôt de ce qui va tous nous arriver. Le Feu Sacré devra être mis en marche à plein rendement une fois le condensateur calibré. Ce qui donnera à Duke le pouvoir de restaurer l'Arche. Et mettre à exécution ce qu'il a derrière la tête.

Milo fait une grimace de douleur quand il pivote pour ramasser la caméra.

— Fais voir. Je jugerai par moi-même si tu vas bien.

— Ça ne te dérange pas, toi, de savoir qu'un sadique va diriger l'Arche? s'énerve Milo en s'éloignant un peu d'elle.

— Je me fiche pas mal de Duke, tant qu'il nous laisse tranquilles. Allez, montre.

— Pas ici.

— Quoi? Ce n'est pas comme si ton corps était un secret pour moi.

Milo résiste en tirant le haut de son uniforme vers le bas, mais Fiona insiste et réussit à dévoiler son torse. Émily retient son souffle, une main devant sa bouche.

À de multiples endroits, des brûlures noircissent la peau qui a croûté. Et ses mains sont plus rouges que la normale.

— On n'a pas la même définition du rien, dit Reyes d'un ton calme malgré les blessures horrifiantes de Milo.

Fiona se saisit de la caméra, et la vue change : le trou béant au milieu des bulles de simulation ouvrant sur les escaliers qui descendent vers le Refuge.

— Fais attention, souffle Milo avec un brin de panique.

— Pourquoi? dit-elle en changeant la caméra de main, donnant le tournis à Émily qui doit détourner les yeux un moment pour se ressaisir. Parce que ton obsession pour elle va te rendre fou?

Un homme émerge du Refuge. La voix de Milo se tend à nouveau :

— De quoi tu parles?

— Ne joue pas les imbéciles.

— Merde! s'exclame Milo à voix basse quand il se rend compte que l'homme se dirige vers eux, le regard fixé sur son bracelet.

Cet individu ressemble à n'importe qui avec son uniforme, mais son expression niaise, qui cache un vil égoïsme et une servitude maladive, ne ment pas. Léandre.

Milo arrache la caméra des mains de Fiona et s'engouffre dans une des bulles de simulation. Fiona lui fait les gros yeux, puis s'accroupit.

— Je n'ai pas aimé ce que j'ai entendu hier soir, tonne la voix grave de Duke.

Milo stabilise la caméra sur un angle qui permet d'assister à l'échange : Léandre se tourne vivement vers Duke qui arrive en sens opposé depuis l'une des entrées perpendiculaires, accompagné de son cortège d'agents zombies.

— J'ai pourtant voulu qu'elles reconnaissent votre pouvoir au sein de l'Arche, balbutie Léandre, l'air confus. Je ne vois pas en quoi…

— Je ne parle pas de ça, le coupe Duke, autoritaire. Je parle de ta façon… d'agir sans mon consentement. Ça me dérange. Beaucoup.

Léandre change de position, l'air embarrassé.

— Tu étais le meilleur ami de mon fils Chris. *Étais*, dis-je bien. J'imagine que ça devrait te donner le droit à un traitement de faveur, mais ton imprévisibilité est un problème, Léandre Berger.

— Nos familles se connaissent depuis des générations. Notre loyauté envers les Kay n'a jamais fléchi.

— C'est vrai. Je suis peut-être trop dur avec toi, dit Duke en allumant un cigare avec son briquet dont il laisse la longue flamme brûler longtemps avant de le refermer avec un tintement métallique aussi sec qu'une lame. À ton âge aussi, j'étais passionné. Mais la seule chose qui t'intéressait c'était prendre ta revanche pour l'élue de ton cœur, tuée de façon atroce, bla bla bla.

Le visage de Léandre blanchit.

— Je sais ce que c'est, l'amour. Ça nous donne une force incomparable, mais ça nous rend aussi *très* imprévisibles. Maintenant que tu as eu ce que tu voulais, que feras-tu? Fais très attention à ce que tu vas répondre.

Duke tire une bouffée qui l'enveloppe d'une fumée épaisse. Les agents du Parangon à ses côtés ne semblent pas en être incommodés, leur posture pétrifiée. Cette scène est presque du déjà-vu, mais cette fois, Émily ne ressent aucune émotion pour Léandre. Peut-être que sans lui, papa serait encore en vie. Papa aurait réussi à arrêter Duke avant qu'il commande l'Arche. C'est papa qui serait devenu le commandant.

Léandre se laisse tomber à genoux sans que Duke ne bronche. Il semble admirer le bout de son cigare qui brûle tout doucement.

— Qu'est-ce que je dois faire? implore Léandre d'une voix chevrotante.

— Ça ne répond pas à ma question, articule Duke qui s'approche de Léandre et laisse tomber de la cendre devant lui. Tu as une dernière chance.

— Je… je veux vous assister.

Le rire de Duke semble vrai. Même Émily y croit.

— C'est une place très convoitée en effet. Pour le moment, mademoiselle Bates a ce privilège très spécial. Il faudra travailler dur pour la remplacer.

— Dites-moi ce que je dois faire.

Duke tourne une fois autour de Léandre qui conserve sa position et ferait presque pitié à voir.

— Soumets-toi complètement, conclut Duke. Soumets-toi à mon contrôle total. C'est l'unique façon. Tant et aussi longtemps que je ne connaîtrai pas chaque recoin de ton esprit, je ne pourrai pas t'octroyer ce droit.

Léandre hésite. Il a l'air terrorisé.

— Comment? demande-t-il d'une petite voix.

— La méthode conventionnelle ne fonctionnera pas avec toi, répond Duke qui donne la fausse impression de l'étudier, mais Émily sait que ce n'est qu'une mise en scène. Tu dois remercier l'héritage des Berger de t'avoir prémuni du plus grand mal de notre ère. Tu vois où ça nous mène?

Dans un mouvement parfaitement synchronisé, les agents du Parangon encerclent Léandre qui s'affole. Deux d'entre eux le saisissent par les bras, un autre se place derrière lui. Léandre déglutit quand la tête d'un taser endormi effleure l'arrière de son crâne qui s'illumine d'une lueur violacée.

— Le principe reste le même : créer une brèche dans ton esprit, explique Duke qui marche à travers un nuage de fumée stagnant. Parfois, il faut employer des méthodes plus… radicales.

— Je ne comprends pas, bafouille Léandre. J'ai tout fait. Je suis prêt à tout pour vous servir.

— Alors ceci ne devrait pas t'effrayer. Servir c'est aussi vouer une confiance aveugle à son commandant.

— Je vous fais confiance, Monsieur Kay, articuler difficilement Léandre qui lutte visiblement pour rester debout.

— Ce n'est pas réciproque malheureusement, lâche Duke qui éteint son cigare sous sa botte et lui tourne le dos.

Léandre le supplie, mais Duke ferme les yeux et lève une main. Un autre agent se place en angle et appuie un taser sur la tempe de Léandre. Duke referme sa main. Le bruit caractéristique du taser qui se charge à bloc hérisse la peau d'Émily. La décharge pénètre le crâne de Léandre qui hurle… une lobotomie en direct…

L'Arche tremble si fort que l'écran vacille.

— Merde! s'exclame la voix affolée de Milo.

La caméra s'écrase au sol, l'image coupe brusquement.

Émily a juste le temps de s'agripper à son lit qui est fixé au sol, ses pieds quittant le sol pendant une seconde. Une fois la secousse initiale passée et l'inclinaison du vaisseau revenue à la normale, Émily se rassoit sur le bout de son matelas, encore sous le choc.

L'écran est éteint. Aucune preuve qu'il a jamais été allumé.

Est-ce que tout ce qu'elle a vu et entendu était réel?

— IL EST temps de passer à la prochaine étape, annonce Duke, vêtu d'un nouvel ensemble bleu royal, comme s'il s'apprêtait à assister à une soirée exclusive pour les familles réputées de l'Arche.

Émily est assise dans un fauteuil qui serait confortable si elle n'était pas sous le joug de Duke. Un fauteuil identique se trouve à l'opposé, toujours vide. La pièce circulaire est d'un gris tout aussi déprimant que la cellule d'Émily. Deux anneaux en néon violacé en tracent le pourtour. Une forte odeur synthétique émane du faux cuir du fauteuil qui craque sous ses doigts crispés sur les accoudoirs. Duke s'approche, un coffret à l'aspect familier dans les mains :

— Yasmina était un peu folle, mais elle avait de bonnes idées, je dois le lui accorder.

Entre eux se dresse une étrange machine, et en son centre, Duke y dépose un objet rond en verre qui met Émily à nu d'une manière inégalée.

Sa sphère de mémoire! Enregistrée par Yasmina qui voulait tout savoir d'elle : Émily l'avait complètement oubliée.

Elle pousse un gémissement dont elle a honte, mais que Duke semble trouver adéquat : il a un demi-sourire, comme s'il y prenait plaisir.

— Aux grands maux, les grands remèdes, dit-il avec fausse sympathie. Je m'attendais à des résultats plus satisfaisants venant de ta part, mais quelque chose dans ton esprit échappe encore à mon contrôle absolu. Cette nouvelle expérience devrait régler le problème une fois pour toutes. Pas que je n'apprécie pas le temps passé en votre compagnie, Mademoiselle Bates, mais j'ai un programme chargé.

Quelques heures auparavant, il se débarrassait de Léandre et maintenant c'est le tour d'Émily?

— Ne t'inquiète pas. Une fois le programme complété, explique Duke, tu ne seras pas jetée aux oubliettes. Au contraire, tu auras une place de choix à mes côtés.

Ce que Léandre voulait.

— À me servir. Aux premières loges pour la suite. N'importe lequel de mes agents se tuerait pour avoir cette chance. Ils en rêvent tous. Mais les rêves peuvent être dangereux à qui n'en connaît pas son maître.

Émily ravale un haut-le-cœur en sachant très bien ce à quoi il fait référence.

— Tu verras. Je suis connu pour ne jamais décevoir ni faillir à mes engagements.

La sphère d'Émily projette une constellation de couleurs dans la pénombre plus dense qui s'est installée. Duke prend place dans le fauteuil opposé et ne manque pas de lancer un regard complice à Émily. Des serres métalliques piègent leurs têtes, Émily se raidit.

Duke pousse un grognement de satisfaction en fermant les yeux. Avant qu'Émily puisse comprendre ce qui se produit, elle est aspirée dans le néant.

31

NEAL

Une étrange onde parcourt le ciel, qui s'est teinté de pourpre. Pourpre comme les ecchymoses qui recouvraient Neal après sa chute interminable dans les étages inférieurs.

Il s'est élancé vers la base sans hésiter, en ignorant l'appel de Skyler.

Après avoir affronté Oslo sur le fait d'avoir caché la mort de son père Anzen, Neal ne veut plus rien savoir de l'Étoile du Nord. Oslo ne s'est jamais préoccupé d'Amarante : c'était seulement son désir de traquer l'assassin de son père qui l'a conduit jusqu'à eux, et rien d'autre.

Éliza savait que son obsession de vengeance serait ravivée par l'information contenue dans la sphère d'Uki, mais Neal espérait en son for intérieur qu'Oslo accepterait d'aller secourir ceux qui sont restés derrière sur l'Arche.

Il n'en est rien.

L'Étoile du Nord n'est pas le havre de paix et le semblant de Terre promise qu'elle prétend être. La famille Nord a des ennemis qui ne reculeront devant rien pour terminer ce qu'ils ont commencé sur Sedna.

Uki l'avait bien averti qu'ils arrivaient. Ce matin encore, elle est venue partager avec lui cette… prémonition – comment appeler ça? Le même genre de prémonition que lorsqu'il l'avait croisée dans les étages inférieurs, à fixer un point à travers le Hublot. Aussi farfelu que cela paraisse, elle savait que quelque chose allait se produire. Et Neal l'avait ignorée. Ces drôles de visions dans les souvenirs de sa sphère, fabriquées ou non, les gens sur Sedna y croyaient.

Ses cauchemars de feu. Ça aussi, elle avait vu juste.

Il ne peut expliquer son étrange façon de voir à travers les choses et tout ce que cela peut impliquer, mais… parfois, il faut savoir suivre la vague au risque de s'y noyer.

Il sait ce qu'il doit faire : rassembler la Confrérie et ficher le camp avant qu'il soit trop tard.

Une foule de réfugiés est massée dans le dôme principal. Des doigts pointent vers le ciel contusionné dans un tonnerre d'exclamations angoissées :

— Ça recommence.

— Quand vont-ils enfin nous laisser tranquilles?

— Papa, j'ai peur.

Les nombreuses familles se blottissent les unes contre les autres, leurs petits terrifiés par le chaos qui règne dans le dôme. Neal se faufile pour localiser les membres de la Confrérie au plus vite. Pourtant, les visages affolés lui retournent l'estomac : il s'apprête à fuir et les abandonner. Encore. N'est-ce pas ce qu'il a fait sur Amarante en déchirant des familles laissées pour mortes dans le Refuge? Qu'a-t-il accompli depuis?

Il se fige parmi la foule, incapable de se défaire de la honte qui l'étouffe. Est-ce ce que les Dissidents font toujours? Rester dans l'ombre et s'enfuir aux premiers signes de troubles?

Leurs problèmes ne sont pas les nôtres.

Qui lui avait répété ces paroles? Daniel, Sofia… sa mère? Mais pourquoi les a-t-il absorbés sans même y réfléchir? Ce monde, ils doivent se le partager. Ceux qui ont subi le Déluge l'avaient oublié eux aussi, et ils en ont subi les conséquences désastreuses qui se perpétuent depuis un siècle.

Les années passées en retrait de la vie de l'Arche l'ont-elles transformé en cette espèce d'idéaliste couard et égoïste? Au point de ne pas considérer la portée de ses propres paroles au sujet de la Terre promise? Promise pour qui?

Pour tous, avait-il dit. Mais ce n'était pas vrai. Il ne l'avait jamais cru, tenant pour acquis qu'on doit mériter sa place dans ce nouveau monde. Il ne l'a jamais dit explicitement, mais ses disputes avec Milo à ce sujet avaient nourri sa conviction : ceux qui ont négligé les Dissidents, mis en place un système injuste ou commis un crime contre l'Arche ne seraient pas autorisés à les suivre, leur châtiment étant de périr avec leurs abominations sur la conscience. Le plan était de convertir l'Arche en une prison perpétuelle, sans possibilité de rejoindre la terre ferme. Ces gens avaient eu tout le temps du monde pour se repentir, mais ils avaient préféré se complaire dans leur assise du pouvoir sur le microcosme qu'ils avaient créé : un univers artificiel conçu pour assujettir les graines de l'humanité, les modeler, même, selon un nouveau paradigme qui aurait donné naissance à une nouvelle civilisation, bâtie sur des valeurs toutes aussi exécrables qu'avant le Déluge. Pouvoir, aristocratie et convoitise. Un trio infernal. La Confrérie – Neal – ne pouvait pas se permettre de risquer que ces salauds mènent le même manège sur *sa* Terre promise si durement acquise. Même si son idée de justice est réelle, Neal n'a sa place ni ailleurs ni ici, parmi ces gens qu'il s'apprête à livrer à eux-mêmes.

Il les a déçus, abandonnés, trahis.

Et pourtant, ils partagent tous cette humanité imparfaite aux faiblesses incomprises et aux espoirs inachevés, liés par cette peur constante de tout perdre.

A-t-il même pris le temps de s'intéresser aux efforts de la petite colonie en dehors des murs de l'Étoile? Bien sûr que non. Il a été aveuglé par son désir, ses exigences qu'Oslo rende des comptes sur ses mensonges, alors qu'il essayait de protéger tous ces gens.

Cette fois, quand Neal scrute la foule, il ne cherche pas les membres de sa Confrérie. Ces gens ont besoin d'aide. De *son* aide.

Postée près de la paroi en verre, à l'endroit où Uki contemplait le ciel étoilé l'autre soir, Tessa scanne la foule. Il la rejoint en notant sa curieuse armure, arborant le symbole du soleil et de la lune qui s'embrassent.

— Comment a-t-il réussi? marmonne Tessa, l'air furieux.

— Qu'est-ce qui se passe? demande Neal en fronçant les sourcils. Cette onde de choc…

— Ils ont détruit la barrière.

— Qui ça, ils?

— Où sont les autres?

— Oslo et sa bande sont en route, probablement avec mon frère. Où sont Dan, Nora et Derek?

Une vilaine fissure court sur la surface du dôme et s'étale en plusieurs branches inquiétantes. Des cris fusent de tous les côtés quand un trou béant se forme avec une explosion sourde. Des morceaux de verre s'écrasent en mille et un fragments acérés. Tessa se presse contre Neal alors que les réfugiés qui tentent de fuir se font lacérer dans un vrombissement tonitruant. Même après que les débris soient tous tombés, le bruit ne fait que s'amplifier, sans que Neal puisse en déterminer la source.

— La clinique, lance Tessa en s'extirpant de son étreinte, le choc initial passé.

Oslo et ses gardes se déploient pour créer un périmètre de sécurité, criant des ordres à tue-tête pour que les réfugiés trouvent un endroit sécuritaire, mais aussitôt, un essaim obscur traverse le trou percé dans le dôme et fond sur eux.

Ce sont des drones, de vulgaires morceaux de métal volants qui tirent sur tout ce qui bouge. La vision d'horreur de la sphère d'Uki défile sous leurs yeux. Des groupes se détachent de cet essaim de machines infernales et une pluie de projectiles leur fonce tout droit dessus. Tessa utilise son corps en guise de bouclier : avant que Neal puisse l'en empêcher, les balles ricochent contre une barrière de lumière magnétique qui se déploie autour d'eux. Aussitôt le danger écarté, la barrière s'évanouit, et Tessa entraîne Neal, ébahi, dans le passage qui mène vers la clinique.

Leur avancée est lente parmi les familles et les réfugiés qui courent dans tous les sens, mitraillés par les drones. Le sang et la chair s'accumulent à un rythme effarant. Bientôt, Neal et Tessa n'évitent plus des gens qui courent, mais des cadavres qui tombent de part et d'autre. Les gardes d'Oslo peinent à neutraliser les drones qui poursuivent leur attaque même si leurs hélices sont sectionnées. Aussitôt que l'un d'entre eux est détruit, parfois à coups de pied, pendant que les gardes déchargent leurs pistolets à impulsions électriques qui créent des arcs destructeurs, d'autres drones viennent les remplacer, encore plus nombreux.

Du coin de l'œil, Neal aperçoit Skyler et Éliza qui essaient de se frayer un chemin jusqu'à eux en se cachant derrière les gardes d'Oslo, mais ils sont bloqués.

— Mon frère, souffle Neal à Tessa qui se retourne.

— Réfugie-toi dans la clinique, dit-elle en le laissant à la porte de l'aile qui ne semble pas affectée par les drones qui semblent concentrer leur attaque là où ils causent le plus de dommages : le dôme. Je vais les chercher.

Neal hoche la tête et s'infiltre tout en refermant derrière, tête appuyée contre le cadre. Il a le souffle court et se rend compte que les gens dans la clinique le fixent avec un air apeuré.

— Personne ne sort! gronde-t-il. Ou vous mourrez.

Neal aurait pu adoucir ses paroles, mais la panique le submerge et il n'a pas de temps pour de longs discours. Les enfants et les parents pleurent d'effroi, se rappelant probablement les horreurs qu'ils ont vécues sur leur arche respective.

Est-ce que ce cycle de terreur va se terminer un jour?

— C'est quoi tout ce boucan? demande un adolescent de bonne taille aux cheveux bouclés qui émerge de l'arrière de la clinique.

— Tu ne veux pas savoir.

— Je savais que c'était Neal, abruti, dit Nora à son frère Derek qui arrive par le même corridor.

— Tessa nous a dit de rester... dit Derek qui se tait en le voyant.

— La Confrérie est réunie, dit Daniel qui les sépare avant que Nora ne puisse frapper Derek sur l'épaule.

Malgré son angoisse, Neal pousse un soupir de soulagement en donnant une accolade amicale à Dan, puis adresse un hochement de tête à Nora et Derek qui paraît embarrassé. Ils lui expliquent les récents évènements, sous le regard attentif de l'adolescent qui aide un parent à calmer une petite fille en pleurs.

Tessa est allée chercher tout le monde en leur disant qu'elle savait comment retourner sur Amarante et leur a donné rendez-vous à la clinique. Nora et Derek se sont joints aux forces armées de l'Étoile, qui s'entraînent dans une section spéciale de la montagne avec des armes inimaginables. Ils ont d'ailleurs insisté pour que Neal se joigne à eux pour voir le potentiel qu'offre la base. Ils avaient un entraînement spécial aujourd'hui, jusqu'à ce que Tessa les interrompe.

Quant à Daniel, il rassemble des informations sur les réfugiés depuis leur arrivée. Y compris ce matin, quand Tessa l'a trouvé dans un rassemblement quotidien de réfugiés qui partagent leurs vies d'antan sur leurs arches respectives. *Des mondes dans un même monde.* Daniel allait demander à Neal de rencontrer Skyler au sujet de la toux qui se propage parmi leur groupe d'échange, dont leur nombre s'est amenuisé de jour en jour.

— Vas-tu enfin nous dire ce qui passe à l'extérieur? le presse Nora, les sourcils froncés.

Éliza, Skyler et Tessa entrent au même moment.

— Tu tiens le coup? demande Neal en touchant l'épaule de Skyler pour s'assurer qu'il est bien en vie.

Skyler ne dit rien, mais son regard est parlant : il lui en veut d'être parti sans eux.

— C'est un véritable enfer, dit Éliza d'une voix grave. D'où sortent ces fichus drones?

— Tessa? demande Neal.

— On devait rejoindre la clinique d'une autre façon. Éliza nous a guidés dans un passage souterrain qui devait servir avant que la base ne soit reconvertie.

— Où est Uki? réalise avec effroi Neal. Elle n'était pas avec les autres réfugiés?

— Elle pourrait être dans une autre section de la base, répond Éliza, tendue. Pour l'instant, on doit rester en vie et détruire ces abominations. Mon père ne s'est pas sacrifié pour que l'Étoile tombe. On doit y retourner.

— C'est de la folie, dit Tessa. Personne n'est équipé pour les affronter et mon armure n'est pas infaillible.

— Je n'ai jamais vu ce symbole avant ni parmi ce Parangon quand nous avons débarqués sur votre Arche, remarque Éliza. Où l'as-tu trouvée?

Tous les regards se tournent vers Tessa qui se tend. Un silence lourd s'installe.

— Qu'est-ce que tu caches? l'interroge Éliza en se rapprochant d'elle, une main sur son pistolet.

— Tessa est avec la Confrérie depuis longtemps, intervient Neal. Elle n'est pas notre ennemie, Éliza.

— C'est une drôle de coïncidence, considérant les circonstances, tu dois bien l'avouer.

— Sans elle, nous serions tous morts!

L'Étoile du Nord est censée être construite sur le site d'une ancienne base militaire, avec bon nombre de tunnels inexplorés. Avec ce que Nora lui a raconté au sujet des forces armées d'Oslo, ce serait tout naturel de trouver une armure de haut calibre entreposée. La civilisation d'avant le Déluge avait de moyens technologiques. L'existence des arches en est une preuve suffisante.

— À moins d'en être chacun équipé, je vois mal comment on réussira à repousser cette attaque, souligne Nora.

— Il y en a d'autres, dit Tessa, mais pour cela, il faut se rendre à la baie d'embarquement sans se faire tirer dessus.

— Impossible, répond Éliza. Les drones ont envahi le dôme, et on doit impérativement le traverser pour se rendre aux baies d'embarquement. Ou bien se risquer dans les tunnels où les drones ont commencé à se disperser.

Le chaos qui vrombissait à l'extérieur des murs de la clinique meurt subitement. Un silence lugubre s'installe. Ils échangent tous des regards inquiets.

— Ils sont tous morts? demande Derek à voix haute ce que tout le monde pense tout bas.

— Les Nord ne tombent pas si facilement, répond Éliza avec assurance. Nos défenses ne sont peut-être pas nombreuses, mais notre père les a entraînés.

— Le même qui est mort aux mains de ces drones sur Sedna? demande Nora.

Éliza darde sur Neal regard noir :

— Pourquoi leur as-tu raconté ça?

Mais Neal l'ignore. La Confrérie est sa famille. Sans leur confiance et leur soutien, ils ne pourront pas donner une chance à l'Étoile de se remettre de cet assaut.

— Vous entendez ça? dit Skyler.

Tout le monde se tait.

Un sifflement. Et ça se rapproche.

Ils forment un demi-cercle devant la porte. Tous ceux qui portent une arme la pointent droit devant, tandis que Skyler et l'adolescent intiment aux familles de s'abriter dans la clinique.

Dans l'attente, Neal ne voit plus la porte, leur seule barrière entre leur monde et celui de la sphère de mémoire d'Uki. Où est-elle? Elle ne peut pas se trouver parmi les victimes du dôme. Elle est la seule à avoir survécu à pareille attaque. Elle pourrait les aider.

Le sifflement s'intensifie derrière la porte, ils resserrent tous leur prise sur leur arme. Tessa qui se place au centre pour leur servir de bouclier au cas où…

La porte explose dans un fracas qui les surprend tous. Le bouclier d'énergie de Tessa se déploie en une coquille lumineuse qui brûle les débris à son contact. Reste une odeur répugnante, la même que lorsque l'Incinérateur de l'Arche opérait à plein régime la nuit et les empêchait de dormir.

À travers la fumée de la combustion apparaît la silhouette du gardien de prison de l'Arche, entouré de drones flottant à ses côtés. Entre-temps, les familles ont eu le temps d'aller se réfugier dans les salles intérieures sous les commandes de Skyler. Peu importe ce qui arrivera à leur ligne de défense, ils auront tout fait pour sauver la relève.

Bien joué, petit frère.

Le gardien de prison a sur les lèvres un sourire maniaque, comme si l'attaque était quelque chose d'excitant. Sur Amarante, Neal avait eu ses doutes quant à sa collaboration pour libérer Fiona et Milo, son visage sans expression lui donnant l'air de faire partie de la prison elle-même, le monstre idéal des légendes de l'incinérateur des étages inférieurs. Et le voici maintenant ici, avec ses drones qui prennent d'assaut l'Étoile du Nord. Ses machines suivent chacun de ses mouvements alors qu'il s'avance vers Tessa qui leur sert toujours de bouclier et qu'il enjambe le métal fondu en forme de demi-lune.

— Ludo, dit Tessa d'une voix tendue, presque suppliante. Tu n'as pas à faire ça.

— Regarde qui parle, répond-il avec un sourire bestial. Imagine si ton oncle savait ce que tu as fait.

— Qu'est-ce que tu fais ici? s'interpose Neal, incapable de la laisser affronter ce démon seule. Ton nom n'était pas sur la liste. Comment as-tu quitté l'Arche?

— Neal, souffle Tessa, de l'urgence dans la voix. Ne t'en mêle pas. Je peux le gérer moi-même.

— S'il est à l'origine de la destruction de Sedna et maintenant de l'Étoile, il est notre problème à tous.

— Tu aurais pu au moins attendre que ton cher amour soit mort avant de t'amouracher d'un autre, intervient Ludo qui a l'air de s'amuser.

Sans prévenir, Tessa tire sur Ludo qui ne bronche pas. Son armure fait fondre les balles qui retombent avec un bruit sourd au sol. Une balle touche un drone qui vacille et dont un morceau de métal se détache, dévoilant ses circuits internes qui clignotent avec une lumière bleutée.

— Tu ne peux pas te débarrasser de moi, Tessa. Après toutes ces années, tu devrais l'avoir compris.

— Elle est avec lui, s'exclame Éliza en pointant son arme vers Tessa. *Forreder*!

Ludo lève un sourcil et un rictus presque démoniaque naît sur son visage transparent.

— Raconte-leur ce que tu as fait, la nargue Ludo qui parle comme s'il avait tout le temps du monde alors qu'il tient leurs vies entre ses doigts.

— Belle façon d'éclipser le tueur que tu es, répond Tessa en faisant un pas de plus.

Le projectile d'un drone érafle sa joue, laissant une perle de sang dans son sillon. L'armure ne s'est pas activée. Ils sont vraiment fichus.

— Tessa, souffle Skyler. Tu nous dois des explications.

Tessa garde le contact visuel avec Ludo, mais déclare :

— Ludovic est mon partenaire de mission.

— Quelle mission?

Un silence s'étire pendant lequel Neal essaie de comprendre ce qui est en train de se produire. Son partenaire de… mission? Est-ce la raison pour laquelle il a été si facile de convaincre le gardien de prison de libérer Fiona et Milo? Parce qu'il était de connivence avec Tessa?

Mais cette mission dont elle parle ne relevait pas de la Confrérie. Comment peut-elle travailler avec ce… démon?

— Détruire l'Arche d'Amarante.

Des exclamations de surprise fusent de toutes parts. Neal sent un froid glacial l'envahir.

— Tessa! s'exclame Neal, à bout de souffle. Dis-moi que ce n'est pas vrai!

Il la saisit par les épaules. Elle peut être tout, sauf une meurtrière. À quel jeu joue-t-elle?

— Regarde-moi dans les yeux et répète ce que tu viens de dire, la presse-t-il en essayant vainement de détecter le mensonge.

Le regard de Tessa est vide et sa bouche entrouverte. Neal voudrait l'embrasser pour drainer le poison de Ludo infiltré dans ses veines. La Tessa qu'il connaît sait mentir pour arriver à ses fins, sous les ordres de la Confrérie, pour les aider à prendre le contrôle de l'Arche et soutenir les Dissidents. Une cause noble. Mais le massacre d'une civilisation?

Non, non, non. Tessa doit avoir un plan. Elle en a toujours un. Comme lorsqu'elle s'est infiltrée dans le Parangon sans les avertir. Elle a toujours eu une façon de prévenir les coups avant qu'ils surviennent et de se trouver au bon endroit au bon moment. Neal croyait qu'il s'agissait de coups de chance – elle souriait à certains sous des impulsions inexplicables, sinon comment aurait-il survécu sa chute? –, d'une prévenance innée. Si les plans de la Confrérie ont pu être exécutés, c'est grâce à elle.

Neal avale de travers.

Est-ce que tout cela relevait de la chance? Ou son amour pour elle l'a aveuglé sur ses réelles intentions? A-t-il été assez stupide pour croire qu'elle s'intéressait à lui? Faisait-il partie de ses plans d'extermination?

Il l'aurait su. Chacune de leurs victoires et de leurs défaites, en sécurisant le registre des passagers, les codes d'accès, le programme de simulation du Parangon, sans compter leurs baisers et leurs caresses, tout ça...

— Ludo et moi avons été chargés de détruire votre arche, Neal, répète Tessa en le regardant droit dans les yeux.

...n'était qu'un mensonge.

La distance qui s'est creusée entre eux depuis la mort du Commandant Hawk. Cela avait été son objectif tout ce temps? Utiliser la Confrérie pour affaiblir l'Arche et mieux la détruire?

Il y avait tant d'autres façons d'y parvenir! Pourquoi choisir la Confrérie, un groupe de rebelles cloîtrés dans les étages inférieurs, en marge de la société des Archéens?

Oui, bien sûr. Il comprend maintenant. Pour garder son opération sous le couvert de l'anonymat, le couvert d'une opération déjà mise en branle par les Dissidents. Comprendre les dessous du vaisseau pour mieux le paralyser. En rejoignant la Confrérie, elle bénéficiait de tous les avantages dont elle avait besoin pour y parvenir, sans même s'exposer.

Est-ce que Tessa était une Dissidente ou une Archéenne? Ce détail qui lui avait semblé insignifiant ne l'avait jamais incommodé. Jusqu'à aujourd'hui. Il se souvient de ce qu'elle lui avait dit. *Un peu des deux.*

Qu'est-ce que cela veut dire?

— Par qui? rage Éliza en activant la charge de son pistolet.

— Thalassa, souffle Tessa d'une voix faible. Je suis désolée.

Cette force invisible qui s'est attaquée aux autres arches et qui a forcé l'Étoile du Nord à secourir des milliers de réfugiés pour ne pas voir l'humanité s'éteindre aux mains d'un mal mystérieux. Comment est-ce possible? Ils étaient sur Amarante, une arche complètement coupée du monde. Un monde qui ne comptait qu'une seule arche!

Sauf que Tessa n'avait jamais douté des allégations de Neal au sujet de l'existence de douze arches. Elle l'avait soutenu quand les autres avaient douté de lui, mais il croyait que c'était parce qu'ils formaient une équipe spéciale. Après tout le temps passé ensemble, il l'aurait tout autant appuyée, peu importe ce qu'elle aurait proposé, car il lui faisait confiance.

Sa plus grosse erreur.

— Pourquoi n'as-tu rien dit? Pourquoi ne m'as-tu rien dit à moi? demande Neal en pesant ses mots, se sentant trahi comme jamais auparavant.

— Parce c'est ce qu'elle fait de mieux : mentir, répond Skyler à sa place. Tu vois ce que ça fait, maintenant.

Neal a envie de dire que c'est différent. Sa relation avec Tessa avait toujours été particulière. Mais il n'en est plus aussi convaincu. Il a besoin de temps pour démêler le vrai du faux. Où le mensonge de Tessa débute et se termine-t-il?

— Skyler a raison, dit Tessa d'une voix ferme. J'ai été entraînée, comme Ludo, à mentir, pour m'infiltrer dans votre arche et mieux vous détruire de l'intérieur. En apprendre plus sur vous, trouver vos faiblesses, les exploiter, m'approprier tout ce qui pourrait avoir de la valeur avant de mettre fin à votre existence qui représente un danger pour nous tous. Un fléau qui doit être éradiqué.

Les doigts de Neal se crispent dans les épaules de Tessa qui avale difficilement. Il la lâche en reculant d'un pas, puis d'un autre, dégoûté. Celle qui a volé son cœur ne peut pas lui avoir menti au visage pendant toutes ces années.

Non seulement une menteuse, mais une… extrémiste. *Une meurtrière*. Les mots lui brûlent les lèvres, mais il refuse d'accepter que ce soit vrai. Il a peut-être été dupé, mais Tessa ne peut pas partager la même soif de sang que Ludo.

— Sacrifier des générations de survivants, marmonne-t-il,

incapable d'accepter la réalité qui ressemble beaucoup trop à ses cauchemars. Qui peut être assez tordu pour mener une telle mission?

Neal se sent chavirer. À ce moment précis, Dan le rejoint, suivi des autres membres de la Confrérie qui se resserrent autour de lui en mettant le plus de distance entre eux et Tessa.

— Et cette armure? Tu planifiais de rejoindre le gardien de prison pour détruire l'Étoile du Nord? Un autre danger à éliminer, c'est ça?

— Ça ne faisait pas partie du plan, dit-elle. Certaines choses ont changé en cours de route.

— Rien n'a changé, répond Ludo, irrité. Désactiver la barrière, c'était pourtant simple.

— Je vois pourquoi mon oncle t'a gardé près de lui. L'Étoile du Nord et Sedna… n'ont jamais fait partie de notre mission. Comme ton plaisir à la souffrance des autres.

— N'est-ce pas ce que font les Exécuteurs des Dieux?

Tessa blanchit.

— Qui d'autre? Tu ne m'as jamais rien dit qui concernait…

— Ton oncle. Si tu l'avais mieux écouté, tu saurais. Mais tu ne serais pas ici pour en parler. Tu aurais appris.

— Cette mission est terminée.

Le visage de Ludo perd son éclat, et ses doigts se contractent étrangement comme ceux d'un démon revêtu d'un corps humain mal adapté à lui.

— Et tu comptes t'y prendre comment? Tu n'as plus aucun allié. Ni moi, ni ton nouveau copain. Regarde-les pointer leurs armes sur toi. Tu ne vaux pas mieux que moi.

— Ne les implique pas là-dedans. Réglons ça dans le dôme.

Ludo éclate de rire :

— Avec plaisir. J'ai toujours dit à ton oncle que tu finirais par devenir un problème à régler. Mais je te préviens, je n'aime pas tuer. Il y a tout un monde entre la vie et la mort.

Les paroles d'un démon. Et si les histoires de la vieille Farrell étaient vraies?

La tête haute, Tessa répond :

— Cette mission est vouée à l'échec. Trop de sang a été versé déjà.

— Viens, dans ce cas, lui intime Ludo d'une voix cajoleuse. Je m'occuperai des autres après.

Le barrage de drones s'écarte pour laisser passer Tessa qui marche d'un pas résolu, sans un regard derrière elle. Le cœur de Neal s'écroule. Ludo s'attarde et déclare d'une voix mielleuse :

— Ne vous inquiétez pas. Votre tour viendra. Il y a tellement de choses que j'ai toujours voulu essayer, mais aucun prisonnier sur qui expérimenter. La prison de l'Arche était une véritable mine d'or pour les sens. En improvisant un peu, vous ne serez pas déçus. En attendant, ne me rendez pas la vie difficile ou bien ces drones se chargeront de vous garder frais pour la suite.

Un essaim de drones bloquent l'entrée tandis que Ludo s'éloigne en sifflant allègrement.

Comme si elle avait attendu ce moment, Éliza décharge son pistolet qui électrifie les drones dans une vague. Après une fraction de seconde d'hésitation, les autres se joignent à la danse avec leurs pistolets fraîchement récupérés de l'arsenal de l'Étoile. Les drones répliquent de façon désordonnée, un chaos règne dans le hall d'entrée de la clinique. Neal couvre Skyler qui n'est pas armé.

Plus rapidement que Neal ne l'aurait cru, la dizaine de drones fume au sol. Il faut un moment aux autres, figés dans leur mouvement de combat, pour se détendre. La décharge électrique qu'Éliza a balancé aux drones semble être l'une de leurs faiblesses.

— Tu aurais dû nous dire que tu ne comptais pas te laisser intimider par ces drones, dit Neal à l'adresse d'Éliza.

— Il n'y a pas de temps à perdre.

— Personne n'a entendu ce que ce cinglé vient de dire? s'exclame Derek. Je ne tiens pas à découvrir ses fantasmes.

— Oh, Derek, fais un homme de toi à la fin! s'exclame Nora en s'emparant de son pistolet augmenté pour le donner à Neal. Depuis quand la Confrérie se plie aux exigences d'un illuminé?

— On est en minorité ici, je tiens à vous le rappeler. Il doit y avoir des milliers de ces drones dans la base! Il trouvera un moyen de nous retrouver.

— De toute façon, tu seras mort avant qu'il ait eu le temps de faire quoi que ce soit d'autre, le rassure sa sœur.

— Comment peux-tu être aussi confiante?

— Parce que je te rendrai service en t'évitant ce calvaire, répond-elle en mimant un coup de fusil. Reste ici avec les familles. Ils auront besoin d'aide quand ce Ludo ou ses drones reviendront.

— Ça devrait me rassurer?

Neal se dirige vers la sortie avec Nora, mais Dan s'interpose :

— Je ne te laisserai pas commettre une erreur, Neal. Tessa nous a tous trahis. À la moindre opportunité, elle nous tuera tous.

— C'est à moi d'en juger, dit Neal.

Puis à tous les autres de la Confrérie :

— Je ne force personne à me suivre. Ce combat va au-delà des plans de la Confrérie.

— Tu ne t'es pas dompté, à la fin! s'exclame Skyler avec colère. Tu veux jouer les héros encore une fois?

— Je viens avec toi, dit Éliza. Oslo aura besoin d'aide. Ce n'est pas vrai que je vais laisser le meurtrier de mon père détruire notre maison.

Skyler se tient à l'opposé avec le reste de la Confrérie, qui ne bouge pas.

— Il y a d'autres façons de faire une différence, dit Skyler. En ce moment, Tessa se bat contre Ludo. C'est une distraction idéale pour rejoindre les survivants et évacuer. Ils auront besoin d'aide, et ce sera le moment de se regrouper.

— Mon frère a raison, renchérit Neal à l'adresse de la Confrérie. Trouvez un moyen de ficher le camp d'ici avec les autres à bord des vaisseaux qui sont dans la baie d'embarquement. Si l'Étoile disparaît, au moins il restera des survivants. Vous n'aurez qu'à vous diriger vers Amarante.

— Les armures… dit Derek. On pourrait aller les chercher.

— Si vous les trouvez, dit Neal. Mais ce sera un détour inefficace. Concentrez-vous sur les réfugiés. On va retenir Ludo le plus longtemps possible.

Si son sacrifice peut les sauver, Neal le fera sans hésiter. Il ne veut plus échapper à ses obligations. N'est-ce pas ce qu'un véritable Commandant fait, rester jusqu'au dernier moment pour protéger son équipage?

— Ne meurs pas une deuxième fois, lâche Skyler, les traits froncés, sans que Neal sache s'il lui en veut pour sa décision.

— Si je meurs à nouveau, je reviendrai encore plus fort, répond Neal en donnant une accolade rapide à Skyler. Sois prudent.

— Skyler, dit Éliza en l'enlaçant à son tour, ce qui le fait rougir.

Neal détourne le regard avec un demi-sourire.

Puis Éliza rejoint Neal et Nora, en route pour le dôme.

À mesure qu'ils se rapprochent, des éclairs d'énergie fusent de toutes parts pour venir s'écraser contre le verre qui ne tiendra plus longtemps. Le vacarme est tel qu'on dirait que le ciel se déchire, l'aube d'une nouvelle fin du monde.

32

ÉMILY

ÉMILY AVANCE D'UN PAS LENT MAIS ASSURÉ, AU RYTHME DU PIANO qui roule ses notes avec allégresse. Sa robe de soirée arbore sa couleur préférée : un violet qui change de nuance au gré de son humeur. Depuis la balustrade qui donne sur *La Orilla*, Émily s'exalte de voir que le restaurant fourmille de gens de tous les milieux et de toutes les familles, même les plus réputées. Ils bavardent, des flûtes à champagne à la main, devant des toiles placées sur des chevalets tout autour du restaurant qui a été réaménagé pour l'occasion. Les habituels effluves de nourriture sont occultés par les parfums des invités qui se mélangent dans une brume florale aromatisée : l'odeur de sa prochaine victoire, si cette soirée porte ses fruits.

— Mademoiselle Bates? Heureux de vous revoir.

Cohen, le serveur qui lui faisait les yeux doux la dernière fois. Il n'a pas changé, sa présence tout aussi chaleureuse, son allure soignée, ses mouvements vifs et calculés. Après un second regard, Émily s'aperçoit qu'il paraît plus mature avec les poils qui naissent sur son menton et sa moustache qu'il porte avec un charme naturel.

— Tous ces gens sont là pour vous ce soir, ajoute-t-il, baigné d'un parfum boisé qui rappelle à Émily ses balades au parc avec Skyler, quand ils avaient encore le temps de s'évader de la réalité.

Sera-t-il là ce soir? Émily espère secrètement que son meilleur ami s'est déplacé pour assister à cette étape importante de sa nouvelle vie. Il serait si fier de voir qu'elle a réussi à s'investir dans sa passion.

— Ils sont très impatients de faire votre connaissance, ajoute Cohen qui lui sert son sourire signature.

— Je ne peux toujours pas y croire, souffle-t-elle, béate. Il faut croire que les rêves peuvent devenir plus que des rêves.

Comme pour lui donner raison, elle aperçoit un groupe exclusif de l'Arche : Catalina Garcia, la propriétaire de La Orilla, accompagnant Adeline White qui siège au comité pour la Division Sigma et qui a une passion pour l'art ancien et nouveau. Elle organise des visites d'art secrètes pour une poignée de personnes qui savent reconnaître la beauté et le pouvoir de l'art. Tom Harris, lui, est un amoureux des fleurs, comme sa chemise fleurie en témoigne, qui a le dernier mot sur l'horticulture du Parc et qui doit en profiter pour faire la promotion de son parfum durant cette soirée. Garcia et White sont en pleine conversation avec Harris, qui leur fait essayer ses nouveautés. Il utilise pour cela son petit trousseau de flacons, qu'il transporte élégamment dans un étui en cuir dans la pochette intérieure de son blouson.

— Allons, donc! Votre talent s'est ébruité il y a de nombreux mois déjà, explique Cohen en faisant signe à un autre serveur d'aller accueillir les nouveaux venus. Ce n'était qu'une question de temps avant qu'on vous offre une place d'honneur. Madame Garcia n'a pas arrêté de parler de votre vernissage, ces derniers jours. Elle s'est assurée de faire resplendir votre talent.

— Parfois, je me demande si je mérite toute cette attention, dit Émily, les yeux brillants d'émotion. Avec tout ce qui s'est passé ces dernières années, je…

Cohen dépose son index sur les lèvres d'Émily et croise son regard avec cette expression que papa savait lui donner quand elle se noyait dans ses souvenirs de maman.

— Cette soirée est pour vous, mademoiselle Bates. Il y aura d'autres moments pour se remémorer le passé. Savourez chaque instant.

Il lui offre son bras, qu'elle accepte avec un sourire. Elle essuie d'un geste rapide les larmes qui menacent de glisser de ses yeux et, ensemble, ils descendent les quelques marches qui les mènent au cœur de la soirée. Ce qu'elle donnerait pour que ses parents puissent y assister.

Un rire perlé attire son attention. Elle jette un regard vers une des grandes fenêtres, avec son rideau démesurément grand, lourd d'un tissu rouge royal à l'aspect du velours. Elle a une exclamation de surprise quand elle reconnaît sa meilleure amie.

— Violette! ne peut-elle s'empêcher de couiner.

Au premier coup d'œil, elle avait cru faire erreur, mais il s'agit bel et bien de Violette. Elle s'est départie de sa toge de prêtresse et elle a opté pour une tunique crème ajustée, avec un relief de symboles argentés incongrus. Ses cheveux roux sont ramenés vers l'arrière en cascade, sa petite bouche en pointe comme si elle était embarrassée d'avoir été prise la main dans le sac. Ses mains sont croisées devant elle, près de l'ourlet de sa tunique qui roule entre ses doigts.

D'un accord tacite, elles s'enlacent avec tendresse. Émily sent aussitôt une vague de réconfort. L'homme avec lequel Violette s'entretenait s'éclipse pour aller discuter avec la famille élargie des Ross, qui œuvre dans le domaine médical, une famille montante qui promet d'offrir une technologie sans pareille : un lit pouvant analyser le génome humain et y apporter les corrections nécessaires pour traiter la majorité des maladies répertoriées dans les archives. Le vernissage n'est sûrement pas l'objet de leur visite, mais ils l'estiment assez important pour savoir que les acteurs clés de l'Arche s'y trouveraient. Émily s'enorgueillit à cette idée.

— Décidément, cette tunique te va à ravir, ajoute Émily qui ne peut s'empêcher de caresser du bout des doigts le tissu travaillé de la tunique. J'ai l'impression de redécouvrir ma meilleure amie.

— Tu trouves?

Son visage angélique affiche toujours cette incertitude naïve qu'Émily se fait un devoir de chasser à tout prix.

— Tu n'as pas le droit d'en douter, lui assure Émily qui lui serre la main avec affection.

— Je ne serais pas surprise que ma grand-mère désapprouve. J'espère seulement que cela n'affectera pas ma communion avec le Créateur.

— Qui a dit que les prêtresses ne pouvaient pas en profiter un peu, une fois de temps en temps? Je suis certaine que ta grand-mère et Lui doivent prendre un verre à notre insu.

Violette et Émily échangent un rire.

— À vrai dire, j'ai déniché cette tunique dans l'une des boîtes de grand-mère, explique Violette d'une voix douce. J'imagine qu'elle aurait voulu que je la porte pour un évènement spécial, surtout celui-ci. Je suis tellement heureuse que tu aies décidé de faire le grand saut. Mon frère Philippe m'avait bien dit que ce n'était qu'une question de temps avant que ton art vole de ses propres ailes.

— Est-ce qu'on parlerait de moi par hasard? s'exclame Philippe, qui porte toujours le même cardigan et cette expression d'intello confus par le bain de foule.

Émily ne peut s'empêcher de lever les yeux au ciel. Comment gâcher un moment magique?

— Qu'est-ce que tu fais ici? l'accueille Émily, amère. Toujours au mauvais endroit au mauvais moment.

— N'ai-je pas le droit d'assister au vernissage de ma plus grande rivale? dit-il, pas le moindrement incommodé par l'animosité d'Émily. Si ça continue, madame Garcia va descendre toutes mes peintures du hall pour les remplacer par les tiennes.

— N'essaie pas de m'amadouer. Je ne pense pas que Catalina Garcia se laisserait impressionner aussi facilement. Elle en a vu d'autres avant moi.

— Je suis sérieux. Si tu ne me crois pas, va lui demander toi-même. Quoique tu risques d'interrompre l'entente qu'ils sont déjà en train de conclure sur la distribution de tes pièces. Madame White en veut aussi pour sa prochaine exposition privée, et monsieur Harris parle déjà de créer un parfum inspiré de tes meilleures créations. Si ça, ce n'est pas une compétition féroce, je me demande bien ce que c'est.

Violette les regarde, visiblement amusée par leur échange. Quand elle se rend compte qu'Émily et son frère l'observent pour savoir ce qu'elle en pense, elle réprime un rire discret et dit :

— Heureuse de voir que vous vous entendez bien tous les deux. Peut-être que vous devriez songer à une collaboration.

Le regard de Philippe s'illumine à cette mention, alors que l'humeur festive d'Émily menace de s'évaporer.

— Non, s'empresse de répondre Émily, ce qui lui vaut une réaction de surprise de la part de Violette. Je veux dire, non le moment est mal choisi. Je veux pouvoir donner toute mon attention à madame Garcia et madame White pour leurs propositions.

— Un succès à la fois. Bien dit, mademoiselle Bates, intervient Cohen, ce dont Émily lui est reconnaissante.

Violette semble tout à coup prendre conscience de la présence de Cohen qui n'avait pas pipé mot jusqu'alors, tout aussi à l'affût que lorsqu'il balaie les tables du restaurant en quête d'assiettes à remplacer et de coupes à rafraîchir. Il reprend sa posture habituelle, tête baissée, mais vole un regard timide en direction de Violette, ce qui n'échappe pas à Émily.

— Pour notre future collaboration, j'ai déjà une petite idée, intervient Philippe en poussant gentiment Émily vers les tableaux. Que dirais-tu d'une tournée de tes œuvres pour entamer le remue-méninge?

Bien qu'Émily préférerait errer pour attraper des bribes de conversation par-ci par-là, avec la chance de se faire inviter à discuter de ses œuvres, elle se laisse aller au jeu en sachant très bien que cela fera plaisir à Violette. Et de toute manière Philippe est un artiste reconnu qui pourrait très bien propulser la carrière d'Émily. S'il a pu séduire madame Garcia avec ses reproductions de scènes bibliques et des mythes entourant le Déluge, il pourra peut-être lui refiler quelques trucs si elle porte bien attention. Tout n'est pas perdu, en fin de compte.

Philippe est un véritable moulin à paroles qui ne s'offusque pas de se faire répondre par des signes de tête et des monosyllabes, les armes secrètes d'Émily pour s'éviter de sombrer dans l'anarchie de ses opinions et idées sans fin. Après une litanie sur les possibles interprétations des portraits des fondateurs, Émily jette un coup d'œil vers Violette, maintenant occupée à discuter avec Cohen debout très près d'elle. Il lui glisse une fleur d'un rouge cramoisi dans les cheveux et le visage de Violette se teinte de la même couleur.

Philippe la tire vers l'avant et Émily soupire d'agacement. Ce qu'elle donnerait pour qu'il la laisse tranquille. Il lui fait la tournée du vernissage, en commentant les portraits et les moyens de fusionner son style avec le sien pour créer une symbiose qui charmerait le vaisseau tout entier, incluant les abrutis qui ne connaissent rien à l'art et à l'héritage millénaire laissé par leurs ancêtres.

Finalement, un mécène reconnaît Philippe. Émily profite de cette liberté nouvellement acquise pour explorer le reste des tableaux qui se trouvent en avant-scène. À chacune de ses peintures qu'elle caresse du regard, elle se sent drôlement mise à nue. Des années de dessins exposés à la vue de tous. Ce ne sont pas ses œuvres originales, bien entendu. Elle les a transposées sur un médium plus avenant et attrayant : la peinture acrylique. Les autres – si jamais un acheteur est intéressé à se les procurer – sont entreposées dans la réserve de l'Académie.

Elle s'assoit à l'une des tables placées devant une scène et balaie le restaurant des yeux avec anticipation. Malheureusement, toujours aucune trace de Skyler et de Chris. C'est avec une pointe de déception qu'elle mange des canapés aux fruits de mer laissés à la disposition de tous. La crème et les crevettes à l'ail fondent dans sa bouche dans un délice si divin qu'elle ferme les yeux le temps d'apprécier.

— J'ai toujours su que tu avais ce talent, mais tu ne voulais pas m'écouter, l'interpelle une femme.

Émily ouvre les yeux subitement devant la femme d'âge mûr qui lui offre une coupe de champagne qu'elle accepte volontiers.

— Ce cépage fera durer le plaisir, crois-moi, ajoute la dame en dévorant elle-même un canapé puis une gorgée du mousseux.

La femme aux grandes lunettes aux montures tachetées a les cheveux platine attachés serrés et une longue frange qui retombe sur sa joue. Elle porte une chemise ample qui laisse entrevoir des rides le long de son cou. Ses fines lèvres dessinées au crayon donnent l'impression qu'elle est elle-même un portrait vivant.

— Professeure Paradis? s'étonne Émily qui dépose sa coupe, repue.

— Je n'ai pas encore changé de nom après toutes ces années, Émily, lui répond la professeure d'art de l'Académie d'une voix nasillarde, la tête penchée, comme si ses grosses lunettes étaient trop lourdes. Mais plus sérieusement, je suis bien contente que tu te souviennes de moi. Je n'enseignais pas la matière la plus importante, mais tu étais ma meilleure élève. Ah ce vin!

Madame Paradis hume sa coupe en faisant rouler son vin d'un grand geste magistral qui fait tanguer son corps entier. Elle sirote assez longtemps pour que le verre s'embue complètement, incluant ses lunettes.

— Catalina Garcia a toujours eu un goût raffiné, déclare-t-elle en essuyant ses lunettes avec sa chemise avant de les remettre sur le bout de son nez. Ce n'est pas pour rien qu'elle s'est arrêtée devant l'une de tes meilleures œuvres.

Rien ne lui échappe. Garcia et White s'extasient devant son portrait de maman, inspiré d'un de ses rêves, l'année qui a suivi sa mort. Émily était tellement submergée d'émotions les jours qui ont suivi qu'elle l'avait rendu sur papier. C'était la première fois que les auras avaient dévoilé leurs couleurs vibrantes, juste après la veillée en son nom.

Et dire que tout ce temps depuis la graduation, Émily aurait pu s'abandonner à son art. Pourquoi avait-elle écarté tout espoir de les séduire avec ses portraits le jour même de la graduation? Quelle idiote!

— Si jamais le cœur t'en dit, ma chère Émily, j'ai quelques projets qui pourraient t'intéresser. Des projets qui pourraient te faire découvrir la dimension cachée de l'art. Des coins inexplorés jusqu'alors. Tu ferais trépider tous les ignorants de cette pièce et le commandant en personne, si tu le souhaitais!

— Et maintenant, pour la pièce maîtresse de ce vernissage, dit Cohen en prenant la parole devant l'assemblée.

Sourire aux lèvres, Émily remercie la professeure Paradis de son intérêt et lui assure qu'elle la contactera. Madame Paradis a l'air drôlement satisfaite, puis elle recommence son manège avec la coupe de vin et se goinfre de canapés jusqu'au dernier.

Les conversations meurent et les invités se rassemblent près de la scène qui a été montée spécialement. Émily les regarde tour à tour avec une nervosité grandissante. Quelle était la pièce maîtresse déjà? Elle n'en a aucun souvenir.

Philippe prend place à ses côtés, l'air impatient de lui parler de ce qui vient de se passer. Émily sirote le reste de son mousseux pendant que Cohen décrit le parcours tumultueux d'Émily : d'agente de prison redoutable à portraitiste mystérieuse qui renouvelle le genre avec son regard pur sur la nature humaine et sa beauté évanescente.

— Est-ce que mademoiselle Bates nous ferait l'honneur de monter sur scène? finit par dire Cohen.

Tous les yeux se rivent sur Émily, de même qu'un projecteur sorti de nulle part.

Philippe lui intime de s'approcher, ce qu'elle fait, les jambes un peu flageolantes. Tout le monde applaudit avec énergie, et c'est avec un peu d'embarras qu'Émily va rejoindre Cohen sur la petite scène improvisée où les musiciens jouaient un peu plus tôt, le piano à queue retenant son souffle. En plein centre se dresse un chevalet sur lequel est placée la pièce maîtresse, un drap immaculé le recouvrant. On lui passe le microphone, elle a un moment d'hésitation. Qu'est-elle censée dire?

Elle cherche du regard Violette qui lui fait un signe de tête, et les volutes de son aura vont et viennent de façon éphémère comme elles avaient l'habitude de le faire auparavant. Un signe anodin, mais qui lui parle. Émily sait ce qu'elle doit dire.

— L'art est une façon de révéler une partie de nous-mêmes qui serait autrement invisible. Nos ancêtres l'avaient compris et c'est pourquoi je crois en son pouvoir… *transcendantal.* Un langage unique, qui mérite d'être appris et exploré.

Émily croise le regard de la professeure Paradis qui hoche vigoureusement la tête en guise d'assentiment. Le cœur plus léger, Émily poursuit sur une note plus personnelle, sentant que toutes les personnes qui sont venues ce soir ne sont pas là pour la juger, mais pour apprécier son travail et sa vision. La peur initiale qui menaçait de la pétrifier sur scène se dissipe comme une mauvaise migraine qui aurait trop longtemps comprimé son cerveau.

— L'inspiration pour cette pièce maîtresse vient puiser dans une rencontre particulière que j'ai faite au moment où j'en avais le plus besoin, reprend-elle, son cœur s'accélérant. Le moment charnière sans lequel ce vernissage n'aurait pas été possible.

Émily s'approche lentement du chevalet, comme s'il s'agissait de la chose la plus précieuse et la plus dangereuse qui soit. Elle inspire, soudain émotive, la main tremblotante. Sa gorge se noue sans qu'elle sache pourquoi et, pendant cet instant, la salle est vide, l'air autour d'elle frais et vaporeux.

Émily se tourne vers l'audience qui reparaît et, d'un geste théâtral, ôte le drap qui s'écrase au sol dans un bruissement. La foule retient son souffle sans qu'Émily réussisse à regarder la pièce maîtresse d'elle-même.

— Tu ne m'avais jamais dit, lui chuchote Milo à l'oreille, son bras maintenant passé autour de sa taille.

Un tonnerre d'applaudissements s'ensuit, si cacophonique qu'Émily ne peut pas croire qu'on la félicite *elle.* Pour la première fois de sa vie, elle est quelqu'un que l'on respecte, que l'on admire.

Émily pleure. Elle l'a fait.

Elle se tourne vers Milo, l'émotion dans la gorge, des larmes salées coulant le long de ses joues. Il lui sourit et saisit son menton entre le pouce et l'index. Elle ferme ses yeux brûlants dans l'attente du baiser. Soudain, elle sent le corps de Milo se raidir. Quand elle rouvre les yeux, l'éclat des yeux de Milo est lointain, et une perle couleur de rubis glisse le long de sa joue. Émily recueille la goutte chaude sur son pouce, pétrifiée.

Avant qu'elle ne comprenne ce qui vient de se passer, on lui tire le bras avec force. Milo tend la main vers elle, puis s'écroule au milieu des cris d'effroi.

Quelqu'un vient de tuer Milo.

Pendant le moment le plus heureux de sa vie.

33

ÉMILY

La voix de Philippe essaie de la ramener à la raison, alors que la foule autour d'eux les bouscule.

— Émily. On doit partir, maintenant!

— Qui? Qui est responsable? répète-t-elle machinalement, sans que son cerveau enregistre réellement le chaos qui fait trembler les rideaux de *La Orilla*.

Les agents du Parangon envahissent le restaurant, les uns après les autres, forçant les invités pris de panique à rebrousser chemin vers une issue de secours. Les agents saccagent tout ce qui se trouve sur leur passage, y compris les peintures d'Émily, sans même un regard. Émily assiste à la scène d'horreur, tétanisée. Philippe la secoue brusquement par les épaules :

— Si on ne bouge pas, ils vont tous nous tuer!

— Non, parvient-elle à articuler.

Puis elle prend la main que lui tend Philippe, ce qui brise son hébétude.

Sans plus attendre, ils courent dans le ventre du restaurant via un corridor qui donne sur les lounges privés alignés de chaque côté. Tout semble irréel, comme si le corps d'Émily ne lui appartenait plus, le choc trop grand à encaisser. Heureusement, Philippe la guide à travers le chaos. Pour une fois, elle ne rechigne pas et fait ce qu'il lui demande. Si elle était laissée à elle-même, son corps ne répondrait plus.

Philippe choisit un lounge vide éloigné. Les bruits caractéristiques des pistolets et des décharges électriques fusent depuis le corridor. Philippe ordonne à Émily de rester à l'intérieur et de l'attendre. La respiration haletante, elle essaie de reprendre ses esprits. Mais bon sang, qu'est-ce qui lui arrive? Son front est chaud, et elle ne s'explique pas sa réaction démesurée, comme si quelque chose dans sa tête l'empêchait de penser clairement.

Milo. Quelqu'un l'a tué depuis la foule, sûrement le Parangon. Elle ne se rappelle pas avoir vu quoi que ce soit. Peut-être depuis la balustrade? Mais pourquoi? Le traquaient-ils? Tout ceci n'a aucun sens.

Une intuition désagréable la tenaille, la même que sa mère a eu le matin de son emprisonnement. Émily savait que quelque chose n'allait pas. Maman n'avait rien mangé, elle qui adorait se goinfrer de sucreries, un trait dont Émily a immanquablement hérité. Tout juste avant que les agents du Parangon ne défoncent la porte de leur cabine, maman lui avait fait promettre de rester forte et de ne jamais l'oublier. Papa l'avait enfermée dans la chambre durant l'arrestation de maman. Une semaine plus tard, elle assistait, agenouillée avec sa famille, à son exécution publique.

Cette fois-ci, l'intuition d'Émily est claire : leur cible, c'est elle. Milo n'était qu'une façon plus rapide de l'atteindre.

Violette pénètre dans le lounge, l'air ahuri, suivie de madame Garcia. Philippe ferme la marche au moment où un arc électrique de longue portée explose dans le corridor, une odeur de tissu brûlé se répandant dans tout le lounge. Les hurlements des invités éclatent à l'extérieur. Philippe et Émily s'empressent de verrouiller la porte de leur abri temporaire à double tour.

— Cohen est resté pour aider les autres, dit Violette, ébranlée.

Sa belle tunique est salie. Émily l'enlace, elle sent le corps de Violette être pris de secousses. Émily lui caresse les cheveux comme elle le faisait avec sa petite sœur Gabrielle chaque fois qu'elle avait des visions d'horreur de la mort de maman.

— Désolée, hoquette Violette en prenant appui sur Émily. Je ne devrais pas… je ne devrais pas me laisser emporter. Le Créateur. Le Créateur peut nous aider. Nous réfugier. Dans la prière.

— Mon restaurant, c'est toute ma vie! gémit Madame Garcia, les larmes aux yeux. Le *Signor* doit sauver mon restaurant. Mon restaurant, je te dis. Qui va proprement nourrir les restes de l'humanité? Se souvenir de la vraie *comida*?

La propriétaire de *La Orilla* supplie Violette en lui agrippant les deux mains, faisant tinter ses bracelets et ses bagues.

— Le *Signor* peut bien m'exaucer, si?

— Le Créateur répond au bien-être de chacun, dit Violette qui reprend sa contenance de prêtresse, avec un regard de sérénité et de détermination.

— Ce *maldito* Parangon est la source de tous nos malheurs. Le *Signor* doit s'en occuper.

— Prions.

Madame Garcia et Violette se tiennent par les avant-bras et ferment leurs yeux en marmonnant des paroles en boucle, le vacarme de l'extérieur s'atténuant un peu plus à chaque vers.

— Que comptes-tu faire maintenant?

La question est dirigée vers elle. Philippe ne participe pas à la prière, ce qui surprend Émily considérant ses racines.

— Qu'est-ce qu'il y a à faire? demande Émily, impuissante, le visage de Milo imprégné dans son esprit.

— Tout dépend de toi, répond-il.

Elle voit quelque chose d'étrangement familier dans son expression. Il ajoute :

— S'ils te trouvent, tout est fichu.

Une décharge fulgurante ébranle la porte. Madame Garcia

pousse un cri de surprise, suivi d'une kyrielle de jurons incompréhensibles. Violette ouvre les yeux.

— Émily, souffle sa meilleure amie. Tu es la seule qui puisse nous sauver.

Un ondoiement sur les murs confirme à Émily qu'ils ont raison. Elle connaît cet endroit mieux que quiconque, même si elle ne se l'explique pas. Du bout des doigts, elle effleure le mur recouvert de tissu avec l'impression de toucher une surface liquide qui se diffuse, puis à mesure qu'elle fait courir ses doigts, une sensation soudaine de vide l'assaille après une dizaine de pas.

Émily fronce les sourcils, fait un pas en arrière et revient. Elle brise le contact, puis tire les rideaux. Une fenêtre donne sur le Grand Océan qui reluit sous les projecteurs que l'Arche utilise normalement lors des chasses. Cette vue la dérange sans qu'elle sache pourquoi. Ce vide…

— Philippe, tu peux m'aider? Cette fenêtre n'est pas censée être ici.

Elle s'empare d'une des chaises et se met à frapper le verre qui résiste sous l'impact. Quand Philippe la rejoint, le résultat est presque instantané : le verre éclate dans un torrent d'eau que le tapis boit goulûment.

Émily s'attend à manquer de souffle, mais ce n'était qu'une douche froide. Elle avait raison, ce n'était pas une fenêtre ordinaire. C'était une illusion.

Un couloir faiblement éclairé se dresse devant eux. Émily lance un regard aux autres. Violette et madame Garcia ont les yeux fermés, figées dans leur prière, tandis que Philippe lui offre un sourire discret et dit :

— On y va?

Le chaos de *La Orilla* derrière eux, le passage secret de l'Arche est imprégné d'un silence spectral. À mesure qu'ils marchent, la lumière fuit les ténèbres et bientôt, le mouvement des jambes d'Émily est le seul témoin de leur avancée.

— Philippe? demande-t-elle, mais elle ne reçoit aucune réponse.

Elle continue, se touchant le visage par moments pour s'assurer qu'elle existe toujours dans cette noirceur envahissante. Sans prévenir, quelque chose à la hauteur de sa taille lui fonce dessus, encore et encore.

Des rires.

Des silhouettes luisent dans les ténèbres et courent. Non, gambadent. Des enfants. Elle accélère le pas pour les suivre et soudain, elle ne se trouve plus dans cet étrange corridor, mais dans une salle à peine plus grande que la cabine des Bates, avec cette même lumière décomposée, où les enfants en rejoignent d'autres qui sont assis par terre, jambes croisées. Un bric-à-brac hétéroclite, qui rappelle les tiroirs d'Émily, s'empile dans chaque recoin. Les enfants semblent s'y plaire. Chacun joue avec un objet de prédilection qui occupe leurs mains ne tenant pas en place.

Qui sont ces enfants?

Philippe est déjà là, un peu en retrait, témoin de la scène qui défile sous leurs yeux, l'air serein, comme s'il planifiait une prochaine peinture en mémorisant le plus de détails possibles et les éléments les plus hors de l'ordinaire.

Deux femmes d'âge mûr s'y trouvent aussi. La plus âgée, vêtue d'une toge typique du sanctuaire, raconte des histoires. La deuxième femme se cache derrière un pupitre, où elle manœuvre deux marionnettes qui illustrent l'histoire. La scène se déroule dans le silence, les rires et les mots se traduisant dans les expressions et le mouvement des lèvres qu'Émily parvient à déchiffrer sans trop de difficultés. D'ailleurs, personne ne fait de cas de sa présence ni de celle de Philippe.

Émily va le rejoindre de sorte qu'elle fait face aux enfants. Elle les connaît presque tous.

Allen. Fiona. Violette. Philippe.

Quelque chose remue en elle, enfoui si profondément qu'elle aurait pu l'oublier à tout jamais. Comme les chasses aux reliques, ces objets abandonnés par une civilisation disparue sous les eaux du Déluge. C'est peut-être le même effet que cela procure aux chasseurs quand ils dénichent des trésors inaccessibles, ensevelis sous des tonnes de débris accumulés au fil des années.

— Maman m'a amenée ici quand j'étais enfant, dit Émily.

— C'est fou comme les années passent vite, se contente de répondre Philippe, pas le moindrement surpris par cette affirmation. C'était ma partie favorite. Quand grand-maman nous racontait ses histoires, elles me transportaient dans un autre monde qui m'inspire encore aujourd'hui. Mes tableaux sont… une tentative de reproduire ce monde que j'ai découvert grâce à elle.

— Tes tableaux de *La Orilla*? demande Émily, interdite.

— Non. Ceux-là servent à satisfaire les yeux de mes mécènes. J'ai une collection personnelle entreposée dans le sanctuaire. Tu en as déjà eu un aperçu. Mais je ne crois pas que ça t'intéresse de toute façon. On n'interprétait pas du tout de la même façon les histoires qu'on nous enseignait ici à la chapelle. Le début de nos différends, je suppose.

Philippe dit ça avec une pointe de tristesse dans la voix et soudain, Émily se souvient.

Émily s'entendait bien avec Violette, à l'époque. Elle détestait Philippe, qui prenait toute l'attention de maman, toujours plus intelligent que les autres. Ils se connaissaient déjà. C'était avant que Gabrielle naisse. Tout ceci n'est qu'un souvenir de son passé. De *leur* passé.

— Élaine Farrell notre grand-mère et ta mère Tina Bates avaient une vision : unir tous les gens de l'Arche, clarifie

Philippe qui s'approche de sa grand-mère comme pour la toucher, mais sa main passe à travers comme s'il ne s'agissait que d'un mirage. Leur mission.

Maman range les marionnettes et émerge du pupitre sous les applaudissements silencieux des enfants. Aussitôt, le jeune Philippe accourt vers elle pour lui montrer un dessin qu'il a fait lui-même. Maman le félicite, intéressée par son dessin, et il lui explique ce monde qu'il construit jour après jour au fil des histoires qui leur sont racontées chaque semaine dans la chapelle. Cette fois-ci, maman lui donne une marionnette de sa confection. Il a l'air ravi, comme s'il s'agissait du plus beau cadeau du monde.

Un fort sentiment de jalousie et de colère naît à l'intérieur d'Émily. Quand elle croise le regard de chacun des enfants, en terminant par le jeune Philippe, elle comprend :

— Je les détestais. Tous.

Elle avait été enfant unique jusqu'alors, et sa mère était tout son monde. Son attention était ce qu'elle chérissait le plus, mais c'était les autres qui en bénéficiaient, alors qu'Émily se sentait mise à part, moins importante, une ombre qui ne peut pas briller.

Émily adorait son père, mais le Parangon occupait beaucoup de son temps. Ce n'est qu'après la mort de maman qu'ils sont devenus aussi proches. Émily admirait sa mère, qui était débordante de bonté, guidée par une mission qui ne pouvait se limiter à élever une seule enfant d'une famille sans influence. Son champ d'action était beaucoup trop restreint si elle voulait changer les choses.

— Comment est-ce que j'ai pu oublier tout ça? se désole Émily qui comprend mal l'amalgame d'émotions qui lui triturent l'estomac.

— L'esprit peut être très efficace à nous faire oublier, répond Philippe d'un ton sans jugement. Souvent pour nous aider à continuer, sans les inconvénients des blessures que nous transportons.

Les mille et une simulations qu'Émily a traversées pour secourir maman la hantent encore, bien que le sentiment soit devenu plus supportable. Même si son père a connu un sort tout aussi atroce. Parfois, Émily se demande si c'est parce que la vie l'a trop déçue qu'elle ne trouve plus l'énergie de se battre. Mais il y a autre chose. Ne pas pouvoir expliquer ce qui s'était produit avec l'exécution de maman l'obnubilait. Pourquoi, pourquoi, pourquoi?

Émily dit d'une voix enrouée :

— Finalement... Je les ai blâmés pour la mort de maman.

Car elle en avait besoin. Pour donner un sens à toute cette horreur et cette injustice. Tout le monde était coupable de sa peine, de près ou de loin. Le temps a changé les choses, elle est devenue plus mature. Elle a compris que le monde est ainsi fait, qu'il y a de ces gens qui ont des buts grandioses, et qui sont prêts à tout pour les atteindre. Les autres ne sont que des pièces d'une horloge qui doivent suivre le cours du temps.

— Elle a été mon premier portrait. Maman, explique Émily en se rapprochant de la femme qui a jadis été sa mère.

Elle voudrait lui caresser le visage du bout des doigts, captivée par sa beauté :

— Je ne supportais plus de la savoir disparue à tout jamais, de ne pouvoir revoir son sourire, et j'ai décidé de la ramener à la vie. Avec un crayon. La faire revivre ne serait-ce que par l'entremise d'une illusion.

Le souvenir d'Émily continue de se jouer sous ses yeux, indifférent de ses spectateurs. Tous les mouvements sont prévus, de toute façon. Il n'y a rien qu'ils puissent faire pour changer cela.

— Je pensais que tu te servais de l'art de la même façon que moi, dit Philippe d'un air intéressé. Pour se rappeler tout ce qui nous échappe. Découvrir un monde hors des murs de cette arche.

— Peut-être que ça l'est, au fond. Mais une chose est certaine, les illusions ne pourront jamais remplacer la réalité. C'est un fait.

Elle inspire profondément et détourne le regard de son souvenir, qui commence à se dématérialiser en petites étincelles de lumière qui trépident. Ce lien oublié, qui les unit elle et Philippe, lui revient.

— J'ai perdu toute ma famille, dit-elle avec émotion, mais avec une résilience naissante. Aux mains du Parangon. Non. Aux mains de gens dont la réalité est déformée par leurs plaisirs sordides.

— Je suis tellement désolé, dit Philippe.

L'espace d'un instant, Émily a l'impression d'entendre Violette à travers lui.

— Ne le sois pas. Je ne suis pas la seule à avoir vécu des atrocités. Les Dissidents de cette chapelle en sont un bon exemple. Ce n'est pas pour rien que ma mère voulait les aider.

Philippe hoche la tête avec respect, le regard baissé, puis l'invite à le suivre. Tous les deux glissent vers une partie inexplorée de la chapelle qui tourne dans un coin en retrait.

— Les Dissidents ont aussi leur façon de pleurer leurs morts. C'est ici qu'ils le font.

Des bols et des pots de toutes sortes sont disposés sur des tablettes fixées aux murs. Des chandelles de cire brûlent en silence dans le chiche espace légèrement enfumé.

— Ils écrivent le nom du défunt sur un bout de papier, qu'ils brûlent ensuite avec des fleurs aromatiques. Les odeurs, disent-ils, nous rapprochent de nos souvenirs les plus profonds, encore plus qu'une photo ou n'importe quoi d'autre.

Il s'arrête devant un bol transparent qui contient des bouts de papier vierges déjà préparés avec un crayon usé tout juste à côté.

— Essaie, l'invite Philippe.

Émily s'approche avec précaution de l'espace qui transpire d'une énergie inexplicable. Elle choisit un bout de papier et y inscrit le nom de sa mère. Après un moment d'hésitation, elle s'empare d'un second pour y apposer celui de son père. Dans les pots se trouvent différentes fleurs séchées aux odeurs discrètes, à moins d'y plonger le nez. Une fois qu'Émily les a toutes senties, elle en choisit une différente pour chacun de ses parents. Les restes séchés d'une fleur sauvage pour sa mère, une autre à l'arôme subtil pour son père.

En prenant exemple sur les restes des précédentes offrandes, Émily prépare deux petites assiettes qu'elle dépose au sol. Elle trempe le premier bout de papier dans la flamme d'une chandelle de cire qui s'égoutte et le dépose dans la première assiette. Puis, elle répète le processus.

Agenouillée, elle regarde le papier brûler, puis hume les arômes qui lui emplissent les narines.

Des moments heureux avec ses parents peuplent ses pensées, dans un torrent d'images le temps d'une respiration. Des souvenirs qu'elle avait oubliés, d'autres qui lui tiennent souvent compagnie quand elle se sent seule.

Elle se lève pour aller prendre un autre bout de papier et décide d'y inscrire son propre nom. Philippe l'observe sans dire un mot, le visage impassible. Pendant un moment, Émily a l'impression qu'il lit à travers elle, et elle s'attend à ce qu'il l'arrête, mais il n'en fait rien.

Émily brûle son nom avec une fleur sucrée. Elle regarde la flamme consumer le papier qui noircit rapidement et les pétales qui se ratatinent. Les arômes de sucre pourtant, ne s'élèvent pas. Ne devrait-elle pas sentir quelque chose?

— Qu'est-ce que ça veut dire? demande Émily, avec une pointe de panique.

Mais Philippe a disparu.

34

NEAL

— Tessa est peut-être une traître, mais elle sait se battre, dit Nora quand ils pénètrent dans l'enceinte du dôme électrisé.

Tessa pare les coups de Ludo avec adresse. Neal se sent replonger dans la simulation de combat qu'il a passé tant de temps à pratiquer avec le reste de la Confrérie, alors que leur groupe aux idéaux encore illusoires se préparait à changer le cours de l'histoire d'Amarante. Neal regrette que Milo ne se trouve pas avec eux, lui qui était le meilleur d'entre tous. Mais cela ne l'empêchera pas d'assumer la responsabilité qu'il s'est imposée quand il a décidé de prendre le contrôle de l'Arche.

S'ils s'en sortent vivants, Neal pourra gérer le cas de Tessa, il en est convaincu. Il est peut-être fou de croire qu'une personne capable d'accepter une mission aussi aberrante puisse être raisonnée, mais il ne croit pas que Tessa ait pu lui mentir pendant tout ce temps. Elle l'a dit elle-même : elle ne supporte pas l'assaut de l'Étoile du Nord. C'est une ouverture qui lui donne l'espoir de pouvoir la raisonner, ou du moins une chance de s'expliquer.

— Tu n'as pas d'armure, fait remarquer Neal à Éliza, qui est prête à foncer tête première vers un drone. Tu ferais mieux de rester à l'écart.

— Toi non plus. Je n'ai peut-être pas de bouclier énergétique, mais cette petite merveille a quand même des atouts.

Tessa les aperçoit du coin de l'œil et leur crie de reculer.

— Tu l'as bien dompté, pour qu'il ignore mon avertissement, dit Ludo entre deux coups, ses drones se mêlant de la partie.

Neal ne perd pas un instant de plus pour utiliser le pistolet des défenseurs de l'Étoile que Nora lui a donné. Malgré son entraînement aux côtés d'Oslo à l'Arsenal, il hésite devant les options de la détente. Voyant son indécision, Éliza lui rappelle comment les contrôles fonctionnent.

— Si tu actives ça ici, assure-toi de garder tes distances pour ne pas te faire pulvériser. Le recul est assez puissant. C'est la même décharge avec laquelle j'ai neutralisé le groupe de tout à l'heure. Mais je te préviens, il y a un certain délai. Suis mes mouvements. Créer une diversion pour appuyer Tessa semble être l'unique chance que l'on a de vraiment l'aider.

— N'utilise pas les autres options, l'avertit Nora. Derek s'est presque fait arracher la tête en essayant.

Éliza engage le combat avec le premier groupe de drones qui fond sur eux. Les mouvements du simulateur électrisent les muscles de Neal et, même s'il n'est pas au sommet de sa forme, il réussit à toucher plusieurs de ces satanés tas de ferraille volants. Tandis que Tessa danse avec Ludo dans une tempête d'arcs électriques, Neal et Éliza se fraient un chemin dans l'essaim de drones qui convergent vers eux, toujours plus nombreux. Neal apprend à suivre les tirs qu'enchaînent Éliza et Nora et, bientôt, ils reprennent le dessus sur les drones. Neal les étourdit avec une décharge électrique, Nora et Éliza les achèvent.

Des projectiles lui grêlent la peau, comme si des aiguilles s'y enfonçaient, et il pousse un gémissement.

— C'est du suicide sans protection adéquate, dit Neal qui regrette d'être aussi vulnérable.

En reculant hors du champ de bataille qu'est devenu le dôme, il trébuche sur un défenseur de l'Étoile qui a été atteint aux yeux, son cerveau réduit en bouillie. Son armure est intacte. Neal le déshabille rapidement. Éliza l'aperçoit du coin de l'œil et le couvre en lui disant :

— Tu n'as pas la tête d'un guerrier, mais parfois, il suffit d'une bonne dose de détermination. C'est ce qui fait la différence entre ceux qui changent l'histoire et ceux qui la subissent.

Il enfile du mieux qu'il peut la combinaison qui agit comme une seconde peau. Ses blessures deviennent fraîches, comme si un gel les recouvrait. Ce n'est peut-être pas l'armure de Tessa, mais ça lui permettra de continuer.

— Retourne à la clinique, lui crie Tessa alors qu'il réussit enfin à se rapprocher d'elle dans sa nouvelle armure qui lui donne l'impression de nager.

— Je n'ai peut-être pas réussi à protéger mon arche quand j'en ai eu l'occasion, mais je ne les décevrai pas une seconde fois.

Tessa. Éliza. Nora. Et son frère qui mène les réfugiés. Ils n'ont pas hésité une seconde. Neal a déjà perdu l'arche, il ne perdra pas la base. Tout ce qu'il peut faire pour faire obstacle à Ludo, il le fera. Il mourra en tentant d'être le commandant qu'il a toujours voulu être.

De son côté, Éliza est forcée de se replier en raison d'un nouvel essaim si dense que Neal peut à peine distinguer sa silhouette. Elle est trop loin pour qu'il puisse la rejoindre, mais soudain une opportunité se présente, la même qui avait donné la victoire à Milo une fois dans le simulateur : l'élément de surprise.

Ludo lui fait dos, et Neal n'hésite pas un instant pour activer la fonction spéciale de son pistolet qui s'anime sous ses doigts. Au diable les avertissements de Nora. Les secondes s'égrènent tandis qu'il lutte pour conserver sa ligne de mire sous la pression grandissante, en plus de Ludo qui ne reste pas en place assez longtemps pour avoir un tir franc. Tessa l'aperçoit du coin de l'œil et semble comprendre ce qu'il essaie de faire. Elle force Ludo à reculer dans la direction de Neal, dont le cœur tressaute quand il comprend que Tessa se trouve directement dans sa ligne de mire. Au dernier moment, il hésite.

La décharge lui pince les oreilles et lui fait perdre l'équilibre. La déflagration est si puissante qu'il a l'impression de prendre une douche assourdissante. L'étage supérieur du dôme s'écroule dans un vacarme terrible et des débris s'écrasent de tous les côtés; une bourrasque de fragments de verre leur souffle dessus, le système hydraulique se déverse et les nombreux arbres et plants sont enterrés par la montagne de décombres. Neal se couvre la tête, recroquevillé, une odeur de terre mouillée lui emplissant les poumons. Sonné, il essaie de se relever et, parmi la fumée, s'aperçoit que les drones qui se trouvaient là l'instant d'avant ont été ensevelis. De l'eau afflue sur les parois épargnées du dôme dans un ruissellement soutenu.

Neal retombe à genoux, le souffle coupé. Il sait qu'il est blessé, mais il ne veut pas regarder, sans quoi il ne pourra pas continuer. Tessa a besoin de lui.

Tessa.

Il faut un bon moment avant qu'une silhouette émerge des décombres et ce n'est pas celle que Neal espérait.

L'armure de Ludo fume, la décharge ayant carbonisé tout un côté. Elle a l'air complètement inutilisable, les circuits électroniques grillés, d'après les étincelles qui zèbrent l'air autour de lui. Plié en deux, il titube vers le passage qui mène dans la montagne sans se retourner, comme si quelque chose l'y attirait. Neal grogne en réessayant de se relever et abandonne. Même avec toute la détermination de ce monde, il ne pourra pas faire un pas de plus. Son ventre est poisseux d'une substance visqueuse qu'il n'ose pas regarder. Au moins dans le simulateur, il pouvait ôter son casque et oublier sa piètre performance. Cette fois, sa défaite se résultera en une mort lente et douloureuse alors que ses fluides se répandent partout.

Finalement, une seconde silhouette se relève, plus svelte. Tessa! Il essaie de l'appeler, mais finit plutôt par pousser une plainte qui attire son attention malgré tout. Elle navigue dans les décombres pour le rejoindre, son armure brillant dans le soleil couchant, en bien meilleur état que celle de Ludo, et se laisse choir du haut un large débris à proximité. Elle se traîne vers lui pour vérifier la blessure sur sa joue couverte de sang.

Elle l'aide à se mettre en position assise, le dos contre l'une des cuves qui contenait un arbre fruitier. Neal avait été impressionné par leur façon de faire pousser leur nourriture ici, dans les nombreux anneaux qui s'empilent les uns sur les autres, et il les a ravagés.

— Tout ce que je touche, je finis par le détruire, parvient-il à articuler, l'angle de son corps lui permettant de mieux respirer et de contrôler la douleur à un niveau acceptable.

— Merci de ne pas m'avoir écoutée. Tu m'as sauvée.

— Tu te débrouillais très bien sans mon aide. Je n'ai fait que créer une petite distraction.

Il tente un sourire que Tessa lui renvoie, les yeux brillants d'émotion.

— Je ne crois pas un mot de ce que tu as dit plus tôt, Tessa, gémit Neal en essayant de se replacer, la position devenue déjà inconfortable. Tu es…

— Skyler pourra te soigner. Il le fait toujours. C'est ce qu'il fait de mieux.

— Non, rétorque-t-il, n'ayant pas la force de préciser sa pensée. Il est parti avec les autres. Tu devrais faire pareil. Qui sait ce que ce Ludo fera de nous quand il reviendra.

— Tu l'as vu? s'étonne-t-elle en scrutant aussitôt les alentours, une fine poussière de verre flottant dans l'air qui se rafraîchit graduellement. Où est-il allé?

— La montagne. Dépêche-toi avant qu'il les trouve.

— Pas sans toi, dit-elle d'une voix étranglée une larme se mélangeant à sa blessure.

—Je ne peux pas et tu le sais. La Confrérie… Skyler ne peut pas mourir. Ils ont besoin de toi.

La respiration de Tessa est laborieuse. Elle fouille les poches de son uniforme. Puis elle s'agenouille et s'empresse d'appliquer un gel froid sur la plaie au ventre de Neal. La sensation est plaisante et désagréable à la fois.

— Ça ne remplace pas un médecin, mais ça devrait te donner du temps.

À bout de forces, Neal la remercie en clignant des yeux. Elle se relève en s'essuyant le visage.

— Merci. D'avoir risqué ta vie pour moi.

—Je ne l'ai pas fait pour toi, souffle-t-il d'une voix faible. Pour notre futur.

Tessa acquiesce, puis part dans la même direction que Ludo.

Ce n'est pas ce que Neal avait anticipé, mais il a confiance : les autres réussiront à s'échapper avant qu'il ne soit trop tard. Au moins, il aura fait tout son possible pour ralentir Ludo et leur donner assez de temps pour rejoindre les réfugiés, puis la baie d'embarquement. Tessa n'est pas l'agente du diable qu'elle prétend être. Pourquoi essaierait-elle de les aider, sinon?

Toujours aucun signe de vie d'Éliza et de Nora. Elles ont peut-être réussi à s'enfuir aussi.

Il ne reste plus que lui au milieu de la destruction qu'il a causée. Neal s'étend sur le dos pour se reposer un peu, tandis que le gel picote sur sa plaie, comme si des bestioles de métal y établissaient leur nid.

Le plafond du dôme principal est craqué à plus d'endroits qu'il ne peut en compter. Il se rend soudain compte à quel point ils ont été chanceux, lui et Tessa, de s'être trouvés dans le vide circulaire au centre du dôme, la majorité des gros débris tombés en cercle autour de lui. Éliza et Nora n'étaient pas dans cette zone de sûreté. Sont-elles mortes par sa faute?

Ses pensées se bousculent. Des images de ses cauchemars

fusionnent avec le feu qui incendie le ciel crépusculaire et semble l'aspirer à travers le verre du dôme… un rappel d'où il vient et où il retournera.

De la neige s'écrase sur son visage, sa vision se brouille.

La Terre promise n'est peut-être plus si loin, finalement.

35

ÉMILY

Le Parangon arrive.

La chapelle n'est plus qu'un lieu abandonné au plus profond de l'Arche, mais rien ne leur échappe, leur omniscience étant à la fois absolue et terrifiante. Émily se glisse en catimini dans le confort des ténèbres qui l'ont menée jusqu'ici, avec le mince espoir de déjouer leur vigilance. Elle a compris, grâce aux avertissements de Violette et Philippe, que si le Parangon met la main sur elle, elle le regrettera amèrement.

Son instinct la guide dans ce labyrinthe invisible. Sa fuite lui paraît presque futile, car ce vaisseau est sans issue. Où qu'elle aille, ils finiront par la localiser, encore et encore, jusqu'à ce qu'elle abandonne. Pourtant, elle balaie des yeux la noirceur compacte qui l'entoure, pour rejoindre un lieu qui lui est davantage familier.

Ces couloirs sont comme une deuxième maison. Là où les tournants signalent les extrémités de la prison, d'autres cellules encore plus nombreuses comblent le vide entre la folie et la raison. Émily erre, confuse. Ce couloir ne devrait-il pas mener directement à l'entrée? Sa panique grandit devant son incompréhension de ce lieu tordu qui vit selon ses propres lois, comme si l'architecte de l'Arche en avait reconsidéré la configuration des années après avoir admiré sa création, moins parfaite qu'elle paraissait l'être au premier abord. Ses angles, ses courbes et tout ce qui trouve entre les deux complotent pour empêcher Émily de sortir.

Mon agente. Ma fille.

La voix de Yasmina hante les couloirs qui se resserrent. Les Fées doivent être de retour, personnifiant l'une de ses pires terreurs, comme elles l'ont fait à bien d'autres avant. Elles savent au sujet de Yasmina et de toutes les atrocités que celle-ci lui a fait vivre. Elles manipulent la réalité pour la rendre folle, la forcer à se soumettre à leur volonté, l'obliger à craquer.

L'entrée d'un coffre-fort – de la prison? – se dresse droit devant dans un brouillard euphorisant. Peut-être que tout n'est pas perdu. Émily se met à courir aussi vite que ses poumons lui permettent, chaque enjambée plus longue que la précédente. Ludo émerge de la porte, sa musculature chétive, mais sa finesse troublante. Son visage est un masque d'impassibilité qui cache un tout autre monde de désirs sombres.

Ludo l'attend avec cette expression intemporelle, ses cheveux et sa barbe lavés par le temps, le rictus accroché à son visage suffisant pour éteindre l'envie des imprudents en fuite.

— Qu'est-ce que tu fais là, Émily?

— Je pourrais te demander la même chose.

— Tu ne comptais pas passer par ici, n'est-ce pas?

Son regard méfiant la transperce et la nargue.

— Et pourquoi pas? dit Émily.

— Cette porte garde les prisonniers et leur folie à l'intérieur, et je m'assure de son bon fonctionnement. Ceux qui représentent une menace pour les Archéens doivent être contrôlés. Ce sont les règles. Tu devrais les connaître, depuis le temps.

— Qui ne les connaît pas?

Ludo a un bref rire, son arrogance transpirant à chacune de ses respirations.

— Tu te trouves du mauvais côté de la porte, Émily, susurre-t-il comme s'il la réprimandait d'avoir joué trop longtemps. Ne l'avais-tu pas remarqué?

— C'est une erreur. Laisse-moi sortir.

— Même les agentes peuvent devenir un danger pour les autres après avoir passé trop de temps avec les prisonniers. Surtout quand elles tombent amoureuses de certains.

En quoi ses affaires avec Milo et le reste de la Confrérie le regardent?

— Arrête tes plaisanteries et laisse-moi sortir, répond Émily d'un ton ferme qui se répercute contre les murs métalliques. Maintenant.

— Les règles sont les règles, tranche-t-il en s'avançant vers elle avec un air menaçant et le sourire maniaque qu'elle lui connaît.

Ils croisent le fer, à coups de pied et de poing à un rythme effréné. Émily enchaîne toutes les prises que papa lui a enseignées. Sa robe la gêne horriblement, elle rêve de revêtir l'uniforme d'entraînement qu'elle utilisait alors. Elle assiste à la transformation presque instantanée de sa tenue, comme si sa volonté avait un impact direct sur la réalité. Serait-ce une nouvelle simulation du Parangon?

Elle ne se laisse pas impressionner pour si peu et enchaîne, car Ludo, lui, ne faiblit pas. Bien que rouillée, elle prend de l'assurance à chaque coup, les directives que papa en tête. La force de Ludo est indéniable, il réussit à s'emparer du poing d'Émily en pleine prise de neutralisation et la repousse avec une telle puissance qu'elle glisse à plus de deux mètres en arrière.

Devant son désavantage évident, l'appel de Yasmina dans son esprit se fait plus persistant. Elle y répond en lui demandant de se montrer. Armée d'un bâton électrique, Yasmina apparaît presque aussitôt à ses côtés, aussi réelle qu'elle l'était dans la salle de commandement avant que Laurène l'achève. Comment est-ce possible? C'est forcément une simulation. Elle en a maintenant la certitude.

Ludo pare les coups simultanés d'Émily et de Yasmina avec une dextérité surhumaine.

Il bloque de sa main nue le bâton électrique, sa peau écorchée à vif, puis il lèche le gras de ses muscles qui coule le long de son bras. D'un geste vif, il la repousse avec force.

Le contrecoup projette brutalement Yasmina au sol. Malgré sa blessure, Ludo semble insensible à la douleur, comme s'il guidait plutôt une partenaire de danse. Il oblige Émily et Yasmina à suivre ses pas pour anticiper leurs coups et les bloquer avec lassitude.

— J'aurais dû t'achever quand j'en ai eu la chance, parvient-il à dire entre ses dents.

Le choc qu'Émily reçoit lui coupe le souffle et elle met un genou par terre. Le souvenir de sa blessure au flanc envoie un signal de détresse à son cerveau.

— Le Feu Sacré, c'était toi, dit Émily avec conviction en le regardant droit dans les yeux.

— Dommage collatéral. Tu n'avais rien à faire à cet endroit. Tu étais un frein à ma mission.

— Quelle mission?

Le bris du Feu Sacré serait son œuvre? Quels étranges desseins a-t-il mijotés pendant toutes ces années à la prison de l'Arche? Il devait avoir un motif pour continuer à effectuer un travail aussi lamentable.

Par sa faute, des centaines d'Archéens n'ont pu se rendre au Refuge ou ont été sacrifiés dans le chaos qui a suivi. Si le Feu Sacré n'avait pas été saboté, la Confrérie serait encore soudée, et leur plan pour rejoindre la Terre promise mis en branle. Papa ne serait pas mort. Duke n'aurait pas eu l'opportunité de prendre le contrôle du vaisseau. Tant de possibilités ratées. Émily ne peut changer le passé, mais elle peut rendre justice, et au diable si ce n'est qu'une piètre simulation!

Le bâton électrique transperce le torse de Ludo dont les yeux étonnés s'éteignent en quelques secondes à peine. Il s'affale sur le côté, inerte, le bâton planté dans le dos.

— Il n'aurait jamais été un bon agent, commente Yasmina, postée derrière lui.

Mais la victoire est brève, car les officiers du Parangon arrivent dans un déferlement de bottes dans le corridor.

C'est le moment de partir. Comme si elle avait lu ses pensées, Yasmina disparaît.

Quand Émily enjambe le cadre métallique de la porte ouverte, cette dernière se scelle d'elle-même dans son dos avec un lourd vrombissement. Émily est de retour à *La Orilla*.

Le saccage épouvantable du restaurant donne l'impression qu'un artiste a laissé sa folie se déchaîner dans son atelier. Les toiles sont déchirées, les tapis tachés de substances innommables, mélange de sang, de salive, d'alcool et de nourriture. Les coupes ont volé en éclats et les bouteilles de vin se sont répandues. L'odeur de la fermentation qui sature l'air est capiteuse. Même le piano à queue a connu un triste sort, complètement éventré.

En silence, Émily descend les quelques marches depuis la balustrade. Ses pieds pataugeant sur le tapis gorgé de liquide, elle s'approche de la scène qui fut son instant de gloire. Le cadavre de Milo gît dans une mare de sang épais qui auréole sa tête. Émily s'accroupit. Malgré son désir le plus profond, Milo ne revient pas à la vie. A-t-elle halluciné son altercation avec Ludo, la transformation de sa tenue – redevenue depuis sa robe de soirée – et l'apparition de Yasmina pour combattre à ses côtés? Tout ça ressemble à un rêve. Et si les hallucinations causées par le Syndrome faisaient déjà leurs ravages, la rendant encore plus folle qu'elle l'a jamais été?

— Émily.

Elle se relève d'un bond, le souffle coupé. Philippe est de retour.

— Est-ce que tu as compris ce qu'est tout ceci? demande-t-il en arrivant des lounges privés. Pourquoi ils te cherchent?

C'est à peu près la seule constante depuis son vernissage : le Parangon et Philippe.

— Duke, répond-elle, le nom retrouvant sa signification au moment où elle l'expulse de sa bouche. Duke Kay.

Philippe hoche la tête, mais la méfiance d'Émily ne fléchit pas. Quelque chose la dérange dans le fait qu'il soit toujours au bon endroit au bon moment.

— Qui es-tu?

Émily regrette presque d'avoir posé la question, tant elle se sent stupide une fois qu'elle l'a prononcée, mais le visage de Philippe devient sérieux :

— Tu n'aimeras pas ce que je vais te dire.

Émily se raidit, attendant un coup de théâtre de mauvais goût. Philippe choisit ses mots avec minutie :

— Je suis ce qui t'effraie le plus.

Émily éclate d'un rire sonore devant le regard confus de Philippe.

— Essaie encore, raille-t-elle sans humour. Tu sais quoi? Laisse-moi le faire à ta place. Tu es une sorte de Fée sous l'influence de Duke, pour prendre possession de moi et me contrôler. Aussi abracadabrante soit-elle, c'est la seule explication logique dans cette… hallucination à grande échelle. Je n'en attendais pas moins d'un syndrome manufacturé de toute pièce par le Parangon, mais je suis impressionnée de son manque d'efficacité. J'ai encore toute ma tête.

— C'est un peu plus compliqué que cela.

— Ce n'était pas une question, le coupe-t-elle, impatiente. Et je n'ai pas peur de toi. Désolée de te décevoir.

Émily se détourne de lui pour prouver son point, puis elle inspecte la scène en prétendant trouver un moyen de se sortir de ce gâchis. La pièce maîtresse n'était qu'un tableau vide? Ça n'a aucun sens. Et pourtant, ce tableau-là est le seul qui soit resté miraculeusement intact.

Un grondement sourd se lève, accompagné d'une odeur de métal chauffé qui empeste plus que le vin fermenté. Émily sent le Parangon se rapprocher, même derrière l'acier, mais qu'est-elle censée faire? Si la porte d'un coffre-fort gigantesque ne vient pas à bout d'eux, elle ne pourra rien faire pour les arrêter.

— Tu ne peux pas continuer de m'ignorer, Émily.

— Pourquoi pas? Je me suis très bien débrouillée sans toi jusqu'à maintenant.

— Tu dois faire face à la réalité si tu veux sortir de ce cercle vicieux.

— La réalité?

Une vague la submerge : elle se revoit prendre place dans un fauteuil près de Duke et de son sourire satisfait. Tout lui revient : l'ultime tentative de Duke pour l'assimiler à son programme de contrôle. Quant à Philippe… chaque fois qu'il est près d'elle, ses pensées se clarifient. Il l'accompagne à travers cette étrange hallucination, faute d'un meilleur terme pour décrire cette expérience bizarroïde, mais reste à savoir s'il agit de son plein gré. Se pourrait-il que…

— Il n'y a pas grand-chose à dire, outre le fait que c'est une bataille perdue d'avance, décide-t-elle de répondre pour tester l'influence de Philippe.

S'il est de son côté, peut-être qu'il pourrait se rendre utile.

— Pourquoi abandonner avant même d'avoir essayé?

— Duke a ma sphère de mémoire et le plein contrôle de l'Arche. Ce n'est pas suffisant pour te convaincre?

— Il ne nous contrôle pas encore.

Le métal de la porte est en train de fondre : une vapeur sifflante en émane. Émily ne peut qu'accepter que la fin approche.

— Il n'y a pas de *nous* dans toute cette histoire, rectifie-t-elle, cinglante. Toutes les fois où tu t'es retrouvé aux mains du

Parangon, tu t'en es mystérieusement sorti indemne. Qui me dit que tu n'en fais pas partie? Ou même que tout ça n'est pas ton œuvre?

Philippe réfléchit un moment :

— Que te dit ton intuition?

Émily ouvre la bouche pour répondre, mais soudain une chaleur se diffuse dans sa poche.

La carte. L'étoile du Nord.

Elle est chaude dans sa paume quand elle l'extirpe. Quelque chose l'attire vers le tableau vide. Sous le regard attentif de Philippe, elle s'en approche. Elle place la carte en plein centre, en se souvenant des croquis des cartes qu'elle a elle-même dessinés après la visite de Philippe ce jour-là. Comme si elle avait *senti* ce moment venir avant qu'il se produise. Une intuition?

La porte explose dans un vacarme ahurissant et Émily pousse un cri de surprise. Un lance-flammes crache sur le tissu royal du restaurant qui brûle dans une tempête infernale. Le feu dévore les murs jusqu'aux rideaux et, rapidement, l'épaisse fumée la fait larmoyer. Quand elle se retourne, la carte qu'elle y a placée n'est plus, mais le tableau, lui, s'est coloré de peinture à l'acrylique. L'étoile du Nord est bien visible, comme si elle était dotée d'une présence. Émily caresse le pourtour du tableau en relief où des cratères ont séchés. En elle, une seule envie : disparaître de cet endroit.

Et elle disparaît.

36

ÉMILY

Sa sphère de mémoire est là, nichée dans l'espèce de piédestal qui trône dans ce lieu sombre, les ténèbres faisant office de murs. Elle ne brille pas d'un rouge écarlate, mais plutôt comme les braises d'un feu récemment éteint. Même l'odeur de la fumée de la fournaise de *La Orilla* a réussi à s'infiltrer ici, ce n'est donc qu'une question de temps avant que le Parangon localise Émily.

Elle sursaute.

Elle n'est pas seule. Elle balaie les ombres qui fuient pour révéler la silhouette de Philippe.

— C'est à toi, dit-il avec un signe de tête vers la sphère, sa voix faisant écho. Prends-la.

— Pas avant que tu m'expliques comment tu as pu te rendre jusqu'ici.

Philippe se rapproche de la sphère. Son visage se teinte d'un rouge cramoisi, comme s'il sortait d'une douche bouillante. La sueur perle sur son front, son regard est perdu dans les volutes du globe, ses mains appuyées sur le bord de l'assiette qui sert de piédestal. Il dit :

— Tu ne t'es jamais demandée ce qu'est réellement une Fée?

C'est Skyler qui lui en a parlé la première fois. Il avait été si ébranlé par ce cas du centre de soins. Il n'avait pas reçu de formation à ce sujet et s'était senti si impuissant qu'il ne pouvait le supporter. Il avait feuilleté le livre qu'Émily avait offert à Gabrielle pour son anniversaire, et le mot *Fée* lui avait brûlé les lèvres. La rumeur de ces étranges créatures qui hantent les nuits s'est ébruitée sur tout le vaisseau avide de nouvelles croustillantes. Et puis, elle avait vu de ses propres yeux chez Alexander Griffin ce que le Syndrome peut faire. Ses dessins étaient une copie conforme des illustrations des livres de Gabrielle. Encore une fois, des Fées, de petits êtres ailés à l'apparence changeante. Une coïncidence? Difficile à dire. Émily s'est doutée que ces êtres ne pouvaient pas exister ou du moins, qu'ils ne pouvaient pas ressembler à ces êtres de légende. Qui sur l'Arche avait lu ou vu ces dessins oubliés? À moins d'affectionner ces mythes et légendes, de les chercher délibérément dans les Archives ou, comme Émily, de se procurer des livres papier au marché noir…

— Leur apparence est la même pour ceux qui décèlent leurs traces, complète Philippe à sa place, comme s'il était dans sa tête. Mais pour ceux atteints du Syndrome, comme Skyler le dirait, ils voient leur forme authentique.

— Une illusion.

— Une façon de se protéger. Quand on sait ce qu'elles sont vraiment, ça ne fait aucun doute. Pourquoi quiconque voudrait révéler leurs secrets les plus enfouis? Toi-même les vois depuis très longtemps. Ta sœur Gabrielle dans ce couloir en était une, ta mère depuis sa mort…

— Et toi.

Il ne dément pas son accusation, parce que c'en est une. Émily en a assez d'être perpétuellement le pantin des autres. Duke et maintenant ces Fées, des hallucinations qui lui parlent? Des Fées qui se font passer pour des gens qu'elle connaît de près ou de loin?

— Vous êtes peut-être bons pour faire rêver les enfants d'un monde meilleur où tout est possible, mais ça n'explique pas ce que je fais ici ni pourquoi vous allez prendre ma vie.

— Elles ont une connotation magique parce qu'elles sont éphémères, répond Philippe qui s'obstine à se dissocier du fait d'être une Fée. Parce que les gens ne comprennent pas ce qu'elles sont. Leur apparence change d'une personne à l'autre, non pas parce qu'elles ont un corps physique comme le commun des mortels, mais parce qu'elles proviennent de l'intérieur de la personne affectée par le Syndrome. Elles sont leur faiblesse.

Sa sœur, sa mère… Émily peut comprendre. Sa famille est plus importante que tout, mais…

— Une de mes faiblesses, c'est toi, Philippe Farrell?

Elle est perplexe et ne peut s'empêcher d'en rire. Philippe ne s'en offusque pas, elle sent qu'il s'attendait à cette réaction. Elle poursuit, agacée :

— Pourquoi ça doit être toi? De toutes les personnes que je n'ai jamais connues, tu es…

— La dernière que tu voudrais voir.

— Ça n'a aucun sens, dit-elle en secouant la tête, confuse. Comment est-ce que tu peux…

— Savoir ce que tu veux dire, avant même…

— Que je ne le dise.

Émily arrête de parler et dévisage Philippe qui la fixe avec intensité. Ils clignent des yeux ensemble, respirent d'un même souffle dans un synchronisme qui dépasse l'entendement.

La personne qu'elle redoute le plus, celle qui connaît tous ses secrets, jusqu'au dernier.

Interdite, Émily murmure :

— Tu es moi.

Sa moitié, celle qui est enracinée au plus profond de son être, quelque part dans son cerveau, l'essence même de son identité.

Sans qu'elle ne s'explique pourquoi, la révélation brouille la vision de larmes.

— Tu n'as jamais écouté, dit l'image de Philippe. Je ne suis pas là pour te juger comme les autres l'ont toujours fait. Mais si tu n'as pas confiance en moi, je ne peux rien pour toi.

Ses paroles créent un drôle d'écho qui donne l'impression qu'il lui parle directement à l'intérieur de sa tête. Il n'a pas d'aura qui pourrait la guider pour savoir s'il est sincère ou non, mais au plus profond d'elle-même, son intuition lui dicte d'avoir foi en lui, ne serait-ce qu'un instant. Oui, elle a peur d'avoir tort, de découvrir qu'elle n'est pas la personne qu'elle croyait être. Mais n'est-ce pas ce que sa mère s'était donnée comme mission? Pas seulement sa mère, Violette aussi. Aider les Archéens dans leur quête perpétuelle du vrai soi, car la vie et ses possibilités, bonnes ou mauvaises, sont accablantes et par moments, paraissent défier toute logique.

Et s'il avait raison?

— Je suis ce que tu pourrais être si tu t'en laissais la chance. Philippe Farrell représente ce potentiel qui sommeille en toi, Émily.

Elle pourrait trouver sa juste place au sein de l'Arche, faire ce qu'elle aime vraiment, bâtir une famille. Se permettre de rêver sans croire que ce privilège n'est réservé qu'aux autres. S'aimer un peu plus, ne serait-ce que pour accepter de s'être égarée dans son passé… et qu'elle peut changer. Mais toutes ces choses ne seront possibles que si elle guérit de sa maladie qui la tue à petit feu.

— Le Syndrome n'est pas une maladie telle qu'on l'entend habituellement, explique Philippe qui continue de lire dans ses pensées, dont il fait partie, lui-même au cœur de ce chaos de sensations, d'intentions et d'émotions. C'est une chance de communier avec soi-même. De fusionner son âme fragmentée par les épreuves, le Déluge étant un point charnière dans l'histoire de l'humanité. Un traumatisme enraciné tant qu'il n'est pas guéri à la source. Une rédemption nécessaire.

— Mais les gens en meurent ou ils deviennent fous! proteste-t-elle, consciente du mal qui l'habite, nourrissant sa peur toujours un peu plus.

— Parfois, faire face à soi-même est la plus grande des épreuves qu'on peut traverser dans une vie.

La voilà, la grande épreuve que le Créateur leur réservait. Il fallait bien que ça arrive. Le Déluge n'était pas qu'un évènement passager auquel on survit pour reprendre la vie comme elle l'était avant, un mauvais souvenir à oublier. Un changement bien plus profond devait avoir lieu pour s'adapter à ce nouvel environnement, puisqu'ils ont franchi des limites impardonnables.

Ces principes ne sont pas étrangers à Émily, même si elle ne partage pas la foi fervente des Farrell. Mais pouvoir l'imaginer rend cette expérience plus tangible, plus réelle. Un point de départ qui peut lui servir de tremplin dans son processus de guérison.

— Et si j'échoue? demande Émily, plus ferme, la compréhension de ce qui se passe lui donnant un point d'ancrage.

— On est ici ensemble, non?

Philippe dit cela avec une désinvolture qui se veut réconfortante. Émily déteste l'admettre, mais il est le plus résilient d'entre eux.

— Mais les autres, ça se passe toujours comme ça?

— Non, répond Philippe. La sphère de mémoire sert à créer un rêve lucide, une simulation, si tu préfères, qui rend l'expérience plus accessible, moins abstraite, avec une marge de manœuvre plus grande. Tout ce que tu vis ici se trouve dans ton subconscient.

Sa tenue transformée. Yasmina revenue d'entre les morts. Violette, Catalina Garcia, Adeline White, Tom Harris et les rêves d'Émily de devenir une artiste connue. Tout ça, c'était l'expression de ses désirs. Quant à Ludo et même Philippe, tous deux représentent certaines de ses peurs, d'un côté pour avoir été trahie et de l'autre pour faire face à elle-même. Et puis, il y a eu la chapelle, les souvenirs de son enfance refoulée.

— Ça ne garantit pas le succès d'une guérison, mais… c'est toujours ça.

— Mais alors pourquoi le Parangon est ici?

— Duke essaie de s'introduire dans ton esprit pour le contrôler. S'il met la main sur toi ou pire, la sphère que tu voies…

— Il aura gagné.

Émily sent l'odeur étouffante de la fumée et ses yeux commencent à sérieusement lui piquer. Elle tousse et dit :

— Qu'est-ce qu'on va faire? Duke va réussir à percer mes défenses. Quand on a disparu, le feu ravageait *La Orilla*.

— C'est un autre problème, en effet.

— *Autre* problème?

— Émily… il ne nous reste pas beaucoup de temps, dit-il d'un air désolé. C'est la phase terminale du Syndrome. Il faut décider.

Le choix résonne dans son esprit. Soit elle se débarrasse de Duke, soit elle combat le Syndrome, pour réaligner sa conscience et son ego. Dans un cas comme dans l'autre, elle est perdante. Son cœur s'accélère en comprenant qu'il n'y a aucune issue et l'angoisse la tétanise. Avant qu'elle ait versé une larme, Philippe l'enlace : une énergie passe entre eux, à la fois étrangère et familière.

— Est-ce que tu me fais confiance? demande Philippe en brisant leur étreinte lorsqu'Émily reprend le contrôle de ses émotions.

— Est-ce que je devrais? dit Émily, puis elle laisse échapper un rire.

— C'est vrai que ce n'est pas comme si on se connaissait tant que ça.

— Duke, souffle Émily soudain plus sérieuse. Duke ne peut pas réussir. Il ne s'arrêtera jamais.

L'expression de surprise sur le visage de Philippe fait avaler Émily de travers. Était-ce la mauvaise décision?

— On peut essayer…

— Mais il n'y a pas de garantie, complète Émily.

Philippe se contente de hocher la tête. Il se rapproche du grand vitrail qui se dévoile soudain devant eux. Il explique :

— C'est ici que tout commence. Une fois que tu seras à l'intérieur, Duke saura et son subconscient tentera de te neutraliser. S'il te suit, il délaissera son assaut et la sphère sera en sûreté.

— Mais ce sera plus difficile de percer ses défenses.

— Par contre, s'il reste, tu pourras plus facilement naviguer dans son subconscient, mais la sphère sera à sa merci. Dans les deux cas, les risques sont très élevés, et le temps insuffisant.

— Mais ça vaut le coup d'essayer, n'est-ce pas?

— Si tel est ton désir, pourquoi pas? Tu es maître de ta destinée après tout.

Émily sourit timidement, plus que jamais consciente que Philippe est son plus cher allié. Elle se rapproche du vitrail qui représente un commandant devant son armée, rien de moins. L'insigne du Parangon brille d'une couleur mordorée. Soudain, Émily prend conscience que Philippe parlait d'*elle* et non pas d'*eux* dans son plan.

— Tu ne viens pas?

Elle se retourne, mais Philippe n'est plus là. La panique la gagne. Elle aurait au moins aimé qu'ils aient la chance de se dire au revoir. Philippe. De toutes les personnes qu'elle connaît.

Émily évalue le vitrail de haut en bas, de même que sa consistance, puis elle invoque l'arme appropriée. Un pistolet électrique chargé à bloc, comme celui qu'elle a vu en action dans le restaurant lors du premier raid du Parangon. Elle recule à une distance confortable, le cœur lourd de quitter le monde de son subconscient, là où toutes ses pensées peuvent devenir réalité.

L'énergie se concentre dans le pistolet qui vibre dans les mains d'Émily qui tente de viser du mieux possible. Quand l'appareil est chargé au maximum de sa capacité, elle appuie sur la détente en lançant un cri de guerre.

L'arc électrique déchire l'air autour d'elle et vient s'écraser contre le vitrail dans un vacarme ahurissant et des fourmillements électriques font onduler la surface. Le verre s'effondre sur lui-même dans une mélodie discordante.

Émily se débarrasse de son arme improvisée et marche d'un pas décidé vers le trou béant qui mène tout droit dans le subconscient de Duke Kay, leader du Parangon et Commandant autoproclamé d'Amarante.

37

SKYLER

VA AU PETIT TEMPLE ET AGENOUILLE-TOI DEVANT LES DIEUX.

Les torches brûlent dans le creux de la montagne avec cette odeur de soufre qui imprègne l'air poussiéreux. Leur toux fait écho, rendant vaine toute tentative de dissimuler leur localisation.

Les lèvres d'Éliza chatouillent encore l'oreille de Skyler alors qu'ils s'enfoncent dans l'ancien lieu de culte qui – Skyler l'espère – n'est pas tombé aux mains de Ludo. Avec l'aide de Rolf, Daniel et Derek, ils ont réussi à conduire les familles qui étaient coincées à la clinique, mais pas toutes. Malgré les protestations véhémentes de Skyler, ils ont dû abandonner les patients branchés aux supports à oxygène et ceux qui préféraient rester derrière. Le simple fait d'avoir pu rejoindre le petit temple relève du miracle avec un groupe de cette taille et le caractère imprévisible des tunnels qui pourraient cracher une colonie de drones à tout instant. Quand ils se sont enfuis dans les tunnels de la montagne qui jouxtent la clinique sous les ordres de Skyler, ils n'en ont croisé aucun. Serait-ce un signe que la bataille qui fait rage dans le dôme occupe toute leur attention?

Sans qu'on lui ait demandé son avis, Skyler est devenu le

leader du groupe, comme si partager le même sang que Neal lui octroyait cette légitimité. Pourtant, Daniel et Derek sont des Dissidents. Neal doit leur avoir parlé personnellement à ce sujet. Autrement, ils ne feraient que répéter une tradition de l'Arche qui va à l'encontre des préceptes de la Confrérie.

Rolf s'assure que leur groupe ne manque de rien en parlant aux mères qui doivent s'occuper de leurs enfants inquiets. Quand Skyler a décidé qu'ils se rendraient au petit temple au lieu de la zone résidentielle, Rolf s'est proposé de préparer des trousses de premiers soins avec des bonbonnes à oxygène, au cas où ils tomberaient sur des survivants durant leur périple vers un lieu plus sûr. Son sens du devoir et ses attentions particulières feront de lui un bon médecin.

Les fresques rupestres murmurent au gré des ombres dessinées par les flammes qui soupirent à leur passage. Les parents, les enfants et même Skyler retiennent encore leur souffle. Tant et aussi longtemps que la base ne sera pas sécuritaire, chaque moment pourrait leur être fatal.

— Comment as-tu su qu'on devait venir ici? chuchote Derek.

Même si Éliza a suggéré de se rendre au petit temple, rien ne leur assure que ce lieu n'est pas déjà condamné. Pour l'instant, le Créateur semble leur avoir ouvert la voie.

— Les gens ont besoin de se recueillir, répond Skyler. De plus, ce temple est assez grand pour regrouper le plus de réfugiés possible et nous donner le temps d'établir un plan pour la suite.

— On ne pourra pas rester. S'enfuir dans l'un de leurs vaisseaux est le moyen le plus sûr, grogne Daniel.

— Pas avant d'avoir secouru au moins les enfants. J'ai abandonné des patients à la clinique, je ne peux pas faire pareil avec *notre* futur. C'est non négociable.

Skyler soutient le regard de Daniel qui finit par émettre un sourire :

— L'entêtement est un trait de famille on dirait.

Les statues de héros mythiques et de dieux inconnus se dévoilent enfin dans l'obscurité. Skyler retrouve ce sentiment d'être en présence de quelque chose plus grand que lui. Son temps passé ici avait été heureux, lors de ses retrouvailles avec Gabrielle et Dinah. Jamais il n'aurait cru y revenir avec la peur au ventre, à fuir un ennemi autrefois invisible : Ludo.

Et Tessa.

La douleur est vive quand il comprend que les mensonges de cette femme ne connaissent aucune limite. Non seulement elle a emprunté l'identité des Farrell, mais elle s'est incrustée dans la Confrérie – et a fait tomber son frère sous son charme! – pour mener à bien une mission de destruction. Une trahison injustifiable. Combien d'occasions a-t-elle eu de jouer franc jeu avec eux? Skyler ne peut imaginer ce que son frère peut ressentir.

Le Créateur jugera-t-il Tessa pour tout le mal qu'elle a causé? Lui offrira-t-il un moyen de se repentir malgré ses péchés impardonnables?

— Qu'est-ce qu'on fait maintenant? demande Rolf qui suit Skyler comme son ombre.

Ils ont atteint le centre du petit temple où des formes se découpent sous leurs yeux.

— Qui êtes-vous?

Des hommes brandissent des torches qui s'enflamment dans un rugissement qui effraie les enfants qui se mettent à pleurer. Daniel charge son pistolet, mais Skyler l'arrête quand il reconnaît la voix.

— Dinah!

Une exclamation de surprise.

— Que le Créateur soit loué!

Dinah Farrell émerge des ténèbres en faisant le signe de croix, et indique aux hommes de se détendre et de les conduire dans la pièce principale où se trouve une centaine de réfugiés. Les murmures se propagent à leur arrivée et plusieurs d'entre eux toussent avec insistance. L'air du petit temple est froid et humide, et l'encens aromatique peine à masquer la puanteur âcre qui résulte de tous ces gens coincés dans la peur.

— Comment as-tu su? demande Skyler qui manque de mots.

— C'est Uki, dit Dinah en se tournant vers la statue d'un étrange oiseau aux ailes déployées, un faucon si la mémoire de Skyler ne lui fait pas défaut. Elle...

Uki est assise, le regard vide, comme si son corps n'était qu'une coquille vide. Une transe?

— Elle est venue me chercher et m'a fait comprendre que je devais amener le plus de gens possible au temple. Les voies du Créateur peuvent être nébuleuses et j'ai tout de suite su qu'il essayait de communiquer avec moi par l'entremise d'Uki.

Cette femme que Tessa et Skyler ont secourue sur Sedna aurait pressenti ce qui allait se produire? Ou avait-elle vu quelque chose?

— Et depuis, elle ne parle plus, ajoute Dinah, désolée. L'important c'est que nous n'ayons rien. Que se passe-t-il?

— Uki avait raison. Quelqu'un essaie de détruire l'Étoile, explique-t-il à une Dinah choquée.

— Mes craintes se confirment. J'ai essayé de les convaincre de ne pas sortir du temple, mais tous ne brillent pas de la même foi.

— On a l'intention d'évacuer. Sais-tu s'il y a d'autres réfugiés?

— Je ne connais que ceux qui fréquentent le temple.

— Ce sera déjà difficile avec tout ce monde, les coupe Daniel. On ne peut pas tous les emmener.

— Les enfants, dit Skyler avec insistance. Où sont-ils?

— La plupart sont ici, répond Dinah avec un sourire timide. Nous avons des activités quotidiennes et j'ai pensé créer une chasse au trésor. Ils sont là-bas.

Plusieurs enfants qui sont passés à la clinique s'y trouvent, mais Gabrielle et la petite Rose sont restées avec Chris à la colonie, l'endroit le plus sécuritaire. Skyler pousse un soupir de soulagement :

— Bien. Est-ce qu'il y a des blessés?

— Oui. Ceux qui arrivent de façon sporadique depuis environ une heure. Je t'y emmène.

AVEC L'AIDE DE ROLF, ils réussissent à panser les blessures et à expliquer ce qui se passe aux réfugiés. La plupart sont dans un état léthargique, avec cette toux persistante qui n'augure rien de bon. Le stress pourrait être un facteur, mais ce n'est pas suffisant pour expliquer leur condition. Dès qu'ils seront en lieu sûr, Skyler devra régler ce problème.

Daniel ne se gêne pas pour lui répéter qu'ils doivent préparer un plan d'action pour partir au plus vite, mais pour le moment, l'attente est inévitable. Neal pourrait revenir et d'autres enfants pourraient se joindre à eux. Ils devront retourner dans les tunnels pour se rendre à la baie d'embarquement, mais avec la menace qui plane, les probabilités de survie sont trop incertaines. Si par malheur les drones s'attaquaient à leur groupe, ils n'auraient aucune chance.

Va au petit temple et agenouille-toi devant les dieux.

Skyler s'est repassé les mots d'Éliza sans leur trouver de sens. Et le temps joue contre eux.

— Quel est le meilleur endroit pour prier les Dieux? demande-t-il à Dinah alors qu'elle termine une prière avec une famille qui espère retrouver un de ses enfants qui n'est pas revenu de la colonie *Skogenslofte*.

Dinah le regarde d'un air intéressé puis, sans un mot, lui fait signe de la suivre. Ils retournent dans la cuve, avec son escalier de pierres polies en spirale. Elle le conduit dans un corridor annexe où il n'est jamais allé.

— Le Créateur a de multiples visages qui transcendent le

temps et l'espace. Il porte plusieurs noms, mais son pouvoir est omniprésent. Ce temple en est la meilleure représentation. Chacun de ces héros, par exemple, détenait une de Ses larmes.

— Ses larmes?

— Quand Il a créé notre monde, le Créateur a versé des larmes éternelles, car il était ému par la beauté de sa création.

— Est-ce que ces larmes sont des espèces de reliques, comme celles que les chasseurs de l'Arche recueillaient?

— Elles sont immatérielles, du moins, c'est ce que je crois. Personne n'en a vu en tant que tel, mais elles se manifestent à travers des personnes spéciales qui en sont les porteurs. Le commun des mortels reconnaît ces individus par leurs exploits et leurs actions aux répercussions inouïes. Sauver un peuple, gagner une guerre, guérir une maladie. Les miracles sont nombreux.

Les enseignements reçus à l'Académie n'ont jamais fait mention de ces croyances. Pourquoi le sanctuaire n'a jamais eu son mot à dire?

— C'est la première fois que j'entends parler de ça, se désole-t-il. Même dans les archives.

— L'histoire ne s'arrête pas là.

La présence des héros en ce lieu est prégnante, et Skyler songe aux actions de son frère. Changer le cours de l'histoire de leur Arche fait-il de lui le porteur d'une larme? Qu'en est-il des autres commandants de l'Arche? D'Amarante?

— Comment sais-tu tout cela? demande-t-il avec candeur, embarrassé par son ignorance.

— N'est-ce pas le devoir de la prêtresse de l'Arche?

Elle retient un rire timide derrière sa main :

— Je dois quand même garder un peu de mystère, n'est-ce pas?

— Je vais devoir apprendre, dans ce cas.

— Tu peux me demander tout ce que tu veux.

Elle rougit, puis se détourne rapidement pour le précéder

dans la salle qui s'ouvre devant eux, sur la quatrième branche de l'étoile gravée à même le sol du fond de la cuve.

— Le Créateur a aussi versé des larmes quand il a compris à quel point les humains avaient abîmé sa création. Un torrent de larmes, la prémisse du Déluge. Des messages cryptiques reçus au fil des années suivant la fin de l'ancien monde font soupçonner qu'Il a envoyé ses avatars pour exister parmi nous. Certains sont allés jusqu'à les appeler *les dieux*, mais cela relève de la légende urbaine.

— Est-ce que tu y crois?

Dinah ne répond pas tout de suite et pénètre dans le corridor qui mène à une chambre intérieure.

— Ce que je crois importe peu, mais la foi des gens est déterminante. Ces monuments uniques sont une tentative de représenter les avatars.

— Des symboles?

Pour chaque monument est peint un grand cercle qui contient différentes courbes qui ne ressemblent à rien de ce que Skyler connaît.

— Dans une langue étrangère. Les gens qui habitaient ces lieux, ou plutôt qui les ont construits, détenaient une connaissance au-delà de notre compréhension.

— Comment sais-tu que ce sont les fameux avatars?

— Le nom de cette salle : le Hall des Dieux. Prions, veux-tu?

Ils s'agenouillent en plein centre des monuments qui les entourent et Dinah lui dit :

— Rappelle-toi notre exercice de la dernière fois.

Il respire par intervalles et demande à ce que le Créateur lui montre la voie à suivre. Accompagné de Dinah, il respire en cadence et laisse ses craintes derrière l'espace d'un instant.

Les images des dernières semaines surgissent en lui, comme s'il visionnait sa propre sphère de mémoire dans une Nef. Dinah l'avait prévenu que le Créateur parle surtout en images et, en de rares occasions, par sa Voix.

Le Refuge se comprime sous le squelette de l'Arche où les gens attendent, affaissés contre les murs, enlacés. On les a abandonnés, il n'y a que la mort pour les sauver.

Sedna qui grouillait de vie avant l'arrivée de Thalassa. Uki soigne ses semblables atteints de la Maladie. On lui fait confiance. Elle transforme des vies. Puis, l'auditorium rempli de leurs cadavres remplace leurs sourires.

La petite Rose qui se réveille de son coma et qui demande à manger. Son père Marko qui vient la retrouver le jour même. Les pleurs des familles enfin réunies.

La chute d'eau du jardin qui brille sous les éclats du soleil couchant. Et Chris qui dépose un baiser sur ses lèvres et disparaît presque aussitôt. Son visage blessé au milieu de la forêt enneigée, la douleur de devoir retourner seul à la colonie.

Les cabanes en bois de *Skogenslofte* où les enfants s'amusent avec la meute de chiens. Les rires et les aboiements, la promesse d'un futur enfin à portée de main.

Ce dont il a toujours rêvé! Avec son frère, ils en parlaient toujours un peu plus, Allen l'écoutait avec patience, prenait des notes parfois. Cette colonie, ils l'ont imaginée ensemble. Bâtie ensemble.

On les sauvera tous. Nos parents, nos amis, et l'Arche tout entière.

Hors de cette prison et des confins de l'océan. Le soleil éblouira nos exploits et les étoiles brilleront pour tous ceux qui seront morts.

Nos enfants ne connaîtront jamais le sentiment de ne plus appartenir à ce monde qui nous a rejetés et condamnés à l'isolement.

La rédemption ne sera plus qu'un douloureux souvenir d'une grave erreur de parcours.

À partir de ce moment, les règles seront les nôtres.

Dans un nouveau monde que l'on aura créé.

Avec ou sans l'aide du Créateur.

Le moment est enfin venu, petit frère.

Allen. Allen lui parle.

Skyler ouvre les yeux, pris de panique, et s'attend à voir Neal lui annoncer qu'ils ont réussi, mais il n'y a personne. Il interpelle Dinah, mais elle ne répond pas, comme statufiée.

La voix d'Allen.

Skyler suit l'écho qui le mène à la spirale d'escaliers. Il les monte quatre à quatre et même quand son souffle lui manque, il continue. À l'extérieur du petit temple, où l'obscurité engloutit le tunnel, Skyler s'empare d'une torche qui brûle à l'entrée.

La voix d'Allen se fait plus insistante. Skyler repère une silhouette contre la paroi rocheuse de l'autre côté.

Skyler!

La voix d'Allen est nette. Un avertissement qui lui coupe le souffle, mais il est déjà trop tard.

Le rictus de Ludo est immanquable. Avant que Skyler puisse réagir, le gardien lève la main et des lumières bleutées apparaissent à chaque extrémité du tunnel.

Deux, quatre, dix, vingt. Il ne les compte plus.

Cours!

Un bruit électronique. Skyler prend les jambes à son cou et jette la torche au sol. Les projectiles frappent les parois de la montagne alors qu'il redouble d'ardeur en sens inverse. Les marches ne lui ont jamais paru aussi nombreuses, surtout dans la semi-obscurité. Il aurait dû garder la torche, mais… Un faux pas. Il dégringole les escaliers dans une cascade de coups qui lui rouent le dos, les côtes et le visage, puis il tombe dans une alcôve dissimulée.

Les drones affluent à l'intérieur du temple avec un vrombissement horrifiant.

Des cris. Une chorale de cris.

Des coups de feu.

Quelqu'un descend les escaliers et scande des paroles dans une langue inconnue. Ludo?

Skyler se retient de crier de rage en mordant son poing. Puis, des tremblements le secouent, ses pensées ne sont plus qu'un amas de sensations décousues.

C'est sa faute. Il a donné leur localisation, stupide qu'il est! Il a cru que son frère était de retour. Qu'il a entendu sa voix! Qu'il l'appelait!

Cela paraissait si réel. Son frère qui revient de sa bataille. Blessé. Peut-être même mortellement. Il aurait eu besoin de soins d'urgence.

Mais la voix était celle du jeune Allen. Pas de Neal.

Skyler se lève, avec l'intention d'en finir une fois pour toutes. Si Ludo ou l'un de ses drones le trouvent, tout sera terminé. Il ne peut pas vivre avec cela sur la conscience.

Rien ne pourra jamais pardonner ce qu'il a fait.

Qu'on en finisse! Ou bien cette douleur, cette honte le dévorera.

Il est ici! Qu'on l'emporte avec le reste, son juste prix!

En se dirigeant vers les escaliers où les drones s'affairent à leur sombre dessein, il perd l'équilibre et s'enfonce encore plus profondément dans l'alcôve et frappe un mur de métal.

Une porte.

Une autre de ces fameuses portes.

Puis, la révélation le frappe.

Éliza savait. C'est pour cela qu'elle voulait qu'ils se rendent au temple. Cette alcôve doit jouxter le Hall des Dieux avec un passage qui mène en sécurité, peut-être à l'extérieur de la base où ils pourraient rejoindre la colonie, ou mieux, la baie d'embarquement. Tout est possible. S'il avait compris avant, ils auraient déjà évacué et Ludo ne les aurait jamais trouvés.

Mais pourquoi Éliza ne le lui a pas tout simplement dit?

Son crâne lui fait un mal de chien, mais Skyler se réveille malgré tout. En attendant d'être certain que Ludo soit parti, il s'est endormi. Ses souvenirs sont flous, mais il se relève, puis tombe à genoux pour vomir violemment. Commotion cérébrale. Il devrait s'en réjouir. C'est le prix à payer pour avoir presque abandonné sa vie.

À l'aide de la paroi, il descend les quelques marches restantes et se prend les pieds dans quelque chose. Il se retient de justesse d'embrasser le sol une nouvelle fois et vient pour lancer un juron, mais il se tait quand il remarque qu'il s'agit d'une trousse de premiers soins. Il se jette dessus et s'empare d'une bonbonne d'oxygène.

Il respire.

Les cris ne sont plus, ses étourdissements diminuent. Intoxication. Dinah.

Avec la trousse de secours, Skyler retourne dans la salle où ils priaient, mais les monuments sont déserts. Un silence de mort plane. Une paire de pieds derrière une statue. Dinah a dû se relever, mais la toxine était trop forte. Elle gît au sol. Il la fait respirer à travers la bonbonne. Ce qu'il ne comprend pas, c'est comment il est possible que la fuite de gaz ne les ait pas affectés avant. Dinah passe le plus clair de son temps au temple.

Skyler s'assoit à côté d'elle contre la statue et laisse la brume qui enveloppe son cerveau se dissiper avec le souvenir amer de sa mésaventure dans les conduits d'aération du parc de l'Humanité sur l'Arche.

— Que s'est-il passé?

Dinah s'est réveillée.

— Le gaz, explique Skyler d'une voix atone. La concentration est trop forte dans le temple, ou du moins dans cette section. Si on était resté plus longtemps sans oxygène, on serait dans le même état que les patients à la clinique. Il doit y avoir des fuites dans la montagne.

— C'est étrange. La Voix du Créateur m'a parlé. Elle disait…

Dinah s'arrête, puis ouvre grand les yeux. Elle laisse tomber la bonbonne pour courir hors du Hall des dieux. Skyler se lance à sa poursuite pour la retenir. Personne ne doit voir. Personne. Personne!

Elle bifurque dans la salle principale du temple et pousse un cri d'effroi avant de tomber à genoux. Skyler se fige. Il est trop tard. Elle a vu. Elle sait ce qu'il a fait.

Le temple est méconnaissable. Quelques carcasses des drones fument au sol, mais les dommages qu'ils ont causés sont irréparables.

Les statues sont criblées de projectiles. Des débris parsèment le dallage du lieu de culte qui baigne dans une marée de sang.

Les réfugiés gisent. Sans vie.

Les femmes. Les enfants.

Morts.

Ils sont tous morts.

38

ÉMILY

Combien de temps pourra-t-elle passer sous le radar de Duke?

C'est la pensée qui obsède Émily depuis qu'elle a mis le pied dans cette version alternative de l'Arche, avec sa grisaille, ses corridors à n'en plus finir et ses moisissures puantes. Difficile à dire où elle se trouve exactement sur le vaisseau. Peut-être qu'elle n'y est jamais venue d'ailleurs, puisque Duke a littéralement accès à toute l'Arche, comme le quartier général du Parangon, qui est un vrai champ de mines. À chaque pas, elle imagine une horde d'agents du Parangon prêts à la liquider sur place, mais il n'en est rien. Elle contrôle sa respiration comme papa lui a montré durant leurs entraînements secrets après l'école. Ce qu'elle donnerait pour l'avoir à ses côtés dans cette mission suicide. Elle doute que ses tours de magie d'un peu plus tôt aient le même succès en territoire interdit. Pourtant, Duke a eu un franc succès à La Orilla, deux fois plutôt qu'une. La destruction qu'il a causée était impressionnante, considérant qu'il était dans le subconscient d'Émily qui, n'eût été son manque de perspicacité, aurait pu avoir un bien meilleur contrôle. Si seulement elle avait compris où elle se trouvait avant, mais il est trop tard pour les regrets.

Pourtant, il doit y avoir un moyen d'avoir une influence plus importante sur le subconscient d'une autre personne. N'est-ce pas le mystère qu'a percé Duke?

Elle arrête ses pensées à l'approche d'un homme qu'elle n'a jamais vu auparavant. Un jeune plutôt grand, chevelure noire, peau basanée. Émily reconnaît enfin son environnement : la baie de la Capsule, dans l'aile de Commandement. La dernière fois qu'elle y était, elle retournait à la partie principale du vaisseau, pour arrêter le Commandement qui était prêt à abandonner le reste des passagers devant la victoire inévitable de la Confrérie.

Le jeune homme paraît désorienté, vue la façon dont il scrute l'intersection. Encore une fois, le manque criant d'aura agace Émily, une information cruciale manquante dans la reconstruction des souvenirs de Duke, mais bien entendu, il n'a jamais pu voir les auras. En tout cas, de ce qu'elle en sait. Il a mentionné leur existence durant ses monologues interminables dans la cellule d'Émily : il les aurait aperçus par l'entremise des sujets qu'il utilisait pour ses expériences. C'était un point qu'ils partageaient tous. Philippe n'a pas expliqué ce que c'était. Il faudra qu'elle lui demande.

Sans trop savoir si cet homme peut la voir, elle se terre dans les coins sombres mal éclairés, et le suit avec précaution. Au tournant d'un couloir, un Duke beaucoup plus jeune surprend l'inconnu qui ne devrait pas se promener dans cette partie du vaisseau.

Duke n'a pas encore l'expression un peu sadique commune à tous les psychopathes, y compris Yasmina. Il n'avait pas encore dévié de sa mission véritable, comme maman dirait. Par contre, l'arrogance de ses racines ancestrales transparaît dans son rictus et ses sourcils étonnés. Il y a des choses qui ne changent pas.

— Qu'est-ce que tu fais ici?

Le cœur d'Émily tambourine, craignant que la question soit dirigée vers elle. Heureusement, une voix rugueuse répond dans une langue inconnue.

— C'est une plaisanterie ou quoi? Arrête de parler comme une bête, rugit Duke qui camoufle son anxiété avec sa colère.

Le garçon a un mouvement de recul, la peur voilant ses yeux sombres qui cherchent un moyen de s'enfuir comme un animal en détresse. Même Émily se recroqueville sous l'impulsion de Duke. Ce dernier reprend d'une voix plus douce :

— Tu t'appelles comment?

— Tajj, prononce le jeune homme d'une voix hésitante, le visage méfiant, tout en lorgnant la cage d'incendie. Tajj.

— Tajj? Quelle famille? demande Duke.

Il fait un pas dans sa direction, puis un autre. Tajj se positionne complètement à l'opposé en cherchant une voie de secours.

— Pas de famille.

— Un Dissident dans ce cas. Comment tu t'es rendu jusqu'ici sans que personne te voie?

Tajj choisit ce moment pour déguerpir dans le même sens que Duke, mais ce dernier l'a vu venir et lui assène un coup de matraque. Tajj lâche une plainte, puis, avant qu'il puisse ramper vers sa liberté, Duke le maîtrise à l'aide de son corps déjà bien bâti pour son âge, comparé à sa victime qui paraît avoir grandi dans des conditions moins que favorables. Maintenant qu'il est plus près d'Émily, elle distingue les muscles maigres et les os saillants de Tajj : et ses yeux ne sont pas que sombres, mais d'un bleu royal qu'on pourrait confondre avec des pierres précieuses.

— Mon père saura quoi faire de toi. Allez, viens!

La voix de Duke ne concorde pas avec la façon dont il contemple Tajj lorsqu'il le saisit par le bras. Il est fasciné lui aussi par ce regard si unique et cette espèce de toge qui ne ressemble en rien à ce que ni les Archéens ni les Dissidents portent. Se pourraient-ils que Tajj… Non, c'est absurde. Comment aurait-il pu? Pourtant, l'hypothèse s'impose à son esprit, comme si Duke y avait pensé aussi.

Tajj serait né ailleurs que sur Amarante?

Devant cette impossibilité, Émily se cache au dernier instant dans une cabine de service, tandis que Duke guide Tajj dans sa direction.

Duke a failli l'apercevoir.

LA CABINE de service n'est finalement pas ce qu'elle prétend être, mais plutôt un autre souvenir.

La gigantesque cabine des Kay se dévoile sous ses yeux : un somptueux appartement calqué sur les demeures de la Surface d'avant le Déluge, avec plus de meubles cossus et de babioles superflues qu'Émily peut en compter. Les reliques des chasses ont trouvé refuge sur des commodes posées sur un tapis finement tissé aux motifs orientaux, et des reliquaires ornementés exhibent des traces du passé qui leur échappent et dont Émily n'a entendu que vaguement parler à l'Académie. Une collection d'armes exposée sur un présentoir lui donne la chair de poule, leur puissance endormie comme des bêtes sauvages prêtes à bondir sur quiconque s'en approcherait. Et pourtant, les deux hommes qui se tiennent devant ne semblent pas être importunés.

Émily se cache derrière le sofa imposant qui ne devrait pas pouvoir exister sur un vaisseau comme l'Arche, tant son opulence est scandaleuse, avec ses tissus et son rembourrage princiers. Combien de cabines comme celle des Bates seraient nécessaires pour le contenir et pouvoir y circuler avec aisance?

La vie fastueuse des Kay la dégoûte. Et l'invraisemblance que

Chris ait grandi dans pareil environnement est rebutant. Que devait-il penser chaque fois qu'il venait lui rendre visite chez elle dans son taudis? Dire qu'il évitait le plus possible de passer du temps ici, préférant rester à l'Académie, même après les heures de cours, quitte à y dormir pour ne pas croiser son père. Émily a du mal à comprendre.

— Tajj, dit Duke d'une voix plus mature, son gabarit ayant pris un volume important. J'ai quelque chose pour toi.

Le bracelet que porte chaque Archéen.

— Tu pourras enfin être libre et vivre une vie normale sur le vaisseau.

— Tu es sûr que c'est la bonne chose à faire? dit Tajj avec un accent sablé, de fins muscles recouvrant ses bras autrefois osseux, son visage toujours aussi délicat et son regard hypnotique.

— C'est l'unique façon.

— Tout le monde se rend compte que je ne parle pas comme eux. Ils sauront toujours.

— Tu as appris suffisamment notre langue pour te débrouiller. Tu pourras toujours blâmer tes lacunes sur les séquelles d'une maladie juvénile. De toute façon, tu n'as pas à t'inquiéter. Personne ne posera de question, puisque tu travailleras au sein du Parangon. Je serai là pour toi.

— Ton père…

— N'aura rien à dire. Tu m'entends?

Les yeux de Duke sont brillants. Il enlace Tajj avec force, puis lui prend le visage dans sa main, caressant sa mâchoire du bout de son pouce, comme s'il admirait la plus belle peinture qui soit. Son œuvre d'art, qu'il s'est efforcée de peaufiner au fil des années. Son secret, qui pourrait ouvrir une porte sur son âme à qui sait chercher.

— Rien ne t'arrivera tant et aussi longtemps que le Parangon sera sous les ordres de ma famille. Je te le promets.

Devant la maladresse de Tajj, Duke l'aide à mettre son bracelet qui s'enclenche avec un bruit métallique sonore. Duke sourit, comme si un poids considérable venait de tomber de ses épaules. Ses doigts tracent les contours du bracelet, puis de la peau lisse qui en est maintenant prisonnière.

— Tajj... Tu ne m'as jamais dit pourquoi tu es venu sur notre Arche.

Le jeune homme mystérieux appuie son front contre celui de Duke, en fermant les yeux comme si ce qu'il allait dire était éprouvant, une blessure qui ne guérira jamais tout à fait.

— Tu sais que je ne veux pas parler. Peut-être un jour. Quand je serai prêt.

ILS SONT dans une antichambre qui ressemble à l'un des lounges privés de La Orilla avec ses divans, ses coussins et ses rideaux. Si bien qu'Émily se demande s'il ne s'agit pas de l'œuvre du designer que madame Garcia a embauché. Oh! il y a aussi une espèce de plante ou plutôt des branchages dans un vase transparent sans eau – c'est nouveau ça – mais les bourgeons en feuilles sont pétrifiés, déshydratés au point qu'un simple souffle pourrait les effriter. En a-t-elle déjà vu lors d'une de ses balades avec Skyler au parc? Elle ne se rappelle plus.

Et si ses souvenirs se mélangeaient à ceux de Duke? Dans un échange à double sens? Autant elle pouvait sentir la présence du Parangon dans son propre subconscient, autant il doit lui aussi ressentir les effets de son intrusion. Elle doit redoubler de prudence. C'est une chance que les Kay arborent leurs décorations avec ostentation, ce qui lui donne amplement de recoins pour se cacher.

Assise sur l'un des fauteuils, la femme de Duke a une mine terrible : des nuages d'ecchymoses se dégradent sur son corps, du moins jusqu'à l'endroit où son uniforme s'arrête. Une partie de ses cheveux ont été rasés comme on épluche un légume, sans effort et avec maladresse. L'esquisse d'une vilaine cicatrice sur son crâne paraît sous l'éclairage cru, même à cette distance.

— Charlie. Tu sais comment ça fonctionne.

Il n'y a pas d'amour dans la voix de Duke. Seulement son ton autoritaire, un peu moins vif à cette époque, sa voix ne s'étant pas encore érodée avec l'âge.

— Pourquoi faut-il qu'on en vienne à ça?

— Je t'avais bien dit qu'on deviendrait une famille plus unie. Et ça passe par son approbation. C'est l'unique façon pour que les Kay deviennent la famille la plus puissante que l'Arche a jamais connue.

— La puissance ne vaut rien devant la force de la nature. Il y a des choses qu'on ne peut pas contrôler.

— Tu ne veux pas que notre fils et notre descendance soient ceux qui gouvernent la nouvelle Terre?

— Ce n'est pas une question, Duke.

— De toute façon, tout ça importe peu. Après ce soir, les choses seront plus simples.

Duke saisit le bras de sa femme avec raideur et la force à se lever. Elle conserve une expression de marbre qui témoigne de son expérience à cacher ses états d'âme à son mari. Puis ils feignent habilement leur rôle sordide d'époux en sortant d'un même pas.

Émily parvient à les suivre hors du lounge par une porte qui donne sur l'autre côté. Elle se faufile parmi les plantes qui décorent ce coin du grand salon d'où elle aperçoit Laurène, plus jeune, avec une tignasse aux épaules.

— J'espère que tu m'as invitée pour la peine, dit-elle, les jambes croisées sur l'un des fauteuils luxueux gris crème. Je ne savais pas que ta femme ferait partie de notre entretien, Duke.

— Tout ce qui se dira en présence de Charlotte sera confidentiel.

— Je n'en doute pas.

Laurène fait tinter la glace dans son verre avec un mouvement machinal.

— On doit se préparer pour la guerre à venir, ajoute-t-elle.

— Thalassa?

— Entre autres. Nos ennemis sont nombreux, et pas seulement à l'extérieur. Surtout avec la vermine des niveaux inférieurs. Il faudrait bien qu'ils se rendent utiles.

— L'Incident qu'on prépare devrait les effrayer pour un bout de temps et les occuper à récupérer les corps démembrés de leurs cousins. Ça nous donnera assez de temps pour implanter le programme sans que ces rats viennent saboter nos expériences.

— Ils reviendront. Ils le font toujours.

Jusqu'à maintenant, ni l'un ni l'autre n'a posé son regard sur la femme de Duke, qui charcute Laurène du regard comme si elles partageaient une histoire trouble.

— Et le Parangon leur servira une nouvelle leçon. Ils apprendront ou ils mourront.

Laurène affiche un sourire sans joie.

— Si c'était si facile, je m'en serais occupée moi-même. Crois-tu sincèrement que seuls les Dissidents posent problème? L'ampleur de cette… mutinerie est telle que les moyens conventionnels ne réussiront jamais à éliminer cette maladie. C'est une purge qu'il nous faut. Et personne ne doit être épargné.

— Si les Archéens se rendaient coupables de soutenir les Dissidents de près ou de loin, le Parangon le saurait.

— Je te croyais plus perspicace, Duke Kay, fils de Lance Kay qui a participé à l'hécatombe des Furies. Tu as ça dans le sang, mais tu as peut-être besoin d'un rappel.

Elle fait tinter sa bague contre son verre et Duke pâlit.

— Les plaisirs charnels ne connaissent aucune limite, explique-t-elle lorsque Tajj, l'air furibond, traverse le salon avec un regard en coin vers la cachette d'Émily.

Elle retient son souffle. Tajj ne s'attarde pas, malgré la lueur de compréhension qui traverse son visage. Il se poste près du fauteuil.

— Surtout pour l'exotisme. Cette belle peau basanée, ses yeux glacials et son corps plus-que-parfait pourraient faire frissonner même un aveugle. Mais qu'est-ce que ta pauvre femme Charlotte en pense? Son mari qui passe ses temps libres à explorer des terres inconnues, avec ses vallées et ses rivières prêtes à accueillir le plus aventureux d'entre tous.

Laurène se lève d'un bond et caresse la peau de Tajj qui se raidit. Il est le plus grand d'entre tous et pourtant, il pourrait être invisible.

— Notre fils, dit Charlotte qui tremble. Tu n'as pas pensé à son avenir? Tu préfères aimer un étranger plutôt que ta propre famille?

— Charlie. Tais-toi!

Elle lutte pour parler, mais les muscles de son visage refusent de bouger et seul un grondement s'échappe de sa gorge. Laurène semble satisfaite, mais Tajj lance un regard ahuri vers Duke qui fixe Laurène.

— Cette Arche n'est qu'un cocon parmi tant d'autres, explique Laurène à l'attention de Charlotte. Et parfois, de belles choses peuvent éclore, bien que des indésirables y foisonnent. Tu sais de quoi je veux parler?

Cette question est dirigée vers Duke qui lutte pour ne pas se placer entre elle et Tajj.

— Il y a d'autres Arches, dit-il, tendu.

— Tu dois comprendre que la tâche qui s'annonce devra s'étendre au-delà de notre Arche. Les indésirables ont tendance à se répandre trop facilement.

— Le Parangon s'en occupera. Avec le contrôle de la pensée, personne ne se mettra en travers.

— Je l'espère bien. Je ne peux pas risquer que ce programme ne soit pas à la hauteur. Ce nouveau monde ne peut tolérer les imperfections. Que dirais-tu de commencer maintenant? Une mère indigne de la lignée des Kay, qui n'a rien à offrir et qui est trop stupide pour savoir que son mari en aime un autre. Qu'elle n'était rien d'autre qu'un outil défectueux!

— Au moins, je n'ai jamais essayé de tuer mon propre enfant! lance Charlotte, alors que Duke semble avoir perdu sa concentration.

— C'est ce que les mères sensées font. Pas simplement la mère d'un enfant, mais la mère d'entre tous. Elle protège la race humaine d'un virus incurable qui pourrait se propager. Il n'y a pas de remède à un code génétique brisé, incapable de s'adapter à notre nouvelle planète maintenant lavée de toute la misère qu'elle a subie. Tu es incompatible, comme mon enfant l'était.

Elle s'approche de Charlotte et s'exclame avec force :

— Ton échec en tant que gardienne des Kay, à élever un fils faible, n'en est que son expression.

Laurène se tourne vivement vers Tajj et lui susurre :

— Ne t'inquiète pas, dit-elle en l'embrassant sur ses lèvres. Il sera tout à toi bientôt. Duke, demande à ta femme de se suicider. Maintenant.

— Ma femme?

— À moins que tu veuilles aussi te débarrasser de notre visiteur? Ce serait bien dommage.

Pour une fois, Duke semble à court de mots, alors qu'il regarde Tajj et sa femme à tour de rôle.

Laurène se rassoit. Sa nonchalance teintée d'excitation est déconcertante, tandis qu'elle boit une bonne gorgée, puis sourit avec amusement :

— J'attends.

Duke ferme les yeux comme s'il méditait. Sa femme se dirige vers la cachette d'Émily et saisit sur une commode un outil avec un mouvement furtif. D'un geste mécanique, elle s'ouvre les veines au moment où Duke rouvre les yeux. Le sang gicle au rythme de ses battements de cœur, sous les regards impassibles de Laurène et de Duke qui observent la femme, sans aucune émotion. Émily se répète que ce n'est pas réel, que c'est un souvenir du commandant le plus dangereux que l'Arche a connu depuis le Déluge. Sans compter cette Laurène. Pendant combien de temps va-t-elle pourrir dans sa cellule si Duke est en charge?

Laurène vérifie que la femme est vraiment morte. Elle pose deux doigts sur sa gorge avec un air dégoûté, puis elle se relève prestement, comme animée d'une nouvelle énergie.

— Je n'en attendais pas moins du fils de Lance Kay. Le Parangon a un futur prospère devant lui.

Tajj choisit ce moment pour plonger sur Charlotte et s'emparer de l'outil pour le planter dans la chair de Laurène. Duke ferme les yeux pour éviter d'assister à la scène d'horreur. C'est du moins ce qu'Émily croyait.

L'arête tranchante de l'outil effleure sa cible sans la transpercer, comme si un marionnettiste avait décidé de revoir son numéro, insatisfait de la tournure de l'histoire, son personnage ayant dépassé les limites permises. La main de Tajj blanchit dans son effort désespéré pour contrer la force invisible qui l'empêche de lui rendre sa liberté durement acquise.

— Ma famille, mes frères et sœurs, articule Tajj, son accent encore plus prononcé sous la pression.

— Chut, dit Laurène en lui prenant l'arme des mains puis en la jetant par terre d'un geste vif.

Elle prend dans ses bras un Tajj tremblant de toute sa haine envers elle et lui chuchote :

— Tu as une nouvelle famille maintenant.

Tajj s'agenouille, les larmes aux yeux. Laurène se contente de lui caresser la tête et le laisse pleurer en silence.

— Je suis curieuse. Comment as-tu accompli un tel exploit?

La réponse de Duke ne vient pas aussi facilement – aurait-il de réels sentiments pour quiconque? – mais il garde son emprise sur Tajj, même si celui-ci ne semble plus en état de riposter.

— Avec mes moyens limités, j'ai entraîné Charlotte Harris via un implant cervical pour cartographier le réseau neuronal de son cerveau.

— Ta propre femme, précise Laurène en prenant une gorgée, le regard espiègle. Pourquoi elle?

Duke hésite. Émily a presque envie de répondre à sa place.

— Parce qu'elle est la personne qui me faisait le plus confiance.

— Tu aurais pu choisir ton fils, un sujet plus jeune, moins… gâché par l'ignoble vie sur l'Arche.

— Mon fils a une affection particulière pour sa mère.

Un sourire glisse sur les lèvres de Laurène, qui prend un moment pour apprécier l'aveu d'un père qui a sacrifié non pas seulement sa femme, mais la mère de son fils.

— Tu crois pouvoir le faire facilement à grande échelle? demande Laurène en reprenant un air plus professionnel.

— J'ai développé un programme de simulation qui sera plus simple et qui ne nécessitera pas l'implantation d'une puce, pour une préparation plus naturelle et moins invasive des sujets. Je vous montre, si vous voulez.

— Avec plaisir. Et pour lui? Ça fonctionne de la même manière?

Tajj fixe le sol, visiblement en train de contrôler sa respiration du mieux possible.

— C'est un projet spécial.

— J'adore les surprises, s'exclame-t-elle. N'oublie pas de me tenir au courant, mais attention de ne pas trop l'abîmer. Alors, cette simulation?

Les simulations trimestrielles n'étaient donc qu'une façon de les préparer à se faire contrôler? Après ce que Duke a fait à papa, à sa propre femme et…

Un bruissement près d'Émily la fait sursauter. Elle est nez à nez avec Tajj qui lui fait signe de garder le silence.

Le souvenir se désagrège dans un maelstrom de lumière qui se fait aspirer.

L'Académie. Émily n'y a pas mis les pieds depuis au moins deux ans. En fait, depuis leur graduation. Rien ne l'empêche d'y retourner pour ressasser de bons souvenirs, ce que tous les anciens font l'année suivante, mais Émily a préféré ne pas faire comme tout le monde. Le monde dans lequel Yasmina l'a introduite est trop profond et trop sombre pour simplement pouvoir en ressurgir. Il faut du temps et beaucoup de volonté pour échapper aux élans de folie des prisonniers et se purifier l'esprit de toutes ces atrocités.

— Qu'est-ce que tu as appris dans ton cours d'histoire, aujourd'hui? demande Duke d'une voix qui sonne faux.

— Je ne veux pas rentrer avec toi, dit le jeune Chris qui n'a pas plus de douze ans. Je veux rentrer avec maman.

— Ce n'est pas comme ça que ça se passe et tu le sais, Chris. Ne fais pas une scène devant tes copains.

— Je me fiche pas mal de ce qu'ils peuvent penser. Et tu t'en fiches pas mal aussi, comme tout ce que tu fais qui peut blesser les autres.

— Tu es un Kay, alors comporte-toi en conséquence.

Duke s'accroupit devant son fils et il adopte une voix plus douce :

— Je veux que tu sois heureux. Vraiment. Mais pour ce faire, il faut que tu le veuilles du plus profond de ton cœur. Est-ce que tu veux être heureux?

Chris hoche la tête faiblement, boudeur.

— Papa veut que tu sois le plus heureux de cette Arche aussi, mais il va avoir besoin de ton aide. Sans maman.

— Ce n'est pas pareil.

— Certains n'ont même pas de parents, alors que toi tu as le papa le plus puissant du monde. Un jour il sera le prochain commandant et tu suivras ses pas. Tous tes copains de l'Académie t'envient à mourir, même s'ils ne te le disent pas ouvertement. Et pourquoi? Parce qu'ils ont peur. Peur du pouvoir que tu détiens. Tu auras tout ce que tu auras jamais espéré quand tu seras plus vieux, que ce soit sur ce vaisseau ou sur la terre ferme quand nous pourrons y retourner.

L'éclat du jeune Chris ne brille pas à ces promesses vides de sens. Mais à la mention de la terre ferme, il n'est qu'un enfant comme les autres. Il se redresse et ouvre grand les yeux, aspiré dans le plus gros mensonge qui les tient tous en vie. Une illusion nécessaire pour trouver un sens à son existence.

— Mais pour que cela se réalise, tu dois me faire confiance, autant que tu faisais confiance à maman, sinon plus.

— Pourquoi est-ce que tu as attendu que maman meure pour changer?

Duke a un sourire figé, visiblement mal à l'aise. Il jette un regard autour de lui pour s'assurer que personne n'a rien entendu.

— Maman m'a déjà dit que s'il lui arrivait quoi que ce soit un jour, ce serait par ta faute parce que tu n'aurais pas su la protéger. Est-ce que c'est vrai? demande Chris.

— Je n'ai jamais eu la chance de passer autant de temps que je le voulais avec toi. Ta mère était très possessive. Peut-être que tu ne le comprends pas, mais j'ai tout essayé pour te voir plus souvent, mais elle s'interposait toujours. Elle n'était pas très gentille avec ton père.

— Maman m'aimait et elle me le disait. Tu ne me l'as jamais dit.

— Je t'aime mon fils, tu le sais.

— Alors, prouve-le.

Chris file entre les doigts de son père et s'éclipse en coup de vent dans le couloir où se trouve Émily. Le visage de Duke se crispe. Il part à sa suite d'un pas raide.

— Ce soir, tu me le paieras.

Est-ce que Tajj a dit à Chris ce qui s'est réellement produit pour qu'il agisse de la sorte?

Durant le moment d'inattention d'Émily, Duke s'arrête devant elle pour la dévisager. Prise de panique, elle part à la course dans la même direction que Chris a empruntée, Duke sur les talons. Elle s'attend à tout moment à se faire liquider par des agents du Parangon tapis dans l'ombre, prêts bondir. Au lieu de ça, elle se retrouve dans le Refuge, près du passage qui mène au sas.

Dos à elle, Duke fait face à son fils Chris, maintenant de l'âge d'Émily, et qui fait partie d'un convoi de personnes qui se dirigent vers le sas. Sans aucun endroit immédiat pour se cacher, Émily se fait repérer par Chris, mais il ne bronche pas, outre son sourcil qui tressaute. Une foule s'est massée autour d'eux, prête à forcer leur sortie au sas, tandis que Duke tire son fils hors du flot.

— Tu ne comptais pas sérieusement les suivre, siffle Duke d'un ton hargneux.

— Pourquoi pas? le défie Chris qui a pris de l'assurance avec le temps, son ton plus ferme et sa posture plus droite devant le mépris de son père.

— Ce sont nos ennemis.

— Tout le monde est ton ennemi, père. Ce n'est pas nouveau.

— Si tu quittes l'Arche, je ne te considérerai plus comme mon fils. Est-ce que tu m'entends?

La poigne de Duke est solide, la veine de son cou pulse au rythme de sa colère. Son visage autrement impeccable prend une teinte bourgogne qu'Émily ne lui a jamais vue, même quand il se laissait emporter dans ses monologues délirants.

— Si c'est ce que ça prend pour que tu me laisses tranquille une fois pour toutes, soit!

— Tu n'es pas conscient de ce que tu dis!

— Quand avoueras-tu avoir tué maman, ta propre femme,

pour atteindre tes idéaux tordus? N'importe quel fils voudrait renoncer à ses racines en sachant cela!

— Qui t'a dit ça? dit Duke d'une voix menaçante.

— Une autre personne que tu as sacrifiée injustement. C'est de nature, il paraît. Je n'ai pas besoin d'assister à un autre massacre signé par mon père.

Émily n'avait aucune idée ce par quoi Chris était passé. Pourquoi ne lui en a-t-il jamais parlé? Ils étaient de bons amis pourtant. Son aura n'a jamais laissé transparaître quoi que ce soit, toujours souriant, sans le moindre signe anormal. Comment a-t-elle pu manquer son traumatisme fulgurant?

— C'est le temps d'y aller, dit Chris, posté à ses côtés sans qu'elle l'ait senti venir.

Une alarme se déclenche. Le passage est plongé dans une lumière rouge qui rappelle un bain de sang.

Duke sait qu'il a été infiltré.

LE CHRIS qui se trouve devant elle n'est pas vraiment *son* Chris, mais une partie de Duke qui pourrait l'attirer dans un piège. Elle s'est promenée de souvenir en souvenir, sans trouver un moyen d'accéder au point sensible de sa conscience. Cela pourrait être son unique chance de trouver une brèche.

Elle décide de suivre Chris qui prend sa main. Ils sont transportés dans un autre lieu, où les murs métalliques deviennent terreux comme le sol piétiné du parc de l'Humanité. Même l'odeur y ressemble : la terre gorgée d'humidité, comme après la bruine automatisée sur la végétation du parc. Mais il n'y a pas de plantes, ni d'arbres, ni la vibration continue de l'Arche alimentée par le Feu Sacré.

C'est peut-être le manque de métal ou l'absence de pulsation mécanique qui mettent la puce à l'oreille d'Émily sur cet environnement étranger qui ne devrait pas se trouver dans les souvenirs du subconscient de Duke.

Ils ne se trouvent pas sur l'Arche.

Une fois que sa vision de cet autre monde s'est stabilisée, ses yeux n'étant pas habitués à une luminosité non artificielle, elle demande à Chris pourquoi il l'aide.

— Tout simplement parce que nous sommes amis. L'avons toujours été.

— Tu fais partie de Duke, tu ne devrais pas…

— Émily, la connexion qui s'est établie entre vos deux esprits crée une symbiose unique pouvant fusionner vos esprits à jamais. Ce moment est crucial pour la suite des choses. Aucun de vous deux ne survivra si cette connexion dure trop longtemps. La capacité du cerveau a ses limites.

— Tu es mon allié, constate-t-elle en se rappelant Yasmina se battant à ses côtés contre Ludo. Est-ce que je t'ai appelé?

— Tes souvenirs de Chris ont fusionné avec ceux de Duke et solidifié ma véritable personnalité. Je ne supporterais jamais les desseins funestes de mon père, et il le sait. Ce serait contraire à la personne que je suis, et cette logique est encodée profondément dans nos souvenirs. Il y a des règles à respecter, même dans cet univers.

— Je dois arrêter Duke, répète Émily en se concentrant sur ce qui pourrait constituer sa faiblesse. Des idées sur la façon d'y arriver?

— Localiser son nexus, qui contrôle tout. On est proches.

— Facile dans ce cas, dit-elle en guise d'encouragement. Trouver le nexus, le bousiller et on est partis.

Chris hoche la tête et la précède dans ce lieu inquiétant qui fourmille de filage et d'équipements électroniques. Une vibration dans l'air chatouille ses tympans. Cela proviendrait-il de ce gros morceau qui brille d'une lueur violacée plus loin? Il semble flotter, dressé dans cette immense caverne. Elle se souvient d'avoir vu l'une de ces structures naturelles dans un de ses cours de l'Académie, qui décrivait comment les premiers humains ont dompté le pouvoir du feu pour se protéger des intempéries. Ces cavités rocheuses leur permettaient de se retrouver entre eux et d'attendre que la tempête se calme dans une apparente sécurité. Pourtant, Émily se sent tout sauf en sécurité dans ce lieu lugubre.

Une marée de fils est fixée au fragment de roche lumineuse et pleut sur le sol terreux pour se rattacher en un point concentrique. Il y a quelque chose dans cet enchevêtrement, mais à cette distance, Émily ne parvient pas à voir de quoi il s'agit.

— On n'a pas beaucoup de temps, la presse Chris.

Comme pour lui donner raison, une sensation de brûlure traverse le crâne d'Émily.

— Ici, ce sont mes règles, lance Duke avec un sourire en coin.

Il est accompagné de ses loyaux agents qui se déploient autour de lui.

— Je ne me rappelle pas vous avoir donné la permission de venir ici, mademoiselle Bates. J'ai cru qu'on pourrait devenir de bons partenaires, vous et moi, mais décidément quand on donne trop à manger à un chien, il en vient à vouloir manger son maître. Ça m'apprendra à montrer un peu trop de clémence.

— Émily! s'écrie Chris et elle comprend ce qu'elle doit faire.

C'est le moment. Elle imagine le même sentiment qui l'a habité, alors qu'elle faisait face à Ludo. Elle s'est rendue tellement loin, elle ne peut laisser filer sa chance d'arrêter Duke. Maintenant qu'elle connaît son vrai visage, elle ne regrette pas d'avoir choisi de se sacrifier.

Venez.

La douleur est telle qu'Émily croit déjà mourir. Une main lui arrache quelque chose à l'intérieur et elle gémit, pliée en deux.

— Ça a assez duré, lance papa à ses côtés, vêtu de l'uniforme du Parangon qu'il portait le jour où aurait été sacré leader de la division Thêta et des forces de l'Arche.

Émily reprend ses esprits en entendant sa voix, son père aussi exceptionnel qu'elle se l'est toujours imaginé.

— Personne ne touche à mon agente, s'exclame Yasmina, armée de son bâton électrique. Pas même Duke Kay.

— Une autre de ces pourritures qui n'a pas sa place sur la Terre promise, ajoute Sofia Reyes, armée de sa lame intemporelle.

— Jamais, complète Chris qui s'avance à son tour avec l'un des pistolets du reliquaire de la cabine des Kay. Ce monde n'a pas besoin d'un père meurtrier.

— Au contraire, tonne Duke. L'appel du sang résonne avec le désir du Créateur de purger son monde de la faiblesse humaine. À commencer par toi, mon pauvre fils. Mais ne t'inquiète pas. Papa est là pour te remettre sur le droit chemin.

Duke ferme les yeux en levant les poings : son armée se multiplie sous ses ordres, prête à les arrêter tous.

— On a très peu de temps pour réussir, dit Philippe qui s'est matérialisé. Viens.

Ils s'engagent d'un même accord dans le chemin de terre qui mène au pied de l'installation monstrueuse, tandis que leurs alliés repoussent du mieux qu'ils peuvent les défenses de Duke, dans un vacarme tonitruant qui fait gronder la caverne. Dans leur course effrénée, Émily perd pied à la suite d'une déflagration qui fait trembler toute la structure, mais Philippe la rattrape à temps. À mesure qu'ils se rapprochent du point concentrique, Émily se rend compte avec horreur que l'étrange filage est relié à un être humain.

Tajj.

Son corps est restreint par tous les fils qui le transpercent, il est à demi conscient. Le plus étrange est la façon dont sa peau luit, de la même couleur violacée que le fragment qui flotte au-dessus de leurs têtes.

— Tajj est l'équivalent de ta sphère de mémoire, l'informe Philippe. Tu dois le détruire.

— Oui et il restera ici, dit Duke d'une voix menaçante.

D'une quelconque façon, il a réussi à briser la ligne de défense qu'Émily avait érigée.

— Je n'ai pas peur de toi, dit Émily en se mettant aussitôt en position de combat.

— Ça tombe bien, moi non plus. Ceci est mon monde et tu n'as rien à faire ici.

— Pourtant je suis là. Tu t'es exposé à ce risque en établissant cette connexion entre nous deux.

— C'est valide dans les deux sens, mademoiselle Bates.

Philippe est plié en deux, Émily sent sa douleur se répercuter en elle. Son enveloppe physique clignote dangereusement, comme la vidéo de mauvaise qualité qu'on forçait Émily à regarder depuis sa cellule du Parangon.

— Tu ne peux rien faire contre ça, explique Duke. La brèche dans ton subconscient va me permettre de te contrôler entièrement.

— Tu devrais plutôt écouter ce que ton fils a à dire.

Le Chris des souvenirs d'Émily s'approche d'eux, la fatigue du combat qu'il a mené creusant ses traits, les perles de sueur sur son front teintées de ce même violet qui les baigne.

— Je n'ai jamais été le fils que tu voulais que je sois. Tu voulais me garder proche de toi alors que je voulais m'éloigner. Quelque part, j'ose croire que tu voulais que je sois différent de toi. Que je ne commette pas les mêmes erreurs impardonnables.

— Tout ce que j'ai fait, je l'ai fait dans ton intérêt, dit Duke dont la respiration accélère. Même si tu ne le comprends pas encore. Tout ceci sera bientôt terminé, une fois mon armée complète.

— Ton armée n'ira nulle part, dit Émily entre ses dents. Pas tant que je serai en vie.

Le bâton électrique dont Émily s'est servi pour pénétrer l'esprit de Duke se solidifie dans sa main. Elle le pointe vers Tajj qui a repris connaissance. Philippe sectionne le filage qui pend de façon désordonnée du corps meurtri de Tajj. Les agents du Parangon disparaissent du même coup. La furie sur le visage de Duke fait plaisir à voir.

L'électricité se charge à bloc dans le bâton à mesure que Tajj se rapproche d'eux.

— Ma plus grande erreur a été de t'aimer, dit Duke.

Émily ne sait pas s'il s'adresse à Chris ou à Tajj qui chancèle.

— Papa, arrête, dit Chris. C'est terminé.

— Si les Kay avaient abandonné si facilement, je ne serais jamais devenu commandant de l'Arche, mon fils.

Émily n'avait pas aperçu le pistolet que Duke gardait caché à l'intérieur de son uniforme. Une salve de coups de feu détone.

— Je t'ai tué une fois, je peux te tuer une deuxième fois. Tajj.

L'expression de surprise de Philippe inquiète Émily, qui s'éloigne de Duke. Elle a perdu sa concentration : Chris disparaît, de même que Yasmina, son père et Sofia Reyes.

— Est-ce que tout va bien? Philippe! Réponds-moi!

Émily ressent une profonde détresse, l'angoisse d'avoir tout perdu la tenaille. Tajj se vide d'un sang violacé. Il prononce ses dernières paroles dans un gargouillement :

— Je vais toujours t'aimer, Duke. Pour qui tu étais et celui qui restera dans mon cœur. Dans cette vie et la prochaine.

Le corps de Tajj s'illumine des mêmes étincelles que dans le souvenir d'Émily, lorsque les enfants se sont évaporés. Elle sait que quelque chose de terrible vient de se produire. Philippe ne répond pas non plus à ses appels. Le visage de Duke est figé dans une expression d'étonnement.

Il est agenouillé. Et se met à pleurer.

La respiration de Philippe reprend un rythme normal, seul signe encourageant dans ce monde dénué de vie qui s'écroule autour d'eux. Même le fragment de roche a perdu sa lueur, ses couleurs se neutralisant dans un tonnerre incontrôlable.

— Émily, souffle Philippe. Duke n'est plus.

— Comment… comment est-ce possible? Il est là devant nous! On doit faire quelque chose.

— On ne peut plus rien faire. Duke Kay a… détruit son subconscient.

Le leader du Parangon, fils de Lance Kay et successeur au titre de Commandant de l'Arche d'Amarante, n'est plus que son ombre, emprisonné à tout jamais dans ce monde qu'il a renié.

39

ÉMILY

La première chose qu'Émily voit en ouvrant les yeux, c'est le visage de Milo au-dessus d'elle, son éternel froncement de sourcils quand il est inquiet.

— Émily, dis-moi que tu vas bien, chuchote-t-il, sa main tiède lui caressant nerveusement les cheveux.

Elle a presque l'impression de revivre le réveil de son coma. Milo était là aussi, comme toujours. Le souvenir de sa mort qui pesait lourd dans son cœur s'allège aussitôt. Tout ce qui s'est passé dans son esprit n'était pas réel. Du moins, pas cette partie-là.

— Je suis en vie, souffle-t-elle.

Les émotions qu'elle a vécues dans cette réalité alternative lui arrivent par vague.

Voyant qu'elle reprend ses esprits, Milo l'aide à se relever de la chaise. Au grand soulagement d'Émily, sa sphère de mémoire brille toujours devant elle. Les nuances cramoisies ont par contre cédé leur place à des volutes dorées qui tournoient comme le cœur d'un petit soleil, une infime réplique du Feu Sacré. Les jaunes s'entrecroisent avec les blancs dans une symétrie complexe. Émily peine à croire que cette merveille, que son meilleur ami a créée, lui ait permis de vivre cette expérience aussi intense qu'étonnante.

Les relents de son périple dans les limbes la poussent à vérifier ce qu'il est advenu du commandant psychotique de l'Arche.

Milo lui donne l'aplomb dont elle a besoin pour se rendre au fauteuil où Duke est toujours allongé. Ses yeux sont ouverts et bougent dans sa direction, les pupilles étrangement dilatées. Son corps, quant à lui, ne semble plus répondre.

Elle ne l'a pas tué. Même si elle en avait eu l'occasion, elle ne l'aurait pas fait. La mort ne fait qu'engendrer la mort. Elle ne savait pas dans quoi elle s'embarquait en infiltrant la conscience de Duke, mais son désir était avant tout d'arrêter cette folie contagieuse qui aurait pu causer des dégâts irréparables à toute l'Arche : leur seul espoir de recommencer à zéro sur la nouvelle Terre. Pour finir, Duke s'est lui-même condamné, aveuglé par son amour interdit et ses desseins égoïstes. Il est prisonnier de son corps, un sort encore pire que la mort. Mais Émily ne ressent ni tristesse ni pitié.

C'est ce qui arrive à ceux qui s'éloignent de leur mission au point d'être prêts à sacrifier le bon côté d'eux-mêmes. Émily aurait pu tomber dans le piège elle aussi, mais Philippe l'a aidé à y voir clair avant qu'il ne soit trop tard.

— Est-ce qu'il nous entend?

— Je crois que oui, mais il ne peut plus rien faire, explique Émily en fixant le fond des iris de l'homme le plus dangereux de l'arche. Quelque chose dans son cerveau a grillé durant l'expérience. Sa propre folie s'est retournée contre lui.

À cette mention, Milo lui passe son bras autour du cou pour l'attirer plus près de lui.

Sofia, qui était occupée à attacher le dernier des agents du Parangon, s'approche à son tour. Elle a maigri depuis qu'elles se sont battues ensemble pendant leur vaine tentative d'évasion. Une partie de ses cheveux ont été rasés comme Charlotte, la mère de Chris. Heureusement, Duke n'est pas allé au bout de ses plans à son sujet.

— Combien de Dissidents ont fait l'objet de ses expériences? demande Sofia d'un air sombre. La Terre promise peut bien se passer de lui.

— Qu'est-ce qu'on fait de lui? demande Milo dont les narines se dilatent.

— On le laisse vivre assez longtemps pour qu'il comprenne qu'il avait tort sur toute la ligne. L'humanité n'a pas besoin de lui. Nous sommes plus forts que ce qu'il croit. Et ses ennemis imaginaires ne nous auront pas. Avec ou sans armée.

Émily prononce ses paroles avec une confiance aveugle pour son intuition. Peut-être trop, même. Mais pour le moment, elle veut y croire. Ce sentiment de sécurité ne l'avait pas habité depuis la mort de maman : le monde n'est pas si mauvais en fin de compte, tant qu'il y a de bonnes âmes pour les remettre sur le droit chemin.

— Comment as-tu réussi à t'infiltrer? demande-t-elle, son corps endolori comme si elle avait fait un entraînement.

— Tu sais que j'ai un faible pour la mécanique. Duke l'a découvert quand j'ai bricolé un truc pour que la ventilation du dortoir arrête de nous réveiller la nuit. Personne n'y avait songé. C'est insensé de ne pas pouvoir dormir après les entraînements monstres que le Parangon nous faisait endurer chaque jour, répond Milo dont le regard s'est durci.

Émily se rappelle les séances de torture qui accompagnaient les entraînement.

— Je sais, dit-elle, le cœur lourd.

— Alors j'avais raison! La caméra…

— J'ai assisté à vos entraînements, vos missions. Enfin, en partie.

— Donc tu sais que Duke nous a envoyés réparer le Feu Sacré. Il a mené ses propres investigations et nous a vus réinitialiser les neuf cœurs. Il savait que j'étais qualifié pour le faire.

Voyant le succès de notre mission d'extraction du condensateur, il m'a désigné pour l'installer ici.

C'est Ludo qui a tiré sur Émily, la tuant presque. Son coma artificiel lui a assurément épargné une mort certaine. N'eût été de lui, les évènements sur l'Arche auraient pris une tournure bien différente, mais Émily tait ses pensées. Il n'y a rien qu'elle puisse faire de toute manière. Elle ne veut qu'apprécier ce moment tant espéré avec Milo, sans un écran pour leur faire obstacle.

— Sofia faisait de bonnes affaires avec les agents du Parangon. Elle a appris que Walker faisait partie d'une équipe spéciale responsable de restaurer l'Arche. Je me suis arrangé pour le rencontrer au sujet d'un problème technique bidon et Walker m'a prévenu que Duke préparait une expérience unique pour toi. Walker a travaillé avec Sofia pour obtenir les détails et nous ouvrir la voie. Quand je suis arrivé, il était trop tard. Tu étais endormie et j'ai cru…

Son regard se trouble, comme lorsqu'il parlait d'Évelyne et de son histoire tragique. Émily sait à quel point il l'a aimée. Pouvoir compter autant à ses yeux lui réchauffe le cœur.

— Merci.

— Si j'avais pu…

— Il n'y a rien d'autre qui aurait pu contrecarrer les plans de Duke.

— Peut-être, dit-il sans conviction. Mais on a perdu beaucoup.

Mais au moins ils ne se sont pas perdus.

Une vague de déception la submerge quand elle prend conscience que Philippe n'est pas là. Dans sa poche, la carte de l'étoile du nord pèse, l'objet qui la rapproche le plus de lui. Émily croit mieux comprendre Violette lorsqu'elle parle du Créateur et sa façon de communier avec lui. Il faudrait qu'Émily renoue avec elle-même, et cette carte est en quelque sorte son moyen de lui rappeler l'importance de s'aimer et de s'écouter, au risque de se perdre à tout jamais. Elle ne compte pas retourner dans cette direction.

Les Dissidents qui ont accompagné Milo et Sofia sortent Duke, qu'ils doivent littéralement traîner, mais aussi les agents du Parangon qui semblent se réveiller d'un cauchemar.

Émily a vraiment réussi. En neutralisant Duke, elle a dissous le lien psychique qu'il partageait avec son armée. Son intuition lui dit que c'est ce que représentait cette étrange installation de fils rattachés à Tajj : les agents dans la simulation avaient disparu quand Philippe avait sectionné les fils pour libérer Tajj. Non seulement Duke ne contrôlerait jamais Émily, mais tous ceux qui avaient dû se soumettre à sa volonté pervertie récupéraient le plein contrôle de leur vie. Redevenir humains plutôt que des machines de guerre. Peut-être que le Parangon pourrait reprendre la vocation plus noble d'autrefois, les mêmes préceptes que papa voulait promulguer s'il avait eu la chance de devenir leur leader. Pour l'heure, Émily ne sait pas qui le remplacera, mais s'ils ont la chance de retrouver Chris, elle pourrait lui en parler. Sans son père pour lui infliger son terrible jeu de manipulation pour devenir un Kay à l'avenir grandiose par l'exploitation des faibles, Chris pourrait peut-être renouer avec son talent inné pour commander.

— Allez-y en premier, dit Émily qui reste derrière.

Elle retourne près de la sphère qu'elle caresse du regard, son éclat à la fois hypnotisant et terriblement intime, maintenant qu'elle sait ce qu'elle recèle. Elle la prend dans sa main avec délicatesse et elle se surprend de sa chaleur radieuse. Elle retrouve le coffret dans lequel Duke l'a transportée et y dépose sa sphère, qui se niche dans le coussinet qui plisse sous son poids. Comment une chose aussi petite peut-elle être aussi puissante et mystérieuse à la fois? Skyler ne cessera jamais de la surprendre.

Émily referme le coffret avec un soupir où se mélangent le soulagement et l'impression que cet objet est ce qu'elle possède de plus précieux. Plus jamais elle ne laissera qui que ce soit mettre la main sur sa sphère. Elle a eu son lot de mésaventures, aussi effroyables qu'imprévisibles, si bien qu'elle ne sait pas s'il vaudrait mieux qu'elle la détruise par mesure de sécurité. Mais avant de prendre une telle décision, Skyler devrait pouvoir la conseiller. Il en est l'inventeur après tout.

L'ARCHE A REPRIS son rythme normal, le Feu Sacré faisant vibrer le vaisseau. Les membres de la Confrérie qui sont restés depuis l'exode vers la base de réfugiés – Milo l'a mise au courant des développements qu'elle a manqués – ont repris le contrôle de l'Arche. Quant aux agents du Parangon, ils leur obéissent, sous la direction de ceux qui avaient prêté allégeance à la Confrérie avant la migration vers le Refuge. Il y a beaucoup à faire avant que le vaisseau retrouve l'ordre que le Commandant Hawk avait instauré, mais ils sont sur la bonne voie et ce simple fait les réjouit. Ils travaillent tous dans un but commun. Ils devraient rejoindre la base de l'Étoile du Nord dans moins d'une semaine. Le nom n'a pas manqué de faire sourciller Émily, qui se demande si Philippe l'a délibérément choisi pour la carte ou si les deux sont reliés d'une quelconque façon. Peut-être ne le découvrira-t-elle jamais, mais elle mènera sa propre enquête en temps et lieu.

Pour le moment, cette soirée spéciale à La Orilla est sa priorité.

Elle a su marcher sur son orgueil et elle a approché Catalina Garcia pour organiser un souper spécial. Madame Garcia n'avait rien de la propriétaire snob et rebutante qu'Émily avait cru. En fait, Madame Garcia se fiche pas mal de toute ces histoires de familles réputées, au plus grand plaisir d'Émily. Peut-être que les évènements des dernières semaines l'ont adoucie. Après tout, Émily n'est pas la seule à avoir vécu des évènements éprouvants. Chaque âme qui a survécu est le héros de sa propre histoire et Émily ne prétend pas en connaître les détails, seulement un profond respect pour ceux qui sont assez chanceux pour vivre un jour de plus.

Qui sait? Peut-être trouvera-t-elle le courage d'approcher Adeline White pour lui présenter son art. Mais avant, elle aura besoin de peaufiner sa technique avec la professeure Paradis à l'Académie, si elle veut encore d'elle. L'offre qu'elle lui a faite pour des cours privés sont encore dans sa tête. Mais elle persévérera, avec ou sans son aide. Ce vernissage ne la quitte pas depuis qu'elle y a goûté. Elle peut déjà imaginer la foule se masser devant ses tableaux, ici même. C'est un de ses désirs les plus profonds, qu'elle a ignorés la majeure partie de sa vie. Le Philippe de son subconscient approuverait sa décision.

Alors qu'Émily prépare sa surprise pour Milo, une idée la tracasse : qu'en est-il du Syndrome? Philippe ne lui a-t-il pas dit qu'elle devait faire un choix? Et elle a choisi d'affronter Duke…

—Je t'avais dit de me faire confiance, souffle Philippe qui s'est infiltré dans le restaurant à son insu alors qu'elle avait bien dit de ne laisser entrer personne.

Comme toujours, il a réussi à trouver un moyen détourné de se rendre jusqu'à elle. Pour une fois, sa présence ne l'incommode pas.

— Tu es toujours rempli de surprises, toi, répond-elle.

— Les surprises rendent la vie plus intéressante, non?

— C'est vrai, admet Émily. Pourvu qu'elles soient bonnes, bien entendu.

— N'est-ce pas là le but d'une surprise? s'étonne-t-il. On ne sait jamais ce qu'elle sera au final.

— Où veux-tu en venir exactement?

— Il paraît que tu seras très occupée ce soir, dit-il, les mains dans le dos, en lui faisant un clin d'œil. Je ne voudrais pas te déranger dans l'élaboration de ta surprise pour lui.

— Est-ce que tu…

Émily ne termine pas sa question, car Philippe a déjà disparu, sans même qu'elle ne s'en aperçoive.

Elle croit déjà connaître la réponse à sa question, après tout. Est-ce que Philippe existe réellement? Oui et non en quelque sorte. Ça dépend de l'image qu'elle se fait de lui. Mais une chose est certaine, Émily, elle, existe en chair et en os, plus complète que jamais.

Elle se sent plus légère depuis son réveil. Et le Syndrome n'est plus qu'un lointain souvenir. Quelque chose en elle a changé. En bien.

Cette fois-ci, Milo fait son entrée. Encore une fois, elle se demande bien pourquoi personne ne l'a prévenue de son arrivée. Elle n'a même pas encore terminé d'allumer les chandelles. Tant pis.

Émily lui offre un sourire alors qu'il descend de la balustrade, vêtu d'habits simples. Elle ne l'a pas informé de la raison de leur rencontre, seulement de l'emplacement. Aussitôt qu'il se rend compte du décor de l'endroit, il paraît embarrassé. Émily oublie encore parfois qu'ayant grandi parmi les Dissidents, il n'a jamais mis les pieds à La Orilla.

Il y a tellement de choses dont elle voudrait lui parler. Elle aimerait qu'il lui parle de tout ce qui lui est arrivé pendant son incarcération, la mission qu'il a menée au nom de Duke, d'où proviennent ses brûlures, ce qui est advenu des autres, dont Fiona. Même si son sort lui importe peu, elle sait que Milo tient à elle, leur histoire datant de bien avant leur rencontre. Et tout ce qui pourrait affecter Milo importe à Émily naturellement.

— Content que tu sois venu, lui dit-elle.

— Tu aurais dû me dire.

— Ce ne serait pas une surprise, sinon, dit-elle pour faire écho aux paroles de Philippe. J'espère que ça te plaît.

— Tout ce qui t'inclut me plaît, répond-il avec un sourire qui met en évidence ses taches de rousseur dans l'éclairage maintenant tamisé. Depuis que je t'ai rencontrée.

Ses paroles la renvoient tout droit à la prison de l'Arche, et sa bonne humeur s'évanouit.

— Parfois, j'ai dû mal à comprendre l'horrible début de notre histoire, dit-elle les remords encore lourd dans son cœur.

— Tu as tellement changé depuis, Émily, dit Milo avec une sincérité qui l'émeut. On porte nos souvenirs comme des cicatrices. Il n'y a rien à faire pour les effacer, mais c'est grâce à elles qu'on peut enfin découvrir qui nous sommes vraiment. Et de toutes les personnes que je connaisse, tu es la seule qui ait réussi.

Émily lui renvoie un sourire timide en prenant le temps d'absorber ce qu'il vient de lui dire.

— C'est parce que tu continues de me sauver chaque fois que tu en as la chance, répond-elle enfin après réflexion.

— Parce que ça en vaut la peine, répond-il sans hésitation.

Milo dépose sur ses lèvres un baiser qui ne dure qu'un instant, mais qui réchauffe son cœur comme sa sphère au creux de sa main.

— Longtemps, j'ai cru que cette vie était déjà scellée avant même de l'avoir vécue, dit-elle, se sentant s'ouvrir peu à peu, la crainte de se faire juger dissipée. Une mission toute faite que je devais suivre. Maintenant, je vois que j'avais tort. Toutes les personnes que j'ai rencontrées sont remplies de surprise, toi le premier. Un Dissident. Et moi la dernière, quelqu'un que je peine à découvrir, que j'ai cru connaître depuis toujours, mais qui m'est si étranger.

Elle avale difficilement devant cet aveu avant d'ajouter :

— Milo, j'ai peur.

Il lui offre un regard empli de respect et d'empathie qui la calme, un sentiment auquel elle prend goût.

— Tu es encore sous le choc, dit-il, et elle ne voit pas comment il pourrait mieux dire.

Milo lui prend les mains qu'il réchauffe de sa chaleur naturelle, son aura toujours aussi chaude et réconfortante.

— Mais dans toute cette peur, je sais que je suis sur la bonne voie, poursuit Émily. Enfin. Et comme tu l'as si bien dit, mes souvenirs ce ne sont que ça, des souvenirs. Ils ne me définissent pas.

Elle lui offre une coupe qu'elle a préparée pour leur soirée à La Orilla. Elle a même réussi à dénicher la violoniste qui a miraculeusement survécu aux événements, depuis cette soirée qu'elle a passé en compagnie de Skyler. Le violon emplit le restaurant de sa magie et Émily peut déjà sentir son effet.

Ils font tinter leurs verres, et Émily enfile une gorgée qui lui brûle la bouche. Milo quant à lui, met la coupe de côté et, aussitôt qu'elle a terminé, la prend par surprise avec un baiser fougueux.

Émily répond avec la même force et dépose sa coupe à tâtons.

Après leur baiser langoureux, les yeux d'Émily se posent sur le cou de Milo sur lequel elle dépose un autre baiser. Elle croit y avoir laissé une marque, avec une forme qui lui rappelle étrangement l'une des cartes de Philippe. Elle veut y jeter un meilleur coup d'œil et l'essuyer, mais une présence familière lui hérisse la peau.

— Vous n'étiez pas censés vous embrasser, mais j'imagine que tu as ce que tu mérites, dit Fiona à l'intention de Milo.

Émily quitte l'étreinte de Milo et observe Fiona, qui s'est habillée pour l'occasion avec une robe qui rend justice à la couleur naturelle de son aura. Pendant un moment, l'image de Fiona se dédouble, et Émily prend appui sur Milo qui la rattrape de justesse, mais l'instant d'après, ses jambes fléchissent à son tour.

— J'ai toujours cru que notre futur était écrit, Milo, jusqu'au jour où cette Émily Bates s'est immiscée dans nos vies. Elle a toujours été la source de tous nos problèmes et je ne pouvais pas la laisser continuer. Qu'elle ait neutralisé Duke Kay ou non, ça ne change rien à ce qu'elle nous a fait. Et tu as été assez stupide pour tomber dans ses filets. Je ne voulais pas te perdre, mais parfois, la vie fait bien les choses. Au moins, elle ne fera plus de dommages là où elle sera, et tu la retrouveras comme tu le souhaitais tant.

— Fiona, marmonne Milo. Tu as perdu la tête. Qu'est-ce que tu as fait?

La vision d'Émily se brouille, ses pensées sont confuses, mais elle parvient à entendre :

— Ce que je devais faire, répond-elle d'une voix tremblante de rage.

Ou de peine? Émily ne saurait distinguer.

— Mais qu'est-ce qui t'est passé par la tête, Fiona? s'exclame Sofia en furie dans un martèlement de pas précipités. Je savais que quelqu'un avait fouillé dans mon sac, mais ma propre fille? Ça me dépasse.

— Comme tu me l'as si souvent répété : je suis en tout point comme mon père, se contente de répondre Fiona en reniflant.

La sensation de brûlure dans la bouche d'Émily se propage dans sa gorge et dans tout son corps, comme lorsque La Orilla était en flammes. Mais cette fois, son corps brûle de l'intérieur.

Une dernière image imprègne son esprit : le visage de Milo contre le sol. Milo qui la regarde, les pupilles dilatées, sa main tendue vers elle, une larme sur sa joue.

40

SKYLER

Le passage à côté du Hall des Dieux mène à la baie d'embarquement. Si Éliza savait qu'un tel passage existait, pourquoi ne pas lui avoir tout simplement dit? Ils auraient pu évacuer. Ils auraient pu sauver tout le monde.

Anesthésié par ses remords, Skyler a fouillé le petit temple, à la recherche de survivants, à l'aide de Dinah. Elle ne sait pas que c'est de sa faute si les drones les ont localisés. Il ne trouve pas le courage de lui dire. Ce serait avouer son péché au Créateur même. Skyler se demande s'il a son rôle à jouer dans cette abomination. Durant ses prières, était-ce Allen qu'il a entendu ou sa Voix?

— Je ne peux pas croire. Elles étaient là depuis tout ce temps!

Daniel ressort du Njord en jetant un tas sombre qui reluit sous les torches qu'ils portent pour s'éclairer sous l'éclat nocturne.

— Les fichues armures.

— Définitivement pas d'ici, dit Derek en tâtant le pansement de fortune que Skyler lui a posé sur l'épaule tout en examinant la composition de l'équipement. Ça aurait pu tout changer. Pourquoi Tessa ne les a-t-elle partagées avec les forces d'Oslo?

— C'est ce que les traîtres font.

Personne ne répond. Derek et la prêtresse aident la poignée de survivants à embarquer dans le Njord. Skyler s'imprègne de chacun des visages fatigués. Ils ne savent pas qu'il est responsable de leur tragédie. Il a amené des familles complètes se réfugier au temple et la plupart sont brisées, leurs proches et leurs enfants démembrés sous les balles ou écrasés sous des roches détachées des murs. Sans la Confrérie pour se débarrasser de ces drones, ils auraient tous péri.

Skyler embarque à son tour dans le vaisseau tandis que Daniel ramasse les armures qu'il replace dans une armoire métallique encore ouverte. Juste avant d'embarquer, Dinah se signe, son regard fixé vers le dôme.

— Skyler, dit-elle face à face avec lui.

Elle l'a surpris en train d'enfiler une armure dont le poids inhabituel lui coupe le souffle et lui rappelle ce qu'il a fait.

— Je dois le faire, dit-il en s'assurant que les autres soient déjà à l'intérieur. S'il te plaît.

Dinah Farrell l'observe pendant un long moment, puis elle finit par hocher la tête. Skyler sort du Njord et s'engouffre dans le passage secret en priant pour eux alors que la voix d'Allen le guide.

Il n'y a pas si longtemps, Skyler s'était retrouvé ici par hasard avec cette présence. Cette fois, la flamme de sa torche crée une danse macabre sur l'équipement délaissé qui n'augure rien de bon. La présence ne se manifeste pas, mais la chaleur est suffocante.

C'est cette même voix qui l'a interpellé durant sa prière devant les avatars. Allen voulait qu'il vienne dans le réacteur.

— On a besoin de lumière ici, grogne Daniel en s'emparant de la torche de Skyler avec un geste vif qui le surprend.

Lui aussi porte une armure. Il est venu seul.

— Comment as-tu su? demande Skyler, agité.

— Je te laisse une minute sans surveillance et tu décides de faire le con. Ce n'est pas le moment de se sacrifier inutilement. Tu es notre seul docteur à bord.

— Et Chris et les enfants, on en fait quoi? Il faut aller les chercher, dit Skyler.

— C'est trop dangereux maintenant, répond Daniel avec autorité. On doit partir maintenant. Ils sont certainement plus à l'abri là-bas en ce moment. On reviendra quand on sera sûr que le danger est passé. Rien ne nous garantit que les machinations de Ludo s'arrêtent ici.

Le bruit d'un système qui se remet en marche ronronne, des néons s'allument un à un, le crépitement électrique faisant vibrer et tinter chacun des tubes de verre comme on cognait dessus avec son ongle.

À mesure que la pièce s'illumine, se définissent les contours d'un réacteur central, entouré d'une rampe et creusé à même le sol dans un puits sans fond. Ils se trouvent dans une large salle de contrôle vitrée avec des portes blindées. La grande vitre qui devrait les protéger des émanations radioactives a un trou béant en son centre. L'odeur qui se dégage de l'endroit est désagréable, un mélange de gaz, de terre et d'autre chose que Skyler ne réussit à identifier.

— Si j'étais à votre place, j'éteindrais cette torche, à moins que vous souhaitiez que vos viscères fassent un voyage de première classe à dix mille pieds dans les airs.

Ludo est appuyé contre la console comme une ombre invisible. Est-il là depuis tout ce temps sans que Skyler s'en aperçoive? Est-il la voix d'Allen?

Aucun de ses drones ne lui tient compagnie cette fois-ci, mais son armure est cruellement endommagée.

Neal a échoué.

— L'empoisonnement au gaz, c'était toi aussi, je présume, dit Skyler en conservant son calme.

— Ce n'est qu'un fâcheux effet secondaire de mes explorations plus que fructueuses.

— Pourquoi se donner tant de mal à éradiquer sa propre espèce? En quoi est-ce raisonnable?

— Les Exécuteurs ne posent pas de question ni ne remettent en question la volonté des Dieux. Ils *exécutent.*

Skyler peut presque sentir le tranchant de ses mots taillader sa gorge. À ses côtés, Daniel se tend, prêt à intervenir, sa main caressant la crosse d'une arme dissimulée à sa taille.

— Laisse l'Étoile du Nord hors de cette mission, dit Tessa qui entre à son tour, pistolet pointé sur la tête de Ludo qui feint la surprise d'un air exagéré. Mon oncle ne t'a jamais ordonné de détruire tout ce qui vit. Il est peut-être cinglé, mais pas à ce point.

— Tout ceci ne serait jamais arrivé si tu t'étais présentée au Feu Sacré comme prévu, dit Ludo en reprenant un air sérieux, intense et dramatique. Consumée par ses flammes éternelles, l'Arche d'Amarante ne serait déjà plus qu'un ramassis de ferraille en décomposition dans l'abysse du Grand Océan. Mais non! Au lieu de cela tu as envoyé cette Confrérie faire le boulot à ta place. Dommage que je n'aie pu tirer que sur la fille. Mon plaisir nécessite beaucoup plus de temps en général, mais il a fallu que je me contente d'une gorgée avant qu'on me repère.

— Émily, laisse échapper Skyler entre ses dents, se rappelant l'incursion au Feu Sacré de sa meilleure amie avec Milo après qu'ils avaient découvert le code du Commandant. C'était donc toi.

— Tu la connais? demande Ludo en se léchant les lèvres. Tu lui diras que je suis prêt à continuer ce que j'ai commencé n'importe quand, si elle se réveille un jour, cela dit.

Il dévoile ses dents munies d'une prothèse métallique brillante, et Skyler est frappé d'horreur : les hologrammes bestiaux de l'Académie ne sont pas si loin de la réalité, après tout. Comment peut-on être déconnecté de la réalité à ce point? Oublier ce que c'est qu'être un humain doué d'empathie? Une forme sévère du Syndrome des Fées est la seule explication. Ça, ou une forme avancée de psychose.

— Ces petits bijoux créeront les plus beaux feux d'artifice que cette planète a connus depuis le Déluge, dit Ludo en dévoilant l'intérieur de son armure, des rangées de boules ressemblant à des grenades noires. Avec, en prime, une place de choix sur la Terre promise pour mieux les admirer de là-haut.

Ludo en saisit une et la presse contre sa joue, de sorte que si Tessa ose lui tirer dessus, elle pourrait toucher l'étrange grenade. La prise de Tessa sur son pistolet faiblit devant le dilemme. Ludo en profite pour se rapprocher de la porte blindée qui mène à la passerelle du réacteur.

Daniel se jette sur Ludo, dans un élan héroïque, mais qui se transforme en un moment de pure folie. Ludo mord Daniel qui hurle de douleur, le sang coulant abondamment, les yeux de Ludo roulant de plaisir. Dans le chaos, Ludo lance sa grenade noire dans le trou béant de la vitre qui donne sur le puits du réacteur. Skyler sent son cœur tomber dans l'abîme.

Il revoit son frère Allen tomber dans les profondeurs de l'Arche, son visage marqué par l'étonnement, mais cette fois, Skyler se jette à travers la fenêtre pour le rattraper, main tendue, le temps retenant son souffle alors que leurs vies sont sur le point d'être décidées.

Le choc est si brutal que Skyler perd la notion de gravité, le sang lui montant à la tête. Son souffle lui revient après quelques secondes, sa main tenant fermement celle de Allen qui flotte dans le vide du puits du réacteur. Skyler n'échouera pas cette fois-ci, même s'il y perd la vie. Ce sera la rédemption qu'il a tant attendue depuis toutes ces années, celle qu'on lui a refusée malgré ses supplications. Tout ce qu'il a jamais accompli était pour ce moment fatidique.

Allen lui parle de sa voix intemporelle, plus jeune, plus assurée. Son vrai frère.

— Tu dois me lâcher.

— Jamais, répond Skyler d'une voix laborieuse qui se répercute dans le puits abyssal. Tu m'entends? Jamais!

— C'est comme ça que ça doit se passer et tu le sais. Tu ne veux pas l'accepter, mais un jour tu comprendras pourquoi. Le Créateur a ses raisons de faire ce qu'il fait.

— Je ne veux pas, je ne *peux* pas! rage Skyler d'une colère enivrante. Si je dois défier le Créateur lui-même pour te garder, je le ferai.

— Je ferai toujours partie de toi lorsque tu devras faire face à la furie du Créateur.

Quelqu'un dévale les escaliers, s'engage sur la passerelle, et rejoint Skyler qui est coincé entre le vide et la barrière à laquelle s'est accroché son uniforme, Allen au bout de son bras. Puis, la gravité bascule et Allen est aspiré par les ténèbres du puits.

Il n'y a pas de cri. Il n'y a pas de bruit.

— Allen, Allen, balbutie-t-il Skyler, confus, affalé au sol, étourdi.

— Ressaisis-toi Skyler. Ton frère n'est pas là. Regarde-moi!

Tessa saisit son visage ruisselant de sueur. La main de Skyler est fermement serrée autour de la grenade noire pour laquelle il a risqué sa vie.

— C'était Allen, répète-t-il en rampant vers le bord du puits du réacteur pour le voir à nouveau, l'empreinte de son visage imprimé dans sa mémoire. Il était là, il était là! Le Créateur me l'a volé une seconde fois!

— Skyler, il n'est pas là. Il n'a jamais été là. S'il te plaît!

Un rire funeste et guttural se répercute dans la salle du réacteur, noyant la voix suppliante de Tessa. Ludo clopine vers eux sur la passerelle, son armure ouverte sur le reste des grenades. Tessa se relève, laissant Skyler contre la rampe avec la grenade noire.

— Ce n'est pas terminé, siffle Ludo en reniflant, les veines de son cou pulsant sous l'effort.

À chacun des pas de Ludo, Tessa tire avec précision : les jambes, puis les bras de Ludo, qui s'écroule avant d'avoir eu le temps de se jeter dans le puits. Avec une force surhumaine, il rampe en tirant avec ses doigts qui se tordent contre le métal de la passerelle. Mais Tessa les lui écrase sous sa botte, puis lui assène un coup de pied au visage qui lui brise le nez.

Ludo lèche son propre sang qui lui coule du nez et trouve assez d'énergie pour faire étalage de son rictus sadique.

— Cachez-vous autant que vous le voudrez, vous ne serez jamais à l'abri, articule Ludo à moitié conscient. D'autres Exécuteurs seront envoyés, maintenant que Thalassa connaît votre emplacement. Ils savent aussi pour l'Arche. Ce n'est qu'une question de temps.

Puis Tessa tire à bout portant dans la tête de Ludo.

C'est terminé.

Skyler observe Tessa lutter contre une douleur qu'il connaît trop bien. Puis il va la rejoindre et pose sa main sur la sienne pour lentement baisser son bras.

— Qu'est-ce que j'ai fait? pleure Tessa alors qu'il l'enlace, sentant sa douleur le transpercer.

— La bonne chose, répond Skyler qui sent ses doutes se dissiper. Même si cela veut dire sacrifier une partie de toi-même.

Elle respire bruyamment et laisse tomber son pistolet comme s'il lui brûlait la peau.

— Je n'ai jamais rien voulu de tout ça.

— Tu es forte de t'être rendue jusqu'ici. D'avoir pris la bonne décision pour nous tous.

— Aucune mort ne justifie le besoin sadique de mon oncle ni de ces dieux égoïstes. J'aurais dû le savoir.

— Le Créateur trouve toujours sa Voie pour se faire

entendre, dit Skyler, un goût amer sur sa langue. C'est à nous de savoir y déceler la seule vérité.

Tessa ne répond pas, tourmentée par le fait accompli. Il brise leur étreinte.

Daniel gémit, sa tête pendant d'un côté, une main sur son cou ensanglanté. Skyler s'empresse d'arrêter le sang avec un morceau de tissu qu'il arrache de son propre vêtement. Tessa désarme les grenades sur le cadavre de Ludo, le sang de Daniel étalé sur son visage qu'il portait comme une marque divine et qui n'a plus rien d'humain.

L'un des envoyés du Créateur venu exécuter son sale travail.

C'est par Sa faute que les réfugiés sont morts, que Daniel est en train de mourir, que son frère est retourné parmi les morts et qu'ils seront bientôt tous emprisonnés sur la Terre promise. Maintenant Skyler le sait.

Ce qu'Éliza essayait de lui dire, cette obsession de la Confrérie. Cette Terre promise n'est nulle autre que le lieu où ce Créateur injuste trône, prêt à cueillir les morts, des plants qu'il a si soigneusement semés pour ensuite les abandonner.

Il envoie une maladie incurable les ronger de l'intérieur, noircissant chacune de leurs feuilles, leurs branches et le tronc avec ses racines. Il observe sans bouger le petit doigt, car il y a autant de puissance dans le courroux divin d'un Déluge que dans la décision de ne rien faire.

Assister au pouvoir destructeur de la mort en toute conscience sans agir pour l'arrêter est aussi aberrant que d'utiliser sa force pour tuer de plein gré.

Un Créateur sans merci qui se joue d'eux.

Skyler le sent : quelque chose en lui a changé. La présence d'Allen, ou ce qui est advenu de Neal, se trouve quelque part en lui, brisant ainsi la muselière que le Créateur attache à ceux qu'il emprisonne pour mieux garder son secret à l'abri des vivants. Allen lui a révélé le vrai visage du Créateur et son plan diabolique qui les concerne tous.

Même si le Créateur a décidé d'enchaîner Allen dans son royaume éternel, Skyler fera tout pour le ramener. Même s'il doit se rebeller contre lui et les Dieux funestes qui l'assistent.

Il est temps de mettre fin au cycle infernal de la mort.

FIN DU TOME 2

FIN DU TOME 2

L'histoire se poursuit dans le tome 3 de la trilogie Amarante

LIVRE GRATUIT

Pour vous remercier d'avoir acheté ce livre, je vous offre de **lire gratuitement** la préquelle d'Amarante en ebook sur

www.davidmsnow.com

DU MÊME AUTEUR

Amarante

Fleur de mémoire (#0.5)

Amarante (#1)

Étoile du Nord (#2)

Terre promise (#3)

NOTE DE L'AUTEUR

Merci infiniment d'avoir embarqué sur l'Arche d'*Amarante* avec moi!

Si vous avez aimé ce roman, j'apprécierais grandement si vous pouviez laisser une note sur Amazon.ca ou Amazon.fr. Vos commentaires et évaluations font en sorte qu'il est possible de vendre des livres.

J'adore faire la connaissance de mes lecteurs, donc n'hésitez surtout pas à m'écrire au davidmsnow@davidmsnow.com. Je vous répondrai, promis!

N'oubliez pas de vous abonner à mon Club des lecteurs pour recevoir des infos, des promotions et des *histoires inédites* réservées aux fans !

Merci et à très bientôt pour la suite !

BIOGRAPHIE

David M. Snow est un auteur de science-fiction et fantasy pour adultes. Quand il n'est pas occupé à bouquiner avec une tasse de thé vert, courir son 5 km, chercher des nouveaux mots dans le dictionnaire pendant des heures, ou apprendre le mandarin, le tagalog, le japonais ou le coréen, il s'assoit devant son MacBook Pro et tape furieusement son prochain roman.

Avec une maîtrise en didactique des langues et plus de cinq ans d'expérience en enseignement de l'anglais, il est aussi linguiste, polyglotte, entrepreneur et enseignant. Après son aventure de trois ans en Chine, il compte parcourir le monde en quête de nouvelles terres à explorer.

REMERCIEMENTS

Je remercie tout d'abord Pascal Raud, mon directeur littéraire hors pair et génial (et fantastique — est-ce que je l'ai déjà dit? —). Il est non seulement un mentor, mais aussi un ami qui sait toujours repousser les limites d'un manuscrit et cette préquelle ne fait pas exception. C'est pratique d'avoir quelqu'un comme lui qui sait lire dans mes pensées et mettre le bon mot sur mes idées parfois enfouies dans la brume. Il a le meilleur souffleur anti-brume que je connaisse (et un fouet aussi pour me ramener à l'ordre si je paresse!). Ses suggestions ont grandement amélioré la fluidité du récit et ma plume s'affine à chaque manuscrit qu'il commente avec grand soin. C'est à mon tour de lui lancer le défi d'écrire son premier roman. Prépare-toi!

Ma meilleure amie Kim Archambault pour toutes nos discussions qui ravivent mon désir d'écrire même dans mes moments de remise en question. En plus d'être dotée d'une oreille attentive comme on en trouve rarement, elle cultive une flamme passionnelle pour l'écriture. Il n'y a pas meilleure complice pour faire rebondir des idées de récits qui prennent des tournures insolites.

Mes bêta-lectrices Mélissa Lemaire, une fan invétérée de la série, et Célia Chalfoun, une amie éditrice et directrice littéraire avec un sens de l'analyse incomparable.

Des remerciements tout spéciaux à mes parents pour leur support moral sans faille. Ils ont toujours cru en mes projets même quand je n'y croyais plus.

Mon partenaire pour ne pas juger mes regards vides et mes heures d'isolement pendant que j'écris le prochain roman.

Merci à *vous* mes lecteurs pour m'inciter à devenir un meilleur romancier et me permettre de créer des histoires à partager. Sans vous, l'écriture perdrait tout son sens. On se revoit pour la suite!

David M. Snow

www.ingramcontent.com/pod-product-compliance
Lightning Source LLC
Chambersburg PA
CBHW030516310726
48979CB00010B/1696/J